Klaus E. Spieldenner

ELBTOD

Hamburg-Krimi

CW Niemeyer

Der Roman spielt hauptsächlich in allseits bekannten Stätten, doch bleiben die Geschehnisse reine Fiktion. Sämtliche Handlungen und Charaktere sind frei erfunden.

Über den Autor:
Klaus E. Spieldenner, 1954 im saarländischen Völklingen geboren, beginnt nach einer Lehre und 33 Jahren als Luftwaffen-Feuerwerker 2007 aus „kreativer Langeweile" mit dem Schreiben. Zunächst veröffentlicht er zwei Bücher unter einem Pseudonym, bis er im Januar 2013 mit dem Oldenburg-Krimi „Unter Flutlicht" seinen ersten Verlag findet. Die Zusammenarbeit mit der Verkehrs- und Wasser GmbH in Oldenburg führen ihn und seine Zuhörer im Krimi-Bus zu den fiktiven Schauplätzen des Regional-Krimis. Im März 2014 veröffentlicht der CW Niemeyer-Verlag den zweiten Oldenburg-Krimi des Autors um seine sympathische Kommissarin Sandra Holz. Titel: „Und Stille wie des Todes Schweigen", 2014. Nach dem Wohnungswechsel des Autors und folgerichtig auch der Kommissarin (O-Ton Spieldenner: „Wenn der Autor umzieht, muss auch die Kommissarin mit!"), erscheint 2015 - auch im CW Niemeyer-Verlag - sein erster Hamburg-Krimi: „Start Ziel Tod". Mit dem Hamburger Hauptkommissar Alexander Schweiss erhält Sandra Holz Unterstützung. Nach dem Kriminalroman über den DOM-Unfall vom 14.08.1981 auf dem Heiligengeistfeld (Titel: „Der Dom trägt Schwarz" CW Niemeyer-Verlag, 2016) kommt mit „Elbtod" jetzt sein dritter Hamburg-Krimi und der 5. Band der Sandra Holz-Reihe in den Buchhandel.

Klaus E. Spieldenner lebte lange Jahre in Niedersachsen. 2013 sind seine Ehefrau und er nach Bad Oldesloe umgezogen. Sie haben zwei erwachsene Kinder und einen kleinen Enkel.

„Am Ende wird alles gut.
Wenn es nicht gut wird,
ist es noch nicht das Ende."
Oscar Wilde

Prolog

Hamburg, 29. Dezember 2016

Der Frau im Radtrikot mit den Reflexstreifen war sofort bewusst, dass dieser Unfall eben kein Zufall war. Der Pick-up hatte sie in der kleinen Seitenstraße von hinten gerammt, und nur ihr jahrelanges Training als Rennradfahrerin hatte sie vor schwersten Verletzungen, aber zumindest vor einigen Brüchen gerettet. Sie war kopfüber gestürzt und ihr Schädel schmerzte, dazu einige ihrer Rippen. Auch ein Zahn schien zu wackeln. Sie schob ihre Zunge an die Stelle im Mund, und tatsächlich, sie konnte einen Eckzahn hin- und herbewegen. Blutgeschmack trieb ihr Adrenalin hoch. Stets hatten die Zahnärzte bei den Routinechecks ihre tadellosen Zähne bewundert. Und jetzt so etwas. Die Kopfschmerzen rührten sicher von einer leichten Gehirnerschütterung her. Aber auch einige weitere Stellen ihres Körpers taten ihr weh. Blutergüsse und Prellungen, vermutete sie. Ansonsten lebte sie. Mit einem Blick war klar, das Eddy-Merckx EMX-525-Rennrad war Schrott. „Über 9.000 Euro im Eimer!“, ging es ihr schnell durch den Kopf, sie stöhnte laut vor Wut. Doch zum Glück war das Bike versichert. Sie riss den zerbrochenen Fahrradhelm vom Kopf und schmiss ihn neben sich in den Graben. Die Frau hielt den Atem an, lauschte in das Dunkel des Dezemberabends. Der Fahrer des Pick-ups musste den Wagen in der Baustelle abgestellt haben und ausgestiegen sein, nahm sie an. Sie hatte nur das Schlagen der Wagentür gehört – seitlich eines im Dunkeln liegenden Bauzauns.

Schon ab Othmarschen war ihr der rote Pick-up mehrfach sehr nahe gekommen. Rennradfahrer hatten überhaupt keinerlei Lobby im Straßenverkehr. Schon eher die Pendler auf ihren Citybikes, wusste die 45-Jährige. Über die tägliche Nötigung und Enge als Fahrradfahrer im Straßenverkehr konnte sie ein Lied singen. Aber trotzdem liebte sie den Radsport. Schon als Dreizehnjährige hatte sie – in ihrer Heimatstadt Eisleben – damit begonnen. Damals noch mit ganz schlechtem Gerät, erinnerte sie sich. Nach der Wende gab sie ihr erstes Geld für ein gebrauchtes West-Rennrad aus. Ein Peugeot Aubisque, fiel ihr ein, während sie sich gerade von der Unfallstelle entfernte. „Zypressenweg" stand auf dem Schild neben der Straßenlaterne. Hier in dieser Straße hatte der Wagen sie, mit Absicht, wie für sie feststand, angefahren. Und nun zeigte sich der Typ nicht. Doch sie war sich absolut sicher, er hielt sich in der Nähe auf. Der Mann, und sie ging von einem Mann aus, hatte ihrer abendlichen Radtour abrupt ein Ende gesetzt und das ärgerte sie maßlos. Sie liebte diese Route: Auf Nebenstraßen zur Elbchaussee, von dort hinunter zur Elbe, am Strandweg entlang bis Blankenese und dann über Iserbrook und Groß-Flottbek zurück in den Jürgen-Töpfer-Straße. Die 25 Kilometer lange Strecke fuhr sie mindestens einmal die Woche.

Das Jahr 2016 war in zwei Tagen zu Ende, fiel ihr ein, während sie zu laufen begann. Sie wusste nicht, warum, aber sie beschleunigte automatisch ihre Schritte. Morgen würde sie nach Bern fliegen und mit ihrem Mann Silvester verbringen. Sie hatte schlimme Wochen hinter sich und im Lauf liefen ihr Tränen die Wangen hinab. Der Typ vom Pick-up schien wie vom Erdboden verschwunden zu sein. Trotzdem blieb die Angst. Sie war stehen geblieben, hörte erneut in die Dunkelheit. Vielleicht sollte sie an einem der Einfamilienhäuser klingeln und dort um Hilfe bitten? Aber bitten war nicht ihr Ding und so ließ sie es. Ein Windzug erschreckte sie und instinktiv drehte sie sich zur Seite. Trotzdem bekam sie den Schlag ab. Er traf die Frau voll an der Schulter und riss sie von den Beinen. Sie fand sich plötzlich auf dem Gehweg liegend wieder. Aber der Schläger musste wohl nicht mit ihrer Reaktion gerechnet haben. Der Schwung hatte ihn auf den Herbstblättern ausrutschen lassen, und sie konnte sehen, wie er – unter lautem Fluchen – versuchte aufzustehen. Doch die Frau war vor ihm auf den Beinen. Sie lief nach links. Dort befand sich ein kleiner Pfad. Zumindest glaubte sie das. Führte der nicht hinunter zur Elbchaussee? Wenn ja, erwarteten sie dort Menschen und Verkehr, und dort hoffte die Frau, den Unbekannten abschütteln zu können. Sie sah ihre Annahme bestätigt und erleichtert rannte sie über den hart gefrorenen Boden. Beim Laufen überprüfte sie ihren angeschlagenen Körper: Die Lunge schmerzte etwas beim Atmen, die Knie beim Laufen, ansonsten waren da noch die Prellungen. Also nichts Besorgniserregendes. Schnell hatte sie die Hauptverkehrsstraße erreicht. Tatsächlich war die Elbchaussee zu diesem Zeitpunkt, um kurz nach zwanzig Uhr, stark befahren. Die Frau schaute sich nach Fußgängern um, nach Radfahrern. Sie plante, jemanden anzuhalten und ihn um Hilfe zu bitten. Doch nur Kraftfahrzeuge waren um diese Zeit unterwegs, und lange warten konnte sie nicht. Hinter sich hörte sie schnelle Schritte. Und ein Schnaufen. Im Licht einer Laterne sah sie den Mann. Ein schlanker, groß gewachsener mit Schnauzer. Oder eher mit einem Dreitagebart? Er hielt eine Waffe in seiner Hand. Voller Panik rannte sie mit drei Sätzen mitten auf die Straße. Ihr war klar, das Risiko, überfahren zu werden, war gleich groß wie jenes, von ihrem Verfolger erschossen zu werden. Ein alter VW Passat musste wegen ihr eine Vollbremsung machen. Bremsgeräusche erschreckten sie. Hinter dem stehenden Fahrzeug bemühten sich andere Autofahrer, ihre Wagen zum Halten zu bekommen. Die Frau lief seitlich auf die Beifahrertür des Passats zu. Sie fand die Tür verschlossen vor, der Fahrer drohte ihr innen mit den Fäusten. Sie glaubte sein verzerrtes Gesicht im Schein der Autoscheinwerfer erkennen zu können. Was war bloß los mit den Menschen? Keine Hilfsbereitschaft mehr? Aus einer Reaktion heraus sprang sie auf die Gegenfahrbahn. Der erste Wagen streifte sie leicht, hupte und fuhr dann weiter. Sie spürte Schmerzen am Oberschenkel. Überlegte, ob es bei Schmerzen sehr große Steigerungen gab. Der zweite Wagen machte einen Bogen um sie, wich auf den Fußweg aus. Und auch er hupte – eine Frau am Steuer. Sie suchte einen Ausweg, blieb mit ihrem Blick wieder beim Verfolger hängen. Der stand auf der anderen Straßenseite und sie sah, wie er seine Waffe auf sie anlegte. „Hier zu warten, bis eines der Fahrzeuge anhielt, bringt nichts“, ging es ihr durch den Kopf. Sie rannte los, weiter in Richtung Elbe. Vielleicht fand sie dort in der Dunkelheit irgendwo eine Möglichkeit, sich zu verstecken. Wollte abwarten, bis der Mann aufgegeben hatte. Sie schlug sich durch feuchte Büsche und über unebenes Gelände, bis sie das Wasser des Flusses riechen konnte.

Hinter ihr musste noch immer der Mann sein. Sie glaubte ihn fluchen zu hören. Wollte ihm zurufen: „Hau ab, was immer du von mir willst!" Doch sie ließ es, warf sich beherzt seitlich in ein Gestrüpp. Dornen stachen in ihre Haut - durch den dünnen Polyesterstoff des Radlerdresses. Sie unterdrückte den Schmerz, hielt den Atem an.

Nach wenigen Sekunden lief der Typ an ihr vorbei – fluchend und kurzatmig. „Er ist mit seiner Kondition auf Kriegsfuß", dachte die Frau und grinste trotz der Schmerzen. Sie versuchte, wieder tief einzuatmen. Ihre Lungenflügel taten dabei höllisch weh. Sie mussten beim Aufprall etwas abbekommen haben. Doch das war jetzt egal. Der Eckzahn hatte sich gänzlich gelöst. Sie spuckte ihn aus und es tat ihr leid um ihn. Der Blutgeschmack im Mund wurde noch intensiver. Während sie nachdachte, war es ruhig geworden. Aber sie glaubte nicht daran, dass ihr Verfolger aufgegeben hatte. Wahrscheinlich saß er wenige Meter von ihr entfernt und wartete. Wie die Schlange auf ihre Beute. Sie musste irgendwie aus dieser ungemütlichen Stellung in eine bessere wechseln. Aber die Dornen schnitten noch tiefer in ihre Haut und sie ließ es. Weiter unten konnte sie eine Straßenlaterne erkennen. Sie brannte nicht sehr hell. Sicher handelte es sich um ein altes Teil. Aber das Licht gab ihr etwas Hoffnung. Sie konzentrierte ihren Blick darauf. Etwas bewegte sich um den Schein. Eine Motte? Um diese Jahreszeit? Möglich war alles. Auch dass sie in wenigen Minuten tot sein könnte. Die Luft wurde knapp, irgendetwas war mit ihrer Lunge nicht in Ordnung. Sie konnte hier nicht mehr lange liegen, die Kälte, die ungünstige Position. Sie entschloss sich, aufzustehen und - ohne Lärm zu verursachen - weiterzulaufen.

Als sie die Hecke verließ, verweilte sie noch einen Moment. Alles schien ruhig, bis auf den Verkehr einige Meter über ihr. Sollte sie zur Elbchaussee zurückkehren? Sicher war es das, was der Mann von ihr erwartete. Nein, den Gefallen wollte sie ihm nicht tun. Einen Schritt langsam vor den nächsten lief sie in Richtung der Laterne. Und immer wieder schaute sie sich um. Doch kein Mensch war zu sehen. Hoffnung wuchs in ihr. Dann hörte sie die Wellen der Elbe, wenige Meter von sich entfernt, und hatte plötzlich wieder festen Boden unter den Füßen. Der Strandweg! Aber wo waren die vielen Spaziergänger? Die Hunderte von Radlern, die sonst ihre Bikertour zu einem Hindernisparcour machten? Nichts und niemand war da. Als hätten sich alle mit dem Verfolger abgesprochen. Sie entschied sich, nach links zu laufen. In Richtung Stadt – in Richtung Leben. Vorne kamen ihr kleine Lichter entgegen. Fahrradfahrer? Sie würde sie anhalten. Sie konnten nicht einfach weiterfahren und sie und ihre Not ignorieren.

Der Schlag traf sie erneut unvermutet. Kein Windzug, kein Geräusch hatte ihn angekündigt. Er traf die Frau voll in den Magen und trieb ihr den letzten Rest Luft aus den schon angeschlagenen Lungen. Dazu schleuderte er sie Meter weit in den Sand. Die Frau kullerte noch einige Zentimeter, blieb dann benommen liegen. Die Routine ihres Körpers wollte ihrer Kehle einen Schrei abverlangen. Aber sie brachte keinen Ton heraus, ihr fehlte einfach die Luft. Sie rang nach Atem und versuchte, nicht in Panik zu verfallen. Es funktionierte, endlich gelangte wieder etwas Sauerstoff in ihre Lungenflügel. Langsam öffnete sie ihre Augen, voller Angst. Dunkel war es um sie herum, dunkler noch als eben. Sie hörte Bewegungen in unmittelbarer Nähe. Der Angreifer trachtete nach ihr, und der Frau war klar, sie musste hier weg. Aber wie? Leise kriechend bewegte sie sich über den feuchten Sand, bemüht, ihre keuchende Atmung in den Griff zu bekommen. Er durfte sie nicht hören, nicht finden. Unsägliche Angst überkam sie. War das Todesangst? Nie zuvor hatte sie je eine solche Angst verspürt. Sie fühlte eine leichte Wärme bei ihrem Unterleib. Hatte ihre Blase versagt? Egal, sie begann sich abzulenken, kroch einfach weiter. Ihre Fingernägel füllten sich mit dem Sand und auch in ihrem Mund konnte sie die Sandkörner spüren. Sie griff in etwas Nasses. Hatte sie den Fluss, die Elbe erreicht? Sie fühlte mit der Hand, das Wasser nahm kein Ende. Tatsächlich das Flussufer. Zum Schwimmen war es zu kalt. Oder doch nicht? Aber wo waren die Fahrradfahrer geblieben? Sie drehte den Kopf, sah noch ihre Rückleuchten. Enttäuschung machte sich breit. Ein Geräusch ließ sie den Kopf zur Seite schnellen. Dann bemerkte sie Hände, die nach ihr griffen, Arme, die sich um sie legten. Sie spuckte den Sand nach ihm aus, versuchte, ihren Angreifer wegzuschreien. Doch kein Ton kam aus ihrer Kehle. Sie bewegte ihre Arme wild schlagend in seine Richtung, aber ihre Kräfte schwanden. Seine Hände drückten ihr

Gesicht in das kalte Wasser. Der Atem ging ihr aus, panikartig kämpfte sie weiter, sich seinen Kräften zu widersetzen. Doch er war eindeutig stärker. Kurz konnte sie ihren Kopf anheben, hatte noch einmal die Genugtuung, einatmen zu dürfen. Nur ganz wenig, nicht ausreichend, um ihre Lunge damit zu füllen. Dann tauchte sie erneut mit dem Gesicht in das Nass, spürte, wie sich der geringe Atemsauerstoff mit dem Flusswasser vermischte und beides in ihre Luftröhre drang. Sie wollte husten, doch es gelang ihr nicht. Übermorgen war Silvester. Sie hatte gute Vorsätze für das neue Jahr, wollte, dass dieses besser ablief als das alte. Hatte sich vorgenommen, die Zeit öfters mit ihrem Mann zu verbringen … wollte leben. Würde sie leben? Warum gerade sie, warum?

Das Loch war tief, schwarz und nass, in das Evelin Lüttli-Wagner fiel.

1

Neujahr 2017

„Da schwimmt jemand!"

Der Ausruf kam von einem Jungen, der gefährlich nah an der Heck-Reling der „Jessica Abicht" stand. Er wedelte mit den Armen, als wolle er der schwimmenden Person, seitlich der Barkasse, Luft zufächeln. Ich musste schmunzeln: der schreiende und wie es aussah tanzende Junge, dazu im Hintergrund die Elbphilharmonie; der Tag versprach, interessant zu werden.

Wir hatten die Hamburger Landungsbrücken an diesem für Winterverhältnisse doch milden Neujahrstag 2017 vor wenigen Minuten zu einer Barkassenfahrt verlassen, und noch immer fragte ich mich, warum ich – ohne groß nachzudenken – in das Boot gestiegen war. Hatte ich doch genügend anderes zu tun. Aber mir war einfach nach Luft und Wasser und so hatte ich mich kurz entschlossen in die Schlange der Ausflügler eingereiht. Im selben Moment machte das Boot einen Schlenker und schlug gegen einen Wellenkamm. Wasser spritzte auf, einige Fahrgäste johlten.

Seitlich auf der Elbinsel Steinwerder lagen die Musical-Theater. Ich genoss die frische Brise und den Ausblick Richtung HafenCity und Elbphilharmonie. Plötzlich riss es neben mir die Menschen von ihren Sitzen und eine Frau rief erregt: „Ein Rekordschwimmer? Sicher will jemand die Elbe durchschwimmen."

„Bei der Wassertemperatur? Dann aber nur in Neopren!", rief eine männliche Person, dessen Dialekt stark nach Ruhrgebiet klang.

Das Klicken der Fotoapparate und Handys in meiner Umgebung ließ auch mich aufstehen. Langsam und ohne den Anschein einer Eile, eher professionell, wie es sich für einen Privatdetektiv gehörte. Aufgrund meiner Größe von 1,92 Meter fiel es mir leicht, über die Köpfe einiger dick vermummter Asiaten vor mir auf das trübe Wasser der Elbe zu blicken. Tatsächlich, da schwamm jemand, mitten im schmutzigen und kalten Fluss. Ich unterdrückte einen aufkommenden Würgereiz und nahm mir vor, baldigst etwas Trinkbares zu bestellen. Die Bedienung der Barkasse war nicht in Sicht und so verfolgte ich weiterhin die Person im Wasser. Sie schwamm vielleicht 25 Meter seitlich von uns, ich glaubte ihre Schwimmbewegungen im Wellengang verfolgen zu können. Einen Arm nach vorne geschoben, einen Teil des Kopfes seitlich auf dem Wasser abgelegt; der Rest des Körpers war nicht zu sehen. Auch ein Blick auf ihre Bekleidung war unmöglich. Ich ging zugunsten des Schwimmers davon aus, dass es Neopren war. Die Motoren verstummten kurz, um sich dann mit einer anderen Frequenz wieder zurückzumelden. Auf der Brücke hatte man wohl die schwimmende Person entdeckt, und um die Angelegenheit zu überprüfen, Kurs auf sie genommen. Aber wenn sie tatsächlich schwamm, wo blieben ihre Armbewegungen? Ich schaute genauer hin. Nein, sie schwamm nicht. Definitiv nicht. Die von mir vorher zu erkennen geglaubten Bewegungen mussten durch die Wellen der „Jessica Abicht" verursacht worden sein. Aber wenn die Person nicht schwamm, was suchte sie hier im Wasser? Ein Badeunfall im Winter – und sie war tot? Der Kapitän schob sein Boot mit Fingerspitzengefühl vorsichtig in Richtung des oder der Schwimmenden.

„Ich glaube, der ist tot!" Wieder war es der Junge von vorhin, der inmitten der neugierigen Fahrgäste seinen Kommentar abgab. Kurz ärgerte ich mich darüber. Ich mochte schnelles Vorpreschen nicht. Schon gar nicht bei Minderjährigen. Vielleicht lag es daran, dass mein Leben gerade im Chaos versank und auch, weil ich selbst keine Kinder hatte? Ich schob mich etwas zur Reling. Dorthin, wo ich das Treffen zwischen Boot und Person vermutete. Die neugierigen Menschen verteidigten ihren Platz und ich rief etwas von Polizei, was aber auch nichts half. So stellte ich mich zu dem besonders schlauen Jungen. Eine Frau, wahrscheinlich seine Mutter, war gerade bemüht, ihn nach hinten zu ziehen, doch der vielleicht Zehn- bis Zwölfjährige wollte seine Chance auf den freien Blick nicht kampflos hergeben. Er klammerte sich – mit entschlossenem, verzerrtem Gesicht – an der Brüstung fest.

Das Schiff hatte den schwimmenden Körper fast erreicht und noch immer konnte ich, bis auf den nach vorne geschobenen Arm und den Kopf, wenig vom Rest erkennen. „Es liegt wohl am trüben Wasser!", redete ich mir ein und beugte mich – zusammen mit einem kleinen stämmigen Asiaten – über das verwitterte Holz der Reling.

„Must help!", brüllte der Mann in den Wind und ich nickte. Noch trennten uns vielleicht zwei Meter von dem Körper und schlagartig wurde mir klar, dass es sich um eine Frau handeln musste. Und dass sie wohl nicht freiwillig hier herumschwamm. Eine seltsame Unruhe überkam mich. Wie so oft, wenn ich hilflos war und wenig später etwas geschehen würde, was mir ungelegen kam und nicht zu ändern war. Der Junge sprach das aus, was ich gerade dachte: „Dem … fehlen die Beine …!" Die panikartigen Aufschreie einiger Ausflügler folgten. Das Klacken der Handys und Kameras verstärkte sich und ich hatte Lust, einen Stöpsel aus dem Bootskörper zu ziehen, der alle hier in die gleiche, nasse

Position wie die treibende Person bringen würde. Gerade stieß der Körper gegen das Holz des Bootes und jemand schrie durch ein Megafon oder ähnliches: „Maschinen, Stopp!"

Die Frau hatte langes, blondes Haar. Ich nahm spontan an, dass sie gefärbt seien. Denn trotz der Feuchte war ein dunkler Haaransatz zu erkennen. Ihre Kleidung schien aus einer Lederjacke zu bestehen und kurz erinnerte ich mich an meine Überlegung von soeben, dass die Frau nicht freiwillig neben uns schwamm. Der Mann seitlich von mir hatte sich tief nach unten gebückt, und eine kleine, asiatische Frau hielt ihn an seiner Thermojacke fest. Beherzt griff er nach dem Arm der sich hin und her bewegenden Person, und ich rief ihm zu: „Ich übernehme den anderen Arm, dann ziehen!" Sofort war mir klar, wie unsinnig mein Satz war. Sicher verstand der Mann mich nicht. Dennoch schob ich meine Hand nach unten. Sofort erreichte sie das eiskalte Elbwasser. Ich war keine Handbreit von der Frau entfernt, als der Typ neben mir – ohne Vorwarnung – an deren Arm zog. Der Mann wackelte schwer und ich ahnte schon, dass der Asiate der Frau in der Elbe bald Gesellschaft leisten würde. Doch plötzlich ließ seine Anstrengung nach, und als ob die Person ein Leichtgewicht sei, zog er sie aus dem Wasser. Doch nur wenige Zentimeter. Mir fehlte sofort der zweite Arm der Person, und noch bevor ich nur an eine einarmige Schwimmerin denken konnte, drehte sich das Gesicht der Frau in unsere Richtung. Lautes Schreien um mich herum erschreckte mich so sehr, dass ich zusammenfuhr, hochschnellte und mit einigen Leuten hinter mir zusammenstieß. Auch ich war voller Entsetzen. Ich rappelte mich wieder auf und sah noch, wie der Asiate neben mir die Frau, oder was immer er bisher in der Hand hielt, losließ und schreiend auf den Holzboden der Barkasse sank. Mit einem Platschen landeten die menschlichen Überreste wieder in der Elbe. Die zweite Hälfte des Gesichts, so hatte ich es in dem Bruchteil der Sekunde erkennen können, fehlte der Frau gänzlich und auch alles, was bei einem Menschen unterhalb seiner Schulter begann, konnte sie nicht mehr aufweisen. Ich hatte in eine Masse rohen Fleisches geschaut, mit hochgerecktem Arm, und es erinnerte mich an ein Halloweenschwimmen im Oktober 2012, bei dem Ehefrau Mia – noch kurz vor ihrem Tod – mitgemacht hatte. Nur dass die Reste dieser Frau real waren. So real wie der Junge, der neben mir wie angestochen weinte und wie von Sinnen schrie.

2

Hamburg, Mittwoch, 11. Januar 2017 –
Eröffnungsfeierlichkeiten der Elbphilharmonie

Der kleine, drahtige Mann hatte die Nacht, aber auch die ersten Morgenstunden in einer winzigen Nische im 19. Stock der Elbphilharmonie verbracht. Sein Brustkorb schmerzte, das eingeschränkte Atmen der letzten Stunden war er nicht gewohnt. Aber es musste sein. Er schaute auf seine Armbanduhr: 9.47 Uhr. Nun war es an der Zeit aufzubrechen.

Schon gestern Abend war es ihm – zusammen mit einem Pulk an Menschen – möglich gewesen, durch die Zählschranken die neue Hamburger Elbphilharmonie zu betreten. Er wusste, nur knapp 8.000 Besucher konnten das Gebäude betreten, bevor sich die Türen automatisch schlossen, und er hoffte, dass sein Plan nicht durch einen blöden Zufall gefährdet werden würde. Wie alle Besucher, war auch er gestern die 82 Meter lange, gebogene Rolltreppe – die sogenannte „Tube" – hochgefahren und hatte dabei an seinen Bruder denken müssen. Diese ungewohnte neuartige Wellenform einer Rolltreppe erinnerte ihn an den Buckel eines Dinosauriers. In ihren Jugendjahren hatte Vater Gaspar seine beiden Söhne nach Venus, dem Sommererholungsort nahe ihrer Heimatstadt Mangalia an der rumänischen Schwarzmeerküste, mitgenommen. Dort tobten die Brüder auf den Steinkolossen herum, bis es Abend wurde. Wohlige Wärme lief durch seinen Körper – Familie war für ihn alles.

Oben angekommen, war er nicht dem Strom der Menschen gefolgt. Er hatte gestern die entgegengesetzte Richtung gewählt. Genau so, wie es ihm die Hotelangestellte erklärt hatte. Zufällig lernte er Carmen, die begeisterte Fallschirmspringerin, in der Stadt kennen und hatte ihr - Tage später - von seinem Plan erzählt. Die Keycard in seinen Händen war ihr Verdienst, und der Mann war guter Hoffnung, dass alles klappen würde.

Tariel Gaspar hatte sich gestern weit von den Besuchern der Plaza abgesetzt und konnte mit der Karte die erste Tür öffnen. Ein Schub Endorphine hatte ihn glücklich gemacht. Hinter der Stahltür, in einem Flur voller Baumaterialien, konnte er wenig später die beiden versprochenen Aufzüge erreichen. Ihre Türen waren noch verklebt, doch sie funktionierten. Keine Menschenseele war bisher zu sehen.

„Dieser Teil der Elbphilharmonie beherbergt die 44 Luxuswohnungen“, hatte Carmen ihm beim letzten Treffen erklärt. „Hier solltest du auf keine Personen treffen. Und wenn, maximal auf einen der Arbeiter. Kümmere dich nicht um ihn. Grüß ihn freundlich und laufe weiter.“

Er hatte den Aufzug angefordert und war alleine in der Kabine bis zum 19. Stock hochgefahren. Hier oben lag, so die Hotelfachfrau, das pulsierende Herz des Konzerthauses. Carmen hatte dies wohl bei einer internen Führung erfahren dürfen. Summende Klimaanlagen, kilometerlange Kabelstränge, Technik in überdimensionalem Ausmaß. Genau das hatte er sich in einem Hightech-Gebäude wie der Hamburger Elbphilharmonie vorgestellt. Doch es war noch besser gekommen. Der gewaltige Ausblick auf Hamburg und vor allem die Superlative eines Gebäudes voller technischer Neuheiten hatten ihn stark beeindruckt. Später würde er einmal an einer legalen Führung teilnehmen. Das hatte er sich fest vorgenommen.

Anschließend, am späten Abend, war Gaspar zur Kuppel der Konzerthalle hinaufgeschlichen und hatte lange den Blick von dort oben in den Saal genossen. Durch Aluminiumgestänge, Lampenhalter und bunte Kabel konnte er auf die 2.100 völlig leeren Sitzplätze - zig Meter unter ihm - hinabblicken. Ihm war klar geworden, dass es sich dabei tatsächlich hier um einen Konzertsaal handeln musste, der in der Welt seinesgleichen sucht. So ähnlich hatten sich auch die Medien in Rumänien ausgedrückt, wusste Tariel. Ob er einmal dort unten sitzen würde? Der Musik von *Cornel Țăranu* und *George Enescu* lauschen? Viele Minuten hatte er die Konstruktion bewundert. Zeit hatte er ja genug, doch dazu immer die Angst im Nacken, entdeckt zu werden. Doch das Glück war ihm hold. Durch einen Klimaschacht, breit und hoch wie sein alter VW-Bus, war er weitergelaufen. Bis zu seinem engen Versteck. Laute Motoren trieben Tausende von Kubikmetern Luft durch die Gänge zu allen klimatisierten Räumen im riesigen Gebäude. Die meiste Luft ging sicher in den Konzertsaal, mutmaßte er. Der Lärm der Motoren hatte ihm in der Nacht fast den Schlaf geraubt. Dort, in seiner Nische.

Langsam schob er sich am Morgen aus dem engen Versteck und streckte seine Beine aus. Die Extremitäten schmerzten, doch er ignorierte es, atmete mehrfach tief ein und aus. Da waren Geräusche unweit von ihm. Der Mann spürte, wie sich seine Nackenhaare hochstellten. Gewandt schob er sich seitlich neben einen Türrahmen. Wenn sie ihn jetzt entdeckten, war alles aus. Wenige Meter entfernt konnte er eine schwarz gekleidete Person laufen sehen. Sicher die heute am offiziellen Eröffnungstag der Elbphilharmonie allgegenwärtige Security. Der Uniformierte - so konnte er erkennen - machte vor einem der Aufzüge halt und stieg, nachdem sich die silberne Aluminiumtür geöffnet hatte, in die Kabine. Mit einem leisen Surren waren Person und Aufzug verschwunden.

Der drahtige Mann löste sich aus seinem Versteck und bewegte erneut Arme und Beine. Es war wichtig, dass er sich dehnte, und er tat es ausgiebig. Mit einer kurzen Kopfdrehung hatte er sich vergewissert, dass nun niemand sein weiteres Tun stören würde.

Tariel wartete einige Minuten. Vorsicht war geboten. Wo eine Person war, konnten auch weitere auftauchen. Nach einer Weile schlich er zum Treppenhaus, um auch noch die letzte Etage vor seiner eigentlichen Aufgabe hinter sich zu bringen.

Endlich hatte der Mann den 20. Stock erreicht. Sein Herz schlug, als er die Tür aufschob und sein Blick hinaus auf den Hafen und die Elbe - tief unter ihm - fiel. Die Glasfront, gefertigt aus einem Stück von der Größe einer Hauswand, machte ihm etwas Angst. Schwindelnde Höhen und solche Ausblicke waren in der Regel für ihn nichts Ungewöhnliches. Doch der Augenblick, sein Vorhaben - das alles zusammen machte ihm Angst - Angst zu versagen.

Er hatte nun die sogenannte *Kühne Sky Lounge* erreicht. Die Gelder zum Bau der Lounge mit dem Hochgebirgsbalkon hatten Christine und Klaus-Michael Kühne, ein deutsches Unternehmer- und Managerehepaar, bereitgestellt, hatte Carmen erklärt.

Leise lief er durch den kleinen Barraum der Lounge. Vorbei an einer Miniküche, konnte er schon die Tür zum Hochgebirgsbalkon sehen. Hier würden es sich später Hamburgs Schöne und Reiche bei einem Glas Champagner gut gehen lassen. Preise je Glas von 100 Euro und mehr würden der Freude keinen Abbruch tun … die leise Glocke des Aufzuges ließ Gaspar aus seinen Gedanken aufschrecken. Würde sein Vorhaben in letzter Minute entdeckt? Er warf sich schnell hinter den Tresen und stellte das Atmen ein. Eine Sekunde, zwei Sekunden, drei … doch nichts geschah. Hatte er sich verhört? Er versuchte, den fehlenden Sauerstoff dem Körper wieder zuzuführen. Alles blieb ruhig. Seinen Fallschirm hatte Carmen schon gestern hier oben versteckt. So war die Gefahr geringer, entdeckt zu werden. Gaspar zog einige Türen im unteren Thekenbereich auf. „Hinter einem großen Stapel an Bierdeckeln", hatte die Frau ihm per WhatsApp mitgeteilt, und schnell hatte er den Schirm auch gefunden. Er zog ihn heraus und sprang auf. Noch immer war alles ruhig. Er schob die Keycard in den Schlitz neben der Tür und drückte den Griff.

Auch hier funktionierte die Karte. Leise schob Gaspar die schwere Metalltür auf und betrat den Balkon. Vor ihm lag eine kleine, unscheinbare Holzterrasse, kaum zehn Quadratmeter groß. Sie war eingerahmt von einer dunklen Gläserfront, in der er sich spiegelte. Und vor ihm erstreckte sich die riesige Dachkonstruktion der Elbphilharmonie. Architekten und Planer hatten – als Dachabdeckung – große, runde Blechplatten ausgewählt. Wie übergroße Knöpfe oder durchlöcherte Siebe breiteten sie sich, in unterschiedlichen Größen, bis hin zur Dachspitze vor dem Mann aus. Ein Geräusch ließ ihn aufschrecken – ein kurzes Horchen nach hinten wieder beruhigen. Tariel sog die frisch gewonnene Luft tief in seine Lungenflügel. Er glaubte einen Hauch von Meer und Hafen darin zu schmecken und genoss diesen ersten Augenblick hier oben. Er nahm noch ein Schild „Dachkonstruktion betreten verboten" wahr, schon war er über die niedrige Brüstung auf den ersten Knopf geklettert. Er stand auf dem Dach der Elbphilharmonie.

Tariel Gaspar hatte schon viele Stunden auf hohen Gebäuden dieser Welt verbracht, aber dieser Moment, hier oben in fast 100 Metern Höhe, war für ihn ein ganz besonderer. Er genoss den Blick über die Stadt Hamburg, über die Elbe weit bis Blankenese und bat den Herrn kurz um Beistand. Dann lief er los.

Die weißen Blechplatten waren feucht und trotz der Bohrungen extrem glatt. Bei jedem Tritt überprüfte Gaspar seine Standfestigkeit. Genau unter ihm musste sich der Konzertsaal befinden! Wenn er hier oben durchbrach? Er musste lachen und stellte sich vor, wie er vor den Füßen von 2.000 Musikbegeisterten aufschlug. Doch ihm war auch klar, dass die Konstruktion ihn tragen würde und auch, dass am heutigen Eröffnungstag der Elbphilharmonie die Konzerthalle erst in den Abendstunden eingeweiht werden würde. Wenn man den Konzertsaal heute überhaupt eröffnete. Er war sich sicher, hier noch ein Wörtchen mitzureden, und bewegte sich weiter auf dem glatten Dach in Richtung der höchsten Stelle. Ihm war bewusst, bald würde er sich auf 110 Meter über dem Festplatz befinden, und trotz aller Routine meldete sich sein Magen mit einem Knurren. Ja, das Frühstück war heute Morgen ausgeblieben. Doch heute ging es nicht um sein Wohlbefinden. Auch nicht darum, seinen hohen Rang unter den *Base Jumpern Europas* weiter auszubauen. Dieser Sprung sollte nicht sein hohes Ansehen um einen Höhepunkt erweitern. Nein, es ging einzig und allein um seinen Bruder, und das war ihm ganz besonders wichtig.

Von seiner aktuellen Stelle aus hatte er den absoluten Rundumblick. Die Dachkonstruktion der Elbphilharmonie, so fand er, bestand aus Zinnen. Dann korrigierte sich Gaspar, die Spitzen glichen eher denen von Zelten. Ja, von Beduinenzelten. Er lachte laut in das Weite um ihn herum und es klang befreiend.

Nun stand er vor der schwierigsten Aufgabe: Er musste die letzte Erhöhung des Daches meistern. Vorsichtig kniete er sich auf einen der Knöpfe. Hielt sich am Rand mit den Knien fest. Knopf für Knopf schob er sich die wenigen Meter nach oben. Unter ihm lagen die Prachttürme der Reichen und Schönen. Marlene Fischer, das Ehepaar von Beust, Wladimir Klitschko, sicher hatten alle wohlhabenden Hamburger - hier in der HafenCity - ihr Zweit- oder Drittappartement. Vielleicht schaute ihm, in diesem Moment, einer der Prominenten zu? Gaspar selbst war nicht an solch materiellen Dingen gelegen. Er liebte seine Freiheit und die Mobilität. Feste Mauern erinnerten ihn an die Diktatur in Rumänien vor der Wende.

Es war für den Mann äußerst schwierig, die letzten Meter hinter sich zu bringen, und als gläubiger Christ dankte er Gott, dass es heute nicht noch stark regnete. Mehrfach wäre er fast abgerutscht. Doch im letzten Moment konnte er sich an einem der Knöpfe festhalten. Das Blech schnitt ihm tief in die Finger. Sie bluteten und er ignorierte es. Endlich, nach einigen Minuten Anstrengung, hatte Gaspar es geschafft. Er verschnaufte kurz. Er befand sich oben auf dem höchsten Punkt der Elbphilharmonie. Noch ein letztes Mal genoss er die überwältigende Aussicht hinab auf die Stadt und den Hafen. Er hatte kein Handy mitgenommen und ärgerte sich jetzt etwas. Zumindest ein Fotobeweis wäre jetzt großartig. Aus Vorsicht hatte er darauf verzichtet. Die Absperrmaßnahmen an diesem großen Tag für die Hansestadt Hamburg, der Eröffnung der Elbphilharmonie nach einer Bauzeit von zehn Jahren, waren extrem und er wollte nicht durch solch eine Nachlässigkeit wie ein klingelndes Handy alles aufs Spiel setzen. Unter ihm, 110 Meter tiefer, war leise Musik zu hören. Marschmusik oder eine Hymne. Gaspar wusste es nicht und es interessierte ihn auch nicht.

Er zog den kleinen Rucksack mit dem Schirm vom Rücken und entfernte die wasserundurchlässige Kunststoffhülle. Was die Witterung anging, hätte er auf die Hülle verzichten können. Nun warf er das blaue Tuch hoch in die Luft und mit einem akustischen Flattern verschwand es seitlich in Richtung Elbe. Wie bei einem Vakuum wurde das Tuch angesaugt. Gaspar schaute ihm noch einen Moment nach, dann zog er den Fallschirm wieder über. Auf eine Überprüfung des überlebensnotwendigen Arbeitsgeräts musste er heute, aus Zeitgründen, verzichten.

Tariel Gaspar stand auf und machte einen Schritt auf den Abgrund zu. Unter sich sah er die Menge, die sich an der Westspitze der Elbphilharmonie zu den Eröffnungsfeierlichkeiten versammelt hatte. Die Menschen waren so klein. Klein wie die Figuren in der Miniatur-Wunderwelt, die er während seiner Vorbereitungszeit hier - aus Langeweile - besucht hatte. Nur geladene Gäste standen dort unten, wusste er. Die restlichen Tausende von Hamburgern wurden über Videoleinwände gegenüber abgespeist. Aber das war nicht sein Problem. Der Sprung würde nicht einfach werden, da war er sich sicher. Aber welcher seiner Sprünge bisher war einfach gewesen? Auf jeden Fall blieb ihm wenig Platz zur Landung auf der Betonfläche dort unten. Gaspar nahm den Hilfsschirm, den sogenannten Pilot Chute, in die Hand und blieb noch einen Moment stehen. Er ging den Sprung im Geiste noch einmal durch: Pilot Chute hochwerfen, nach etwa 40 Meter freiem Fall würde dieser den Base-Hauptschirm geöffnet haben. Bei einer Sinkgeschwindigkeit von drei bis fünf Metern blieben ihm weniger als zehn Sekunden, einen geeigneten Platz anzusteuern, um dort das Landemanöver abzuschließen. Tariel öffnete seine Augen und genoss den Moment. Tief holte er Atem, dann nahm er die Absprunghaltung ein. Gaspar schlug ein Kreuz vor seiner Brust, rief: „Für dich …“, und sprang hinunter in die Tiefe.

Oberkommissarin Sandra Holz verbrachte den Mittwoch in ihrem Büro mit Nachdenken. Irgendwie war den Hamburgern in diesen Januartagen nicht nach Morden, und das war auch gut so. Ihr Kollege, Hauptkommissar Schweiss, hatte sich schon gestern nach Bad Oldesloe zur wöchentlichen Dialyse abgemeldet und Bernd Silwer – inzwischen zum Hauptkommissar befördert – befand sich die komplette Woche im Urlaub.

Am heutigen 11. Januar 2017 wurde die Elbphilharmonie eröffnet. Zum Glück, überlegte Sandra. Diese entspannte Haltung der Hanseaten über die letzten zehn Jahre – was dieses Ausnahmegebäude Elbphilharmonie betraf – war beispiellos. Die Berliner und ihr Airport waren dagegen ein Kindergarten, glaubte sie. Das Polizeipräsidium in Alsterdorf wirkte fast verlassen, alle hatten irgendeine Funktion bei den Feierlichkeiten. Und wenn sie nur als Zuschauer auftraten. Auch sie hatte man eingeteilt, aber dann war Kollege Silwer als Mordbereitschaftsleiter diese Woche ausgefallen, und die Kommissarin hatte sofort zugegriffen. Sie mochte solche großen Feste und Menschenaufläufe nicht. Dieser Eröffnungstag der Elbphilharmonie eignete sich auch nicht für ihre kleine Tochter und Luca stand eh beim Kochen in der Pizzeria.

Ihr Leben lief gerade nicht so rund. Eigentlich gab es keinen Grund, besorgt zu sein, und trotzdem war sie es. Der Tod von Luca-Matteos Vater Anfang des Jahres hatte die Familie kurzzeitig enorm belastet und aus dem Trott gerissen. Giovanni Ferraro war nie krank gewesen. Trotzdem brach der 73-Jährige plötzlich hinter dem Tresen des Restaurants Famiglia zusammen und starb drei Tage später an den Folgen eines Herzinfarktes, ohne das Bewusstsein wiedererlangt zu haben. Noch während der Beerdigung dachte Sandra, dass dies doch ein schöner Tod sei und 73 Jahre ein relativ vernünftiges Alter war. Sicher hatten Luca und Marie-Therese eine andere Meinung dazu. Doch das Fehlen ihres Ehemanns glich Lucas Mutter Marie-Therese nach einer Weile durch regelmäßige Besuche in Sehmsdorf bei ihrer Enkelin aus. Inzwischen wurden diese Aufenthalte immer öfter zur Gewohnheit und die Frau hatte auch schon das Gästezimmer im Haus in Beschlag genommen. Es war Freude und Ärger zugleich, fand Sandra, während sie sich aus dem kleinen Coffeeshop der Mordkommission eine Tasse frisch gebrühten Kaffee besorgte. Freude darüber, dass Lara Sophie glücklich war, inzwischen drei Bezugspersonen zu besitzen. Freude auch darüber, dass es bei allen Diensten, die die Kommissarin antrat, keinerlei Probleme mit der Betreuung der Tochter gab. Zumal Luca zwischenzeitlich ja auch im Restaurant noch den verstorbenen Vater ersetzen musste. Das Ärgernis, das Sandra sah, war, dass Marie-Therese sich in alle familieninternen Angelegenheiten einmischte. Inzwischen auch – zum Leidwesen der Eltern – in die Erziehung von Lara Sophie. Irgendwie hatte Sandra die Nase voll, wusste aber auch nicht, wie man es ändern konnte. Man war inzwischen leider komplett auf die Frau angewiesen. Schon um das Leben der beiden Berufstätigen am Laufen zu halten. Das Thema beschäftigte die Kommissarin schon länger. Sie griff nach einer Akte, die oben auf einem Stapel lag, und begann sie durchzublättern.

Irgendwie war mir klar, heute würde etwas passieren. Heute, am Tage der Eröffnung der Elbphilharmonie. Aber eigentlich hatte ich stets am Morgen beim Aufwachen dieses seltsame Gefühl. Zumindest seit ich mich vor vier Monaten als Privatdetektiv selbstständig gemacht hatte. Schon von Anfang an war mir bewusst, wie dumm meine Idee war. Nach über zwanzig Jahren bei der Hamburger Kriminalpolizei jetzt als Privatdetektiv ohne Sonderrechte oder hoheitliche Befugnisse durch die Hansestadt zu rennen und einen – wie selbst gebastelt aussehenden – Ausweis vorzuzeigen. Ich war verrückt! Aber dennoch. Das Messingschild am Haus an der Langen Reihe 92 hatte ich endlich angebracht: Carsten-Oliver Lutteroth – Privatdetektiv – stand darauf. Ich drückte auf den Knopf des Kaffeeautomaten und gönnte mir den ersten einer sicher großen Anzahl Espressos für diesen Tag. Ich erwartete ja noch keine großen Fälle, große Einkünfte schon gar nicht. Doch zumindest so viel, dass ich Sonja, meine 450-Euro-Kraft, bezahlen konnte. Im Moment war das noch nicht der Fall, und ich war eifrig dabei, meine finanziellen Reserven aufzubrauchen. Lange würde das nicht mehr gut gehen. Gerade als ich die Tasse absetzte, klingelte das Telefon.

„Detektei Lutteroth, was kann ich für Sie tun?" Ich hörte für einen Moment ein Schnaufen und erwartete den täglichen Anruf dieser Zeitungsverkäufer, die mir schon seit Wochen die Hamburger Abendpost schmackhaft machen wollten. Bisher vergebens und auch heute – da war ich mir sicher – würden sie es nicht schaffen.

„Mein Name ist Lüttli, Dr. Lüttli!"

Die Stimme brach ab. Ein Doktor? Sein Name sagte mir nichts und der Aussprache nach tippte ich auf einen Schweizer Staatsbürger. So viel glaubte ich aus den wenigen Worten herausgehört zu haben. Ich musste das Gespräch irgendwie hinauszögern.

„Doktor Lüttli, ich grüße Sie. Sie haben Glück, der Detektiv ist selbst am Telefon. Meine Sekretärin holt gerade …!“ Hatte er schon aufgelegt? Sicher, bei solch einer blöden Ansage. Daran musste ich noch arbeiten, nahm ich mir vor, und dann ging es Schlag auf Schlag.

„Meine Frau wird seit einigen Wochen vermisst. Die deutsche Polizei glaubt an Suizid. Nein, dazu ist meine Evelin nicht fähig. Sie wurde sicher entführt … wie dem auch sei, Sie müssen sie finden!“

Acht Stunden später saß mir Doktor Ueli Lüttli gegenüber. Er hatte die nächste Maschine aus Bern genommen und war mit dem Taxi von Fuhlsbüttel aus sofort zu mir gefahren.

„Ich weiß noch nicht, wo ich übernachten soll!“, erklärte der kleine Mann, Mitte sechzig, als er in mein Büro trat. Inzwischen war es draußen dunkel geworden und ich rechnete schon mal die Überstunden aus, die ich für den Schweizer machte.

„Sie müssen Evelin finden, Herr Lutteroth!“

Es klang wie ein Befehl, und ich nahm mir vor zu gehorchen. Lüttli begann zu erzählen, doch ich hörte nur mit einem Ohr hin. Was war nach den Jahren bei der Hamburger Drogenfahndung und später beim mobilen Einsatzkommando noch von mir übrig geblieben? Ein leicht übergewichtiger 42-Jähriger, dessen Selbstbewusstsein geringer war als das eines Kleinkindes. Einer, der den Schwanz bei der kleinsten Gelegenheit einzog und nachgab. Wo war Hauptkommissar Lutteroth, von allen Freunden und Kollegen Caro genannt, geblieben? Wo der Draufgänger mit dem schwarzen Gürtel in Taekwondo? Der, der nie vor etwas Angst …

„Hören Sie mir überhaupt zu, Herr Lutteroth?“ Lüttli war erbost aufgesprungen und sein Gesicht hatte einen rötlichen Farbton angenommen. Ich ordnete schnell meine Gedanken und nickte Lüttli eifrig zu.

„Erzählen Sie mir bitte etwas über Ihre Frau!“

Lüttli hatte sich beruhigt. „Sie ist Ingenieurin. Nicht irgendeine Ingenieurin. Nein, Evelin hat die Verantwortung für die großen Projekte, wissen Sie?“

Ich wusste es nicht, nickte aber wieder verständnisvoll.

„Ob der Burj Khalifa in Dubai oder das One World Trade Center in New York. Sie riefen Evelin und sie richtete es.“ Lüttli sank etwas in sich zusammen und ich nutzte die Gelegenheit.

„Aber was hat sie denn hier in Hamburg gemacht?“ Ich wollte noch „König der Löwen besucht“ nachlegen, ließ es aber, denn der Blick Lüttlis sah schwer nach Töten aus.

„Ich weiß nicht, ob Sie der Richtige sind, Herr Lutteroth. Ich habe mich erkundigt und mir aus Ihrer Vergangenheit erzählen lassen. Man sprach von einem eiskalten Typen. Von einem besonders kalten Hund. Im Moment finde ich … egal … Evelin hat die Elbphilharmonie mitgebaut.“ Beide Männer schwiegen kurz, dann meinte Lüttli: „Und heute, wo sie die Lorbeeren ernten könnte, ist sie nicht dabei.“

Lüttli hatte sich wieder gefangen und nach zwei White Russian, meinem Lieblingsgetränk nach Espresso, war er wieder in der Spur. Als der Arzt auf meinen Rat hin mit der Taxe die fünfhundert Meter zum Centro Hotel CityGate am

Steindamm unterwegs war, kannte ich die komplette Geschichte: Lüttli war Internist in einem Berner Krankenhaus, seine Ehefrau 20 Jahre jünger. Die 45-jährige Evelin war in Sachsen geboren und er hatte sie in einem der Hotels kennengelernt, an dem sie mitgewirkt hatte. Evelin Lüttli-Wagner war – seiner Aussage nach – viel in der Welt unterwegs. Ihr Job brachte es mit sich. So sahen sich die Eheleute eher selten. Aber sie waren über ‚Skype' stets in Verbindung. Doch das blieb irgendwann aus. Die Bauingenieurin hatte ein Projekt namens TUBE in der Elbphilharmonie übernommen. Es ging, so Lüttli, um Rolltreppen, deren Einbau am Kaiserkai Schwierigkeiten machte, und sie sprach wohl davon, dass die Arbeiten fast 32 Monate stillgelegen hatten. Erst als die Ingenieurin die Leitung übernahm, konnten die Rolltreppen – Originalton Lüttli – „dank Evelins Fachwissen innerhalb weniger Wochen passgenau eingebaut und die Arbeiten abgeschlossen werden". Zum Glück noch vor der gerade laufenden Eröffnungsfeier. Die hatte, so das Radio schon am frühen Morgen, Tausende Hamburger zum Kaiserkai aufbrechen lassen. Und die Lüttlis hatten den letzten Kontakt vor drei Wochen. Was mir jedoch mehr Kummer machte, war die Aussage des Ehemannes, dass man aufgrund seiner Vermisstenmeldung einen Abschiedsbrief der Ehefrau in deren Appartement gefunden haben wollte. Darin, so hatte die Hamburger Polizei Lüttli informiert, habe seine Ehefrau ihre Suizidabsicht mitgeteilt. Doch weder der Brief noch ihre Leiche waren bisher aufgetaucht. Kurz erinnerte mich diese Aussage an die Tote in der Elbe vor knapp einer Woche, doch an Zufälle zu glauben würde mir bei meiner Lage eher noch mehr Probleme bereiten. Ich erklärte Lüttli, die besten Beziehungen zur Hamburger Polizei zu unterhalten – was natürlich nach meiner Entlassung aus dem Dienst eine Lüge war – und er unterschrieb mir, schwankend, den Auftrag, seine Evelin wiederzufinden.

Ich mixte mir schnell noch einen Gute-Nacht-Drink und ging einen Stock höher in mein Schlafzimmer. Es war schon geschickt, Büro und Wohnung in nächster Nähe zu haben.

Als Kommissarin Sandra Holz ihren Alfa Romeo in der Garage abstellte, war es schon dunkel draußen. Sie hatte einen weiten Bogen um die Innenstadt gemacht und entsprechend längere Zeit auf den Straßen bis zu ihrem Wohnort in Sehmsdorf benötigt. Doch das wiederum hatte sie vor dem Verkehrskollaps bewahrt, der sicher am heutigen Tag in Hamburg herrschte. Lara Sophie war noch wach und die Schwiegermutter hatte sie auf ihrem Arm, als Sandra den Flur des Hauses betrat.

„Da ist ja mein Schatz!" Das Kind jauchzte vor Freude darüber, ihre Mutter wiederzusehen. Schnell nahm Sandra Marie-Therese das Kind ab und herzte die Kleine.

„Du warst sicher noch bei diesem schlimmen Unfall an der Elbphilharmonie?"

Sandra zuckte mit der Schulter. „Ich habe keine Nachrichten gehört. Was habe ich verpasst?"

„Nein, es kam nicht in den Nachrichten, deine Nachbarin hat mir davon erzählt. Sie war in Hamburg bei der Eröffnungsfeier der Elbphilharmonie. Da ist wohl ein Fallschirmspringer abgestürzt. Mitten in die Menge."

„Was?", fragte die Kommissarin überrascht, „hat es Tote gegeben?"

„Ich glaube, nur der Fallschirmspringer selbst."

Sandra drückte der Schwiegermutter das Kind in die Hand und kramte in ihrer Lederjacke nach dem Handy. Auf die Schnelle konnte sie nur Polizeirat Breit erreichen. Der war nicht sehr erbaut von der abendlichen Störung. Als Sandra ihn aber auf die ausgebliebene Alarmierung ansprach, wusste auch er keinen Rat.

„Sicher waren Kollegen vor Ort und haben alles aufgenommen. Machen Sie sich keine Sorgen. Die Arbeit haben Sie auf jeden Fall gespart!"

Sandra ärgerte sich im Nachhinein, gleich den Polizeirat angerufen zu haben. Der Typ war so etwas von oberflächlich. Aber er war ja sicher gerade dabei, seine Koffer zu packen. Breit hatte sich - so wusste sie - freiwillig für einige Zeit zu Europol nach Den Haag gemeldet. Egal, aber morgen musste sie das klären. Sofern man die Bereitschaftsleiterin nicht noch in der Nacht herausklingelte.

3

Donnerstag, 12. Januar 2017

Professor Traudel Kensbock war etwas aus der Fassung. Die Leiterin der Hamburger Rechtsmedizin hatte schon Hunderte von Leichen obduziert, aber der junge Mann vor ihr auf dem Aluminiumtisch sah extrem verunstaltet aus. Schon ohne Röntgenaufnahmen seines Körpers war ihr bewusst, dass kein Knochen des – wie sie schätzte – etwa 30-Jährigen heil und ohne Bruch war. Er musste aus großer Höhe auf den Füßen gelandet sein, vermutete sie. Und das ungebremst. Wie immer, ging die Rechtsmedizinerin auch diese Begutachtung neutral an, bevor sie den genauen Ablauf seines Todes aus den Papieren entnehmen wollte.

Die Oberschenkelknochen der Leiche waren seitlich der Hüfte ausgetreten. Das bestätigte ihre Vermutung und sie nickte sich selbst zu. Sie entfernte das kleine weiße Tuch vom Kopf des Toten. Ein freundlicher Kollege hatte es wohl darübergelegt. Wieder erschrak sie. Entstellt und deformiert bot sich ihr der Schädel des Mannes, und die ausgetretene Hirnmasse ließ schlimmste Kopfverletzungen erahnen. „So etwas hat niemand verdient", flüsterte sie leise. Dann nahm Traudel Kensbock den Unfallbericht vom Nebentisch und las: „Am 11.01.2017, bei der Eröffnung der Elbphilharmonie, mit dem Fallschirm vom Dach des Gebäudes gesprungen. Schirm hat sich nicht geöffnet. Auf dem Boden des Kaiserkais aufgeschlagen." Der Blick der Frau ging zurück zu der entstellten Leiche. Ja, genauso sah der geschundene Körper aus. Daran war nichts zu rütteln. Sie entschied sich gegen eine Öffnung und Entnahme der Organe und beschränkte sich zunächst auf eine Blutprobe. Komisch, in der Hamburger Abendpost von heute, einen Tag nach der Eröffnungsfeier, hatten sie nichts von diesem tragischen Unfall berichtet. Sicher handelte es sich bei dem Fallschirmspringer um einen Werbegag der Stadtverantwortlichen und sie fand die Parallele im Fackelträger der Olympischen Spiele. Dieser knapp 30-jährige männliche Körper vor ihr hatte sicher einen offiziellen Auftrag während der Feier, und sein Pech war, dass der Fallschirm sich aus unbekannten Gründen nicht geöffnet hatte. Sie vermerkte handschriftlich auf dem Formular: „Fallschirm geprüft? Bei Mordkommission nachfragen." Dann legte sie es zurück. Leise fluchte die Ärztin auf den Typ Mensch, der sich ständig todesmutig in Gefahr begab. Sie hatte in den letzten Jahren genügend solcher Unfälle vor sich auf dem Obduktionstisch.

Professor Dr. Kensbock deckte die Leiche zu und ging in den Nebenraum, wo schon eine weitere Begutachtung, in Form eines Leichnams, auf die Rechtsmedizinerin wartete.

Es war dunkel. Nicht dieses Dunkel, bei dem man nachts bequem noch mit dem Hund spazieren gehen kann. Auch nicht das Dunkel, bei dem man in weiter Ferne ein Ziel findet, auf das man zulaufen kann. Ich meine ein Dunkel, wie man es erlebt, wenn man den Kühlschrank von innen zuzieht. Dazu hörte ich gerade laute Schläge, die schnell und in einem Beat

– wie beim Speed Metal – in meiner Brust schlugen. Doch das beunruhigte mich nicht übermäßig. Es waren die herzzerreißenden Rufe von Mia, die mich laut aufschreien ließen. Meine Frau konnte nicht weit von mir entfernt sein. Die Richtung jedoch, in der sie sich befand, konnte ich nur erahnen. Und obwohl ich nichts sehen konnte, überkam mich das unheilvolle Gefühl, ihre Peiniger waren gerade dabei, sie zu misshandeln. In meinen Schläfen stachen tausend Nadeln und das Konzentrieren fiel mir äußerst schwer. Ich lief los, stolperte nach links, dann nach rechts, wieder zurück und schwankte seitlich. Ich hatte meine Dienstwaffe in der Hand und lediglich der kalte Stahl der Pistole gab mir indessen Sicherheit. Dann wurde es plötzlich hell vor mir. Als ob man einen Strahler angeknipst hätte. Meine Augen benötigten einen Augenblick, um sich an die blendende Helle zu gewöhnen. Als der stechende Schmerz im Kopf abgeklungen war, glaubte ich eine Lichtung vor mir zu erkennen. Dazu zwei Männer. Ich bewegte mich vorsichtig auf sie zu. Ihr Äußeres wirkte ungepflegt und schmutzig – wie Minenarbeiter. Einer kniete vor einer Person und bewegte sich dabei rhythmisch. Ein zweiter Mann stand daneben und lachte hysterisch. Das Lachen verursachte bei mir Herzrasen und führte zum verstärkten Einschießen von Adrenalin. Ich schrie: „Hör auf mit dem Lachen!", doch der Mann reagierte nicht. Er ignorierte mich, lachte einfach weiter. Der kniende Typ schob sich nun etwas zur Seite. Ich glaubte Mia zu sehen – ausgezogen, nackt! Nur ihr eigenes Blut bedeckte ihren geschundenen Körper. Mit schmerzverzerrtem Gesicht und ich war mir sicher, ihr Wimmern zu hören. Ich schoss, ohne zu überlegen. Erst dem einen in die Brust, dann dem zweiten in den Kopf. Der Mann vor Mia schaute kurz zu mir, grinste mit einer bösen Fratze und fiel dann neben seinen Kumpel.

Ein lautes Klopfen trieb mein Adrenalin noch um eine Stufe höher. Ich versuchte das Geräusch zuzuordnen, zu lokalisieren. Der zweite Mann stand noch immer, schaute auf seine Brust. Dort wuchs eine Art Beutel, der sich immer mehr füllte – um dann zu platzen. Blut spritzte umher. Ich machte zwei Schritte nach vorne. Doch wo war Mia? Da wo ich sie vermutete, lag eine blutrote Wolldecke. Hatte ich auf die falschen Männer geschossen? Das Klopfen machte mich wahnsinnig.

„Caro, Caro!", rief eine Stimme. Ich öffnete meine Augen. Nass geschwitzt lag ich auf der Matratze meines übergroßen Bettes und sofort erfasste ich klar, dass ich geträumt haben musste.

„Caro, aufwachen, Telefon!" Wieder das Klopfen und Rufen. Erst jetzt wurde mir bewusst, dass Sonja, meine Sekretärin, vor meiner Schlafzimmertür stand. Ich sprang prompt auf, stieß dabei das halb volle Cocktailglas um und rief: „Bin gleich unten!"

„Gut, da ist jemand am Telefon!"

„In Zukunft bitte nachfragen, was die Person wünscht, Sonja!"

Wieder war es der überfreundliche Zeitungsverkäufer, der angerufen und nach mir verlangt hatte. Bloß hatte er seine Masche etwas verändert. Kurz ärgerte ich mich darüber, dann sah ich ein, ich musste unverzüglich am Fall Lüttli weiterarbeiten.

Ich hatte da so eine Vermutung. Keine, die mir gefiel, aber bevor sie niemand dementierte oder sie sich bewahrheitete, wollte ich an der Suche nach Evelin Lüttli-Wagner nicht weitermachen. Nach zwei Espresso und einem Croissant, das mir Sonja vom Bäcker geholt hatte, spazierte ich zum

Hauptbahnhof. Alles in Hamburg stand noch im Zeichen der Öffnung der Elbphilharmonie. Kein Lichtmast, keine Scheibe der zahlreichen Geschäfte, Cafés und Restaurants hier in der Langen Reihe, aber auch beim Hauptbahnhof, in der es nicht mindestens ein Plakat mit einer Ankündigung gab. Sicher waren die Hamburger stolz auf dieses Jahrhundertmonument. Und die letztendlich zu zahlenden knapp 800 Millionen für eine Halle, die eh nur die Reichen nutzen, schadeten ja keinem. Im Fernsehen hatte ein Besucher versucht, es auf den Punkt zu bringen: „Heute schreien alle wegen der hohen Baukosten. Aber danach besitzt Hamburg etwas, was in der Welt seinesgleichen sucht!" Da musste auch ich mich geschlagen geben. Aber zum Glück war mit dem heutigen, dem zweiten Eröffnungstag der Elbphilharmonie auch der größte Trubel vorbei.

Ich stieg mit dem Strom an Menschen in die U1, Richtung Norderstedt Mitte. Das war der kürzeste Weg zum Eppendorfer Universitätsklinikum. Ich hatte kein gutes Gefühl bei der Sache. Ich wollte zur Rechtsmedizin beim Butenfeld, und das, ohne mich vorher anzumelden. Aber bevor man mich dort abwimmelte, wollte ich es gleich am eigenen Leib spüren. Vor zehn Jahren war ich dort Stammgast. Gut, Stammgast war vielleicht etwas übertrieben. Aber hin und wieder war ich bei Professor Dr. Wüschgel vorstellig und so hoffte ich jetzt, dass er mich auch heute, trotz meines neuen Status, empfangen würde.

Vom Bahnhof Kellinghusenstraße spazierte ich zu dem Flachbau neben dem UKE, der die Rechtsmedizin schon seit über einem Jahrzehnt beheimatete. Die junge Dame, die auf mein Klingeln öffnete, sah überfordert und nicht sehr freundlich aus, und so war sie auch.

„Ich möchte zu Dr. Wüschgel!" Ich hatte diesen Wunsch inzwischen schon zum dritten Mal geäußert und die Empfangsdame suchte noch immer in einem digitalen Telefonbuch

nach diesem Namen. Doch leider bisher vergebens. Ich blieb ruhig und wartete auf ein – hoffentlich positives – Ergebnis. Die Dame wurde langsam ungeduldig, zumal es draußen an der Pforte schon mehrfach Sturm geklingelt hatte.

„Was ist los, Frau Devering. Kann ich helfen?" Eine große Frau mit grauen Strähnen im lockigen Haar und einem langen grünen OP-Kittel hatte die Glastür geöffnet und ihren Kopf durch den Rahmen gesteckt. Sie mochte die fünfzig überschritten haben und ihre halbe Lesebrille hing etwas schief auf der Nase. Doch ihr offener Blick machte sie für mich sofort interessant. Im selben Augenblick, als ich die schiefe Lesebrille bemerkte und darauf schaute, hob sie die Hand und korrigierte den Fehler.

„Der Herr möchte zu einem Dr. Wüschgel. Leider finde ich ihn nicht im Telefonbuch!"

Ein gluckerndes Lachen war zu hören. Die Frau in Grün trat ganz in den Raum und meinte: „Da sind Sie knapp zwei Jahre zu spät, junger Mann. Professor Dr. Wüschgel, der ehemalige Leiter der Rechtsmedizin, wurde Anfang 2015 in den Ruhestand versetzt." Ihre Augen leuchteten bei der Aussage und sie ergänzte: „Nach knapp 30 Jahren als Verantwortlicher hier! Aber das wusste Frau Devering nicht."

Mir war klar, dass diese Aussage die Chancen, meine Anfrage loszuwerden, fast auf null sinken ließ. Trotzdem gab ich nicht auf. „Dann möchte ich seinen Nachfolger sprechen, aber bitte umgehend!", erklärte ich und das Gesicht der jungen Frau hinter der Scheibe entgleiste.

„Na, Sie haben es ja eilig! Aber ich will mal nicht so sein. Legen Sie los." Ich glaubte, ich war selten sprachloser als in diesem Augenblick.

Das ehemalige Büro von Dr. Wüschgel, das jetzt Professor Doktor Traudel Kensbock – so hatte sich die Dame vorgestellt – beherbergte, kam mir unverändert vor. Noch so, wie ich es vor Jahren, bei meinem letzten Besuch des Rechtsmediziners Wüschgel, in Erinnerung hatte. Unaufgeräumt, vollgestopft mit Büchern und Lektüre. Und überall Kaffeetassen – benutzte und unbenutzte. Trotzdem fand Frau Dr. Kensbock noch einen freien Stuhl und bot ihn mir freundlich an.

„Ich habe in wenigen Minuten eine Obduktion, wenn Sie sich also kurz fassen, Herr Privatdetektiv!" Das letzte Wort klang nicht abwertend, eher interessiert, glaubte ich herausgehört zu haben. Die Frau wurde mir immer sympathischer.

„Es geht um eine Vermisste und eine Tote!"

Dr. Kensbock nickte mit einer Spur Neugier im Gesicht.

„Bei der vermissten Person handelt es sich um die 45-jährige Evelin Lüttli-Wagner. Eine deutsche Bauingenieurin, wohnhaft in der Schweiz. Ihr Mann hat mich beauftragt, sie zu suchen. Obwohl man in Kreisen der Polizei von Suizid spricht. Allerdings bisher ohne das Auffinden der Leiche." Dr. Kensbock hatte mich bisher nicht unterbrochen und das machte sie mir noch sympathischer.

„Ich habe am Neujahrstag eine Barkassenfahrt mitgemacht und dabei wurden Teile einer weiblichen Leiche an das Boot gespült." Ich machte eine Pause, um der Frau die Möglichkeit zu bieten, eine Frage zu stellen.

„Zufälle gibt's!", Kensbock lächelte, „und Sie sehen da eine Verbindung?"

Ich nickte.

„Sie waren ja selbst lange bei der Kriminalpolizei, Hauptkommissar Lutteroth. Also gehe ich davon aus, dass Sie einen begründeten Verdacht haben und nicht nur ein Gespür?"

Ich war etwas verblüfft, dass die Frau etwas über mich und meine Vergangenheit wusste. Und wie lange war es her, dass mich jemand Hauptkommissar genannt hatte. Aber umso besser.

„Haben Sie diese Leiche aus der Elbe vom Neujahrstag obduziert?", brachte ich es gleich auf den Punkt.

Dr. Kensbock bejahte. „Die Frau bestand ja nur noch aus einem Arm, der Schulterpartie und der halben Kopfseite. Wenig Arbeit für eine Rechtsmedizinerin", erklärte sie und es schüttelte mich.

„Aber die DNA haben Sie sichergestellt?"

Dr. Kensbock schaute mich an wie eine Mutter, die herausgefunden hatte, dass ihr Sohn homosexuell ist.

„Oh, natürlich! Aber was frage ich auch so dumm?", entschuldigte ich mich.

„Herr Lutteroth, wir haben die DNA und einen sauberen, halben Zahnstatus. Die verbliebenen Zähne sind absolut top. Keine Füllungen, keine Korrektur. Würde ich mir auch wünschen. Ein Eckzahn fehlte, könnte aber bei einem Unfall passiert sein."

Sie grinste und ich fand ihre Zähne hübsch.

„Es handelte sich – soweit ich mich erinnere – um eine ehemals dunkelhaarige, jetzt blond gefärbte Frau. Alter: Anfang bis Mitte vierzig, gegebenenfalls etwas jünger. Sie muss in eine Schiffsschraube geraten sein. Der Restkörper fehlt. Schlimme Sache!"

„Gibt es denn einen Abgleich zu der vermissten Evelin Lüttli-Wagner?"

Die Rechtsmedizinerin drehte sich erneut zum Computer und meinte nach einer Weile: „Darüber habe ich keine Unterlagen!"

„Wenn ich Ihnen etwas … bringe, würden Sie die DNA vergleichen?"

„Ohne Auftrag der Verantwortlichen?"

Ich nickte wieder.

„Das darf ich doch gar nicht!" Der Satz klang so, als würde er von einem Kind gesprochen und die Frau schmunzelte dabei. Dann vermeldete die Rechtsmedizinerin: „Bringen Sie dieses Etwas vorbei!"

Alexander Schweiss saß im Ohrensessel, als seine Freundin, Traudel Kensbock, am späten Abend ihre Wohnungstür in Fuhlsbüttel aufschloss.

„Na, wie war die Dialyse?"

Der 59-Jährige wackelte unsicher mit dem Kopf hin und her und stellte fest: „Immer dasselbe. Anderen geht es viel schlechter als mir. Heute saß ein Herr neben mir, sicher zehn Jahre älter. Er kommt drei Mal die Woche, trotzdem ist er mir bisher noch nicht aufgefallen. Ein tapferer Herr ...", Schweiss drehte den Kopf zu Traudel und grinste, „... tapferer als ich!"

Die Frau war inzwischen neben ihn getreten und streichelte ihm über das graue Haar. „Nun mach dich nicht so schlecht!"

„Du, der Mann verbringt jedes Jahr für vierzehn Tage einen Dialyse-Urlaub in Boltenhagen. Wusste gar nicht, dass es so etwas gibt?"

Traudel zuckte mit den Schultern und setzte sich auf die Couch. „Weißt du, wer mich heute besucht hat?"

Neugierig schüttelte Schweiss den Kopf.

„Lutteroth!"

Einen Moment war Schweiss sprachlos, bevor er nochmals nachhakte: „Der ehemalige Hauptkommissar und verurteilte Mörder?" Sein Gesicht hatte er in Falten geworfen.

„Nun übertreib bitte nicht so, Alex. Beim letzten Mal hast du noch in höchsten Tönen von dem Mann geschwärmt."

Schweiss wollte wohl davon nichts wissen und fragte: „Was wollte er von dir?"

„Es ging um eine vermisste Person und eine Wasserleiche. Er hat mir später eine Haarbürste vorbeigebracht."

„Hattest du einen offiziellen Auftrag?"

Die Rechtsmedizinerin ging nicht auf die Frage ein. „Lutteroth hatte recht. Ich habe es gleich überprüft. Die DNA der vermissten Frau und der Toten aus der Elbe vom Neujahrstag sind identisch. Es handelt sich um eine Deutsche namens Evelin Lüttli-Wagner. Ich habe Lutteroth angerufen und es ihm mitgeteilt."

„Du hängst wohl nicht so sehr an deinem derzeitigen Job?", griente Schweiss.

Traudel zuckte mit den Schultern. „Vielleicht möchte ich mit dir im Sommer in Ruhestand!"

Schweiss lachte, hatte nach der Fernbedienung gegriffen und den Fernseher angeschaltet. Traudel Kensbock registrierte, ihr Freund wollte nichts mehr von dieser Angelegenheit hören.

„Ein Letztes, Alex!" Der Mann schaltete den Ton des Fernsehers aus und drehte sich zu Traudel.

„Was weißt du über einen toten Fallschirmspringer?"

„Nichts!" Schweiss sah die Fragerei als erledigt an und widmete sich wieder dem Fernsehprogramm.

4

Freitag, 13. Januar 2017

Ich schaffte es mit etwas Überredungskunst, dass man mich im Polizeipräsidium durch die Schranke ins Innere des Gebäudes ließ. Mein Ausweis als Privatdetektiv half wenig, aber eine der Kolleginnen kannte mich noch aus meinen Zeiten als Kriminalbeamter, und ob Mitleid oder Anerkennung der Grund waren, egal: ich war drin.

Hauptkommissar Alexander Schweiss saß in seinem Büro. Die Tür stand offen, wie ich es auch angenommen hatte. Schweiss hatte seine Füße auf dem Tisch, als ich klopfte. Er ignorierte mein Zeichen und schien auf den Kalender an der Wand zu stieren. Das Datum, Donnerstag, 31. August 2017, war dick umrandet, sah ich, und ich vermutete richtig: es musste sich um Schweiss' Entlassungsdatum handeln. Ich klopfte erneut diskret an den Türrahmen und räusperte mich. Extrem flink für sein Alter, hatte Schweiss die Füße vom Schreibtisch genommen und die Position des Drehstuhls um 180 Grad verändert. Überrascht schaute er in mein grinsendes Gesicht.

„Noch 230 Tage, wenn ich richtig gezählt habe. Was wollen Sie denn hier?" Ich erinnerte mich nicht, dass der Hauptkommissar und ich per Sie waren, also ignorierte ich es. „Grüß dich, Alex!"

„Also, was möchten Sie hier, Lutteroth? Und wie geht es dem Schwiegerpapa, dem ehemaligen Staatsanwalt von Dietzen?"

Es war klar, dass Schweiss tief in der schmutzigen Kiste kramen musste. Damals tuschelten die Kollegen, dass meine Heirat mit Mia von Dietzen meine Karriere etwas beschleu-

nigt hatte. Na ja, geschadet hatte es mir sicher nicht. Aber das war nicht der Grund meiner Heirat. Ich schleuderte ein „Mia ist tot“ in das grinsende Gesicht des ehemaligen Kollegen, das sich sofort normalisierte.

„Gut, also was möchtest du?“

Ich setzte mich neben ihn auf den Bürostuhl, ohne sein Angebot dazu abzuwarten. Er schaute etwas entgeistert zu mir herüber. „Es gibt da einige Ungereimtheiten zwischen einer vermissten Person und einer Leiche“, erklärte ich.

„Evelin Luther-Wagner!“

Ich war überrascht und korrigierte ihn: „ Lüttli-Wagner!“

„Dann eben Evelin Lüttli-Wagner.“

„Wer hat dich informiert?“

Schweiss kratzte sich am Kopf. „Professor Kensbock. Traudel und ich sind …“, Schweiss räusperte sich, „… ein Paar!“, meinte Schweiss und grinste wieder. Doch dieses Mal war es kein ignorantes oder gar böses Grinsen. Nein, ich fand, es war ein freundliches, kollegiales und so hegte ich wieder Hoffnung.

„Gut zu wissen, Alex. Glückwunsch!“ Schweiss hatte seinen Kopf gedreht und blickte wieder zum Kalender. „Noch 230 Tage!“

Ich wusste, dass der Mann während seiner Dienstzeit einiges erlebt hatte. Trotzdem ging es jetzt um mich und meinen Fall und da musste der ehemalige Kollege durch.

„Ich denke, es war Mord!“

Ich hatte es einfach mal so dahingesagt. Vielleicht wollte ich ihn nur aus der Reserve locken. Mein Plan war aufgegangen, denn Schweiss wandte seinen neugierigen Blick wieder zu mir. „Na gut, Alex. Ich habe die Schlüssel für das Appartement von Frau Lüttli in der Jürgen-Töpfer-Straße. Ihr Ehemann hat sie mir ausgehändigt. Werde dort mal nach dem Rechten schauen. Vielleicht finde ich Hinweise.“ Noch immer schaute mich Schweiss an, der Krimi-

nalbeamte sagte aber kein Wort. Ich erwartete Sätze wie: „Das ist Polizeiarbeit, halte dich da raus." Ein Geräusch hinter mir ließ mich plötzlich aufhorchen. Ich drehte den Kopf und erblickte im Türrahmen eine unbekannte, männliche Person. Sofort fragte ich mich, ob der Typ schon lange dort stand und vielleicht unserer bisherigen Unterhaltung gelauscht hatte?

„Hallo", der Fremde hob eine Hand zum Gruß.

Ich nickte gleichgültig zurück und wandte mich mit fragendem Blick wieder Schweiss zu.

Dieser schien meine Miene verstanden zu haben und teilte mir mit: „Das ist der Kollege Silwer. Denke, du kennst ihn noch nicht?"

Hauptkommissar Schweiss war nach dem Gespräch und dem Abschied des ehemaligen Kollegen Lutteroth etwas durcheinander. Er schob es eher der gestrigen Dialyse zu. Trotzdem beunruhigte ihn die Sache. Lutteroth, so wusste er, war ein großartiger Kollege. Damals, bevor diese Sache geschah. Dass der Arme jetzt als Privatdetektiv zurückkam und mit solch einem Loser-Job seine Brötchen verdienen musste, konnte er nicht glauben. Die Lutteroths waren in Hamburg eine angesehene Reederfamilie und Carsten-Oliver, angeheirateter von Dietzen, so nahm Schweiss an, finanziell gut versorgt. Aber wie auch immer, er hatte sofort Kollegin Sandra Holz zu sich gebeten und Bernd Silwer dabehalten.

„Ich hatte eben den ehemaligen Kollegen Carsten-Oliver Lutteroth im Büro. Bernd hat ihn ja noch kennengelernt", begann Schweiss seine Ansprache an die beiden Kollegen.

„Na ja, kennengelernt ist etwas anderes."

„Wie dem auch sei, die Geschichte - was Lutteroth angeht - ist traurig und lang, und ich möchte sie euch ersparen. Fakt ist: Lutteroth sprach von einer Leiche aus der Elbe und einer vermissten Frau. Beide seien identisch und es könnte sein, dass wir da etwas übersehen haben."

Sandra Holz konnte sich weder an die Frau aus der Elbe noch an eine vermisst gemeldete Person erinnern. Ob das im Zusammenhang mit dem Anruf der Rechtsmedizinerin, Professor Dr. Kensbock, stand? Sie hatte die Kommissarin heute gebeten, den Fallschirm des Todessturzes von der Elbphilharmonie zu überprüfen, und Sandra hatte es der Freundin zugesagt. „Mir sagt das nichts, Alex", erklärte die Kommissarin, „kannst du mich bitte auf einen aktuellen Stand bringen?"

Noch bevor Schweiss antworten konnte, hatte Silwer das Wort ergriffen. „Ich denke, Sandra, das betrifft weniger dich. Mag sein, dass diese vermisste Evelin Lüttli-Wagner die Leiche vom Neujahrstag aus der Elbe ist. Aber es handelt sich definitiv um Selbstmord beziehungsweise um einen anschließenden Unfall der Toten. Insofern ist alles in Ordnung."

Sandra fand, sie habe genügend Arbeit, und das zustimmende Nicken ihres direkten Vorgesetzten, Hauptkommissar Schweiss, beruhigte sie.

„Du bist noch die komplette Woche als Bereitschaftsleiterin eingeteilt, Sandra?" Die Kommissarin beantwortete die Anfrage Schweiss' mit einem Nicken.

„Gut! Bernd, bist du Mittwoch nach dem Kaffeetrinken wieder gut nach Hause gekommen? War sicher viel Verkehr? Und wie geht es deiner Mutter, wieder besser? Musstest uns ja schnell verlassen." Schweiss griente Silwer freundlich an. Den frischgebackenen Hauptkommissar brachte diese Bemerkung etwas aus der Fassung. Zumindest glaubte Sandra das erkannt zu haben. Doch ihr war nicht bewusst, warum.

„Ja, ja! Alles gut, es war nur ein Schwächeanfall." Sandra war sich sicher, diese Bemerkung bezog sich auf Silwers Mutter.

„Bernd?" Sandra sprach den Kollegen im Flur an. „Was war mit diesem Fallschirmunfall bei der Elbphilharmonie?"

Man sah Silwer die Überraschung ins Gesicht geschrieben an. Dann erklärte er: „Das Übliche, so ein Wichtigtuer stürzte sich vom Dach. Wenn die Kerle wenigstens mit ihrem Gerät umgehen könnten!" Mit einer abweisenden Handbewegung ließ er Sandra auf dem Flur stehen.

Die Aussage des Kollegen brachte der Kommissarin recht wenig und sie spazierte nach unten in die Asservatenkammer. Ihre Freundin, die Rechtsmedizinerin Traudel Kensbock, hatte heute Morgen bei Sandra Holz angerufen und sie gebeten, nach diesem Fallschirm zu sehen. Das Beweisstück zum verunfallten Tariel Gaspar – so die Akten – am Tag der Eröffnung der Elbphilharmonie musste sich im Keller des Polizeipräsidiums befinden. Heute war ihr erster Kontakt mit der Asservatenkammer seit ihrer Versetzung vor drei Jahren nach Hamburg. Aber das musste nichts heißen. Ihre Kollegen hatten das eine oder andere Mal die Beweismittel für sie abgeholt oder abgegeben.

Der uniformierte Kollege war freundlich und sprach Sandra mit Sie an. Das wunderte sie etwas, aber es freute die Kommissarin auch zugleich. Seit sie hier in der Hansestadt ermittelte, war ihr die Gewohnheit der Polizei- und Kriminalbeamten, sich untereinander zu duzen, negativ aufgestoßen. Hier war endlich mal einer mit Anstand, befand sie.

„Einen Fallschirm vom 11. Januar? Also von vorgestern? Haben Sie ein Aktenzeichen?" Sandra Holz zuckte mit den Schultern. Daran hatte sie natürlich nicht gedacht. „In Zeiten von Computern ...?", versuchte sie sich rauszureden. Der Kollege grinste und griff dann nach einer altertümlich aussehenden Kladde. „Dann wollen wir mal – im Zeitalter von Computern – nachschauen!" Er blätterte in dem Buch. Nach einer Weile gab er resigniert auf. „Tut mir leid, Frau Kommissarin. Ich kann keinen finden. Zumindest nicht innerhalb dieses Zeitraumes." Es sah aus, als gäbe sich der Mann selbst die Schuld an seinem Unvermögen.

„Na, jetzt mal ruhig. Da können Sie doch nichts für, Herr Kollege. Hauptkommissar Silwer hat ihn gebracht, zumindest glaube ich das."

„Bernd Silwer? Natürlich, da erinnere ich mich an etwas. Er brachte tatsächlich Mittwoch einen großen Karton." Wieder blätterte der Beamte in der Kladde. „Hier, Mittwoch, 11. Januar, 14.35 Uhr, Aktenzeichen PK15/1K/2113/2017. Und wie ich sagte, ein Karton. Aber leider ohne weitere Angaben zum Tatgeschehen und zum Inhalt."

Sandra war etwas unsicher. „Passiert das öfter, so völlig ohne Angaben?"

Der Kollege zuckte nervös mit den Schultern. „Eigentlich nicht ... na ja, bei dem Stress, den ihr bei Mord immer habt!", entschuldigte er die Angelegenheit. Sandra ließ sich den Karton bringen und öffnete ihn. Tatsächlich bestand der Inhalt aus einem blutbefleckten Fallschirm. Er sah nicht komplett aus, aber diese Tatsache wollte sie sich von einem Fachmann bestätigen lassen. Sie unterschrieb dem Kollegen die Übernahme des Beweismaterials und nahm den Karton mit.

Sandra war - den Fallschirm im Kofferraum - zu Traudel Kensbock ins Butenfeld gefahren. Diese hatte wenig Zeit, doch nannte sie der Kommissarin den Namen eines Versicherungsdetektivs, der - nach Aussage der Rechtsmedizinerin - selbst Fallschirmspringer war.

„Ich habe schon einige Male mit Josef Helmer gearbeitet. Er ist verschwiegen und weiß, wovon er spricht."

So verließ die Kommissarin Traudel Kensbock nach einem kurzen Telefonat mit Helmer und fuhr zu dessen Büro nach Eppendorf. Helmer erwartete sie schon. Er saß in einem winzigen Vorgarten. Das Büro des Gutachters schien gleichzeitig seine Wohnung zu sein und Sandra versuchte sofort, ihre Verspätung zu entschuldigen.

„Die Parkplatzsuche hier frisst inzwischen mehr Zeit als die Besuche selbst. Trotz meiner dienstlichen Tätigkeit hier."

Helmer nickte bestätigend. „Wem erzählen Sie das? Die Hälfte an Aufträgen entgeht mir, weil die Menschen es sich während der Parkplatzsuche einfach anders überlegen und zu einem anderen Gutachter, oft außerhalb Hamburgs, wechseln."

Sandra war sich nicht sicher, ob Helmer einen Witz gemacht hatte, aber sie stellte den Karton mit dem Fallschirm auf den Boden.

„Der Fallschirm?" Helmer hatte auf den Karton gezeigt und Sandra genickt.

„Gut, aber lassen Sie uns reingehen!" Er hob den Karton auf und brachte ihn ins Haus.

Das kleine Reihenhäuschen im Hinterhof hatte äußerlich nicht viel hergegeben, doch innen wunderte sich die Kommissarin über das große Raumangebot. Das Büro des Gutachters lag direkt neben dem Eingang der Wohnung und voller Neugier blickte der Mann auf den Karton.

„Darf ich?", fragte er höflich und Sandra bejahte. Er hob den Schirm heraus und legte ihn auf einen Läufer vor dem Schreibtisch. „Der ist nicht vollständig!", erklärte er noch beim Herausheben. „Das spüre ich schon am Gewicht."

„Bei dem Toten handelt es sich um einen Base Jumper!", merkte Sandra stolz an. Helmer nickte ernst und Sandra war klar, der Fachmann hatte es schon gewusst. Der Fallschirm sah aus, als habe man Teile herausgeschnitten. Noch während Sandra das dachte, erklärte Helmer: „Bei dem Schirm handelt es sich um ein sogenanntes Objektsprung-System. Die Kappe ist ein Siebenzeller ohne Reservefallschirm." Auf den fragenden Blick der Kommissarin meinte Helmer: „Bei der geringen Höhe bliebe ihm auch keine Zeit, diesen auszulösen." Helmer teilte den Schirm auf. Er legte die Schnüre auf die eine und die Kappe auf die andere Seite.

„Der Unbekannte sprang von etwa 110 Metern Höhe“, erklärte die Kommissarin.

Helmer hielt mit seiner Tätigkeit inne und erhob sich. „Das ist eine ausreichende Höhe, um sicher zu landen. Voraussetzung ist, dass sich der Schirm öffnet. Was ja hier wohl nicht funktioniert hat.“ Der Mann ging wieder in die Knie.

„Bis zu welcher Höhe kann man von Objekten springen?“

Geduldig schaute er zur Kommissarin und überlegte. „Ich habe mal von einem Engländer gehört, der in den Neunzigern, in London, von einer Kathedrale gesprungen sein soll. Aus knapp 32 Metern Höhe.“

Sandra hörte interessiert zu.

„Wenn man den Geschichten glauben kann! Aber ich werde mal weitermachen …!“ Sandra nickte und war sich bewusst, dass sie die Zeit von Gutachter Helmer über das Maß hinaus beanspruchte.

„Wenn ich Ihnen später auch einmal irgendwie helfen kann …?“

Helmer grinste dankbar und hob die Kappe hoch. Nach einer Weile erklärte er: „Also, Frau Holz! Aus der Kappe hat man das Innenfutter herausgetrennt.“

Sandra war überrascht. Das ging ja gut los. „Vor oder nach dem Sprung?“, fragte sie. Jetzt wirkte Helmer etwas genervt: „Natürlich nach dem Sprung!“ Für die Kommissarin war das irgendwie nicht natürlich, aber sie ließ weitere Kommentare.

„Und der Schirm wurde manipuliert!“ Helmer pulte eine durchsichtige Masse zwischen den Schnüren hervor und hielt sie der Kommissarin vor das Gesicht. Für Sandra sah es aus wie Silikon.

„Auf den ersten Blick würde ich sagen, das ist Sekundenkleber.“ Helmer rieb die Masse zwischen den Fingern und roch dann daran. „Ja, definitiv Sekundenkleber!“ Er sah Sandras fragenden Blick und meinte dann: „Den muss jemand von außen eingefüllt haben. Damit verkleben Schnüre und Kappe. Das heißt, der Schirm des Springers konnte sich niemals kontrolliert öffnen. Dieser Mann hatte keine Chance. Ich gehe von einem Anschlag auf das Leben des Springers aus – und nicht von einem Unglück.“

Der Schlag auf den Hinterkopf tat weh. Aber zum Glück wurde ich nicht ohnmächtig. Ich war an diesem Freitagabend mit der S-Bahn nach Othmarschen gefahren und die restliche Strecke zur Jürgen-Töpfer-Straße zu Fuß gelaufen. Dieser Januar 2017 war bisher der mildeste seit der Wetteraufzeichnung, behauptete man im Fernsehen, und ich konnte vor meinen geistigen Augen genau sehen, wie das Eis die Polkappen weiter schmolz.

Ich hatte nur den Türschlüssel für das Appartement im Gebäude Nummer 62 und Lüttli erklärte mir, der beste Weg hinein sei, bei Nachbarn zu klingeln und sie um Einlass in das Gebäude zu bitten. Ansonsten bestände noch die Möglichkeit zu warten, bis ein Fahrzeug in die Tiefgarage einfuhr, und dann über das Treppenhaus bzw. den Aufzug zur Wohnung im 3. Obergeschoss zu gelangen. Die Empfehlung, es über die Nachbarn zu versuchen, brachte mich nicht in das Gebäude. Entweder hatte man dort mit Unbefugten Schlimmes erlebt oder die Bewohner bestanden allesamt aus dickköpfigen Mitmenschen. Nachdem auch nach einer Viertelstunde niemand den Neubau betreten oder verlassen hatte, spazierte ich zum Tor der Tiefgarage. Ich setzte mich daneben auf einen Poller und musterte meine Umgebung. Die Ecke war mir aus meinen Kindheitstagen bekannt. Eine Tante hatte früher ein Haus ganz in der Nähe in der Walderseestraße. Damals gab es hier viel Wald und freies Gelände. Jede Menge Gelegenheit für uns Jungen, zu toben und auf die Bäume zu klettern. Inzwischen waren Wald und Wiesen exklusiven Wohnungen gewichen, und sogar einen riesigen Kino-Komplex hatten Investoren gebaut. Das Schmelzen der Polkappen machte nun erheblich mehr Sinn.

Endlich erbarmte sich ein BMW SUV und fuhr vor das Tor der Tiefgarage. Der Fahrer schaute einige Sekunden durch das Seitenfenster zu mir hinüber und zögerte, den Fernauslöser zur Öffnung des Tors zu betätigen. Dann endlich hatte er es vollbracht. Ich spazierte hinter dem Fahrzeug her nach unten. Der BMW blieb plötzlich stehen und ich hörte, wie die Fahrzeugtür geöffnet wurde. Eine männliche Stimme rief: „Hallo, wo wollen Sie denn …“, doch ich war schon durch eine Stahltür im Treppenhaus verschwunden.

Wie schon erwähnt, tat der Schlag auf den Hinterkopf sehr weh. Noch im Fallen war mir klar, es handelte sich nicht um eine Vase oder gar um einen Baseballschläger. Derjenige, der mir – was auch immer – auf den Kopf schlug, schien selbst überfordert zu sein. Ich spannte meine Muskeln und erinnerte mich an die Zeit meines Trainings beim Taekwondo. Ich rollte zur Seite, so wie ich es damals gelernt hatte, dann auf die Füße. Doch sogleich riss es mich wieder von den Beinen. Der Schlag musste doch eine kleine Ge-

hirnerschütterung ausgelöst haben. Ich hörte das Atmen der Person, die mir das angetan hatte, aber es war äußerst dunkel in dem Appartement von Frau Lüttli-Wagner. Nur aus dem Hausflur drang etwas Lichtschein in die Wohnung. Und wenn der Flurautomat abschaltete, würde auch dieses Licht erloschen sein. Dass die Frau selbst nicht der Angreifer sein konnte, leuchtete mir ein. Auch ihr Mann, Dr. Lüttli, konnte es nicht sein, er hatte mich ja beauftragt, hier nachzuschauen. Ich tastete mit der rechten Hand auf dem Boden umher. Da lag ein Stück Holz. Nein, jetzt hatte ich es, eine Schublade. Mengen von Papier lagen daneben. Der Typ, inzwischen ging ich stark von einem Mann aus, hatte etwas gesucht. Sicher das Gleiche, was ich mir von dem Besuch hier versprach! Ich verspürte plötzlich einen Luftzug. Wieder rollte ich zur Seite und genau gegen die Schublade. Ich unterdrückte den stechenden Schmerz an den hinteren Rippen. Ich sprang auf, sammelte meine Kräfte und wartete. Inzwischen hatten sich meine Augen etwas an die Dunkelheit gewöhnt und ich konnte das Wohnzimmer erkennen, in das ich hineingestolpert war. Gleich neben mir befand sich die Wand und ich lehnte mich dagegen. Ich suchte einen Lichtschalter, fand und drückte ihn, doch vermutlich hatte der Eindringling die Sicherungen ausgeschaltet. Den Angreifer selbst sah ich auch. Er war kleiner als ich, stand mitten im Raum und beobachtete mich. In der Hand hielt er etwas. Auf den ersten Blick sah es aus wie ein Meterstab. Hatte der mich getroffen? Ein Meterstab? Früher hätte man mich damit nicht niederschlagen können. Ob Eisenstangen, Baseballschläger oder auch sogenannte Totschläger. Alles war in den Jahren bei der Polizei schon auf meinem armen Kopf gelandet, aber noch nie ein Meterstab. Das machte mich fassungslos, aber es ließ auch meinen Adrenalinspiegel ansteigen. Ich stürzte mich auf den Typen und der hatte wohl nicht mit diesem Angriff gerechnet. Er erwies sich nicht als sehr gewandt, dazu kam der Überraschungseffekt. Ich packte ihn am Kopf, legte meine Arme um seinen Hals und bekam ihn voll in den Schwitzkasten. Doch das Fehlen an Beweglichkeit machte dieser kleine Mann mit enormen Kräften wett. Ich hatte nichts dagegenzuhalten. Mit einem plumpen Manöver löste er meine Arme um seinen Hals und boxte mir anschließend in die Magengegend. Mein Sixpack von früher war ausreichendem Fett gewichen und im Moment der Atemnot schwor ich mir, den Alkohol- und Kalorienkonsum massiv zurückzuschrauben. Ich holte aus, erwischte ihn am Kopf. Er stolperte, kam wieder auf die Füße. Dann rannte die fremde Person plötzlich aus dem Raum. Nicht ohne gegen die Zimmertür gelaufen zu sein. Er rappelte sich schnell auf und verschwand dann durch die Eingangstür. Als ich das Schnaufen für einen Moment einstellte, hörte ich noch seine hallenden Schritte im Treppenhaus.

Zum Glück hatte Evelin Lüttli-Wagner Bier in ihrem Superior-Kühlschrank. Erst drückte ich das kalte Glas der Flasche an den leicht geschwollenen Schädel, dann öffnete ich sie und trank das Pils darin in einem Zug aus. Ich schob sofort nach dem Verschwinden des Angreifers die Sicherungen wieder hinein. Der Typ hatte wohl mit einem Besucher gerechnet und den FI-Schalter gedrückt. Danach hatte ich die Haustür abgeschlossen und noch zusätzlich verriegelt. Die Wohnung von Frau Evelin Lüttli-Wagner sah aus wie nach einem Tsunami, fand ich. Nur trockener. Ich setzte mich auf die weiße Ledercouch, genehmigte mir noch ein Bier und schaute mich um. Die Frau hatte Geschmack. Und

Geld. Aber das war mir schon vorher klar. Jemand, der solche hochpreisigen Gebäude baute, musste auch entsprechend entlohnt werden. „Es handelt sich um eine Eigentumswohnung", hatte Lüttli erzählt. Also rollte der Rubel beim Bau der Elbphilharmonie auch bei Frau Lüttli. Und überall auf dem Boden lagen bunte Meterstäbe herum. Die Frau musste sie gesammelt haben. Na gut, dachte ich, als Bauingenieurin! Und einen der Stäbe hatte der Angreifer – wohl in der Not – für meinen Kopf vorgesehen. Ich schluckte meinen Ärger und auch meinen Neid etwas hinunter. Das Trinken war aber nicht der Grund meines Besuches. Ich begann mit dem Schlafzimmer: Bettdecken, Matratzen, alles, was so ein Boxspringbett ausmachte, hatte mein Vorgänger schon auseinandergerissen und auf dem Boden verteilt. Doch außer dem, was man zum Schlafen benötigte, und etwas Wäsche und Kleidung einer Frau, war darunter nichts Interessantes. Frau Lüttli las Kriminalromane, stellte ich fest. Ein ganzer Stapel Bücher, mit Autorennamen, die mir nichts sagten, lag neben dem Bett. Doch die Titel und die Cover ließen keinen Zweifel: Hardcore!

Die Wohnzimmermöbel und auch deren Inhalt lagen völlig verstreut umher. Kopfschüttelnd überblickte ich das Chaos und mir wurde augenblicklich klar, dass es das Beste sein würde, mir von der Couch aus – bei einem Bier – weitere Gedanken zu machen. Nach einer Verschnaufpause ging ich es an: Versicherungspolicen, Baupläne, Rechnungen; all das lag zahlreich auf dem Boden, und mit einem Blick wusste ich, das alles trug nicht zur Aufklärung dieser traurigen Angelegenheit bei. Ich stand auf und wühlte in der Unordnung, *auf der Suche nach Ärzteunterlagen. Was ich fand, waren Abrechnungen einer Gynäkologin und die Rechnungen von zwei Besuchen Frau Lüttli-Wagners bei einem Internisten. Die Diagnosen des Arztes lauteten: grippaler Infekt, und er hatte der Frau stets die üblichen Medikamente verschrieben. Aber Papiere, die auf einen Psychiater oder Neurologen hinwiesen, waren nicht dabei. Hatte doch Herr Lüttli erwähnt, dass man vonseiten der Polizei von ‚Suizid aufgrund Depressionen' sprach. Das konnte ich – zumindest was die Papierlage hier anging – nicht bestätigen. Bad und Küche der Wohnung sahen fast unbenutzt aus – Kochen schien nicht ihr Ding – und auch hier fand ich keinerlei Hinweise. Außer dass die Dame Zahnseide benutzt hatte. Sie besaß, laut Rechtsmedizinerin Kensbock, einen ausgesprochen hochwertigen Zahnstatus, und ich nahm mir vor, morgen auch Zahnseide zu kaufen. Obwohl, sie brauchte die Rolle eh nicht mehr. So steckte ich sie ein. Nach dem Blick in die sterile Gästetoilette begab ich mich wieder zurück in Evelins Schlafzimmer. Das beurteilte ich eher unerotisch. Aber das Boxspringbett von Frau Lüttli war doch etwas ganz Besonderes, registrierte ich. Während ich darauf lag und mich mit der Bierflasche unterhielt, wurde mir bewusst, dass ich bisher doch viel Glück in meinem Unglück hatte. Der Verlust von Ehefrau Mia schmerzte noch immer tief. Aber inzwischen hatte ich begriffen, dass es weitergehen musste. Ich schob die dunklen Gedanken beiseite und griff nach einem Buch: Håkan Nesser hieß der Autor. Welch ein Name! Ein Schwede, wie ich auf der Rückseite des Einbandes lesen konnte. Und der Kriminalroman handelte von abgetrennten Leichenteilen und Blut. Ja, und so, wie es aussah, von noch mehr Blut. Hatte Evelin nichts anderes, etwas mit weniger krimineller Energie? Ich griff nach dem nächsten Schmöker, wieder so ein dicker, schwerer. Ich erwischte das Buch nicht richtig und der kiloschwere Roman fiel mir vom mindestens einen Meter hohen Boxspringbett auf den Parkettboden des Schlafzimmers. Und heraus fiel – eine gefaltete Skizze. Oder war es ein Bauplan? Ich hob das Blatt mühsam vom Boden auf und entfaltete es. Von der Größe her schätzte ich doppelt DIN-A3, also DIN-A2. Das Wort „TUBE" stand ganz oben in Fettschrift geschrieben und es handelte sich tatsächlich um einen Bauplan. Einer, der für mich aussah wie eine Anleitung zum Stricken oder Häkeln. Ich drehte ihn zweimal um 90 Grad und betrachtete die zahlreichen Angaben, was Größen, Umfang und Gewichte anging. Das alles gab nichts her! Als ich das Blatt wendete, fand ich auf der Rückseite handschriftliche Bemerkungen. Eine Frauenhandschrift, glaubte ich zumindest zu erkennen. Mein Herz schlug höher und kurz war ich davor, aufzustehen und mir die letzte Flasche Bier aus dem Kühlschrank zu nehmen. Dann erinnerte ich mich an den Schwur von eben und ließ es. Evelin Lüttli-Wagner hatte einige fachliche Begriffe darauf geschrieben. „Vorgehensweise grob fahrlässig?", aber auch „Baufeldbesichtigung", „BE-Plan eingehalten?", „Anforderungen ASR?" Dann stand dort noch ein Paragraf: § 823 BGB. Und weiter unten ein Name: Sebo Gaspar. Da hatte sich der Besuch in der Wohnung der verstorbenen Evelin Lüttli-Wagner ja doch noch gelohnt. Und nicht nur wegen des Bieres. Ich faltete den Plan zusammen, steckte ihn ein und verließ das Appartement.*

5

Samstag, 14. Januar 2017

Sie hatten die Elbphilharmonie genau in die fehlende Lücke zwischen Überseehafen und Landungsbrücken gebaut. Wie die Faust aufs Auge, kam es mir plötzlich in den Sinn. War ich die ganzen Jahre skeptisch über das Millionengrab gewesen, so fiel das von mir ab wie der Schorf einer Wunde, je näher ich meinem Ziel kam.

Ich hatte die U4 genommen und war beim Überseequartier ausgestiegen. Die blau gehaltene Bahnhofshalle hatte etwas von einer Kathedrale und ich war stolz darauf, dass Hamburg jetzt so etwas vorweisen konnte. Die wenigen hundert Meter zur Elbphilharmonie wollte ich nutzen, um alles in meinem angeschlagenen Kopf zu ordnen. Der Meterstab hatte eine Beule verursacht sowie leichte Kopfschmerzen. Damit war ich am Samstagmorgen aufgewacht. Nach zwei Espressos und einem Aspirin ging es mir deutlich besser und ich nahm mir vor, diesen Tag nicht mit Ausruhen zu verbringen.

Ich lief an einem weißen Kreuzfahrtschiff vorbei, das dort vor Anker lag. Ich stellte fest, dass es keine Balkone hatte – wo doch heute alle Kreuzfahrer Balkone liebten. Einen Grund für den Mangel konnte ich nicht erkennen. Eine Fehlkonstruktion schloss ich aus, also mussten die Schiffsbauer bewusst so gebaut haben. Lag ich falsch und die Urlauber mochten keine Balkone mehr? Oder lag der Grund darin, dass es einen baulichen Mehraufwand bedeutete? Wenn Mia und ich damals solch eine Fahrt hätten machen wollen, ohne einen Balkon wäre ich nicht dazu bereit gewesen. Mia sicher auch nicht.

Nachdem ich das Unilever-Gebäude passiert hatte, lag der Blick auf die Elbphilharmonie frei. Glasfenster, soweit die Höhe reichte. Und dazu gewölbte. Wem fiel so etwas Krankes, aber auch Geniales zugleich ein? Früher hieß es: Schneller, höher, weiter. Ich glaubte, mich in diesem Zusammenhang an die Raumfahrt der Sechzigerjahre zu erinnern. Und jetzt schleppte man sich von einer Superlative in die nächste. Was baute die Menschheit nach der Hamburger Elbphilharmonie? Einen Konzertsaal, der per dickem Seil am Mond festgemacht war? Die Menschen neben mir reagierten auf mein lautes Lachen eher erschreckt.

Schon im November 2016 hatte man die Hamburger Elbphilharmonie eröffnet. Zumindest die Plaza und das darin befindliche The Westin Hotel. Die 20.000 Tickets zum Betreten des Gebäudes hatte die Stadt damals, ähnlich wie beim jährlichen Wacken-Konzert, schon in wenigen Minuten verkauft. Der Hype war riesig! Jedoch sprachen die Medien davon, dass es eine Art Brocken war, den man allen Hamburgern hinwarf. Dadurch sollte wohl die Baukostenentwicklung des Gebäudes, die 1.000 Prozent betrug, in den Hintergrund gerückt werden. „Schaut, wie toll die Elbphilharmonie ist! Hier habt ihr schon einmal einen kleinen Vorgeschmack!"

Und jetzt, seit Anfang der Woche, war das komplette Gebäude tatsächlich fertig und von den Bauverantwortlichen an die Stadtverantwortlichen übergeben worden. Ich war nun, bis auf wenige Meter, von dem neuen Gebäude entfernt. Seitlich, hinter einem rot-weißen Bauzaun, standen noch zwei letzte weiße Baucontainer und man schien gerade *im Begriff zu sein, diese auf bereitstehende Lkws zu verladen. Ich hatte eigentlich vor, sofort die Elbphilharmonie zu betreten und mir dort die Plaza anzuschauen. Aber das emsige Treiben und die Männer, die dort mit gelben Helmen umherliefen, inspirierten mich und hielten mich zunächst davon ab.*

„Hallo!", rief ich. Doch niemand beachtete mich. Mir war klar, während der zehnjährigen Bauphase waren sicher alle Beteiligten abgestumpft. Hatte doch jeder neugierige Tourist, aber auch jeder Hamburger eine Menge Fragen an die Bauarbeiter. Und natürlich Interesse daran, das halb fertige Gebäude einmal als Erster zu besichtigen. Ich schob mich durch den Bauzaun und spazierte auf die Gruppe von Männern neben einem Lastenkran zu. Sie entdeckten mein Eindringen und nahmen eine drohende Haltung an. Ich holte meinen Ausweis aus der Tasche und hielt ihnen diesen – wie ein Schutzschild – entgegen. Sofort konnte ich sehen, wie sich ihre Körper entspannten. Ja, das klappte in Deutschland: Mit einem Dokument, und sei es der Schülerausweis, erreichte man einiges. Ich dachte gleich an den Hauptmann von Köpenick. Die Männer ließen von ihrer Tätigkeit ab und warteten nervös, bis ich sie erreicht hatte.

„Mein Name ist Lutteroth, ich bin Privatdetektiv!" Ich schwenkte den Ausweis schnell hin und her. „Ich suche einen Mann namens Sebo Gaspar!" Hatte ich Aufregung oder Antworten erwartet, sah ich mich getäuscht. Mir war gleich klar, diese sechs Männer kannten die gesuchte Person nicht. Und vor allem, sie verstanden anscheinend meine Sprache nicht.

„Verstehen Sie mich? Sebo Gaspar!"

Die Männer schauten sich alle an und schüttelten, wie abgesprochen, gleichzeitig den Kopf. Ich musste Stufe zwei der beamtentechnischen Grundlagen einschalten: Die Lautstärke.

„Hören Sie, meine Herren, es macht mir keinen Spaß, aber ich werde jetzt die Polizei rufen müssen!" Ja, das klappte schon besser. Das Wort Polizei half immer. Einer trat plötzlich auf mich zu und meinte unterwürfig: „Hier alles gut. Wir kennen Mann nicht. Sind erst wenige Tage auf Bau und rüsten Container zurück. Fragen Sie Bauleiter, Herr Steffensen. Bitte!"

Mir war klar, hier kam ich nicht weiter. „Wo finde ich Herrn Steffensen?"

„Eben war Chef noch da!", erklärte der Mann. „Da stehen sein Porsche!" Der Mann zeigte auf einen silbernen Porsche, der gegenüber der Straße vor einem Café parkte. Sofort fiel mir das Halteverbotsschild auf, das vor dem Nobelschlitten in der Sonne glänzte. Ich nickte, zwängte mich durch den Zaun zurück auf die Straße und wechselte die Seite.

Das war vielleicht ein Wagen! Sicher 100.000 Euro teuer – aber jeden Cent wert. Ich bestellte mir in der Campus Suite einen doppelten Espresso und wusste, der wird richtig teuer. Hier, mit Blick auf die Elbphilharmonie, das ließ man sich bezahlen. Wahrscheinlich übernahm ich auch noch die Kosten für das Ticket des Porschefahrers!

Der Fahrer des Porsches ließ etwa dreißig Minuten auf sich warten. Die Bedienung hatte mich schon mindestens zehnmal gefragt, ob es noch etwas sein dürfte, und zehnmal hatte ich mit einem lässigen Nein geantwortet. Inzwischen war man dabei, an den spärlich besetzten Tischen Wetten abzuschließen, wer ein längeres Durchhaltevermögen hatte: die Angestellte oder ich. Endlich erschien Steffensen. Der Bau-

leiter der Elbphilharmonie mochte Anfang vierzig sein und trug zum gelben Sicherheitshelm einen teuren Anzug. Das imponierte mir. Noch dazu, dass der Anzug an den Knien verschmutzt war. Ich stand auf und lief ihm entgegen. Beim Porsche trafen wir zusammen.

„Herr Steffensen …?"

„… möchte wer wissen?"

„Privatdetektiv Carsten-Oliver Lutteroth!" Der Stimmlage nach handelte es sich bei dem Mann um einen Bayer. Etwas, was ich als positiv für mein Ansinnen ansah.

„Okay!" Steffensen nahm es gelassen auf. Er hatte seine Hand auf die Scheibe des Porsches gelegt und sofort hörte ich das Klacken der Entriegelung. Ein dicker Siegelring mit Löwenkopf zierte seine rechte Hand.

„Wow, toller Trick!", lachte ich, als er den Türgriff betätigte.

„Den kannten Sie nicht?"

Ich schüttelte den Kopf.

„Legen Sie 135.000 Euro bei Porsche auf den Tisch und Sie werden auch die restlichen Tricks des Wagens erfahren." Verblüfft ließ er mich stehen und setzte sich in den Wagen. Er machte Anstalten, den Motor zu starten. Wahrscheinlich per Mundgeruch, glaubte ich zu wissen, aber schnell erklärte ich: „Ich suche Sebo Gaspar!"

Sandra Holz hatte den Samstagvormittag mit Lara Sophie und ihrer Schwiegermutter verbracht. Luca hatte ihr nach dem Frühstück ein Küsschen auf die Wange gehaucht und war mit den Worten: „Warte nicht auf mich, es wird spät!", in seinen Alfa Spider gestiegen und nach Hamburg gefahren. „Tolle Familie", dachte Sandra und lief hinter Lara Sophie her, deren Ziel es war, das Gartentor zu erreichen. Die Kleine wurde am 18. März schon drei Jahre alt und entwickelte sich prächtig. Sie kreischte vor Freude, als ihre Mutter sie noch vor der Straße zu fassen bekam und in den Arm nahm.

„Mama, ich möchte spielen!"

Sandra hatte keine Lust und nahm das Kind bei der Hand. Sie spazierten die wenigen Meter die Straße hinauf bis zu einer Bank. Hier saß sie gerne und ordnete ihre Gedanken. Auch Lara Sophie hatte den Ort mit dem tollen Ausblick inzwischen schätzen gelernt. Still setzte sie sich neben ihre Mutter und schaute geduldig zu ihr hoch. „Ja, Schatz, nicht alles ist Friede, Freude, Eierkuchen."

„Mmh, Kuchen!"

„Nein, nicht, was du denkst, Liebes!"

Nach ihrem Besuch bei Helmer und dem Untersuchungsergebnis des Fallschirms hatte die Kommissarin noch am gestrigen Abend versucht, Hauptkommissar Schweiss zu erreichen. Doch der hatte sein Handy abgestellt. Sicher war er mit Traudel unterwegs. Sie gönnte ihm die späte Liebe. Vor allem aber freute sie sich für ihre Freundin, Traudel Kensbock. Obwohl sie sich ein dauerhaftes Zusammensein oder gar ein Zusammenleben mit einem Mann wie Alexander Schweiss nicht ganz einfach vorstellen konnte. Aber vielleicht war Alex zu Hause ein ganz anderer Mensch. Zumindest hoffte sie es – für Traudel. Sie musste dieses Ergebnis zum manipulierten Fallschirm loswerden. So rief sie in ihrer Not Bernd Silwer an. Der schien etwas verblüfft, was ihren Übereifer anging, erklärte aber dann: „Lass uns Montag alle Fakten zusammenführen." Diese Aussage des Kollegen beruhigte die Kommissarin.

Eine Stimme rief plötzlich laut: „Sandra, seid ihr dort oben?" Es war Marie-Therese. Keine Minute hat man seine Ruhe, dachte Sandra. Sie stand auf und lief - Lara an der Hand - zurück zum Haus.

„Sandra, ein Herr ist am Telefon. Lutteroth oder so", meinte die Schwiegermutter, als Mutter und Tochter das Wohnhaus wieder erreicht hatten.

„Er möchte, dass du unbedingt zurückrufst. Aber lass uns erst noch zu Mittag essen, Fischstäbchen, Brokkoli und Kartoffeln. Danach kannst du telefonieren!"

Die Kommissarin sah ganz anders aus, als ich sie mir vorgestellt hatte. In ihrer Lederjacke und an der modernen Frisur hätte ich eher an ein Fotomodell geglaubt. Nicht an eine Kriminalbeamtin der Hamburger Mordkommission. Aber ich war inzwischen drei Jahre unbefraut und allein. Da kam man auf die tollsten Ideen.

„Schön, dass Sie es – an Ihrem freien Tag – einrichten konnten, Frau Holz. Oder können wir das ‚Sie' gleich überspringen? Als ehemalige Kollegen?" Ich hatte meinen nettesten Gesichtsausdruck aufgesetzt. Der bisher strenge Blick der Frau wechselte plötzlich in sanft und freundlich und sie nickte. „Eigentlich bin ich der Sie-Typ, aber wenn Sie … du … so freundlich fragst! Und was den freien Samstag angeht, ich bin eh die Woche im Dauerdienst – inklusive Wochenende."

Ich kannte das und entgegnete: „Danke, meine Freunde nennen mich Caro!"

Die Frau lachte und mir wurde plötzlich ganz warm ums Herz. „Caro kommt nicht davon, dass ich früher besagten Kaffee getrunken habe. Es ist eine Kurzform von Carsten und Oliver." Ich fügte noch hinzu: „... so hat mich meine Mutter immer gerufen." Wieder lachte die Frau und man sah, sie war unbekümmert, und die Arbeit mit Toten und Bösen hatte sie unberührt gelassen. Zumindest äußerlich, ich nahm den Gedanken von soeben etwas zurück.

„Traudel Kensbock hatte mich angerufen und mir erklärt, wenn mir jemand helfen kann, dann Sie, also du ...!" Ich war etwas durch den Wind und musste dringend zusehen, dass dies sich legte.

„Okay, also meine Freundin Traudel. Na, das artet ja aus! Gibt es kein Dienstgeheimnis mehr?" Sandra hatte es so herausgepresst, dass ich ihr den Ernst dieser Worte tatsächlich abnahm.

„Also, natürlich bin ich nicht ..." Ich stotterte herum wie ein Kleinkind, und die Kommissarin, die das erkannte, amüsierte sich augenscheinlich prächtig.

„Ich mache den besten White Russian Hamburgs", lenkte ich ab, und zu meinem Erstaunen erklärte sie: „Her damit, so etwas brauche ich jetzt dringend!"

Ich erzählte Sandra von meinem Auftrag und dem Treffen mit Dr. Lüttli. Auch von der vermissten Ehefrau des Schweizers und der halben Leiche aus der Elbe. Dann noch von meinem Erlebnis in Othmarschen und der schmerzhaften Begegnung mit einem Meterstab. Der dritte White Russian zeigte schon Wirkung, und die Kommissarin prustete schallend los: „Privatdetektiv, erschlagen von einem Meterstab!"

Auch vom Treffen des Porschefahrers und Bauleiters Steffensen und seinem dicken Goldring erzählte ich. „Ein Schnösel, wie er im Buche steht. Impertinent und aufgeblasen."

Sandra belustigte sich, dass ich mich so aufregte.

„Erst als der Name des Bauarbeiters Sebo Gaspar fiel, sah ich ein auffällig nervöses Blitzen in seinen Augen. Ich spürte, wie aufgebracht Steffensen anschließend war, Sandra. Gesagt hat er nichts mehr, aber ich kann aus Gesichtern lesen. Der kennt den Mann und verbirgt etwas!"

Ich hatte Sandras überraschten Blick während meiner Worte bemerkt. Doch sie hatte mich erst ausreden lassen. Jetzt fragte sie: „Sagtest du: Sebo Gaspar?"

Ich nickte. „Warum, kanntest du ihn vielleicht?"

Die Kommissarin schüttelte den Kopf. „Nein, aber der tote Fallschirmspringer von der Elbphilharmonie hieß den Akten nach: Tariel Gaspar. Sein Fallschirm – so erklärte mir ein Experte – sei manipuliert gewesen. Also hat man seinen Tod gewollt. Ob das irgendwie zusammenhängt?"

Auch ich überlegte, kam aber zu keiner Erkenntnis.

„Sag, Caro, was genau hat diese Evelin Lüttli-Wagner aufgeschrieben?" Man hörte Sandra die Wirkung der Cocktails schon an.

„Lass uns den Namen der Frau etwas abkürzen", erklärte sie. „Vielleicht ELüWa oder so!" Wir lachten zusammen und ich wusste nicht, wann ich mich das letzte Mal so ausgelassen und gut gefühlt hatte.

Nachdem wir uns die handschriftlichen Aufzeichnungen auf dem Bauplan zusammen angeschaut hatten, zog Sandra ihr Handy heraus und googelte. Als ich den vierten Cocktail vor sie stellte, las sie: „Bürgerliches Gesetzbuch (BGB). § 823 Schadensersatzpflicht: Wer vorsätzlich oder fahrlässig das Leben, den Körper, die Gesundheit, die Frei-

heit, das Eigentum oder ein sonstiges Recht eines anderen widerrechtlich verletzt, ist dem anderen zum Ersatz des daraus entstehenden Schadens verpflichtet. Die gleiche Verpflichtung trifft denjenigen, welcher gegen den Schutz eines anderen bezweckenden Gesetzes verstößt. Ist nach dem Inhalt des Gesetzes ein Verstoß gegen dieses auch ohne Verschulden möglich, so tritt die Ersatzpflicht nur im Falle des Verschuldens ein." Ich hatte das Gefühl, ihre Stimme kippte schon etwas. Beim letzten Drink hatte ich den Wodka-Anteil deutlich reduziert.

„Was meinst du, Sandra?", fragte ich sie. „Lass uns noch mal alles zusammentragen. Ich fange an: ELüWa wird tot in der Elbe angespült. Sie arbeitet als Bauingenieurin beim Bau der Elbphilharmonie."

Die Kommissarin nickte.

„Die Polizei erklärt, Depressionen seien der Grund und es handele sich um einen Freitod."

Sie unterbrach mich: „Frage: Wie heißt der behandelnde Psi … Psü … Psychiater von Frau … also … der Frau?"

Ich zuckte mit den Schultern.

„Gut, dieses müssen wir am Montag klären und den Arzt als Ersten befragen!" Es klang wie ein Befehl, aber mir war klar, sie hatte recht. Und sie fing es – trotz Alkohol – überaus strukturiert an.

„Was trieb die Frau in den Tod?", übernahm ich wieder. „Und warum schreibt sie auf der Skizze von Schadensersatzpflicht? Darin liegt sicher der Zusammenhang!"

Sandra nickte erneut und meinte: „Weiter!"

„Gut! Während der Eröffnungsfeier der Elbphilharmonie stirbt der Base Jumper Tariel Gaspar. Es stellt sich heraus, dass sein Fallschirm manipuliert wurde. Man hat seinen Tod also vorsätzlich in Kauf genommen."

Sie schaute mich an und nickte.

„Das denke ich auch, Caro. Und dieser Base Jumper, könnte der auch etwas mit Frau Lüttli-Wagners Tod zu tun haben? Was meinst du?“

„Mein Gefühl sagt Ja, aber sicher bin ich mir nicht.“

Ich fand, mein Gefühl sagte tatsächlich Ja. Aber so deutlich wollte ich es der verheirateten Frau und Mutter nicht sagen. Man sah Sandra an, wie sehr sie sich bemühte, Herr über ihre vom Alkohol gedämpften Gehirnzellen zu werden und ich hörte, wie sie mit versagender Zunge sprach: „Das ist sicher ein ganz, ganz großes Ding!“

Nachdem wir diesen Schock überwunden hatten, fragte Sandra nach einem weiteren Cocktail. Ich überlegte kurz, dann mixte ich ihr einen. Doch dieses Mal ließ ich den Wodka ganz weg, ersetzte ihn durch Bitter Lemon. Es fiel ihr gar nicht auf. Wenig später bat ich die Kommissarin, ihren Privatwagen hier stehen zu lassen und mit einem Taxi nach Hause zu fahren. Sie wollte erst einen Polizeiwagen ordern, der sie heimbrachte, aber das war Spaß, und sie lachte. Danach sprachen wir über unsere Vergangenheit, über Erlebtes.

„Ich habe Fehler gemacht, viele Fehler gemacht!“ So begann meine Lebensbeichte, und mein Gegenüber, eine Kommissarin, die ich erst seit einer Stunde kannte, musste sie anhören:

„Ich bin als Einzelkind aufgewachsen und mein Vater hatte nur eines im Sinn: eine starke Persönlichkeit aus mir zu machen. Vielleicht hat er es auch geschafft. Als ich zur Polizei ging, wollte ich es ihm beweisen. Ich hatte die besten Noten beim Studium, die besten Zeugnisse beim Praktikum *und auch später. Alle erklärten mir, dass ich auf dem besten Weg sei, alles zu toppen. Ich wurde sehr früh zum Kommissar befördert, war dann der jüngste Hauptkommissar, den Hamburg vorweisen konnte. Ich kämpfte gegen die Drogenmafia mit all den Kräften, die ich besaß. Ich habe die Jugendlichen gesehen, vor und nach dem goldenen Schuss. Habe ihren Entzug begleitet und mir geschworen aufzuräumen. Doch es war ein Kampf, der mich zermürbte. Besser noch, mit dem Misserfolg stieg mein Ehrgeiz. Als ich Mia kennenlernte, änderte das nichts. Ich wollte ihr, der Tochter aus reichem Elternhaus, beweisen, welch toller Held ich war. Der angesehenen Anwaltsfamilie zeigen, dass man auch als Kriminalbeamter ein würdiger Schwiegersohn sein kann. Doch die Drogenmafia ist eine Hydra. Schlägst du ihr einen Arm ab, wachsen zwei weitere nach. Ich zermürbte – sie wuchsen. Nur so kann man es beschreiben. Als die Aggressionen bei mir anstiegen, ergriffen meine Vorgesetzten die Reißleine. Sie rissen mich aus meiner Position – versetzten mich zum MEK. Mein Glück! Dort konnte ich den Druck in Form von Sport und gelebter Kameradschaft loswerden. Das spürte auch Mia. Wir waren glücklich, planten die Zukunft – mit Kindern. Doch die Drogenmafia vergisst nie. Dann haben sie Mia entführt!"*

Ich griff nach einem Glas Wasser und trank es in einem Zug leer.

„Die Entführer verlangten eine Million Lösegeld. Mir war klar, hier ging es nicht um Geld. Rache war der Hintergrund. Mias Familie zahlte, sofort. Man wartete bangend auf ihre Freilassung. Tage, Wochen. Ich glaubte nicht mehr daran. Ihre Eltern waren bis zum Ende voller Hoffnung. Ja, und dann fand man meine Frau: Geschunden, gequält, tot! In einem Waldstück bei Geesthacht, weggeworfen wie einen Sack Müll. Ich tobte, stellte mich gegen die Welt, wollte Rache und Genugtuung. Man beruhigte mich – mit sedie-

renden Medikamenten. Jedem in meinem Umfeld war klar, was kommen würde. Und es kam. Als man glaubte, mich wieder auf die Menschheit loslassen zu können, ordnete ich erst meine Rachegedanken. Ich gab einen Großteil meines Ersparten für Hinweise zum Dingfestmachen der Täter aus. Nichts passierte. Trittbrettfahrer wollten sich die Belohnung verdienen, eine schlimme Zeit und eine böse Erfahrung. Endlich kam der ersehnte Hinweis. Zwei Kroaten der Drogenmafia. In den Akten fand ich genügend über sie, kannte sie auch. Sie passten ins Schema. Ich stellte sie nachts auf einem Parkplatz in St. Pauli. Sie schossen sofort. Der Lungendurchschuss verletzte mich schwer, aber ich tötete beide. Es war mir egal, ob ich dabei draufgehe, und das hatten die beiden wohl unterschätzt. Mit meiner Dienstwaffe habe ich sie erschossen. Der Staatsanwalt, der mich anklagte, sprach von Hinrichtung. Mein Verteidiger, gesponsert von meiner Familie, schaffte es, eine Bewährungsstrafe herauszuschlagen. Mein Posten war weg – Entlassung aus dem öffentlichen Dienst. Aberkennung des Ranges, mit allem, was dazugehört."

Sandra hatte während der kompletten Zeit nur dagesessen und zugehört. Sie hatte sich nicht bewegt und auch nicht nach einem Glas gegriffen. Das rechnete ich ihr hoch an.

„Weißt du, Sandra, was ist mir geblieben? Sicher hat meine Familie Geld. Und das werde ich eines Tages erben. Aber mein Selbstwertgefühl ist wie weggeblasen. Und hätte ich Mias schlimmen Tod nicht geahndet, ich hätte sicher den Freitod gewählt. Ja, ich war nahe dran. Sei froh, dass du aus solidem Elternhaus kommst und dir solcher Kummer erspart

geblieben ist." Über die letzten Sätze war ich irgendwie nicht glücklich, und während ich noch darüber nachdachte, sah ich, dass die Kommissarin zu weinen begann.

„Es tut mir leid, wenn ich dich mit meiner Vergangenheit quäle, aber irgendwie hatte ich das Bedürfnis, es dir – als bisher einzigem Menschen seit Mias Tod – erzählen zu müssen."

Sandra trocknete sich an ihrem T-Shirt die Tränen ab. „Das ist es nicht, Caro. Ich bin stolz darauf, dass ich es war, die du ausgewählt hast. Aber deine letzten Worte, darüber, dass ich wohlbehütet ohne Schmerz aufgewachsen bin, sind falsch."

Dann plätscherten die Worte aus der jungen Frau nur so heraus, und ich war absolut sprachlos. Sie erzählte von ihrem früh verstorbenen Vater, der fehlenden, menschlichen Nähe ihrer Mutter, von ihrer Entführung als Teenager in Oldenburg, von der schweren Stichverletzung in die Brust und dem knapp entkommenen Tod, von Setzer, der ihr all das angetan hatte, und davon, wie sie den Kinderschänder vor wenigen Jahren gejagt und zur Strecke gebracht hatte. Ich empfand große Freude darüber, sie kennengelernt zu haben, und das erklärte ich ihr, als sie zusammengesunken dasaß und nun, die Hände vor dem Gesicht, schwieg.

„Wir sind Geschwister im Geiste, Sandra, und wenn es einen Gott gibt, dann hat er dafür gesorgt, dass wir heute hier zusammensitzen. Er möchte, dass wir unsere Geschichten austauschen."

Sandra hatte zustimmend genickt, sich dann plötzlich eine Taxe gerufen und war – ohne weitere Worte – nach Sehmsdorf gefahren.

6

Montag, 16. Januar 2017

Die Klinik und Poliklinik für Psychiatrie und Psychotherapie war Teil des Zentrums für Psychosoziale Medizin im Universitätsklinikum Hamburg-Eppendorf. Die Kommissarin hatte dort angerufen und man hatte sie kurz darauf – mit der Bestätigung eines Termins am Mittag bei Dr. Fuchs – zurückgerufen.

Diesen Dr. Fuchs fand Sandra nicht ganz koscher. Sofort am Montagmorgen hatte sie sich aus der spärlichen Ermittlungsakte der toten Evelin Lüttli-Wagner den Namen und die Adresse des Mannes gezogen. In dieser Akte war ein Dr. Udo Fuchs als Zeuge benannt. Sie hatte Hauptkommissar Schweiss erklärt, den Arzt in Winterhude aufzusuchen, und der hatte nur mit den Schultern gezuckt.

„Sie wissen, werte Frau Kommissarin, dass ich Ihnen nichts über Frau Lüttli-Wagners Krankenstatus erzählen darf, Schweigepflicht!", war das Erste, was Fuchs sagte, als Sandra in seinem riesigen Sprechzimmer Platz genommen hatte. Fuchs hatte – bis auf die dunklen Augenbrauen – kein Haar am und auf dem Kopf, und er erinnerte die Kommissarin etwas an den amerikanischen Detektiv Kojak. Nur lutschte Fuchs keinen Lolli im Mund.

Der schlanke und sicher 1,90 Meter große Arzt für Neurologie und Psychiatrie war äußerst nervös, fand Sandra. Dr. Fuchs drehte ständig an einem dicken, goldenen Siegelring, den er am kleinen Finger der rechten Hand trug. Oben auf der Platte war ein Löwenkopf eingeprägt, wie Sandra nach einer Weile erkannte. Hatte nicht Caro von solch einem Ring erzählt? Es kam ihr vor, als könnte man diese Löwenringe inzwischen schon aus jedem Kaugummiautomaten ziehen.

Überhaupt war Fuchs ein schmieriger Geselle, fand die Kommissarin. Wie so etwas Arzt werden konnte? Endlich antwortete Sandra auf dessen Ansage. „Und Sie, Herr Dr. Fuchs, sollten Folgendes wissen: Wenn es sich um einen Mordfall handelt und Ihre ehemalige Patientin selbst das Opfer ist, sollten Sie der Polizei nichts verschweigen ..." Die Kommissarin fügte hinzu: „... sonst machen Sie sich selbst zum Verdächtigen!" Sie wusste, das war starker Tobak, aber es schien zu wirken.

„Sie hatte schwere Depressionen, die arme Frau", erklärte der Psychiater plötzlich und schaute dabei immer mal wieder in seinen Monitor. So, als suche er darin Bestätigung. „Ja, wir hatten einige Sitzungen zusammen. Evelin lag sogar mehrere Tage hier in einem meiner Klinikbetten!"

Sandra fiel auf, er sprach von der Frau, als sei es eine Verwandte oder Freundin. Wieder schaute Fuchs angestrengt in das Display. Eine ganze Weile nahm Sandra ihm das ab. Dann konnte sie im Spiegel der Fensterscheibe das Apfel-Logo im Monitor-Display erkennen. Fuchs hatte überhaupt keine Krankenakte vor sich. Also war entweder der Typ selbst ein Opfer seiner Bescheuertheit und benötigte dringend Hilfe eines Kollegen, oder das, was er erzählte, war vollkommen gelogen.

„Sie hat natürlich von Selbstmord gesprochen, Frau Kommissarin. Die hohe Verantwortung bei ihrer außergewöhnlichen Arbeit - so mein Gefühl - hat Evelin Lüttli-Wagner stark zugesetzt."

Jetzt kam Fuchs auch noch mit Gefühlen!

„Und Sie haben dann gesagt: ‚Na gut, dann bringen Sie sich halt um?" Sandra platzte der Kragen. Sie war aufgesprungen und hatte ihre Lederjacke übergezogen.

„Also bitte, Frau Kommissarin. Ich bin doch nicht der Leibwächter meiner Patienten!"

Die Kommissarin kämpfte mit ihrer Wut. Diese Aussage schlug dem Fass den Boden aus. „Hatten Sie je ein Gespräch mit Dr. Lüttli, dem Ehemann der Frau, er war doch selbst Arzt?"

Fuchs schüttelte den Kopf. „Ein Internist!" Das klang abwertend, glaubte Sandra herauszuhören. „Was konnte dieser denn schon helfen? Das ist, als ob Ihr Mann den Beruf eines Pizzabäckers ausübt und Sie fragen ihn nach einer Strategie zur Aufklärung eines Mordfalles."

Sandra staunte. Hatte sich Fuchs über sie und ihre Familie informiert oder war das einfach ein glücklicher Treffer ins Blaue? Sie hatte Fuchs den Krieg erklärt, das war sicher.

Hauptkommissar Schweiss dagegen war sich nicht im Klaren darüber, ob die emsige Recherche seiner Mitarbeiterin nur einen unnötigen Zeitaufwand bedeutete. Aber er kannte Sandra. Hatte sie sich mal festgebissen, gab es kein Halten, und bisher waren ihre Erfolge mehr als großartig. So bat er Sandra Holz und Bernd Silwer am späten Montagnachmittag erneut in sein Büro, um alle Fakten zusammenzufassen.

Doch es war Silwer, der die Gesprächsrunde eröffnete: „Alex! Ich finde, wir haben genügend andere Baustellen hier. Diesen Selbstmord einer Bauingenieurin als Mord zu verfolgen, ist doch unnötige Zeitverschwendung.“ Silwer hatte einen extrem roten Kopf und war bemüht, seine Kollegin während dieser Ansage nicht anzuschauen.

Schweiss nickte und fragte: „Was sagst du dazu, Sandra?“ Die Kommissarin war etwas unsicher. Zum einen hatte Silwer recht, dass der Tod von Evelin Lüttli-Wagner bisher nur auf einem schlechten Gefühl beruhte. Der Todessturz des Fallschirmspringers dagegen beruhte auf Fakten. Und die Namensgleichheit Gaspar kam sicher auch nicht von ungefähr. Doch über den Tod des Fallschirmspringers Tariel Gaspars wollte sie sich noch nicht äußern. Das würde alles noch komplizierter machen. Auf dem Weg zur Besprechung hatte die Kommissarin schon darüber nachgedacht, ob sie sich nur ins Zeug legte, um Caro Lutteroth zu imponieren. Jetzt verlangte man von ihr, die Sache weiterzuführen oder zu beenden. Und beenden brächte etwas mehr Freizeit. Freizeit, die sie gerade dringend zu Hause benötigte.

„Mein Bauchgefühl sagt mir, da steckt mehr dahinter. Ich glaube, hier wird etwas vertuscht, Alex. Gib mir noch bis Ende der Woche, dann stoppen wir die Ermittlungen oder wir wissen mehr.“

Schweiss sah zu Silwer. Der Hauptkommissar sagte nur kurz: „Schwachsinn.“

„Gut, Sandra. Freitag ist die Geschichte zu Ende.“

Die Kommissarin setzte sich an ihren PC und las erneut die wenigen Zeilen der Ermittlungsakte des Fallschirmunfalls durch. Die Kollegen, die vor Ort den Unfall aufgenommen hatten, waren äußerst schnell zum Abschluss der Akte gekommen. Das kannte sie sonst nicht. Es gab bei diesem Fall auch keine Zeugenbefragungen. So entschloss sie sich, den Kommissar anzurufen, der den Todessturz aufgenommen und die Aufnahmeakte unterschrieben hatte. Sie erreichte ihn erst nicht, sprach auf den AB und bat um einen Rückruf. Nach etwa zwanzig Minuten klingelte ihr Handy.

„Hallo, hier spricht Kommissar Liebknecht. Wie kann ich helfen?"

Sandra stellte sich dem Mann vor, aber man hatte dem Kollegen wohl schon von ihr berichtet. „Es geht um diesen Sturz des Fallschirmspringers von der Elbphilharmonie am Tage der Eröffnung."

„Alles klar!", antwortete Liebknecht kurz.

„Mir fehlen da einige Berichte und Zusammenhänge, Herr Kollege. Die Akte kommt mir vor wie mit einer heißen Nadel gestrickt!"

Diese Aussage war Liebknecht wohl fremd und er fragte nach, was sie damit meinte.

„Da ist ein Mensch tödlich verunglückt und Sie schreiben nur: *Tod durch Sturz vom Dach.* Keine Angaben zu den Zeugen, Adressen, Fotos? Kein Hinweis zur Prüfung des Fallschirms?"

Sandra glaubte hören zu können, dass Liebknecht nachdachte. Dann erklärte er: „Ich habe das alles beigefügt. Da gab es auch einige Zeugen. Viele Personen standen ja unmittelbar daneben, als der Mann aufschlug. Und eine Dame hat den Sturz sogar aus einem nahen Café mit dem Handy aufgenommen. Sie kam später zu uns und zeigte mir das Video. Diesen Film habe ich - noch am selben Tag - auf das Diensthandy von Hauptkommissar Bernd Silwer übertragen lassen."

Sandra war etwas erstaunt. Bernd hatte nichts davon erwähnt. Die Leidensgeschichte des Kollegen Silwer, sein Burn-out und die Rückkehr vor knapp zwei Jahren zur Mordkommission waren ihr noch gut in Erinnerung. Und seither musste Silwer immer wieder zur Kur oder zur Reha. Sicher lag das Fehlen der Angaben daran, dass der Kollege etwas nachlässig war. Oder vielleicht hatte er gar einen Rückfall? Sandra nahm sich vor, Silwer später um das Video zu bitten, als Liebknecht erklärte: „Ich habe dir gerade die Adresse der alten Dame auf dein Handy geschickt. Gleich wird dich eine SMS erreichen." Schon piepste Sandras Handy am Ohr und sie erschrak. „Besten Dank, Kollege Liebknecht."

„Wenn du noch Fragen hast, melde dich."

Sandra war klar, das war einer aus der Du-Fraktion. Ihr Telefon klingelte erneut.

„Sandra Holz?"

Eine weibliche, resolute Stimme am anderen Ende der Leitung: „Hier ist das Büro von Polizeipräsident Watty. Mein Name ist Meyer, ich bin die Chefsekretärin. Der Polizeipräsident möchte Sie umgehend in seinem Büro sehen, Frau Holz."

Das klang nach Anpfiff oder Beförderung. Aber da sie noch nicht zur Hauptkommissarin anstand, gab es sicher noch weitere, plausible Gründe. Sandra bestätigte ihr Kommen und zog die Lederjacke über.

Das Büro von Polizeipräsident Watty lag zwei Stock über ihrem und die Kommissarin nahm die Treppe, nicht den Aufzug. Frau Meyer, eine ältere Dame, gekleidet wie in der Kolonialzeit, wartete schon ungeduldig. Sie entschuldigte sich auch dafür. „Herr Watty hat in fünfundvierzig Minuten einen Termin mit dem Innensenator. Und etwas Fahrtzeit müssen Sie auch noch abrechnen." Ohne Gefühlsregung schob sie Sandra regelrecht in das Büro des Polizeipräsidenten.

Das Erste, was die Kommissarin sah, waren Rauchschwaden. Dazu kam der penetrante Geruch von Zigarren. Sicher handelte es sich um teure Zigarren. Kubanische sollen teuer sein, fiel ihr ein. Hinter den Rauchschwaden rief eine Stimme: „Frau Holz, kommen Sie und setzen Sie sich. Und, Frau Meyer, öffnen Sie bitte mal ein Fenster!"

Die Sekretärin lief an Sandra vorbei in den Nebel und es sah aus, als verschwände sie im Nirgendwo. Dann hörte man Geräusche eines Fensterflügels, und wie von Geisterhand war der Nebel verschwunden. Sandra fand sich vor dem riesigen Schreibtisch des Polizeipräsidenten wieder. Watty saß grinsend dahinter und sie sah auch den großen leeren Lehnstuhl davor. Sie nahm Platz. Die Kommissarin hatte den Polizeipräsidenten Till Moritz Watty schon einige Male getroffen. Aber nie persönlich mit ihm gesprochen. Nachdem sich ihr eigentlicher Vorgesetzter, Polizeirat Breit, freiwillig und befristet zu *Europol* nach Den Haag hatte versetzen lassen, war es ausgerechnet Alexander Schweiss, der nun für die nächsten Monate die Fäden beim LKA 41 zog.

„Frau Holz, wie lange sind Sie nun schon bei uns in Hamburg? Oder sollte ich Sie mit Frau Holz-Ferraro ansprechen?" Watty lachte und es klang etwa heiser und unglaubwürdig.

„Nein, Holz ist gut, Herr Polizeipräsident."

Watty war ein großer und kräftiger Mann. Er hatte, wie Sandra wusste, eine sportliche Figur, und irgendwie hatte die Kommissarin in Erinnerung, dass der 60-Jährige regelmäßig den Hamburg-Marathon lief. Doch heute sah Watty nicht gesund aus. Seine Augenränder waren dunkel und das Gesicht eingefallen. Ob ihm das Zigarrenrauchen nicht bekam?, fragte sie sich. „Im Sommer werden es drei Jahre!", beantwortete Sandra auch die zweite Frage.

„Drei Jahre, ja, ja! Sie leisten gute Arbeit. Ach, was untertreibe ich …", der Polizeipräsident hatte die Hände vom Schoß auf den Schreibtisch gelegt und drehte mit einer Hand an einem dicken Siegelring. „Sie leisten hervorragende Arbeit, Frau Kollegin. Und es sollte sich auch noch ein Hauptkommissar-Dienstposten für Sie finden lassen. Wird Hauptkommissar Schweiss nicht noch in diesem Jahr in Ruhestand versetzt?"

Sandra bestätigte das und überlegte gleichzeitig, dass ihre Beförderung mehr Arbeit, weniger Freizeit, aber natürlich auch einiges an finanziellem Zubrot bedeutete. „Ende August, Herr Polizeipräsident!", antwortete sie.

„Ende August, also in knapp acht Monaten. Wie alt sind Sie dann, Frau Holz?"

„Ziemlich genau 34", antwortete sie.

„Na ja, da wären Sie eine sehr junge Hauptkommissarin. Aber schauen wir mal. Sie ermitteln gerade an einer Sache, die unsere neue Elbphilharmonie betrifft?"

Sandra stellten sich gerade die Nackenhaare hoch. Dahin lief der Hase!

„Das ist richtig, Herr Polizeipräsident. Ein Fallschirmspringer wurde vorsätzlich getötet, und es gibt noch eine tote Bauingenieurin, die dort verantwortlich mitgearbeitet hat."

„Ja, ja, klingt interessant. Ich habe mit Ihren Kollegen gesprochen. Sie waren der Meinung, Sie lehnten sich dabei etwas zu weit aus dem Fenster, Frau Holz."

„Wie meinen Sie das?"

„Gut, ich möchte nicht lange drumherum reden. Es wurde viel geschrieben über unsere Elbphilharmonie. Die Medien in Deutschland, aber auch die der restlichen Welt haben versucht, uns - salopp ausgedrückt - kaputtzuberichten. Natürlich gönnt man Hamburg solch ein Gebäude nicht. Keiner will wahrhaben, dass die Hansestadt, wie New York, wie Sydney und Paris, eine der zehn großen Weltstädte ist."

Sandra fiel auf, dass Watty sich da sehr hineinsteigerte. Und dass ihm dabei der Schweiß auf der Stirn stand.

„Sie haben uns schon Olympia genommen. Die Elbphilharmonie werden sie uns nicht schlechtreden, Frau Holz!"

Sandra verstand nicht genau. „Ich verstehe nicht, was Sie mir sagen wollen."

Ihr Handy klingelte. Sandra zog es aus der Jacke und schaltete den Klingelton ab. „Entschuldigen Sie, ich ...!"

Watty winkte ab. „Wir möchten, dass alle die Elbphilharmonie in Ruhe lassen. Sie gehört den Hamburgern und ihren Gästen. Das schlechte Gerede darüber muss unbedingt aufhören. Dazu gehört dieser dämliche Fallschirmspringer, der, was weiß ich, dort oben nichts zu suchen hatte, und ebenso diese depressive Bauingenieurin." Watty war aufgestanden und um den Schreibtisch spaziert. Er stand nun unmittelbar vor Sandra. Fast drohend wirkte sein Auftreten. Und noch immer drehte er an seinem Goldring. Auch hier zierte ein Löwenkopf die dicke Goldplatte, fiel Sandra auf, und noch während er weitersprach, ordnete die Kommissarin den Ring als entsprechend teuer ein. Sicher war er - wie Dr. Fuchs auch - Mitglied beim Lions Club. Sie wusste nicht, was sich dahinter verbirgt, aber das war ihr erster Gedanke. In Hamburg schienen viele Persönlichkeiten diesem Club anzugehören. Bisher war ihr das nie aufgefallen, aber das musste nichts heißen. Auch sie war nun aufgestanden.

„Frau Holz, lassen Sie los. Es gibt genügend Fälle im Haus, die bearbeitet werden müssen. Ich möchte, dass Ruhe einkehrt bei unserer Elbphilharmonie. Der Bau ist fertiggestellt und nun sollten wir alle unsere Freude daran haben."

Wieder hatte er *unsere* erwähnt. Sandra war klar, was Watty wollte, und sie nickte. „Alles klar, Herr Polizeipräsident. Ist angekommen!"

„Gut, dann muss ich jetzt los. Gustav, also der Innensenator, wartet. Und, wie gesagt, halten Sie den Ball flach!"

Draußen fragte Sandra Wattys Sekretärin, Frau Meyer, zu seinen Schweißausbrüchen.

„Ja, der Herr Polizeipräsident ist nicht gesund, Frau Holz!", erklärte sie, und Sandra hatte das Gefühl, die ältere Frau würde gleich in Tränen ausbrechen.

Ich hatte Sandra angerufen. Doch sie war nicht im Büro und an ihr Handy ging sie auch nicht. Es war so ein Gefühl, und nach unserem langen und intensiven Gespräch wollte ich wieder ihre Stimme hören. Die Frau war verheiratet, hatte eine kleine Tochter, aber es kam mir vor, als wäre Sandra in der kurzen Zeit zu einer besonders guten Freundin geworden.

Inzwischen war mir klar, der Ausweis eines Privatdetektivs nutzte wenig. Eigentlich überhaupt nichts. Die Infos, die ich benötigte, bekam ich nur von Menschen, die es gut mit mir meinten oder nicht um meine extrem eingeschränkte Handlungsfreiheit wussten. Ich erinnerte mich an die alten Kinofilme. Dort wurden die Privatdetektive oft mit Kriminalbeamten gleichgestellt. Das klappte vielleicht in den Vereinigten Staaten von Amerika. Aber hier und heute und in Deutschland war ich ein Niemand. Ich wünschte mir nichts sehnsüchtiger als meinen Job bei der Hamburger Polizei zurück.

Der Fall Lüttli war in Fahrt gekommen. Ich hatte mit dem inzwischen wieder in Bern eingetroffenen Lüttli heute Morgen telefoniert und ihn über den aktuellen Stand meiner Ermittlungen informiert. Mich überkam etwas Angst, dass er die sofortige Einstellung des Auftrages forderte, doch das Gegenteil war der Fall.

„Egal, was es kostet, Herr Lutteroth. Ich möchte, dass Sie den Tod von Evelin bis ins Detail aufklären!", erklärte Lüttli.

Ich hatte also Prokura und ließ Sonja, meine Sekretärin, alle Anfragen – was Observierungen von fremdgehenden

Ehemännern und Ehefrauen anging – absagen. Ich wollte alles geben. Vielleicht brachte es mich ja weiter als ich bisher glaubte.

Der Bauträger der Elbphilharmonie war die Liemer-Bau GmbH, der Arbeitgeber dieses Schnösels Steffensen. Ich musste eine Liste aller Arbeiter dieser Großbaustelle auftreiben. Erst dann würde ich sehen können, ob Sebo Gaspar tatsächlich dort arbeitete. Vielleicht war der Eintrag auf der Bauskizze ja unwichtig und dieser Sebo Gaspar nur der Pizzalieferant von Evelin Lüttli-Wagner! Ich schrieb offiziell per Mail die Liemer-Bau GmbH an und als Info-Adressat setzte ich die Pressestelle der Elbphilharmonie. Vielleicht würde sich jetzt etwas tun?

Frau Habsburg war eine alte Dame und so wunderte Sandra sich umso mehr, dass die sicher 80-Jährige eine Videoaufnahme des Unfalls vom 11.01.2017 gemacht haben sollte. Die Frau war sofort bereit, sich mit der Kommissarin an diesem Montagnachmittag treffen zu wollen. Sandra glaubte die Einsamkeit der alten Dame förmlich zu spüren, und Frau Habsburg versprach, aus ihrem Wohnheim bei Rissen in die HafenCity zu kommen.

Sandra hatte die Elbphilharmonie zwar schon kurz nach der Eröffnung der Plaza, im November letzten Jahres, mit Luca und Lara Sophie besucht, aber über die Umgebung und die nahe gelegenen Gebäude hatte sie sich bisher wenig Gedanken gemacht. Die Kommissarin verließ beim Baumwall die U-Bahn und schon fiel ihr – sozusagen als Blickfang – die Elbphilharmonie ins Auge. Ja, Caro hatte recht, als er ihr vorgeschwärmt hatte, wie toll das Gebäude in die Szenerie passte. In dieser Ecke Hamburgs lag all das, was die Hansestadt für den Tourismus ausmachte. Und dazu nur knapp über eine Quadratmeile verteilt. Die Musicals, der Hafen mit den Landungsbrücken, der Fischmarkt, die Hamburger-Ausflugsbarkassen und Museumsschiffe, die sündige Meile St. Pauli und jetzt auch noch das besonders gelungene Gebäude, die Elbphilharmonie. Sandra musste etwas zur Seite rücken, ihre exponierte Aussichtsposition wurde auch von anderen Touristen eingefordert. Sie spazierte über den breiten Kai und die Brücke in Richtung der Touristenattraktion. Links befand sich doch auch die Speicherstadt mit dem Miniaturwunderland? Luca und sie waren im Sommer mit Lara Sophie dort gewesen. Für das Mädchen war der Besuch eher nicht interessant, sicher war sie noch zu klein, um alles zu erfassen. Aber das Ehepaar war total begeistert und schleppte die schlafende Tochter fast eine Stunde auf dem Arm durch die Hamburger Erlebniswelt.

Vorbei an der Polizeistation fand Sandra auch gleich *Stricker's Kehr Wieder Spitze*. Ein lustiger Name, wie sie fand. „Das Restaurant liegt in dem Gebäude, das auch das kirgisische Generalkonsulat beherbergt", hatte Frau Habsburg stolz am Telefon erklärt.

Die alte Dame saß in einem Strandkorb und vor ihr auf dem Tisch - zwischen einem Stück Käsekuchen und einem Kännchen Kaffee - lag ihr Handy. Sie war die einzige Person auf der Außenterrasse der *Kehr Wieder Spitze,* die über 60 Jahre alt war. So war sich Sandra sicher, auch die Richtige anzusprechen.

„Sie sind bestimmt Frau Habsburg?"

Die Frau grinste und die Kommissarin wunderte sich über die wachen Augen der doch 80-jährigen Rentnerin. Frau Habsburg betrachtete ihre Besucherin eingehend, während sie der Kommissarin ihre kleine, knochige Hand reichte. Bisher hatte die Frau noch kein Wort gesprochen. Die alte Dame rückte etwas zur Seite und Sandra war sofort klar, sie solle neben ihr Platz nehmen. Das tat sie auch. Die Bedienung lief vorbei und die Kommissarin bestellte das Gleiche wie Frau Habsburg. Das schien der alten Dame zu gefallen. „Recht so, meine Kleine, Kuchen ist wichtig und viel Kaffee bringt uns ins hohe Alter."

Frau Habsburg hatte leichten Mundgeruch. Es musste an ihrem Gebiss liegen und Sandra verzog sich in die äußerste Ecke des schmalen Strandkorbes. Die Farben des Stoffes waren - mit blau und grau - passend zur maritimen Umgebung abgestimmt und an den Tischen standen Rattan-Sessel. Was Sandra wiederum nicht sehr passend fand. Der Blick von hier aber, fand die Kommissarin, war phänomenal. Rechts die U-Bahnstation Baumwall, dann der Blick auf die Gebäude der anderen Elbseite, die die Musicals „Das Wunder von Bern" und „König der Löwen" beherbergten. Sandra fiel erneut auf, sie waren viel zu selten in Hamburg unterwegs. Luca und sie sollten darüber nachdenken, in die Hansestadt zu ziehen. Bad Oldesloe war ihr inzwischen doch zu spießig und zu langweilig geworden.

„Hier, sehen Sie, Frau Kommissarin, der Film!" Die Frau hatte diese Worte so laut gebrüllt, dass einige Personen an den Tischen zu ihnen hinüberblickten. Sandra übernahm vorsichtig das Handy und startete den laufenden Film neu. Er zeigte – leicht verwackelt – eine kleine Person auf dem Dach der Elbphilharmonie. Diese war plötzlich verschwunden, man erkannte nur etwas hellen Stoff in der Luft, der flatterte. Dann der misslungene Versuch der filmenden Frau, der stürzenden Person folgen zu wollen. Plötzlich ein unerwarteter Zoom auf die Personenmenge und das Orchester, das sich auf dem Platz unterhalb der Absprungstelle befand. Wieder und wieder schaute sich Sandra den Film an. Doch auf dem Mini-Display brachte das nicht viel. Sie bat Frau Habsburg, ihr den Film zu mailen. Als diese zustimmte, übernahm die Kommissarin diesen Vorgang selbst und versandte den Film an ihre private Mailadresse.

„Wollen Sie wissen, wo ich saß, als der Mann aufschlug?“ Sandra wollte und so folgte sie der Frau ins Innere des Restaurants. Zwei Bedienungen hinter dem Tresen schauten sie fragend an. Frau Habsburg reagierte als Erste: „Ich zeige der Frau Kommissarin nur schnell den Platz, an dem ich letzte Woche saß!“

Man kannte die Frau wohl, denn die beiden Arbeitskräfte hatten gleich ihre Arbeit wieder aufgenommen. Sandra folgte Frau Habsburg einige Stufen hinauf und gemeinsam erreichten sie oben einen kleinen Speisesaal, der völlig mit bodentiefen Glasfenstern umgeben war. Auch hier war der Blick einzigartig und Sandra wunderte sich, dass man im Restaurant kein Geld von Personen nahm, die hier die Aussicht bewunderten oder aber fotografieren wollten.

„Hier saß ich!“ Frau Habsburg wies auf einen kleinen Cocktailstuhl seitlich und setzte sich auch sofort darauf. „Sehen Sie, und hier oben stand der Mann mit dem Fallschirm.“ Sandra musste sich neben die Frau knien, um die Spitze der Elbphilharmonie sehen zu können. Tatsächlich, sie waren nur wenige Meter vom westlichen Vorplatz des Gebäudes entfernt, und von hier hatte man einen ausgezeichneten Blick. Sowohl auf das Gebäude selbst als auch auf die Fläche, auf der für geladene Gäste am 11. Januar die Einweihungsfeier der Elbphilharmonie stattfand.

„Der Mann sprang vom Dach und ich sah gleich, dass sich sein Fallschirm nicht öffnete. Wissen Sie, Frau Kommissarin, an meinem 70. Geburtstag hatten mir die Enkel einen Tandemsprung geschenkt. Den habe ich genossen und somit bin ich so etwas wie eine Fachfrau.“ Die Dame lachte und ihre weißen Zahnreihen blitzten. Ein Geräusch auf der Treppe ließ Sandra zusammenzucken. Ein kräftiger Herr schaute die Frauen neugierig an, verschwand dann aber seitlich in einer der Toiletten.

„Auf dem Tuch des Schirmes stand das Wort ‚Mörder‘, Frau Kommissarin. Der Schirm fiel unglaublich schnell in sich zusammen, aber ich konnte es doch lesen: M – ö – r – d – e – r. Dann war die Person auch schon unten aufgeschlagen. Ich glaube, er wollte niemanden verletzen und sprang mehr seitlich. Also fast in die Elbe. Den Aufschlag konnte ich nicht sehen. Das Orchester stand davor. Ich sah nur, wie die Menschen panikartig umherrannten und nach einer Weile waren auch die Einsatzkräfte vor Ort.“

„Sie kennen sich gut aus, Frau Habsburg!“

„Ich lese viel, meine Kleine. Vor allem Thriller! Kennen Sie Nané Lénard?“

Sandra verneinte. „Nein, ich komme kaum zum Lesen!“

„Sollten Sie aber, eine tolle Autorin!“

Die Kommissarin schaute auf die Uhr. Es war schon 17.00 Uhr und sie wollte heute unbedingt zu Hause sein, bevor Lara Sophie ins Bett musste. Die Schwiegermutter hatte sie heute aus der Kita abgeholt, so konnte sie ihre Dienstzeit etwas überziehen. Sie übernahm die Rechnung und Frau Habsburg freute sich darüber.

„Vielen Dank, Frau Kommissarin", rief die alte Dame laut hinter der Kommissarin her. „Keiner fällt so einfach vom Himmel. Fassen Sie die Übeltäter!"

Es war Sandra, als starrten tausend Augen hinter ihr her.

Sandra Holz hatte die kleine Lara Sophie selbst ins Bett gebracht und Schwiegermutter Marie-Therese war wieder auf dem Weg zu ihrer Wohnung beim Hamburger Steindamm. Die Mutter hatte der Kleinen noch eine Geschichte vorgelesen und es sich anschließend auf ihrem Stressless-Sessel bequem gemacht. Ihre Schuhe lagen seitlich und Sandra schaute nun entspannt auf den 50-Zoller an der Wand. Sie hatte sich eine DVD der 1. Staffel von True Detective eingelegt. Diesem amerikanischen Zehnteiler widmete Sandra gerade ihr ganzes mediales Interesse und fieberte schon jetzt, nach drei Folgen, dem Ende entgegen. Die 33-jährige Kommissarin war ein großer Fan des US-Schauspielers *Matthew McConaughey*. Doch auch den zweiten Detektiv, gespielt von *Woody Harrelson*, fand sie bemerkenswert. Ihr Handy klingelte genau, als die beiden US-Mord-Ermittler *Rust* und *Martin* aufeinander losgingen.

„Hallo, Caro, wie läuft es?" Sandra hatte sofort gesehen, dass es sich bei dem Anrufer um Lutteroth handelte.

„So lala! Irgendwie sind mir dauernd die Hände gebunden, Sandra."

„Und ich soll sie jetzt lösen?", lachte die Kommissarin

„Ja, so ähnlich. Vonseiten der Liemer-Bau GmbH wird man mir keine Liste der Mitarbeiter aushändigen. Das hat man mir eben in einem Gespräch mit der Pressestelle deutlich gemacht."

„Also muss es die Kommissarin wieder rausreißen?"

Sandra hörte Lutteroth gähnen.

„Was ist los? Müde?"

„Ja, irgendwie schlafe ich schlecht, Sandra. Wir sollten uns mal wieder bei einem *White Russian* treffen."

„Ich weiß nicht, ich hatte etwas Kopfschmerzen am nächsten Tag."

Caro lachte. „Gibt es bei dir noch etwas Neues?"

„Ja, tatsächlich ...!" Sandra hörte plötzlich den Motor des Alfa Romeo Spider vor der Garage. Luca-Matteo kam.

„Caro, mein Mann kommt gerade nach Hause. Ich möchte nicht, dass er hört, wie ich nach Feierabend noch dienstliche Gespräche führe. Zumal ich gerade keinen Bereitschaftsdienst habe. Lass uns morgen zusammen Kaffeetrinken. Dann besprechen wir alles."

„Gut, 10.00 Uhr Frühstück im *Gnosa* in der Lange Reihe. Genau gegenüber meiner Wohnung!"

7

Dienstag, 17. Januar 2017

Das *Gnosa* lag tatsächlich gegenüber von Lutteroths Wohnung. Doch zunächst hatte die Kommissarin Sandra Holz das Problem, den Alfa Romeo 159 Sportwagon zu parken. Der 200 PS starke Italiener stand seit letztem Jahr in der Garage der Ferraros in Sehmsdorf. Die enorme Kraft des Wagens und sein Platzangebot waren das Einzige, was dafür gesprochen hatte, ihren geliebten BMW MINI zu verkaufen. Luca hatte schon kurz nach der Geburt Lara Sophies die ersten Andeutungen gemacht, dass der kleine rote Wagen wegmusste. Dass sich der Beifahrerairbag des schon in die Jahre gekommenen MINIs nicht abschalten ließ, überzeugte sie letztendlich, und schon wenige Wochen später hatte Luca den anthrazitfarbenen Alfa Romeo Kombi gekauft.

Sandra konnte den Wagen schließlich in der Schmilinskystraße abstellen. Sie hatte sich den Namen der Straße gemerkt, um das Fahrzeug später auch wiederzufinden.

Caro winkte schon von Weitem. Das Wetter hatte sich wieder Richtung Winter umorientiert, es regnete und die Temperatur der Tropfen musste nah am Gefrierpunkt sein. Als die Kommissarin den Privatdetektiv begrüßt hatte, beeilten sie sich sogleich, in das kleine Café zu kommen.

„Ist ja alles besetzt!“ Sandra hatte die vollen Tische mit einem Blick überflogen.

„Wo denkst du hin!“ Caro schob seinen Gast sanft in eine Ecke, in der ein kleiner Tisch und zwei Stühle standen. Ein riesiges Reserviert-Schild verdeckte fast die rote Rose, die in einer Vase stand. Sandra roch an der Blume, sie war tatsächlich echt.

„Der Laden scheint gut zu laufen!", meinte Sandra nach einem Rundumblick. „Wenn die auf jeden Tisch eine Rose stellen!"

Caro grinste: „Nein, das mit der Rose war meine Idee." Der Mann freute sich über die farbenfrohe Rötung der Haut in Sandras Gesicht.

„Und der Tisch?"

„Der ist eigentlich auf Dauer für mich reserviert!", grinste Caro noch immer. Eine männliche Bedienung schwänzelte auf sie zu. Irgendwie hatte Sandra das Gefühl, dass er Männer bevorzugte.

„Das *Gnosa* ist *das* Schwulen- und Lesben-Kaffeehaus in Hamburg", erklärte ihr der Privatdetektiv, und nun war ihr alles klar.

„Aber du hast dich nicht vielleicht ... umorientiert?"

Lutteroth lachte laut und die Blicke einiger Besucher trafen sie. „Nein, Sandra. Soll ich es dir beweisen?" Er machte Anstalten, sie in den Arm zu nehmen, und formte einen Kussmund.

„Du wirst das lassen, Caro. Ich bin im Dienst, und das Küssen verheirateter Kommissarinnen wird mit Todesstrafe bezahlt."

Lachend bestellten sie: Caro das kleine Frühstück und die Kommissarin das Frühstück „St. Pauli" mit Schinken, Salami, Pastete, Pute, verschiedene Sorten Käse, Marmelade, Brot und Brötchen. Dazu ein Glas Orangensaft und ein weich gekochtes Ei: alles zusammen für 10,90 €. Die Preise hier in St. Georg waren in Ordnung, dachte die Kommissarin. Wobei noch der Kaffee hinzukam. Als die Bedienung verschwunden war, zog sie ein Kuvert heraus.

„Überraschung!“

Neugierig war Lutteroth näher gerückt. „Was hast du mitgebracht?“

„Ich war heute Morgen schon in Hummelsbüttel!“

Der Privatdetektiv verstand nicht.

„Dort ist der Hauptsitz der Liemer-Bau GmbH. Und was glaubst du, was die mir auf dringende Nachfrage einer Kommissarin ausgedruckt haben?“

„Nein! Die Listen der Bauarbeiter?“

„Genau!“

Sandra zog ein Dutzend Blätter aus dem Kuvert und legte sie vor sich auf den Tisch.

„Hast du schon einmal hineingeschaut?“, wollte Caro wissen.

„Aber nein, wann denn? Ich bin eh schon so früh aufgestanden. Erst Lara in die Kita bringen, dann nach Hummelsbüttel, und eben brauchte ich eine knappe halbe Stunde, um den Wagen zu parken.“

„Du Arme! Kann mir nicht passieren!“

„Und warum nicht?“

„Ich abe ga keine Auto ...!“, machte Caro die alte Kaffeewerbung nach.

Die Listen enthielten Hunderte von Namen und es handelte sich dabei um überwiegend Personen aus dem osteuropäischen Raum. Polen, Rumänen und Tschechen, glaubte Caro zu erkennen. Äußerst selten tauchten deutsche Namen auf wie Schmidt, Müller, oder gar mal ein nordischer wie Carstensen. Auf dem vorletzten Blatt stießen sie auf den Namen des Vorarbeiters Sebo Gáspár. Er hatte noch zwei Akzente auf den beiden As.

„Da ist er!", rief Sandra erfreut. Caro nickte.

„Es steht also fest, dass er im Team der Elbphilharmonie mitgearbeitet hat!"

„Aber bringt es uns wirklich weiter?", fragte der Privatdetektiv. „Wir haben seinen Namen, eine Anschrift und eine Kennziffer, die sicher angibt, an welchem Projekt er gearbeitet hat."

Caro grübelte.

„Oder was meinst du, was B14 sonst bedeutet?"

Der Privatdetektiv hatte keine Ahnung.

Das Frühstück traf ein. Die nächsten zehn Minuten genossen die beiden die leckeren Getränke und Speisen. Erst als alles leer geräumt war – Caro hatte Sandra geholfen, ihr reichhaltiges Frühstück aufzuessen –, wandten sie sich wieder den Listen zu.

„Wir müssen die Familie Gaspars kontaktieren", schlug Caro vor. Sandra nickte. „Und dann herausfinden, was B14 bedeutet. Falls es nicht die Krankenkasse oder gar seine Gehaltsgruppe bedeutet."

„Ich war A11, als man mich … entfernte", grinste der Privatdetektiv und Sandra blieb vor Lachen fast der letzte Bissen ihres Brötchens im Hals stecken.

„Wenn der B14 war, dann hat er gut verdient." Nun musste auch er lachen.

„Was diesen Absturz des Fallschirmspringers angeht. Der mit gleichem Namen …", erklärte die Kommissarin. Caro wurde hellhörig.

„Ich traf gestern eine Zeugin vor Ort, und sie hat mir ein Handy-Video überlassen." Sandra zog das Smartphone heraus und spielte Caro das Video vor.

„Darauf kann man aber nicht viel erkennen", stellte er nach dessen Ende fest.

„Du hast recht. Aber gestern zu Hause auf dem Computer habe ich mir den Film genauer angesehen."

„Und? Jetzt lass dir doch nicht alles aus der Nase ziehen!" Der Mann legte seine Hand auf Sandras Arm und die Frau konnte nicht sagen, ob sie es angenehm oder aufdringlich fand. Aber sicherheitshalber entzog sie sich dem Griff, was sofort einen merkwürdigen Blick Caros zur Folge hatte.

„Auf der Innenmatte des Schirms, also dem Tuch, hat der Base Jumper das Wort MÖRDER geschrieben - in Großbuchstaben. Das mag vielleicht auch der Grund gewesen sein, warum jemand den Stoff zerteilt und den Innenteil mitgenommen hat."

„Mörder? Was sollte das?"

„Vielleicht wollte er auf irgendetwas aufmerksam machen?", meinte Sandra.

„Und auf was?"

Sandra zuckte mit den Schultern. „Eins nach dem anderen!"

„Warum hat die Presse nichts über diesen Vorfall berichtet?", machte sich Caro Gedanken.

„Sie werden es nicht bemerkt haben!" Sandra war klar, diese Aussage ergab keinen Sinn, aber sie wollte Caro herausfordern.

„Nicht bemerkt? Bei solch einem medialen Rummel wie die Eröffnung des 800-Millionenobjekts Elbphilharmonie? Es muss jemandem von der Presse aufgefallen sein."

Sandra grinste, er war darauf hereingefallen.

„Das glaube ich allerdings auch!", erklärte Sandra.

„Also gut, was fangen wir damit an?", fragte Caro. Und als Sandra nicht antwortete: „Aber ich denke, da läuft ein ganz großes Ding."

„Eins noch, Caro!"

Der Privatdetektiv schaute neugierig.

„Sowohl Dr. Fuchs als auch Polizeipräsident Watty tragen so einen dicken Siegelring. So einen, wie du bei Steffensen gesehen hast. Lions Club?"

Sandra fand, das Gesicht Caros hatte sich - trotz der interessanten Beobachtung - nicht groß verändert.

„Ein dicker Goldring mit einem Löwenkopf?"

Sie nickte.

Ihr Gegenüber zuckte mit den Schultern.

Caro hatte darauf bestanden, Sandras Frühstück zu bezahlen. Das war ihr aber gar nicht recht. Als Beamtin war es ihr verwehrt, bargeldähnliche Zuwendungen anzunehmen. Und im weitesten Sinne war es das auch. Aber dann schob sie es auf die Einladung eines Freundes zum Frühstück. Noch während sie zu ihrem Wagen lief, spürte sie diese Freude in sich. Es war schon lange her, dass sie so herzhaft mit jemandem gelacht hatte. Luca war seit dem Tode des Vaters sehr ernst geworden, und der gefährliche Job seiner Ehefrau machte die Sache sicher nicht besser. Dazu die Schwiegermutter - fast immer und überall.

Ihre Lederjacke wärmte die Kommissarin nur spärlich, und so beeilte sie sich, zu ihrem Wagen zu gelangen. Inzwischen war sie an der Ecke Lange Reihe/Schmilinskystraße angekommen. Genau hier hatte sie den Wagen abgestellt. Doch auf dem Platz, den sie in Erinnerung hatte, stand kein Alfa Romeo. Ein alter VW Golf hatte es sich dort bequem gemacht.

„Reiß dich zusammen, Sandra, irgendetwas hast du übersehen!“, sprach sie zu sich selbst und lief die Straße entlang bis zu deren Ende. Aber wo sie auch hinschaute, nirgends stand der anthrazitfarbene Alfa Romeo Kombi. Sie lief frierend und unsicher zurück. An der Ecke befand sich ein Reisebüro und kurz entschlossen trat sie dort ein.

„Hallo!“, begrüßte die Kommissarin eine Dame, die einsam auf die Tastatur ihres Computers einschlug. Diese blickte kurz auf und antwortete dann mit einem knappen: „Ja?“

„Ich hatte meinen Wagen vor einer Stunde hier abgestellt.“ Sandra zeigte nach draußen und die Augen der Frau folgten Sandras Handbewegung.

„Ja, und?“

„Nun, er befindet sich nicht mehr auf seinem Platz.“ Die Kommissarin kam sich etwas seltsam vor, wie ein Dummerchen hier nach ihrem Fahrzeug zu fragen.

„Hören Sie“, erklärte die Frau, ohne aufzublicken, „wenn ich hier die Parkwächterin spielen …“

Sandra hatte während des Satzes ihren Dienstausweis aus der Lederjacke gezogen und ihn der Frau vor das Gesicht gehalten. Sofort unterbrach diese ihren begonnenen Satz.

„Es handelte sich um meinen Dienstwagen!“, log Sandra.

„Tja, dann haben sich Ihre Kollegen von der Polizei einen Spaß mit Ihnen erlaubt! Man hat vor knapp einer Stunde einen anthrazitfarbenen Kombi aufgeladen und abgeschleppt.“

Der Neubau des Redaktionsgebäudes der Hamburger Abendpost lag in der Paul-Dessau-Straße, nahe des Bahrenparks. Ich hatte erst überlegt, bei der Zeitung anzurufen, den Chefredakteur zu verlangen und einen Termin mit diesem auszuhandeln. Aber nach den Erfahrungen der letzten Tage war ich mir sicher, das brachte nichts. Wenn ich Glück hatte und ihn antraf, war es gut gelaufen. Ansonsten blieben noch die anderen Redakteure der größten Hamburger Tageszeitung. Ich klingelte beim Eingang und sofort fragte eine weibliche Stimme nach meinem Begehren. Ich erklärte, Privatdetektiv zu sein und den Chefredakteur sprechen zu wollen. Kurz glaubte ich nicht mehr daran, dass man mich einlassen würde, als der Schnapper das Türschloss öffnete. Ich trat in einen modernen Flur. Überall hingen Fotos der Abendpost. Von ganz alten Ausgaben bis zu den neueren.

„Hallo, sind Sie tatsächlich Privatdetektiv?"

Das musste die Stimme an der Gegensprechanlage gewesen sein, und ich bejahte die Frage.

„Ein echter Privatdetektiv?"

Die Frau mochte Ende fünfzig sein und grinste von einem Treppenaufgang auf mich herab. „Kommen Sie doch bitte hoch und zeigen Sie mir Ihren Ausweis."

Ich tat wie gewünscht und bemerkte, dass mich die Frau weiter anstrahlte.

„Ich mochte diesen Magnum! Alle Folgen der Serie habe ich gesehen. Sie haben etwas Ähnlichkeit mit ihm."

Es fiel mir schwer, ihre Aussage ernst zu nehmen. Ich trug einen Dreitagebart. Und war Magnum nicht der mit dem Schnauzer? Doch es war mir egal. Wichtig war, dass mich die Frau zu einem der Verantwortlichen brachte.

„Doktor Essig ist tatsächlich im Haus. Aber er lässt eigentlich niemanden zu sich. Außer der Herr Doktor hat einen Termin mit Ihnen vereinbart."

Noch immer standen wir auf dem Flur. Bisher hatte sich hier im Gebäude kein Mensch sehen lassen. Nur diese Frau und ich. Ich war der Meinung, bei einer Zeitung ginge es zu wie im Taubenschlag. Plötzlich hörte ich ein Geräusch. Ein Mann, der seitlich aus einer Bürotür trat und den Flur entlangschlurfte. Er belehrte mich eines Besseren.

„Würden Sie es denn für mich und meinen Kollegen Magnum versuchen?", schleimte ich mich bei der Frau ein. Das hatte wohl gezogen, denn sie entgegnete: „Nennen Sie mir einen guten Grund und ich mache eine Ausnahme."

„Sagen Sie ihm, es ginge um den Fallschirmsprung von der Elbphilharmonie."

„Na, das klingt interessant, ich will es versuchen. Kommen Sie doch bitte ganz nach oben!"

Endlich erreichte ich die Beletage und Frau Lieblich – wie sie sich vorstellte – bat mich, im Vorzimmer des Chefredakteurs Platz zu nehmen. Ich griff nach der aktuellen Abendpost und blätterte darin. Noch eine Woche danach war das zentrale Thema über mehrere Seiten: die Eröffnung der Elbphilharmonie. Als wolle man auch vonseiten der Zeitung Reklame dafür machen. Doch das konnte ich nicht glauben. Die Presse bezeichnete sich immer als neutral und würde sich für so etwas nicht hergeben.

„Mensch, Herr Lutteroth, haben Sie ein Glück, Doktor Essig lässt bitten." Frau Lieblich hielt eine riesige Holztür auf und flüsterte mir beim Eintreten zu: „Ich habe ein wenig nachgeholfen, Mister Magnum!"

Ich hielt den Daumen hoch und trat ein.

Dr. Essig war anscheinend schwer beschäftigt. Er saß zwischen einem Berg von Akten und Zeitungen. Er blickte nicht auf, als ich eintrat, antwortete auch nicht auf meinen Gruß. Er grummelte nur: „Machen Sie es kurz. Die Leser möchten pünktlich ihre Zeitung!"

„Ich bin Privatdetektiv und ermittele in einem Mordfall!" Wenn ich dachte, bei dem Chefredakteur stiege das Interesse an meiner Person, sah ich mich getäuscht. Essig schrieb etwas auf ein Blatt und ich war mir sicher, es hatte nichts mit mir zu tun.

„Bei der Eröffnung der Elbphilharmonie letzte Woche sprang ein Mann mit einem Fallschirm vom Dach und starb. Warum wurde nicht darüber berichtet?"

Jetzt hatte ich ihn, denn ich hörte, wie er seinen dicken Füllfederhalter hinwarf.

„Wer erzählt denn so etwas?"

Mir war nicht klar, was er hören wollte, und ich schwieg.

„Also, Herr …"

„Lutteroth, Carsten-Oliver Lutteroth."

„Gut, Herr Lutteroth. Waren Sie dort, bei der Eröffnungsfeier?"

Es klang vorsichtig. So, als wolle Essig erst einmal die Fronten abstecken.

„Nein, aber es gibt Zeugen und … ein Video!" Die Gesichtszüge des Redakteurs brachen etwas in sich zusammen.

„Okay", stotterte er. „Darf ich das Video vielleicht sehen?"

Zum Glück hatte Sandra es mir auf mein Handy geladen und ich hielt ihm die Sequenz des Todessprunges von der Eröffnungsfeierlichkeit hin.

„Na ja, das kann überall sein", lachte er, als das Video stoppte. „Aber egal. Herr Lutteroth, wir sind kein Schmierblatt. Mit solchen Dingen haben wir nichts am Hut. Wir erstatten Bericht. Von Hamburgern – für die Hamburger Leserschaft."

Er schaute mich an und wartete wohl, dass ich ihm zustimmte. Doch ich war noch nicht sicher, auf was er hinauswollte. So zuckte ich mit keinem Muskel.

„Ja, so ist es. Ich habe keine Ahnung, woher Sie dieses Video haben. Sie können gerne alle meine Redakteure fragen. Alle, die über die Feier berichtet haben. Es gab – meines Wissens – keinen toten Fallschirmspringer."

Plötzlich ging hinter mir die Tür auf. Frau Lieblich stand in voller Breite im Türrahmen und erklärte wie auf Kommando: „Doktor Essig, Ihr Termin!"

Essig war aufgestanden und nickte mir zu.

Ich glaubte nicht an einen Zufall. Sicher gab es eine Kabelverbindung von Essig zur Sekretärin, und auf Kommando wimmelte Frau Lieblich ungebetene und aufdringliche Besucher ab. So gab ich auf und verließ – zusammen mit Frau Lieblich – das Büro des Chefredakteurs.

„Möchten Sie noch schnell einen Kaffee, Herr Privatdetektiv?"

„Aber Dr. Essig?"

Sie winkte ab und schenkte mir aus einer silbernen Kanne Kaffee in ein kleines Porzellantässchen. Hier wusste man, was sich gehörte.

„Ja, dieser Magnum! Ich habe eben schnell mal im Internet nachgeschaut. So richtig ähnlich sehen Sie ihm tatsächlich nicht, Herr Lutteroth."

Ich zeigte ehrliche Enttäuschung. Doch ich hatte noch eine Trumpfkarte und die spielte ich jetzt aus: „Wissen Sie, dieser tote Fallschirmspringer von der Eröffnungsfeier. Das ist schon eine traurige Sache. Die Familie … Sie wissen?"

Frau Lieblich setzte vorsichtig und stilgerecht ihre Porzellantasse ab und schaute mich dann traurig an. „Ja, schlimm! Aber ich wusste überhaupt nichts davon! Doch ich muss auch gestehen, ich war an diesem 11. Januar eingeladen zu einer Hochzeit nach Flensburg." Sie nahm einen

Schluck. Dann erklärte sie: „Aber Fallschirmspringen scheint wieder sehr im Trend zu liegen …“

Ich richtete mich auf.

„… Ende vorletzter Woche saß genau hier, dort, wo Sie jetzt sitzen, auch ein Mann, der diesem Hobby frönte. Ein Herr Gaspar, Rumäne, er trank seinen Kaffee schwarz, und ich weiß noch …“

Ich sprang vom Sessel auf, rannte die wenigen Schritte, riss die Tür zu Essigs Büro auf und trat ein. Mit Kraft warf ich die Tür hinter mir ins Schloss. Der entstehende Knall ließ Essig zusammenzucken.

„Ich hatte dem Thema nichts mehr hinzuzufügen“, erklärte er, als er mich sah. Er war sichtlich bemüht, ruhig zu bleiben. Draußen klopfte es zaghaft an die Tür. Mir war klar, das war seine Sekretärin, die ein schlechtes Gewissen hatte.

„Tariel Gaspar, der tote Base Jumper von der Elbphilharmonie, war vor wenigen Tagen hier bei Ihnen im Büro?“

Essig überlegte einen kurzen Moment. „Okay, Lutteroth, Sie haben tatsächlich recht. Die Elbphilharmonie ist – nach der verpatzten Olympiachance – eine hervorragende Möglichkeit, unser geliebtes Hamburg weitere Schritte nach vorne zu bringen. Der tote Base Jumper wollte sich bloß wichtig tun. Ja, und seine Nachlässigkeit im Umgang mit seinem Equipment hat ihn das Leben gekostet. Wie gerne hätten wir darüber berichtet. Aber Negativ-Schlagzeilen über die Elbphilharmonie gab es schon genügend, da stimmen Sie mir doch zu?“

Ich stimmte gar nicht zu und fragte: „Und warum hatte er das Wort MÖRDER in den Schirm geschrieben?“

Ich fühlte, wie sich Essig beherrschen musste. Er war nervös, stand auf und lief hinter seinem Schreibtisch hin und her. Dazu drehte er an einem goldenen Ring mit Löwenmotiv. Einer, der dem von Steffensen und dem von Sandra be-

schriebenen Ring von Dr. Fuchs und Polizeipräsident Watty sehr ähnelte.

„Tariel Gaspar war ein Aktivist. Jemand, der wie die Anhänger von Greenpeace für etwas eintrat. In seinem Falle für die Tötung von Elefanten in der Serengeti. Elfenbein! Er wollte uns Hamburgern damit den Tag zerstören. Es ist schlimm, dass er abgestürzt ist. Aber tot oder lebendig, wir hätten über seinen Aufruf, die Welt zu verändern und Elefanten zu retten, nicht berichtet. Nicht an diesem wichtigen Tag Hamburgs! Glauben Sie es mir."

Mir war bewusst, mehr war aus Essig nicht herauszubekommen. Aber ich war schon weit gekommen. Und Sandra hatte recht! Bei dem toten Base Jumper handelte es sich tatsächlich um Tariel Gaspar. Ich zeigte auf den goldenen Ring. „Lions Club?"

Essig schien nicht gleich verstanden zu haben. Dann erhellten sich seine Gesichtszüge und er lachte. „Um Gottes willen, wo denken Sie hin!"

Die Hamburger Fahrzeugverwahrstelle war täglich – auch an Feiertagen – von 0 bis 24 Uhr geöffnet. Sandra hatte sich, nachdem sie ihr Fahrzeug nicht mehr vorfand, telefonisch darüber informiert und die Behörde bestätigte, ihren Alfa Romeo tatsächlich dort zu verwahren. Die Kommissarin war außerstande, den Grund zu erahnen, den das Ordnungsamt – oder wer immer ihren Wagen hatte abschleppen lassen – dazu berechtigte. Zumindest sprach der Verantwortliche von einem Versehen und entschuldigte sich mehrmals. Er erklärte, das Auslösen des Wagens sei für sie natürlich kostenfrei. Es nutzte alles nichts, sie musste den Wagen umgehend wiederhaben. Da sie tagsüber keine Zeit fand, fuhr sie erst nach Dienstende von Bad Oldesloe mit dem Zug los. Ihre Schwiegermutter hatte heute Abend ihr Kaffeekränzchen in Hamburg, doch Nachbarin Lucy hatte kurzfristig zugesagt, bis Mitternacht auf Lara Sophie aufzupassen. Sandra musste Lucy versprechen, so schnell wie möglich wieder zurückzukehren. Die junge Studentin hatte am nächsten Tag eine schwere Prüfung. Um 22.00 Uhr verließ Sandra am Hamburger Hauptbahnhof die Regionalbahn und hatte Glück, noch den letzten Bus der Linie 120 nach Rothenburgsort zu erwischen.

Nie zuvor hatte sie sich in diese dunkle Ecke Hamburgs verirrt. Erst war die Kommissarin verärgert, dass sie ihre Schusswaffe nicht mitgenommen hatte. Dann war ihr klar geworden, sie überzog. Die Fahrzeugverwahrstelle in der Ausschläger Allee 179 ähnelte einem kleinen Verbrauchermarkt. Jede Menge parkende Autos, gruppiert vor und seitlich eines Flachbaus. Nur war das Gelände der Kraftfahrzeugverwahrstelle – im Gegensatz zum Discountermarkt – großzügig umzäunt und mit einer verschlossenen Toreinfahrt sowie zwei Schranken ausgestattet! Die ältere Dame, die während der Fahrt im Bus neben der Kommissarin saß, war schon eine Haltestelle zuvor, in der Rothenburgstraße, ausgestiegen Doch hatte sie Sandra während der mehr als 15-minütigen Fahrt geradezu fanatisch von Rothenburgsort und dem Ausschläger Elbdeich vorgeschwärmt. Ständig hatte die Frau dabei durch das getönte Busfenster nach draußen in die Dunkelheit gezeigt. Wasser oder gar einen Deich hatte Sandra auf der Fahrt nicht erkennen können, und auch dann nicht, als sie den Bus verließ. Nun stand sie einsam auf dem Fußweg neben der kaum befahrenen Ausschläger Allee, den Reißverschluss ihrer Lederjacke bis zum Kragen hochgezogen. Niemand war hier mit ihr ausgestiegen. Doch die Kommissarin war der Meinung, dass die letzten im Bus verbliebenen Fahrgäste ihren Ausstieg unter mitleidigen Blicken begleitet hatten. Entweder war die Ecke hier extrem verrufen oder alle ahnten, warum sie hierherfuhr.

Fahrzeugverwahrstelle der Stadt Hamburg stand auf dem Schild am Tor. Seitlich daneben befand sich eine verzinkte Eisenpforte. Der einsame Klingelknopf auf der beleuchteten Edelstahlplatte verleitete geradezu, ihn zu drücken. Um aber auch sicher zu sein, dass man diesen auch nutzte, hatte man darunter *Hier klingeln* eingraviert. Sandra drückte einmal darauf und schaute dann in den schlecht beleuchteten Hof. Geschätzte fünfzig Fahrzeuge - Pkw, Kleinbusse und Transporter - mussten hier abgestellt sein und gegen Bares auf ihren Besitzer warten. Ein schönes Zubrot für die Stadt, glaubte die Kommissarin zu wissen. Im Flachbau brannte Licht, aber auch hier nur sehr spärlich.

„Ja, hallo?"

„Sandra Holz, ich möchte meinen Alfa Romeo abholen!"

Zunächst blieb der Lautsprecher ruhig, dann meinte die gleiche Stimme: „Das nützt mir wenig, nennen Sie mir bitte die Abholnummer."

Sandra suchte und fand den Abholschein, den sie sich auf Anraten ausgedruckt hatte, und hielt ihn in die Nähe einer LED über dem Klingelknopf. Die Nummer auf dem Schein war schwer zu lesen, sicher brauchte sie bald eine Lesebrille wie die älteren Kollegen: „Bei der kümmerlichen Beleuchtung kann ich die

Nummer schlecht entziffern", machte sie ihrem Ärger Luft.

„Dann müssen Sie draußen bleiben, Frau … Kolz!" Über ihrem Kopf bewegte sich etwas und Sandra erschrak. Aber es handelte sich um eine Überwachungskamera, die wohl gerade ihre Position gewechselt hatte. „17094 AC" las die Kommissarin unsicher vom Zettel ab. Wieder tat sich nichts. Dann erklang die Stimme: „Herzlichen Glückwunsch! Ein Alfa Romeo von Frau Sandra … Holz!"

Ein Summer ertönte. Sie war drin.

„Und Sie müssen tatsächlich nichts bezahlen? Wie haben Sie das denn hinbekommen?" Der Mann hinter der Glasscheibe war sicher schon Ruheständler und verdiente sich hier ein Zubrot für sein illegales Pokerspiel, malte sich Sandra aus. Doch bevor sie ihm erklären konnte, warum ihr Wagen unbegründet hier stand, hatte er sich die Frage schon selbst lautstark beantwortet.

„Bestimmt haben Sie gute Beziehungen. Sind Sie vielleicht die Frau eines Senators?" Der Mann lachte und Speichel rann über seinen grauen Ziegenbart hinunter auf den dunklen Hemdkragen. „Ja, manche schaffen es. Aber die meisten nicht. Dann jammern sie mir hier die Ohren voll, von wegen Armut und kein Geld. Und fahren anschließend mit ihrem Porsche oder Q8 raus." Sandra gähnte und es schien, als nähme der Mann ihre Müdigkeit zum Anlass, wieder das eigentliche Anliegen zu bearbeiten.

„Bitten legen Sie Ihren Ausweis in das Schubfach vor mir, Frau Holz, und ich mache Ihre Papiere fertig."

„Muss ich darauf warten?", fragte Sandra, und etwas empört erklärte der Ziegenbärtige: „Was meinen Sie denn? Ich kann Sie doch hier nicht ohne Papiere rauslassen."

Sandra war müde und erschöpft und bemerkte, wie das Gespräch in eine Richtung lief, die ihre Kräfte noch weiter dezimierte. Sie legte ihr Ausweisetui in den offen stehenden Kasten vor sich, und gerade als sie die Hand wieder herausgezogen hatte, fraß das Blechmonster ihr Etui. Siedend heiß war ihr eingefallen, dass sich zum Personalausweis auch ihr polizeilicher Dienstausweis in dem Täschchen befand. „Den darfst du doch nicht aus der Hand geben!", ärgerte sie sich, ließ es aber dann, den Mann zu bitten, das Etui wieder zurückzugeben.

„Also, wo befindet sich der Wagen?", erkundigte sie sich resigniert und schaute über die dunkle Parkfläche.

„Schauen Sie hier!" Ihr Gegenüber hatte den Flachbildschirm seines Computers gedreht und zeigte auf einen digitalen Plan der Aufbewahrungsstelle. „Er steht auf A7, also nicht die gleichnamige Autobahn", kicherte er. „Der Parkplatz des Alfa Romeos liegt seitlich von hier", und sein ausgestreckter Arm wies in die von Sandra aus gesehene rechte Richtung.

Die Kommissarin schüttelte genervt den Kopf. „Ganz schön dunkel hier. Muss die Stadt denn sparen?" An seinem Gesicht erkannte Sandra sofort, dass der Typ diesen Spruch sicher schon eine Million Mal gehört hatte, und seine Miene verfinsterte sich. Sein Ziegenbart schien auch leicht zu zittern.

„Junge Frau!“, der Mann atmete tief ein, „dies ist eine Fahrzeugverwahrstelle und keine Autoverkaufsausstellung. Wenn Sie Ihren Wagen nicht erkennen, drücken Sie doch einfach auf die Fernbedienung. Vielleicht kommt er Ihnen ein Stück entgegen?“

Im Gegensatz zu ihr hatte der Mann seine Laune wiedergefunden. Sandra drückte die schwere Tür auf und war im Begriff, auf den kalten Parkplatz zu treten, als die Stimme ihr noch nachrief: „Sie fahren bis zur Schranke, dann kommen Sie wieder zu mir!“ Die Kommissarin nickte und lief genervt in die angegebene Richtung.

Durch das Leder ihrer Jacke zog es und Sandra bemühte sich, möglichst schnell zu ihrem Wagen zu kommen. Erst wollte sie die Fernbedienung drücken, doch sie spürte den Blick des Mannes in ihrem Rücken und ließ es trotzig bleiben. Ihr Wagen musste laut Plan direkt am Außenzaun stehen und schon nach wenigen Schritten hatte sie ihn dort - trotz der schwachen Beleuchtung - ausgemacht. Plötzlich nahm sie seitlich eine Bewegung wahr. Als ob in einem Fahrzeug unweit des ihren ein Licht aufgeleuchtet hatte. Oder gar eine Zigarette? Sandra blieb stehen und suchte die Lichtquelle. Doch es war verschwunden. „Ich bin so müde und sehe Gespenster“, sagte sie sich und öffnete, bei ihrem Wagen angekommen, diesen anhand der Fernbedienung. Doch wieder war da eine Bewegung, sie war sich absolut sicher. Es sah aus, als sitze jemand in oder neben dem großen Audi, der drei Fahrzeuge seitlich des Alfa Romeo abgestellt war. Erst wollte sie es ignorieren. „Wahrscheinlich ein Wagenbesitzer, der sein Fahrzeug abholt und noch schnell telefonieren muss“, vermutete sie. Aber hätte ihr der geschwätzige Mensch im Gebäude dann nicht davon berichtet? Sandra drehte sich um und schritt auf den dunklen Audi zu. Wenige Schritte, bevor sie ihn erreicht hatte, vernahm sie plötzlich ein Geräusch hinter sich. Und noch während sie sich umdrehte, spürte sie einen Schlag am Kopf, dann einen kurzen Schmerz und es wurde finster um sie herum.

„Davon, dass die Alte noch so knackig ist, hat Piit aber nichts erzählt!“ Ein schrilles Lachen drang an Sandras Ohr. Dazu ein dumpfes Dröhnen im Kopf, und noch bevor sie ihre Augenlider öffnete, etwas Schweres auf ihren Beinen. Auch mit ihren Armen schien etwas nicht in Ordnung zu sein. Wieder hörte sie eine Stimme. Sie musste direkt hinter ihr sein.

„Aber wir machen ihr nur Angst, mehr nicht. Für mehr werden wir nicht bezahlt!“ Diese Stimme klang heller und ängstlicher als die erste. Langsam öffnete Sandra ihre Lider. Auf ihren Unterschenkeln saß jemand - sie konnte im Dunkeln nur die Silhouette sehen - und sie lag auf dem Rücken in einem Wagen. War es ihr Alfa Romeo? Sie war sich nicht sicher und versuchte es über den Geruch im Innenraum herauszufinden. Ihr Kopf schmerzte beim Einatmen und sie fühlte darin das Pochen ihres eigenen Herzschlags. Sie gab etwas Druck auf ihren linken Arm, doch so sehr sie sich auch bemühte, er ließ sich nicht bewegen. Auch der rechte Arm hing irgendwie seitlich über ihr und sie spürte schon am Kribbeln, dass dem Arm diese Position auf Dauer nicht behagte.

„Schau, Sven, sie bewegt sich.“

„Lass uns andere Namen benutzen, Holger. Die Schlampe muss ja nicht gleich wissen, wie wir heißen! Du bist Django und ich Bruce Lee." Der Unbekannte hinter ihr grölte laut und unecht, und Sandra merkte seine Spucke in ihrem Nacken aufschlagen. Sollte sie weiter die Bewusstlose spielen? Nein, sicher handelte es sich nur um übermütige Jugendliche und sie würde schnell mit ihnen fertig werden. Ohne Ankündigung versuchte sie, mit einer Drehung den Typen, wie ein Ross seinen Reiter, von ihren Knien zu werfen. Doch das Einzige, was es bewirkte, war, dass sich der Mann oben am Fahrzeughimmel den Kopf stieß. „Scheiße!", schrie er laut und es klang böse. Das dumpfe Geräusch, das er verursacht hatte, ließ den anderen lachen, und plötzlich spürte Sandra einen Windstoß, dann einen festen Schlag an ihrer Wange! Sie hatte das Gefühl, ein paar Zähne würden sich lösen, und betete, dass dies nicht der Fall war. Der Geschmack von Blut dominierte in ihrem Mund. Das Ganze kam ihr gerade nicht mehr wie ein Jungenstreich vor.

„Du Sau, lass das sein! Wir wollen nur etwas Spaß mit dir haben!", keifte der Typ auf ihren Beinen und dann: „Steck ihr etwas in den Mund, Django!" Sie hörte, wie hinter ihr Bewegung aufkam. Der Angesprochene schien im Fahrzeug nach etwas zu suchen. Dann wühlte eine Hand in Sandras Gesicht und jemand versuchte, ihr etwas in den Mund zu schieben. Am Geruch glaubte sie zu erkennen, dass es sich um den Lappen handeln musste, der zum Säubern der Fahrzeugscheiben im Wagen lag. Ja, sie lag in ihrem Wagen, da war sie sich sicher. Sie atmete mehrfach tief ein, es roch plötzlich nach Lara Sophie. Die Typen mussten, während sie ohnmächtig gewesen war, die Rücksitze zu einer Liegefläche umgeklappt haben. Sie biss die Zahnreihen zusammen, gleichzeitig versuchte sie mit festem Ruck ihre Arme zu lösen. Plötzlich wurde Sandra klar, die Typen hatten sie mit ihren eigenen Kabelbindern aus dem Handschuhfach an die Haltegriffe links und rechts im Fahrzeug gebunden. Was hatten die vor? Sie auszurauben, machte eigentlich keinen Sinn. Den Wagen von der Aufbewahrungsstelle zu stehlen? Es gab hier höherpreisige Modelle, erinnerte sie sich. Sie kam mit ihren Gedanken nicht weiter, denn der Typ hinter ihr hielt ihr plötzlich die Nasenlöcher zu. Durch heftiges Kopfschütteln versuchte sie, die Nase freizubekommen. Doch der Kerl war stärker und nach einigen Sekunden blieb ihr nichts anderes übrig, als den Mund zur Luftversorgung zu öffnen. Sofort schob er ihr den dreckigen Lappen hinein. Der Stoff schmeckte nach Dreck und Scheibenfrostschutz und Sandra begann zu würgen.

„Oh Gott, gleich kotzt sie. Dabei hat sie dich ja noch gar nicht gesehen, Django!" Dieser verabreichte dem Freund unvermittelt einen Schlag und Sandra glaubte im Dunkeln zu erkennen, wie der Angegriffene versuchte, sich in der Enge zu ducken. Es gelang Sandra, den Lappen wieder aus dem Mund herauszudrücken und durchzuatmen.

„Ich bin von der Polizei, das wird euch ...!", presste sie mit dem letzten Atemzug heraus. Erneut spürte sie den Lappen am Mund und der Mann drückte ihn so tief, dass ihre Zunge bewegungslos wurde und sie keine Möglichkeit sah, ihn wieder herauszupressen.

„Na schau mal", stänkerte Bruce Lee, „eine von der Polizei! Ob wir das glauben können?"

Sandra sah ihre Chance, dass die Männer nach dem Auffinden ihres Ausweises aufgeben und endlich verschwinden würden. Dann fiel ihr ein, dass ihr Etui vorne beim Ziegenbärtigen im Gebäude lag. Ob der sich vielleicht langsam bequemte, mal nach der Frau und dem Wagen zu schauen? Sie zweifelte daran, dass der Alte das Gebäude bei der Außentemperatur freiwillig verlassen würde. Der Geschmack des dreckigen Lappens ließ sie erneut würgen.

„Hier ist nix, die Tusse labert nur!“

Der Mann auf ihren Knien war sicher keine 20 Jahre alt, vermutete sie, und auch der hinter ihr dürfte ähnlich jung sein. Sandra bemühte sich, ihre Atmung zu kontrollieren, als sie plötzlich eine Hand an ihrem Busen spürte.

„Wer hätte das gedacht, Titten hat sie auch.“ Der Typ begann den Reißverschluss ihrer Lederjacke aufzuziehen, und die Kommissarin versuchte, durch wildes Hin- und Herbewegen, ihre Hände zu lösen. Doch vergebens. „Nein, bitte kein Vergewaltigungsversuch!“ Sie fühlte sich plötzlich so einsam und allein wie lange nicht. Unter ihrem Po spürte Sandra etwas Hartes. Kurz überlegte sie, was wohl die unbequeme Lage im Fahrzeug noch verschlechterte. Dann fiel es ihr ein. Sie lag mit einer Pobacke auf der Barbie-Puppe von Lara Sophie. Kollege Schweiss hatte sie dem Mädchen bei einem Besuch mitgebracht und das Kind hatte nur kurz danach geschaut. Dann war sie irgendwann zwischen den Autositzen verschwunden. Keiner hatte das Spielzeug bisher vermisst und nun tauchte die Puppe bei einer Vergewaltigung auf. Wenn es Sandra nicht so schmerzte, hätte sie gelacht. Der Mann auf ihr war dabei, ihr die Lederjacke hochzuziehen, doch sie wehrte sich, so gut es ging.

„Hilf mir mal!“, brüllte er, und sein Freund hinter ihr drückte ihre Schultern fest gegen die Nackenstütze.

„Komm, lass es, du kriegst doch eh keinen hoch … bei der Kälte", fügte er noch hinzu! Das schien den zweiten Typen noch mehr anzuspornen und er zog so fest an der Jacke, dass Sandra schon das Zerreißen des Stofffutters hören konnte.

„Greif mal an die Möpse, oder willst du gleich mal tiefer fassen", versuchte der Bruce Lee Gerufene seinen Kumpel zum Mitmischen zu motivieren. Sandras Armgelenke schmerzten und das Blut war wohl schon aus den Armen nach unten getreten, denn sie spürte ein nie erlebtes Taubheitsgefühl im Oberkörper. In ihren Schenkeln fühlte sie einen schnellen Pulsschlag und ihr war klar, bald würde sie ohnmächtig werden – wenn die beiden Vergewaltiger sie nicht vorher mit einem festen Schlag erlösten. Vor ihren Augen tauchte Luca auf, kopfschüttelnd und die Hände wie bei einem Gebet ausgebreitet. Wenn die Männer sie vergewaltigten, wie sollte es weitergehen? Würde sie das verkraften und dauerhaft weiter arbeiten können? Im Moment sah sie keine reelle Chance, den Kerlen zu entkommen. Aber untätig darauf zu warten, konnte auch nicht der Plan sein. Sie nahm alle Kräfte zusammen und wollte erst mit einem Ruck die Arme zum Körper reißen. Der Typ hatte inzwischen schon den Gürtel und den Reißverschluss ihrer Jeans geöffnet und bemühte sich, auf ihr sitzend, die Hose herunterzuziehen. Der schien zu ihrem Glück wenig Erfahrung mit solchen Dingen zu haben, glaubte die Kommissarin zu spüren. Sie roch seinen schlechten Atem nah an ihrem Gesicht – Zigaretten, Alkohol, Fäulnis – und versuchte sofort, mit ihrem Kopf nach ihm zu schlagen. Doch Django hinter ihr hatte sofort den Griff wieder verstärkt und meinte: „Du hältst dich wohl für sehr schlau, Alte!" Er lachte und sein Kumpel sang: „Zwanzig Zentimeter, nie im Leben, kleiner Peter!" Eine enorme Wut packte die Kommissarin. Sie legte all ihre Kraft in den rechten Arm. Es musste einfach gelingen, es war vielleicht ihre letzte Möglichkeit. Dann riss sie, so fest sie nur konnte. Sandra glaubte schon, ihr Arm trennte sich dabei ab und die Schmerzen ließen sie fast ohnmächtig werden. Doch tatsächlich, ihr Handgelenk rutschte plötzlich aus der Schlaufe und diese fiel neben sie auf den Fahrzeugboden. Die Typen hatten die Befreiungsgeräusche sicher gehört, konnten sie jedoch nicht so schnell zuordnen. Es gab einen Moment, in dem alles irgendwie stillstand, und Sandra sah ihre Chance gekommen. Erst wollte sie mit der freien Hand auf den Mann vor sich schlagen, dann erinnerte sie sich an die Barbiepuppe unter ihrem Hintern. Mit einer schnellen Bewegung zog sie diese hervor, erwischte die Puppe auch gut am Oberkörper und haute in die Dunkelheit vor sich.

„Scheiße, das tut weh, du Sau!"

Sandra musste den Typen getroffen haben und das mit voller Wucht. Sie hatte auch den Widerstand gespürt, den die stabilen Kunststofffüße der Puppe verursacht hatten. Nicht aufhören, spornte sie sich selbst an. Durch ihre Bewegungen war der Knebel im Mund verrutscht und die Kommissarin schaffte es endlich, den schmutzigen Lappen herauszudrücken. Angeekelt spuckte sie ihn aus und begann zu schreien. So laut und schrill sie konnte, bemüht, ihre Wut einfach herauszubrüllen. Sie schlug nun mit der Puppe auch hinter sich, in der Hoffnung, den zweiten Mann zu verletzen. Die Klammer seiner Hände am Kopf wurde plötzlich gelöst und ein Geräusch, das klang wie von einer Wagentür verursacht, ließ Sandra hoffen, dass einer der Angreifer schon das Weite suchte. Endorphine schossen in ihr Gehirn und sie fühlte sich für einen Moment wie gelähmt. Die Kommissarin hörte Schritte seitlich beim Wagen. Der Alte von der Anmeldung? Sie betete, dass dieser sie, beim Vorhaben, alles zu beenden, endlich unterstützte. Doch noch immer war es nicht ausgestanden. Der Typ auf ihren Beinen versuchte in der Dunkelheit, ihren freien Arm unter Kontrolle zu bringen. Doch Sandra schlug wie besessen um sich. Noch immer stöhnte der junge Mann laut, sie musste ihn schwer verletzt haben. Plötzlich wurde die Heckklappe des Fahrzeugs geöffnet. Ein wenig Licht fiel durch den Kofferraum in den Wagen. Sie konnte eine gelb-grüne Daunenjacke und einen Kopf mit kurzen blonden Haaren erkennen. Auch konnte sie dem Typen auf ihren Beinen nun fest in seine aufgerissenen Augen schauen. Er war sicher keine zwanzig Jahre alt und wenn, dann nur knapp darüber. Ohne Ankündigung ließ er sich nach hinten fallen, und dem Geräusch nach kullerte er aus dem Wagen. Die Kommissarin haute noch immer in die Leere vor sich. Mechanisch, wie fremdgesteuert, suchte sie alles zu treffen, was sich ihr in den Weg stellte. Plötzlich sah sie die Silhouetten der beiden Männer durch das Seitenfenster neben ihrem Wagen stehen. Sie stoppte sofort ihre Bewegungen. Die beiden drehten sich noch einmal um - verschwanden dann in der Dunkelheit. Einige Sekunden vernahm sie noch Laufgeräusche, dann klang es nach raschelndem Metallzaun. Plötzlich war absolute Ruhe.

Sandra lehnte sich für einen Moment zurück. Sie fühlte sich so erniedrigt wie nie zuvor in ihrem Leben. Diese Situation - hier im dunklen Wagen - erinnerte sie an ihre Entführung im März 1997, und sie versuchte sofort, die bösen Erlebnisse von damals beiseitezuschieben. Auch bei ihrer Entführung durch den kranken Setzer fühlte sie Pein und Schmach, aber hier war es anders. Sie ließ einen Vergleich nicht zu. Diesem Vergewaltigungsversuch war sie nur knapp entgangen, da war sie sich sicher, und sie suchte währenddessen mit der freien Hand den Knopf der Innenbeleuchtung. Endlich fand sie ihn und schaltete das Licht ein. Langsam floss wieder Blut durch ihre Beine und den Arm, und das verursachte bei ihr starke und unbekannte Schmerzen. Die Kommissarin musste den zweiten Kabelbinder loswerden. Aber wie? Und wo befand sich ihre Handtasche? Sie erinnerte sich plötzlich wieder: die Männer hatten sie ausgeschüttet auf der Suche nach ihrem Dienstausweis. Sandra suchte mit der freien Hand die Sitze ab. Nichts! Nur einen Lippenstift, eine Packung Papiertaschentücher. Da, endlich fand sie ihren Stielkamm. Es dauerte eine Weile, bis sie mit der zittrigen Hand den kleinen Plastikzapfen im Kabelbinder bewegt hatte und er sich lösen ließ. Als sie beide Arme wieder neben ihrem Körper spürte, wurde es ihr schlecht und sie legte sich flach auf die umgeklappten Rücksitze. Trotz der Übelkeit lauschte sie in die Dämmerung vor ihr durch die offene Heckklappe. Um sie herum war nur Stille. Die Typen schienen tatsächlich genug gehabt zu haben. Sven, Holger und die gelb-grüne Daunenjacke! Wie eingebrannt war das. Nach wenigen Minuten fühlte sie sich besser. Als Erstes kontrollierte sie ihre Zähne. Es war ihr, als sei ein Backenzahn locker, aber sie konnte sich auch irren. Am

Kopf fühlte sie eine schmerzhafte Beule, zum Glück verborgen unter ihren Haaren. Während sie ihre Hose zuknöpfte und das Auto wieder in Ordnung brachte, überlegte Sandra, wie sie mit diesem Versuch der Vergewaltigung umgehen sollte. Zu den Kollegen fahren und die Männer anzeigen? Anschließend zur Frauenärztin? Die mitleidigen, aber auch skeptischen Blicke der Beamten ertragen? Hauptkommissar Schweiss informieren oder gar den Polizeipräsidenten? Man würde sie dann sicher von weiteren Ermittlungen abziehen. Und erst Luca! Wenn sie ihrem Ehemann diese Geschichte erzählte, wie würde er damit umgehen? Es reichte dem Italiener absolut, dass ihre Einsätze gefährlich waren. Aber eine Vergewaltigung? Nein, sie entschied sich dafür, erst einmal alles ruhen zu lassen und bei Gelegenheit der Sache auf den Grund zu gehen. Es gab sicher wenig echte Spuren, doch wenn benötigt, würden die Kollegen im gesamten Fahrzeug die DNA dieser jungen Kriminellen vorfinden. Was hatten die Typen eigentlich hier auf der Fahrzeugverwahrungsstelle gesucht? Hatten sie auf sie gewartet? Nein, beruhigte sie sich, da sah sie keinen Zusammenhang. Es musste sich einfach um eine Zufallsbegegnung gehandelt haben. Das schien ja eine seltsame Verwahrstelle zu sein, wenn man hier auf seine Opfer warten konnte. Inzwischen fühlte Sandra sich wieder etwas besser. Das Schwindelgefühl hatte nachgelassen, das Blut war wieder in Arme und Bein zurückgeflossen. Die Kommissarin setzte sich auf den Fahrersitz, verschloss vorsichtshalber die Türen und fuhr vorwärts aus der Parklücke direkt auf das Tor zu. Sie schaltete den Schminkspiegel ein. Ihre Haare waren durcheinander, fand sie, und sie ordnete diese ein wenig. Dann verließ Sandra den Wagen und spazierte, zitternd und mit wackligen Beinen, zum Gebäude. Ihr Ausweisetui lag schon im Blechkasten, als sie dort eintraf, und hastig steckte sie es ein.

„Auf dem Zettel unterschreiben!", wies sie der Mann gefühllos an, und ohne Kommentar kritzelte sie etwas auf das Blatt. Sie bemühte sich, seinem Blick zu entgehen, und es gelang ihr. Als die Kommissarin sich umdrehte und zu ihrem Wagen zurückwollte, meinte der Ziegenbärtige: „Haben Sie dahinten noch ein Nickerchen gemacht, Frau Holz?"

Sie drehte sich um und schaute in sein dämlich grinsendes Gesicht. „Arschloch!", schrie sie laut und fühlte sich maximal besser.

Mittwoch, 18. Januar 2017

Ich selbst saß an diesem Mittwochmorgen schon beim dritten Espresso am Schreibtisch vor der Liste der Bauarbeiter. Lange hatte ich auf die Blätter gestarrt, doch sie hatten mich nicht inspiriert. Ich wechselte zum PC, suchte nach Fakten, nach weiteren Details zur Elbphilharmonie. Bei dem Bau dieses gigantischen Gebäudes handelte es sich schon um ein Jahrhundert-Monument: 78.000 Tonnen – schwer wie 722 Airbus A-380-Flugzeuge – war das Erste, was mir ins Auge sprang. Die Bauzeit von drei auf zehn Jahre verlängert, die ursprünglich geplante Bausumme betrug 77 Millionen Euro, erklärte man in einem Bericht des NDR. Und bei der Eröffnung vor wenigen Tagen hatte die Summe das Zehnfache, also 789 Millionen Euro, erreicht. Allein die Schweizer Architekten waren – nach Fertigstellung der Elbphilharmonie – wohl um 94 Millionen Euro reicher.

Zwischen dem Kaispeicher und dem gläsernen Aufbau gab es eine großzügige Plaza mit spektakulärem Ausblick. Die Planer hatten an alles gedacht. Dazu im Ostbereich das Fünfsternehotel, The Westin Hamburg, mit über 244 Zimmern. Bei jährlich 12 Millionen Übernachtungen in Hamburg machte das sicher Sinn. Auf der Westseite waren – wie sollte es auch anders sein – für die Privilegierten 44 Wohnungen zwischen 100 und 300 Quadratmetern entstanden. Unter anderem ein Penthouse in der 26. Etage. Und alle mit Blick auf die Elbe und den Hamburger Hafen. Das erinnerte mich an diesen Ostfriesenwitz mit dem Bus, der überbreit war, weil alle vorne sitzen wollten. Ich krümmte mich vor Lachen und Sekretärin Sonja kam aus ihrem kleinen Büro und schaute nach mir. „Na, alles gut? Du bist ja ausgelassen wie sonst nie. Hast du jemanden kennengelernt?"

Die Frauen wieder! Ich schüttelte den Kopf und machte eine Handbewegung. Sie verschwand.

Der alte Kaispeicher – gebaut in den Sechzigerjahren –, auf dem die Elbphilharmonie saß, musste für den Neubau völlig entkernt werden, um das Konzerthaus mit 2.500 Plätzen, ein Kammermusiksaal mit 550 Plätzen, das Hotel und auch die Wohnungen schultern zu können. Nun würde das alte Gemäuer die kommenden Jahrzehnte, trotz äußerer Nostalgie, innen vollgestopft mit modernen Parkautomaten und SUVs, als Parkhaus verbringen müssen. Hinzu kamen, schrieb man, irgendwelche Kaistudios, die der Musikvermittlung der Elbphilharmonie dienten. Dazu ein dringend benötigtes Restaurant mit Bar namens „Störtebeker". Natürlich über zwei Etagen.

Das Spektakulärste – so erklärte der Verfasser des Berichtes – schien eine simple Rolltreppe zu sein. Das wunderte mich etwas bei der großen Anzahl an Attraktionen. Diese befand sich direkt am Eingang. Über diese, leicht gewölbte, 82 Meter lange Rolltreppe mit der Bezeichnung THE TUBE würden die Besucher zu einem Panoramafenster mit Hafenblick gelangen – und von dort über eine zweite kurze Rolltreppe auf die Plaza und zu den Konzertsälen.

Ich drückte den Knopf des Kaffeeautomaten. Bald würde man in Hamburg kaum noch Platz in den U- und S-Bahnen finden, geschweige denn als Autofahrer auf den Straßen. Noch einige weitere solcher Touristenmagnete, und den Hamburgern würde es wie den Bewohnern der Insel Sylt gehen. Sie mussten außerhalb der Stadt, bzw. im Falle der Inselbewohner außerhalb ihrer Insel wohnen. Ich wusste, jetzt überzog ich, aber möglich war alles. Bei solchen Summen wie knapp 800 Millionen bot sich doch genügend Spielraum für jede Menge Betrug, Bestechung und Korruption.

Dort musste ich ansetzen. Das wurde mir in diesem Moment klar.

So viel Superlative machten mich hungrig auf Architektur. Ich brach auf in die HafenCity, mir dieses „Monster of Baukunst“ endlich mal richtig anzuschauen.

An diesem Morgen - nach dem Überfall auf sie in Rothenburgsort - hatte Sandra keinerlei Lust, ihren Kollegen unter die Augen zu treten. Auch Caro kam für sie nicht als Gesprächspartner infrage. So war sie kurz entschlossen nach Eppendorf gefahren. Nun stand sie an der Pforte des Instituts für Rechtsmedizin im Butenfeld 45. Sie klingelte und schaute neugierig durch die Gitterstangen. Rechts vom Gebäudeeingang - so wusste sie - lag das Büro von Frau Professor Traudel Kensbock. Auf der linken Seite des Flachbaus befand sich der Eingangsbereich mit einer Art Schleuse. Sie glaubte Bewegungen zu erkennen, also musste dort jemand ihr Klingeln gehört haben. Müde lehnte sie sich an den Zaun, der den Gebäudekomplex abriegelte, und blickte die schmale Straße hinunter. Es hatte sie schon bei ihrem ersten Besuch verwundert, dass man das Institut für Rechtsmedizin in dieser bewohnten Straße, die dominiert war von Einfamilienhäusern, errichtet hatte. Hier, zwischen all den überfüllten Parkreihen, herrschte jede Menge lebendiger Familienbetrieb. Ein starker Kontrast zu den Untersuchungen an Lebenden und Toten, die im Institut gegenüber rund um die Uhr durchgeführt wurden. Damit musste man als Nachbar erst mal umgehen können, dachte Sandra

– mit einem Blick auf die seitlich geparkte Armada dunkler Leichenwagen.

Nach erneutem Klingeln ertönte endlich das Öffnungssignal. Sandra schritt über alte Betonplatten durch den vom Regen der letzten Tage aufgewühlten Vorgarten und betrat die Eingangshalle. Man kannte die Kommissarin inzwischen und am Empfang winkte man sie freundlich lächelnd durch. Traudel besaß eine eigene Sekretärin und diese wies Sandra darauf hin, dass Doktor Kensbock gerade unten im Sektionssaal sei. Ein Blick durch die offen stehende Tür in das angrenzende Büro der Institutsleiterin hatte Sandra deren Abwesenheit schon angedeutet

„Möchten Sie im Büro warten? Ich werde Frau Professor gerne Bescheid geben, dass Sie hier sind!"

Die Kriminalbeamtin nahm das Angebot dankbar an. Sie hatte nichts anderes vor und dachte, hier ungestört nachdenken zu können. Doch nachdem das Telefon – in den fünf Minuten, die sie in Traudels Büro verbrachte – siebenmal geklingelt hatte, erhob sie sich genervt. Im selben Moment, als sie das Büro verlassen wollte, stand die Rechtsmedizinerin vor ihr. Groß und schlank, im bodenlangen grünen OP-Kittel, grinste Traudel die Kommissarin durch zwei Reihen gepflegter Zähne an: „Na, Schätzchen! Lust auf Kaffee oder auf einen kleinen Rundgang durch das Institut?"

Sandra musste nicht lange überlegen, hatte sie es bisher stets nur bis in Traudels Büro geschafft. Angebotene Besichtigungstouren der Rechtsmedizinerin hatte sie bisher – trotz mehrerer Einladungen der Ärztin – aus Zeitgründen stets abgelehnt. Und sie wusste, solche Rundgänge waren rar, und so nahm sie diese dankend an. Das brachte sie sicher auf andere Gedanken.

Über den Flur, vorbei an diversen Büros, bei denen Traudel erklärte, dass hier die Fälle aktentechnisch bearbeitet würden, erreichten sie an dessen Ende einen verschlossenen Raum. Während Traudel ihn öffnete, erklärte die Leiterin der Rechtsmedizin: „Hier können unsere Studierenden die laufenden Sektionen auf den Bildschirmen verfolgen.“ Dr. Kensbock zeigte, nachdem die Frauen eingetreten waren, auf zwei riesige Flachbildschirme im sonst menschenleeren Raum. Dann verließen sie das Zimmer. Wieder zurück und vorbei an den Büroräumen kamen sie zu einer Treppe, die in das Untergeschoss, den Keller, führte. Die bisher ausgeglichene Atemluft änderte sich schlagartig. Plötzlich roch die Kommissarin ein aufdringliches Desinfektionsmittel. Erst sehr stark, doch dann wurde die Intensität zum Glück geringer. „Bilde ich mir das nur ein?“, fragte sie sich. Möglich, dass die Sinne sich schnell an den Geruch gewöhnt hatten. Unten angekommen, betraten die Frauen einen großen, schwarzweiß gefliesten Vorraum, der in einem langen Schlauch endete. Sofort fielen Sandra auf der linken Seite die zahlreichen Türen auf. Es musste sich um mindestens zwanzig weiße und mannshohe Türen handeln mit großen, schwarzen Verschlussgriffen, nebeneinander angeordnet. Ihre Vermutung wurde durch Traudels Worte unterbrochen.

„In den Kühlboxen links können wir bis zu 100 Leichen tagelang gekühlt aufbewahren. Und nach der Obduktion oder Leichenschau werden sie mit dem Aufzug nach oben gefahren. Du hast die Leichenwagen gesehen?"

Sandra war gerade dabei, sich das Prozedere vorzustellen, und für einen Moment stehen geblieben. Nun hastete sie hinter Traudel her, die schon weitergegangen war. Sandras Gedanken gingen zu den Schicksalen, die sich hinter jeder der Türen versteckten.

„Sind alle Fächer gut gefüllt?", fragte die Kommissarin und biss sich sogleich auf die Lippen. Sofort war ihr bewusst geworden, welches Ereignis sie damit auslösen könnte. Und tatsächlich, Traudel war stehen geblieben und öffnete mit schneller Handbewegung eine der Boxen. Sofort streckten sich der Kommissarin aus fünf Fächern vier Fußpaare entgegen. Klassisch, mit Anhängern an einer Zehe. Abgedeckt waren die Körper mit weißen Tüchern. Sandra fiel sofort der Vergleich mit einer Kleidersicherung im Kaufhaus ein und sie wies dem Gedanken eine Art Schutzfunktion zu.

„Wieso sind nur vier der Fächer belegt?", fragte sie sich, und als ob Traudel ihren Gedanken erraten hätte, zog diese vorsichtig die mittlere der fünf Laden heraus. Nach einigen Zentimetern Edelstahl tauchte ein weißes Tuch auf und Sandra war sich im Klaren darüber, dass auch dieses Fach belegt war. Der menschliche Körper, der sich unter dem Laken erhob, musste einem Kind gehören. Sandra fühlte sich plötzlich äußerst unwohl.

„Sieben Jahre alt, ein Mädchen", erklärte die Rechtsmedizinerin. „Nach dem Sport gestern in der Schule brach sie zusammen. Wir werden herausfinden, warum!"

Sandra sah in die traurigen Augen der Frau, aber die gleichzeitig erwarteten Tränen blieben aus. Dafür liefen sie an ihrer eigenen Wange hinunter und hastig wischte sie diese ab. Dr. Kensbock schloss das Fach wieder. „Wir sind hier insgesamt sechzig Mitarbeiter", versuchte sie das Thema zu wechseln und lief dabei vorneweg. „Bei täglich etwa fünfzig Hamburger Toten, davon zwei Drittel mit geforderter Leichenschau, haben wir schon gut zu tun", erklärte Traudel. Sie erreichten über den kleinen Flur einen der Sektionssäle. Auf einem Edelstahltisch lag ein toter, nackter Mann. Sandra erkannte es sofort an der starken Behaarung und seinem Geschlecht. Aus der Entfernung schätzte sie ihn auf gut 80 Jahre. „Wenn er wüsste, wer alles um ihn herumwuselte", dachte sie sofort. Sie betrat, ohne zu zögern, zusammen mit Traudel den Raum und stellte sich neben einen Rechtsmediziner, der dort im langen grünen Kittel arbeitete. Blutverschmiert, aber verschmitzt grinste er beide Frauen an. Der Brustkorb des Toten, der vor dem Arzt lag, war geöffnet und die fehlenden Organe fand Sandra in Edelstahlschalen, schön um den Toten herumdrapiert. Sie wartete auf ein Würgen oder Schwindelgefühl – aber beides blieb aus.

„Du kennst Kommissarin Sandra Holz?", fragte Traudel, und der Arzt schüttelte den Kopf. „Sie ist von der Mordkommission! Sandra, das ist mein Kollege und Vertreter, Dr. Pellin." Wieder grinste der Mann und machte Anstalten, Sandra mit den blutverschmierten Gummihandschuhen zu begrüßen. Die Kommissarin machte einen Schritt zurück. Sie schaute wieder zum Tisch. Der Tote, oder besser: seine menschlichen Reste waren tatsächlich gute 80 Jahre alt. Der Mann war extrem stark beharrt, stellte Sandra angeekelt fest. Sie mochte keine Körperbehaarung und zum Glück sah das auch ihr sportlicher Ehemann so.

Sandra war klar, der Tote hatte noch nichts von der Entfernung der Körperbehaarung gehört.

„Kannst du kurz vom Grund der Sektion berichten?", bat Traudel den Kollegen.

„Klaro! Der Hausarzt bescheinigte den Tod des 79-jährigen, wohlhabenden Hamburgers. Doch sein Krankheitsbild war über die Jahre gut und die Enkelin machte bei der Polizei Anschuldigungen über dessen zweite und etwas jüngere Ehefrau - eine Apothekerin im Ruhestand. Da haben wir doch gerne mal nachgeschaut. Ja, die 68-jährige Apothekerin hatte wohl ihre Kenntnisse - was das Mischen von giftigen Stoffen angeht - nicht verlernt! So viel im Moment."

Wohl stolz über seine Leistung, grinste der Mann im Kittel Sandra wiederholt an. Traudel zuckte mit den Schultern: „So sieht es aus. Wir geben dem Menschen auch nach seinem Tod noch eine letzte Chance, mit uns zu reden!"

Beide Frauen verabschiedeten sich und verließen den Sektionssaal. Auch im nächsten Raum lag eine Leiche. Es handelte sich um eine dunkelhäutige Person, das konnte Sandra von ihrer Position aus erkennen. Die sterblichen Reste des Mannes waren zum Glück noch heil, doch seitlich ragten dünne Schläuche aus den Leisten seines nackten Körpers. Erst jetzt fiel Sandra die Öffnung eines Computertomografen auf, der sich hinter der Aluminiumbahre mit dem Toten befand. Zu sehr war ihr Blick auf die Leiche gerichtet gewesen.

„Ein Drogenabhängiger, dessen Tod noch ungeklärt ist", berichtete Traudel und grüßte die junge Frau im Kittel, die sich an der Leiche zu schaffen machte. „Wir führen Kontrastmittel ein. Mal schauen, woran er verstorben ist."

Dann verließen die Frauen das Gebäude durch eine Außentür. Vorbei an zwei rauchenden Männern, die dort wohl Pause machten, stiegen sie über eine Metalltreppe nach oben und erreichten einen angebauten Seitenflügel.

„Hier sind unsere Labore untergebracht!", erklärte Traudel und sie betraten gleich einen mittelgroßen Raum, der dem gut ausgestatteten Labor einer Arztpraxis ähnelte.

„Das Giftlabor!" Die Rechtsmedizinerin nickte zwei Frauen zu, die sich mit einem großen Mikroskop beschäftigten. Sekunden später verließen sie den Arbeitsplatz durch einen zweiten Eingang. Daneben öffnete Traudel eine verschlossene Tür und bat Sandra, einen Blick hineinzuwerfen. Bis auf einige Schränke, eine Liege, ein Tisch und einen Stuhl schien der Raum leer. Sandra überlegte, welchem Zweck er dienen könnte? Doch es fiel ihr nichts ein. Plötzlich sah sie in einer Ecke einige Stofftiere liegen. Aber auch das brachte sie nicht weiter.

„Hier untersuchen wir … misshandelte Kinder!", erklärte die Frau mit stockender Stimme. „Wenn eine Woche vergeht und ich dieses Zimmer nicht betreten habe, war es eine halbwegs gute Woche!" Sandra glaubte eine Träne in den Augen der Ärztin erkannt zu haben.

Plötzlich brach es aus ihr heraus und weinend setzte sich die Kommissarin auf den einzigen Stuhl. Sie legte die Hände vor das Gesicht. „Sandra, mein Schatz, was ist los?" Traudel Kensbock kniete sich vor ihre Begleitung, und wie es schien, schob sie diesen Gefühlsausbruch dieser besonderen Umgebung, aber auch der emotionalen Institutsführung zu.

„Sandra, habe ich dir zu viel zugemutet? Mein Gott, das tut mir leid …!"

Sandra hatte den Kopf geschüttelt. Dann begann die Kommissarin, Traudel vom Überfall letzte Nacht und der knapp entgangenen Vergewaltigung auf dem Parkplatz der Fahrzeugverwahrstelle Rothenburgsort zu erzählen.

Diese riesige Rolltreppe in der Elbphilharmonie empfand ich schon als etwas ganz Besonderes. Normalerweise machten mich solche technischen Dinge nicht an. Sie existierten einfach, weil jemand Geld dafür ausgab, sie zu entwickeln, und der sie letztendlich bauen ließ. Ja, die Rolltreppe funktionierte. Zusammen mit sicher hundert weiteren, staunenden Personen fuhr ich – mit diesem Wunderwerk – hoch in den alten Speicher. Achtzig Meter hinauf in die Zukunft der modernen, technischen Welt. Doch diese Rolltreppe war total anders als alle anderen, mit denen ich bisher gefahren war. Sie erinnerte mich an einen alten Disneyfilm: Schneewittchen und die sieben Zwerge, oder war es das Aschenbrödel? Auf jeden Fall fuhr eine dieser Märchengestalten doch in ein Schloss. Ja, und genauso empfand ich meine Fahrt hier. So, als führen wir Besucher auf diesem Beförderungsband hinauf in ein Märchenschloss. Tausende von LED-Leuchten verbreiteten stimmungsvolles Licht und zusammen mit dem seitlichen Paillettenputz machte das die zweieinhalbminütige Fahrt durch die Röhre äußerst geheimnisvoll. Dazu noch wellnesstaugliche, musikalische Untermalung. Ich spürte, wie ich entspannte, aber auch, wie es mich etwas schauderte. Die Konstrukteure dieser Rolltreppe hatten ihr zusätzlich einen Buckel gegönnt. Sicher wollten sie die Fahrt fließen lassen. Es war mir, als führe ich in eine neue Zukunft – was immer das bedeuten sollte. Mir fiel ein, sie hatten der Treppe sogar einen Namen gegeben: TUBE! Gab es schon eine Rolltreppe mit einem eigenen Namen?, fragte ich mich. Ich erinnerte mich an keine. Doch es war sicher dringend an der Zeit dafür.

Erst am späten Nachmittag betrat die Kommissarin ihr Büro im Polizeipräsidium in Hamburg Alsterdorf. Das lange Gespräch mit Traudel Kensbock hatte sie wieder etwas aufgebaut. Auch Traudel hatte ihr geraten, ihren Kollegen von der Polizei zunächst nichts über den Vergewaltigungsversuch mitzuteilen. Nur ihren Freund und Vorgesetzten, Hauptkommissar Schweiss, so schlug die Rechtsmedizinerin vor, sollte sie darüber informieren. Die Angaben Sandras zu den beiden Gewalttätern, aber auch die DNA-Spuren aus dem Wagen mussten nach Möglichkeit diskret aufgenommen und verwertet werden. Natürlich war es wichtig, eine Strafanzeige zu stellen. Doch Sandra war im Moment nicht klar, wie sich all das vereinbaren ließ. Gerade als sie ihre Lederjacke über den Kleiderbügel hing, betrat ein Kollege ihr Büro und grüßte. Gunter Jenal war erst im letzten Jahr, per Austausch, von der Kripo Frankfurt gekommen, und der Hesse hatte schon nach kurzer Zeit die Funktion der Vertrauensperson übernommen. Sandra mochte die Art des Mannes. Jenal war keine vierzig Jahre alt und hatte lange, blonde Haare. Schweiss nannte ihn immer den hessischen Hippie! Aber Schweiss hatte eh so eine eigenwillige Art, mit Kolleginnen und Kollegen umzugehen. Nicht bei jedem stieß diese auf Zuspruch.

„Hallo, Sandra!“

Die Kommissarin grüßte zurück und überlegte kurz, ob Jenal der Mann wäre, dem sie von dem gestrigen Vergewaltigungsversuch erzählen sollte. Doch sofort kam sie zu dem Entschluss, es nicht zu tun.

„Sandra, es gibt da so eine Sache!“, druckste der Oberkommissar herum.

„Und die wäre?“

Sandra fühlte sich nicht wohl im Moment. Erst das abgeschleppte Fahrzeug. Die Sache war noch zu klären und der Verantwortliche zu finden. Dann Rothenburgsort. Sie vermutete, dass die Serie an Unannehmlichkeiten nicht abriss.

„Ich hatte eben ein Telefonat mit der Personalabteilung.“

„Okay, und?“

„Man hat mich gebeten, dir mitzuteilen …!“

Sandras Puls schlug hoch und sie spürte die Schweißperlen auf der Stirn wachsen: „The winner is …? Komm endlich zur Sache, Gunter!“

„Man hat dich – mit sofortiger Wirkung – zur Abteilung 5 versetzt.“

Die Kommissarin verstand nicht sofort. Sie setzte sich an ihren Schreibtisch und nahm eine Akte aus dem übervollen Körbchen.

„Du hast mich doch verstanden, Sandra?“

„Du machst doch sicher Witze?“

„Nein, das ist kein Witz. Du sollst dich morgen Früh beim LKA 54, Cybercrime, melden. Dort weiß man Bescheid und wird dich einweisen.“

„Du spinnst doch!“ Sofort war Sandra ihre Ausdrucksweise peinlich. Sie sprang auf: „Entschuldige, aber das kann doch nicht sein! Was soll das denn? Und weiß Alexander davon?"

Jenal zuckte mit den Schultern. „Kommt von ganz oben, vom Polizeipräsidenten. Da wird auch Schweiss nichts ändern können. Vielleicht meinen sie es gut und möchten, dass du mal etwas runterfährst!"

Jetzt hatte Sandra genug. „Runterfahren? Was soll das denn? Ich werde hinauf zu Watty gehen, der soll mir seinen Entschluss ins Gesicht sagen." Sie machte Anstalten, mit ihrer Lederjacke den Raum zu verlassen. Jenal hielt sie am Arm zurück. „Sandra, Sandra, bitte!"

Die Kommissarin stoppte und lehnte sich an den Türrahmen. Müde schaute sie über den leeren Flur. Irgendwie hatte sie gerade eine Pechsträhne. Was immer sich Watty dabei dachte, sie zu versetzen, er würde seine Gründe dafür haben. Sie nahm sich vor, sich morgen, wie angeordnet, bei der neuen Dienststelle zu melden und erst später weitere Gedanken zu machen über das Warum und Wieso. Sandra legte den Arm um Jenal: „Du hast recht, Gunter. Sicher meinen sie es nur gut."

„Ist bestimmt nur befristet", flüsterte Jenal und seine Stimme hatte etwas Beruhigendes.

Die Kommissarin packte ein paar Sachen in einen kleinen Karton, der auf der Fensterbank stand. Dann winkte sie Jenal zu und verschwand über den Flur Richtung Aufzug.

Nachdem ich in der Plaza den teuersten Espresso meines kurzen Lebens getrunken hatte, war auch ich ein überzeugter

Elbphilharmonist. Der Kasten mit den seltsam gebogenen Fenstern bot auch innen nur Superlative. Allein die Rolltreppen, die mich nach oben schoben, machten mich sprachlos. Erst nachdem ich dreimal damit hoch- und runtergefahren war, spazierte ich durch die Flaniermeile mit dem sicher besten Hafenblick Hamburgs. Doch irgendwie stand mir nicht der Kopf nach Schönheit, Baukunst und Wertigkeit. Sandra hatte eben auf meinem Handy angerufen. Sie klang anders. Seltsam, dass ich so etwas spürte! Meine Frau hatte zu Lebzeiten stets beanstandet, dass ich ihre häufig wechselnden Gefühle nie bemerkte. Und jetzt wurde ich plötzlich zum Frauenversteher? Sandra hatte mir bei dem Gespräch kurz von ihrer Versetzung zur neuen Dienststelle erzählt. Sie hatte versucht, es mir schönzureden. Doch ich kannte den Laden: Wenn man jemand vom Mord weg versetzte, dann nur mit den Füßen zuerst. Und zum Glück ging es Sandra so weit gut. Während wir telefonierten, sah ich dieses Werbeschild der Immobilienfirma Landers&Krause. Die Makler hatten wohl den Auftrag, die 44 Luxuswohnungen hier in der Elbphilharmonie zu verkaufen, und spontan fiel mir ein, doch mal selbst eine anzuschauen. Aber alleine dort aufzutauchen und den Krösus raushängen zu lassen, war sicher nicht so einfach wie als vermögendes Paar aufzutreten. Die Kommissarin versprach, sich den morgigen Nachmittag für eine gemeinsame Wohnungsbesichtigung freizuhalten. Ich bat sie noch um ein entsprechendes Outfit, verabschiedete Sandra mit einem schlechten Gewissen und nahm mir vor, morgen ihrer seltsamen Versetzung auf den Zahn zu fühlen. Wieder klingelte das Handy.

„Ja, Lutteroth!"

„Hallo, Caro, hier ist Sonja!" Als ich mich nicht gleich vor Freude erbrach, meinte sie: „Deine Sekretärin!"

„Sonja, ich bin zwar schon über dreißig und weder dement noch schwachsinnig. Ich habe selbstverständlich meine eigene Festnetznummer im Display erkannt."

„Dann bitte ich vielmals um Vergebung. Wollte dir nur eine gute Nachricht mitteilen."

„Ja?"

„Eben habe ich unseren Kontostand überprüft. Dr. Lüttli hat 5.000 Schweizer Franken überwiesen – Bemerkung ‚Vorschuss'. Ich habe mal nachgerechnet, das sind etwa 4.570 Euro. Toll, nicht?"

Mir war klar, was jetzt kam … und es kam.

„Ich habe die ausstehenden drei Monatsgehälter gleich zu mir rübergebucht. Dachte, das sei dir recht!"

Ich versuchte, meinen Ärger im Zaum zu halten, und erklärte: „Alles richtig gemacht, Sonja. Also bin ich stark im Plus?"

„Jep!" Sie hatte aufgelegt. Dr. Lüttli hatte von einem Vorschuss für meine Ermittlerdienste gesprochen und dies umgehend wahr gemacht. Das freute mich.

Ich erinnerte mich wieder an meine großartige Idee mit der Wohnungsbesichtigung und wählte die Nummer auf dem Plakat.

„Landers&Krause, Sie sprechen mit Frau Weissenhaupt!"

Ich war total verblüfft, so schnell Kontakt mit dem Maklerbüro zu bekommen. Ich hatte eher mit einem Anrufbeantworter gerechnet.

„Ja, hallo! Mein Name ist Lutteroth, Carsten-Oliver Lutteroth. Ich würde gerne eine der zu verkaufenden Wohnungen in der Elbphilharmonie besichtigen!"

Die Dame war äußerst freundlich, erklärte, meine Anfrage an den dafür verantwortlichen Makler weiterzugeben, und versprach einen baldigen Rückruf. Schon auf der Rolltreppe hinunter ins Freie erreichte mich der Anruf.

„Sie haben Interesse an einer der letzten Wohnungen in der Elbphilharmonie, Herr Lutteroth?" Die Stimme Nagels klang künstlich und wie tausendfach erprobt. Hier war deut-

lich vernehmbar, so ein hochpreisiges Objekt verkauften nur die Smartesten unter den Maklern.

„Genauso sieht es aus!"

„Gut, haben wir Sie denn schon in unserer Kartei, Herr … Carsten-Oliver Lutteroth?"

Logisch, jetzt wollte Herr Nagel abklären, ob ich solvent und überhaupt ein würdiger Käufer sei. „Mein Vater, Mark Wilhelm Lutteroth, der Reeder, hat sich bisher um unsere Wohnungen und Häuser gekümmert", trug ich dick auf. „Wissen Sie, Herr Nagel, ich lasse meine 50-Meter Jacht nicht gerne in der Karibik alleine." Das war nun etwas too much, aber dennoch. Ich musste es versuchen.

„Gewiss, Herr Lutteroth. Aber es sind nur noch zwei Wohnungen zu vergeben. Wir sollten uns also sputen. Wie wäre es mit einer Besichtigung heute Abend, 20.00 Uhr?"

Ich trieb das Spiel auf die Spitze: „Nein, das geht ganz und gar nicht. Papa spielt jeden dritten Mittwochabend im Monat mit Carlos von Voss Schach und da kümmere ich mich um die vier afghanischen Windhunde." Nagel wollte etwas sagen, doch ich kam ihm zuvor: „Natürlich nur, wenn ich hier in Hamburg bin. Wie wäre es mit morgen Nachmittag?"

Nagel schien noch immer etwas perplex. Dann meinte er: „Gut, wie Sie möchten! Treffen wir uns um 15.00 Uhr bei der TUBE!"

Ich verstand nicht ganz. „TUBE?"

„Ja, die Rolltreppe in der Elbphilharmonie wird so genannt, wussten Sie das nicht?" Diese Aussage klang leicht übermütig. Unzweideutig wollte er Land zurückgewinnen.

Traudel Kensbock hatte ihren neuen Thermomix bekommen und stand unsicher vor dem Gerät. So als sei es eine Höllenmaschine, die ihr Angst einflößte. Ihr Freund und Lebensgefährte Alexander Schweiss stand hinter ihr, ein Glas Rotwein in der Hand.

„Da hast du ja eine Eier legende Wollmilchsau gekauft!"

Traudel Kensbock schien noch immer wie versteinert und endlich drückte sie den Chip seitlich an das Gerät. Mit einem Klack fand der runde Plastikchip dort Halt.

Schweiss griff nach dem zweiten Glas, das auf der Arbeitsplatte in Traudels Küche in Othmarschen stand. Er hielt es ihr hin und die Rechtsmedizinerin griff danach.

„Auf die Industrie, die es der Hausfrau leichter macht ...", rief Schweiss und lächelte. Traudel schaute etwas skeptisch zu ihm hinüber, „... und ihr dabei das Geld abknöpft!"

„Verarschst du mich?"

„Würde ich nie tun, Schatz!"

Beide stießen an und tranken einen Schluck des *Lübecker Rotspon*. „Ein ausgezeichneter Wein, Alex, den du da mitgebracht hast!" Traudel nahm noch einen Schluck und man sah in ihrem Gesicht, wie begeistert sie von dem Wein war.

„Sandra ist ab sofort bei den ‚Betrügern' eingesetzt!", erklärte Schweiss.

Die Rechtsmedizinerin hatte sich fast verschluckt. Fassungslos stellte sie das Glas auf die Arbeitsplatte und lehnte sich dann dagegen.

„Was erzählst du da?"

Schweiss zuckte mit den Schultern und verzog sich ins nahe Wohnzimmer. Traudel eilte hinterher.

„Man hat Sandra von der Mordkommission abgezogen? Sind die noch ganz sauber? Ist das der Grund für den teuren Wein, Alex? Um mich ruhigzustellen, während du mir das mitteilst?"

Schweiss hatte Ähnliches vermutet, nur nicht ganz so extrem. „Watty steckt dahinter. Sandra mischte sich wohl zu sehr ein." Sofort war dem Hauptkommissar klar, diese Aussage würde nichts zur Milderung des Sachverhaltes beitragen, und schon bereute er sie.

„Weißt du, Alex, dass man Sandra Dienstagnacht auf der Fahrzeugverwahrstelle in Rothenburgsort fast vergewaltigt hat?"

Schweiss' Gesicht nahm augenblicklich eine hellere Farbe an. „Vergewaltigt?"

„Ja, sie kam zu mir und hat alles gebeichtet. Sie wollte später mit dir reden und eine Untersuchung einleiten lassen. Aber Sandra war wohl noch nicht so weit."

Schweiss schüttelte den Kopf. „Das wusste ich nicht ... um Gottes willen!" Der Mann sah plötzlich um Jahre gealtert aus. Tränen standen in seinen Augen und Traudel Kensbock hatte sofort Mitleid mit ihm. Sie setzte sich neben ihren Freund und legte den Arm um den fast 60-Jährigen.

„Wie ... wie ist das geschehen?" Schweiss war noch immer fassungslos.

„Man hat erst ihren Wagen in St. Georg abgeschleppt, und als sie ihn abends auslösen ..."

„Was sagst du da? Die schleppen jetzt in Hamburg schon die Autos von uns Kriminalbeamten ab?" Schweiss war aufgesprungen und hatte die Rednerin unterbrochen. Seine Gesichtsfarbe war in ein beängstigendes Rot gewechselt.

„Halt, Alex, komm wieder runter. Sie hat ja noch Glück gehabt und ihr ist nichts passiert." Traudel

Kensbock wusste, dass diese Äußerung sehr realitätsfremd war. Aber sie musste auch auf die Gesundheit ihres Freundes Rücksicht nehmen.

„Morgen knöpfe ich mir diese Pfeifen vor ...!“, grummelte Schweiss und setzte sich wieder, schwer atmend, vor das Fernsehgerät.

9

Donnerstag, 19. Januar 2017

Sandra hatte sich aufgehübscht, und sogar Luca war es am Morgen beim Frühstück aufgefallen. Sie hatte ihrem Mann noch nichts von dieser unfreiwilligen Versetzung erzählt. Zumal sie eher an ein Missverständnis als an einen Dauerzustand dachte. Ihr derzeitiger Vorgesetzter, Alexander Schweiss, hatte die Sache noch nicht bestätigt. Doch da hatte sie eigentlich weniger Hoffnung. Schweiss war fixiert auf sein Entlassungsdatum und so hatte sie sich gestern Abend erneut Traudel Kensbock anvertraut.

„Sandra, was ist los, du hast ja Make-up und Lipgloss aufgelegt?“, überraschte Luca sie mit Details zu ihrer Gesichtskosmetik. Die Frau glaubte rot geworden zu sein, aber Luca hämmerte schon wieder mit einem Löffel auf seinem Frühstücksei herum und hatte mehr Blicke für die vor Freude kreischende Lara Sophie.

„Wir ermitteln heute in Kreisen, in denen seriöses Aussehen und Auftreten einfach besser ankommt“, versuchte sie ihr Aussehen zu entschuldigen.

„Toll, so könntest du öfters morgens aussehen.“ Luca schob sich zu ihr rüber und drückte ihr einen Kuss auf die Wange. Ihr Liebesleben hatte in den letzten Monaten extrem gelitten. Wenn Luca nachts von der Pizzeria zurückkam, war er todmüde und schlief gleich neben ihr ein. Und gab es am Wochenende mal die Möglichkeit auszuschlafen und sogar etwas Zeit für Zärtlichkeiten zu haben, sprangen meist schon Marie-Therese und Lara Sophie in aller Frühe über den Flur. Sandra nahm sich vor, heute Abend pünktlich zurück zu sein. Marie-Therese hatte sich zum Glück auch nicht angemeldet. Sie schaute Luca verliebt an und erklärte. „Wäre schön, wenn du heute mal vor Mitternacht zu Hause wärst.“ Er schien zu verstehen, denn er entgegnete: „Lässt sich sicher einrichten“, und grinste.

Die Abteilung 5, *Wirtschaftskriminalität, Betrug und Cybercrime,* der Hamburger Kriminalpolizei hatte man ausgelagert. Kommissarin Sandra Holz war an diesem Morgen - wie stets - am Bahnhof Alsterdorf ausgestiegen und zum Bruno-Georges-Platz gelaufen. Schon fast beim Polizeipräsidium angekommen, war ihr der Fehler aufgefallen. Sie wechselte kurz entschlossen die Straßenseite und spazierte über die Hindenburgstraße Richtung Überseering. Die frische Luft und der Spaziergang taten ihr gut. Das 12-geschossige, ehemalige Shell-Haus beheimatete inzwischen - außer den Dienststellen des LKA 51 bis 56 - auch die ERGO-Versicherung. Sandra war noch nie dort gewesen, fand den riesigen Block doch auf Anhieb extrem hässlich. Sicher wurde er in den Siebzigern gebaut, mutmaßte sie. An einer riesigen Messingmuschel vorbei betrat sie den großen Eingangsbereich. Schon bei den Kollegen an der Schleuse kam es ihr vor, als kenne man sie, erwarte sie sogar. Die uniformierte Kollegin, die neben dem Drehkreuz wachte, lächelte und winkte sie durch. Zum Glück rief die Frau ihr noch: „Sechste Etage, dann rechts!“, zu, sonst wäre Sandra sicher in dem riesigen Gebäude orientierungslos umhergeirrt.

Die Kommissarin betrat einen breiten Flur, der nichts anderes als eine große Anzahl an Aufzügen aufwies. Sie zählte kurz durch: Es waren zehn. Gigantisch, fand sie, und forderte an einem Display einen der Aufzüge zur sechsten Etage an. Ihr wurde der Lift „F" zugewiesen und so spazierte die Kommissarin zu der Aluminiumtür mit dem benannten Buchstaben. Ein Aufstieg über das Treppenhaus war in diesem Gebäude wohl nicht möglich, glaubte sie nach einem kurzen Kopfschwenk zu erkennen. Sicher wollte man keinen Personenverkehr im Treppenhaus, trotzdem würde es diese, zumindest als Notabgänge, geben müssen.

Das Shell-Gebäude war im Gegensatz zum sternförmigen Polizeipräsidium als Kreuz gebaut, stellte Sandra fest, als sie den Aufzug in der 6. Etage verließ. Sie bewegte sich, dem Ratschlag der Kollegin folgend, über einen geräuscharmen Teppichboden nach rechts.

„Abteilung 5" war über der offen stehenden Glastür zu lesen. Auch in der Dienststelle selbst schien man schon auf sie zu warten. Ein junger Kollege fing sie im Flur ab, fragte nur, ob sie Frau Holz sei, und schob die Oberkommissarin - freundlich, aber bestimmt - in ein großes Büro hinein. Der kleine, dicke Mann hinter dem Schreibtisch mit dem Dauergrinsen im Gesicht erhob sich und die Gasdruckfeder des Stuhls machte dabei ein ohrenbetäubendes Quietschgeräusch. Den Kriminalbeamten beeindruckte das überhaupt nicht, zumindest zuckte er nicht dabei.

„Kullus, ich bin 1. Hauptkommissar und sozusagen der Herrscher hier!", erklärte er. Dabei griente Kullus ununterbrochen und so stark, dass die Äderchen durch die rötliche Gesichtshaut schimmerten. Sandra fiel bei seinem Nachnamen sofort der Vergleich zu einem Koloss ein und sie dachte bei sich, der Name passt zu dem Kollegen.

„Nehmen Sie doch Platz, Frau Holz. Oder soll ich Sie mit Holz-Ferraro ansprechen?"

Sandra war ganz glücklich, dass Kullus das „Sie" vorzog, aber irgendwie kam ihr dieser Satz bekannt vor. „Danke, Herr Kullus. Holz ist gut!"

Kullus wies mit dem Arm auf einen Stuhl und wartete, bis Sandra sich gesetzt hatte. Dann nahm auch er Platz. Wieder war da dieses Quietschen. Sandra erinnerte sich, dass sie vor Wochen eine Meldung auf den Tisch bekam, in der jeder Kriminalbeamte vor gefährlichen Gasfedern in Bürostühlen gewarnt wurde. Damals mussten die Seriennummern aller Federn aufgeschrieben werden und der Polizeipräsident hatte extra einen Mitarbeiter abgestellt, der unter allen Schreibtischen herumkroch. Es schien Unfälle mit den Drehstühlen gegeben zu haben und dem wollte man damals vorbeugen. Sie hoffte, dass diese Feder hielt, zumindest solange sie diesem Koloss gegenübersaß.

„Wir werden alles nur Menschenmögliche tun, um Ihnen zu helfen, Frau Kollegin." Kullus hatte plötzlich ein mitleidiges Gesicht gezogen und Sandra kam sich plötzlich total unsicher vor. Was wollte der Mann, ihr helfen?

„Wir wissen alles, aber machen Sie sich keine Gedanken. Der Polizeipräsident selbst hat mich zum Schweigen verdonnert. Ich werde Ihnen gleich Ihr neues Büro zeigen. Dort haben wir eine Kleinigkeit vorbereitet." Kullus lachte und erhob sich mit dem bekannten Quietschgeräusch.

„Also, unter ‚vorbereitet' meine ich natürlich keinen Imbiss, Frau Holz. Wir haben ein paar Akten dort, die Sie bearbeiten könnten. Aber lassen Sie sich Zeit, nichts überstürzen. Fragen Sie Ihre Kollegen, wenn Sie nicht weiterkommen. Und teilen Sie sich Ihre Zeit gerne so ein, wie Sie möchten."

Sandra kam sich vor wie in einem Traum: Gleich würde sich der angebliche 1. Hauptkommissar Kullus die fette Wampe abschnallen, die Perücke ausziehen und sich als Guido Cantz von der versteckten Kamera zu erkennen geben. Doch nichts dergleichen geschah. Kullus trat auf den Flur und Sandra war aufgestanden und ihm - wie in Trance - gefolgt. Was hatte Watty den Kollegen hier erzählt? Vielleicht etwas von einem Burn-out? Zumindest wäre das eine Erklärung. Sandra fehlte etwas die Kraft, um die Geschichte hier und jetzt aufzuklären. Sie ließ sich in ein Mini-Büro am Ende des Flures führen, ihr Passwort nennen und mit einem „Willkommen bei den Betrügern" wabbelte Kullus wieder über den Flur zurück.

Es war sehr stickig in dem Raum und Sandra versuchte, ein Fenster zu öffnen. Eine ganze Weile suchte sie den Verschluss, dann war ihr klar, das Fenster ließ sich nicht öffnen. Nun nahm sie den leisen Klang eines Gebläses war. Hier herrschte die Klimaanlage über die Temperatur des Raumes. Das machte ihr die neue Dienststelle auch nicht sympathischer.

Auf dem Weg hierher erinnerte sie sich wieder an diese Goldringe. In den Jahren bei der Hamburger Kriminalpolizei war ihr nie aufgefallen, dass irgendwelche Persönlichkeiten solche Ringe mit Löwenkopf trugen. Und jetzt plötzlich andauernd. Ihr erster Gedanke war Lions Club. Sie suchte im Internet nach Hinweisen darüber und wurde schnell fündig. Zuerst fand sie Informationen darüber, dass es sich um reine Männerklubs handeln würde. Dann relativierte sich das. Es gab inzwischen auch gemischte Clubs.

„We Serve!" So lautete das Credo des Lions Clubs. Man sprach von Dienen und Helfen. Auf deren eigener Homepage erklärte man, Kinder- und Jugendprojekte in Ländern der Dritten Welt zu unterstützen und dass die Lions sich ehrenamtlich – für Menschen, die Hilfe brauchen – engagieren. Das klang nicht nach dem, was Männer wie Watty und Dr. Fuchs für Sandra ausstrahlten. Die waren eher in eigener Sache, maximal in Sachen Hamburg unterwegs. 1,4 Millionen Mitglieder weltweit, das sah nicht nach VIP-Status aus. Man schrieb auch etwas von sozialen Zielen des Lions Clubs und der Förderung kultureller Projekte. Das wiederum passte schon eher zur Elbphilharmonie. Die Kommissarin war sich zunächst unsicher. Erst als sie sich Fotos der Club-Ringe anschaute, war klar: Es handelte sich bei den Löwenringen von Watty, Fuchs und Essig um anders aussehende Schmuckstücke. Die Goldplatte der Ringe von Lions Club-Mitgliedern zierte kein Löwenkopf.

Ich war mit Kopfschmerzen aufgewacht. Erst glaubte ich, die Drinks von gestern Abend seien schuld. Aber das konnte nicht sein. Ich wusste, da musste ich schon mehr in mich hineinschütten, bevor Kopfschmerzen mich plagten. Diese

Sache mit der toten Evelin Lüttli begann mich zu zermürben. Als Kriminalbeamter konnte man auf jegliche Unterstützung zurückgreifen. Hatte Macht und Möglichkeiten. Aber dieses Rumgeeiere als Privatdetektiv war weder Fisch noch Fleisch. Ob ich das noch lange durchhalten würde? Mein Vater wollte schon immer, dass ich mich – in der inzwischen geschrumpften Reederei – nützlich mache. Aber das hatte ich seit dem Rausschmiss bei der Polizei stets vehement abgelehnt. Ich schmiss eine lösliche Kopfschmerztablette mit in den doppelten Espresso und erfreute mich am Sprudeln und an den lustigen Blasen. Das Getränk schmeckte scheußlich, aber es half. Sonja hatte heute frei und so lief ich nackt durch die Wohnung. Anschließend duschte ich und suchte vergeblich nach einem teuren Anzug in meinem Kleiderschrank. Ich hatte in den letzten Jahren einfach meinen Status geändert und somit auch meine Bekleidung. Vor dem Tod Mias besuchten wir beide oft Theatervorstellungen. Vater hatte damals sogar noch eine eigene Loge im Hamburger Schauspielhaus. Aber später schmiss ich die teuren Anzüge weg und stellte alles auf lässige Jeans und Sweatshirts um. Jetzt hatte ich den Salat! Ein Anzug musste her, etwas Pfiffiges und doch nicht zu sehr übertrieben. Sonst nahm mir der Immobilienmakler den Yuppie nicht ab.

Im ‚Gnosa' nahm ich mein Frühstück ein, und Elvira – die Bedienung dort und meine Lieblingslesbe – erzählte mir von einem Anzugverleih beim Lehmweg in Eppendorf.

Das Maklertreffen war erst für 15.00 Uhr geplant. Aber ich wollte vorher meinen Eltern in Blankenese einen kurzen Besuch abstatten.

„Schau mal, die Alte, Holger! Die ist so breit wie hoch! Hast du der nicht die Ehe versprochen?"

Übertrieben lautes Lachen schallte durch das Gewölbe des U-Bahnhofs, Hamburg-Osterstraße. Der Sprecher, ein etwa 20-jähriger junger Mann mit blondem Kurzhaarschnitt, saß auf einer der beiden Holzbänke und zeigte auf ein dickliches Mädchen, das wenige Meter vor ihnen ebenfalls auf die U2 wartete. Die gelben Fliesen an den Wänden und die krankenhausähnliche Beleuchtung dieser ältesten Haltestelle im Hamburger U-Bahn-Netz ließ die gelb-grüne Daunenjacke des Mannes hier unten wie eine überdicke Warnweste erscheinen. Selbstbewusst und angriffslustig wies sein Zeigefinger noch immer auf die junge Frau, die gerade ihre Position verlassen hatte, um mit hochrotem Gesicht in der wartenden Menge zu verschwinden. Direkt neben ihm, am Ende der Bank, saß sein gleichaltriger Kumpel. Eigentlich lag er mehr und verhinderte so, dass weitere Personen die überbreite Holzbank nutzen konnten. Den Menschen um sie herum schien dieser Zustand egal zu sein. Sie waren eh in wenigen Minuten anonym in den Wagen der HVV verschwunden. Beide Männer hatten sich schon eine Weile über die Anwesenden lustig gemacht und vertrieben sich so lautstark ihre Langeweile. Der Kumpel schlug dem Sprecher spaßeshalber auf den Oberarm und feixte dabei: „Mach du ihr doch ein Kind, Sven, du stehst doch auf fette Beute!" Beide grölten wieder überzogen laut und Holger beugte sich zu seinem Kumpel. Mit seiner flachen Hand boxte er ihm auf den Oberschenkel. Sven zuckte zusammen und hielt sich dabei schützend die Hand vor den Körper. „Sei vorsichtig, denk an meine … Kriegsverletzung!" Dabei versuchte er ein Grinsen. Holger nickte mit einem entschuldigenden Blick und nahm wieder seine Ausgangsstellung ein.

„Diese Polizeischlampe!", stammelte Sven. „Mit drei Stichen haben sie es genäht. Man trifft sich immer zweimal!"

Einige Wartende, die nahe bei den Männern standen, richteten verärgert den Blick auf die beiden Halbstarken. Doch mit einem Kopfschütteln hatten sie die Sache abgetan.

Der Bahnsteig der Linie U2 war – wie fast immer zum Feierabendverkehr – voller Menschen. Hunderte Personen warteten am Gleis des Bahnhofs Osterstraße in der Hoffnung, rechtzeitig zu ihren Zielen zu gelangen.

Eine schmale, alte Frau schob sich gerade durch die Menge nah an der gefliesten Wand entlang. Erst kramte sie neugierig in einem Edelstahlabfalleimer, um dann vor den beiden jungen Männern stehen zu bleiben. Nach einem prüfenden Blick begann sie sich links neben sie auf die Bank zu zwängen. Die Blicke der beiden versprachen nichts Gutes. Erst waren sie bemüht, ein Platznehmen der Alten zu verhindern. Sie bewegten sich seitlich und machten sich dabei noch breiter. Doch die Alte schob sich mit einem: „Ich muss mich mal setzen …", einfach ans Ende der Bank und machte dabei keinen streitlustigen Eindruck.

„Scheiße!", meinte der eine.

„Was?"

„Die stinkt nach Scheiße!"

Ihre neue Banknachbarin fühlte sich nicht angesprochen, kramte andächtig in ihrer alten, braunen Kunstlederhandtasche. Ein Mann im Trenchcoat, der im Gedränge dicht vor der Bank stand, hatte sich zu den beiden Halbstarken gedreht und schimpfte lautstark. „Ist schon schlimm genug, dass ihr jungen Leute sitzt, während die Älteren hier stehen müssen. Lasst bloß die Frau in Frieden!" Personen um ihn herum nickten und zeigten so murmelnd ihre Zustimmung. Der Sven Gerufene war plötzlich im Begriff aufzuspringen und es sah aus, als wollte er sich auf den Mann stürzen. Doch sein Kumpel riss ihn an seiner leuchtfarbenen Jacke zurück. Sein Hinterteil knallte mit einem dumpfen Geräusch auf die Bank und beide schauten sich verdutzt an und lachten. Dann brüllte Sven: „Halt bloß dein Maul, du Assi!" Der vielleicht Vierzigjährige vor ihm überlegte kurz. Man sah, dass sich seine Muskeln anspannten. Dann jedoch drehte er seinen Kopf – mit einem Anzeichen von Resignation – in eine andere Richtung.

„Der ist doch nicht ganz dicht!" Noch immer beruhigte sich der Streitlustige nicht. „Warum hast du mich festgehalten, ich ..." Eine Stimme, die aus den Deckenlautsprechern des Bahnhofs schallte, ließ ihn verstummen: *„Die angekündigte Bahn fällt wegen eines Unfalls auf dem Bahnsteig Lutterothstraße aus. Bitte haben Sie etwas Geduld, wir sind – so schnell als möglich – wieder fahrbereit!"*

Unmutsäußerungen und lautes Gemurmel hallten durch das geflieste Bahnhofsgewölbe. Auch die beiden Männer ärgerten sich maßlos über die Verzögerung. „Scheiße, ich hatte die Woche schon einmal verpennt. Der Chef glaubt mir das mit der ausgefallenen Bahn sicher nicht."

„Mensch, Holger, erzähle ihm doch irgendeine Geschichte!" Sven legte seinen Arm väterlich um die Schulter des Kumpels.

„Ich erzähle ihm einfach, unsere U-Bahn hatte einen Unfall!"

„Ja, der Lokführer war besoffen!"

Beide lachten und boxten – eher aus Spaß und ohne sich zu berühren – aufeinander ein.

Holger langte seitlich zum Papierkorb, der sich direkt an die Holzbank anschloss. Er griff nach einem weggeworfenen Zeitungsteil und zog es heraus.

„Seit wann kannst du lesen?", rief sein Kumpel Sven lautstark, und die Wartenden schauten erneut neugierig zu den beiden.

„Schau, da hat sich schon wieder einer in die Luft gesprengt!" Holger wies auf die Schlagzeile der Tageszeitung.

„Ich weiß gar nicht, was die davon haben. Glauben die tatsächlich an die vielen Jungfrauen, die nach dem Tod auf sie warten?"

Sven zuckte mit den Schultern. „Ich denke, das ist es. Habe gelesen, die halten sich vor der Explosion die Eier fest!"

Holger legte die Zeitung weg und schaute sprachlos zu seinem Kumpel.

„Warum das denn?"

Sven atmete tief ein und erklärte: „Wahrscheinlich, weil sie die anschließend noch brauchen."

Holger tat, als habe Sven einen Witz gemacht und er ihn verstanden. „Das ist gut, das ist gut!", rief er und beide krümmten sich vor Lachen. Dann widmete sich Holger wieder seiner Zeitung.

Sven schaute sich gelangweilt die wartende Menge an. „Jetzt sitzen wir hier noch länger rum, ich könnte kotzen ...", flüsterte er wütend. Plötzlich stutzte er und meinte: „Schau mal, Holger, der Typ da drüben!"

Der Angesprochene drehte seinen Kopf langsam in die angegebene Richtung. „Was ist? Ich seh nur verwichste Bahnfahrer."

„Nein, dort zwischen den beiden Frauen, direkt am Bahnsteig. Siehst du den Dicken?"

Wenig interessiert legte Holger dann doch seinen Kopf etwas schief.

„Na und …?"

„Der Fette mit dem abstehenden Mantel!"

Holger hatte genug. Er warf die Zeitung demonstrativ neben sich, hob seinen Kopf zurück in die Ausgangsposition und lehnte ihn an die kühlen Kacheln der Wand. Dann riss er den Mund auf, gähnte übertrieben laut und erklärte anschließend: „Mann, du nervst ganz schön. Wo bleibt die Scheiß-Bahn?"

„Holger! Sieht der dicke Typ im Mantel nicht aus wie so ein Selbstmordattentäter?"

Ein Ruck ging plötzlich durch den Körper des jungen Mannes. „Was quatschst du da? Ein Selbstmordattentäter? Mach keine Witze!"

Die Wartenden in unmittelbarer Nähe der jungen Männer waren bei den Worten erschreckt zusammengefahren und hatten sich neugierig zu ihnen umgedreht.

Sven fühlte sich - aufgrund der auf ihn gerichteten Augenpaare - besonders wichtig und war aufgesprungen.

„Da, der Dicke!", brüllte er. Sein Zeigefinger zeigte dabei in eine bestimmte Richtung. „Was versteckt der unter seinem schwarzen Mantel?" Auch Holger hatte nun seine Sitzposition verlassen und sich neben den Kumpel gestellt. Die alte Frau war gerade im Begriff, fluchtartig den Bahnhof, Richtung Ausgang, zu verlassen.

„Sven, lass es, das bringt nur Ärger!"

Sven grinste: „Lass uns doch etwas Spaß haben!"

Holger schüttelte den Kopf und wollte den Freund am Arm greifen. Doch der hatte sich schon seitlich in die angegebene Richtung geschoben. Die geschlossene Menge öffnete sich etwas und machte ihm Platz. Holger spazierte kopfschüttelnd hinterher. Fast hatten die beiden den Mann im Mantel erreicht. Sven schrie plötzlich übertrieben laut: „Ein Selbstmordattentäter, da vorne!“ Gemurmel war die Folge, dann Schreie, Bewegung im Menschenpulk. Die Wartenden um sie herum schauten sich gegenseitig verstört an. Als ob sie jeweils vom anderen Bestätigung zu dieser Aussage suchten. Als die beiden den Mann im Mantel endlich erreicht hatten, war ein Teil der auf dem Bahnsteig befindlichen Personen schon in Panik Richtung des mittig gelegenen Ausganges gerannt. Auch auf der gegenüberliegenden Seite der U-Bahnstation hatte man etwas von der Situation mitbekommen, denn auch dort sah man Menschen, die um ihr Leben rannten.

„Mach sofort deinen Mantel auf!“, brüllte Sven. Seine Stimme überschlug sich dabei und die Worte pflanzten sich weiter innerhalb des Bahnhofsgewölbes. Holger, direkt neben ihm, konnte sich kaum auf den Beinen halten, der Strom an ängstlich flüchtenden Menschen riss ihn fast um.

„Komm, lass uns verschwinden, wenn der wirklich …“ Der Kumpel versuchte, Sven am Arm wegzuziehen. Ihm war plötzlich die Angst anzumerken.

Bei dem Mann im Mantel handelte es sich um eine ausgesprochen kräftige Person. Klein, mit einem runden dicklichen Gesicht zierte ein Haarkranz seinen Schädel. Die runde altmodische Brille und der dunkle Mantel gaben ihm das Aussehen eines Lehrers aus den 50er-Jahren. Zunächst schien er sich nicht bewusst, was die sich vor ihm aufbauenden und laut schreienden jungen Männer beabsichtigten. Doch als auch dahinter eine kleine Menschenmenge bedrohlich auf ihn zuschritt, verkrampfte er sich und hielt – als Schutz – die Aktentasche fest vor seinen Bauch. Dabei schaute er fast unschuldig auf sein Gegenüber, noch immer bemüht, trotz allem seinen Platz direkt in Gleisnähe zu behaupten. Inzwischen waren laute Rufe wie: „Bombe, eine Bombe!" und: „Schnell weg, da sprengt sich einer in die Luft!", zu hören. Die Schmerzensschreie von Menschen, die man einfach überrannte, befanden sich im Gleichklang mit dem angsterfüllten Rufen nach der Polizei. Eine einsame Sicherheitskraft der Hochbahn bemühte sich, durch die noch geschlossene Menschenmenge in Richtung des vermeintlichen Problems zu gelangen.

„Du Sau, willst uns wohl in die Luft sprengen?" Sven war plötzlich außer sich und packte den einen Kopf Kleineren mit beiden Händen am Mantelrevers. Schlagartig änderte sich der Blick des Angegriffenen. Verängstigt schaute er zu dem jungen Mann, wenige Zentimeter von sich entfernt.

Der Lärm auf dem Bahnsteig führte dazu, dass niemand die laufende Durchsage wahrnahm. Eine Sprecherin kündigte endlich das Einfahren der Bahn an. Doch laute Schreie und das Getrampel in Panik flüchtender Menschen hallten durch das Gewölbe, und inzwischen waren auch Hilfeschreie Verletzter zu hören.

„Du elende Sau ...!" Außer sich vor Wut stieß Sven den Mann im Mantel Richtung Gleisbett. Der versuchte, die Arme des kräftigen Kerls wegzuschieben. Dabei verlor er seine Ledertasche. Sie fiel mit dumpfem Geräusch auf das Gitter, das die grau-weißgepunkteten von den weißen Randbodenfliesen trennte.

„Was soll …?" Der Mann geriet ins Wanken, versuchte sich noch an einer Frau neben sich festzuhalten. Wieder schubste Sven den Mann mit Wucht. „Lassen Sie … mich …!", stotterte er erschreckt. Doch gegen den Jüngeren konnte der Dicke nichts ausrichten und plötzlich strauchelte er nahe des metertiefen Randes, der hinunter auf das Schienenbett führte. Die Frau war ebenfalls bemüht, ihr Gleichgewicht zu halten, doch im Fallen hielt sich der Dicke an ihrem Arm fest und so stürzte auch sie hinterher.

Die Menschen innerhalb dieser Szene schienen wie gelähmt und niemand hatte an die sich nähernde U-Bahn gedacht. Mit zwei grellen Lichtern und einem Pfeifgeräusch, dabei leise wie eine Katze, schossen die Wagen aus dem dunklen Tunnel in das weiße Licht des Bahnhofsgewölbes. Das Metall erfasste die fallenden Körper, riss sie unter dumpfen Schlägen mit sich. Knochen brachen laut und das Szenario erinnerte irgendwie an amerikanische Katastrophenfilme. Bahnreisende, die das Unglück mit ansehen mussten, schrien erschreckt auf. Dann verriet ohrenbetäubendes Bremsenquietschen, dass der Zugführer noch mit einer Notbremsung versuchte, die Bahn zum Stehen zu bringen. Doch es dauerte gefühlte Minuten, bis eisiges Schweigen den inzwischen fast leer gefegten Bahnsteig einhüllte. Menschen hielten sich die Hände vors Gesicht und weinten. Andere hatten sich auf die Fliesen gesetzt und waren im Schockzustand. Hinter ihnen flüchteten noch immer kleine Menschengruppen aus der gefliesten Halle. Als die Sicherheitskräfte beim vorderen Wagen angekommen waren, hatte der Zugführer der

Hamburger Hochbahn seinen Fahrersitz schon verlassen und war auf den Bahnsteig getreten. Auch er stand sichtlich unter Schock, zitterte am ganzen Körper. Hinter ihm hatte sich inzwischen eine kleine Gruppe Neugieriger gebildet. Gemeinsam starrten sie auf das Gleisbett. Ein Bild des Schreckens bot sich ihnen: Körperteile hingen noch am Metall des Wagens und weiter unten schauten die menschlichen Überreste der beiden Verunfallten hervor. Ein junger Mann in gelb-grüner Daunenjacke rief: „Scheiße, die sind hin!"

Der Tee war heiß und ich genoss ihn. Wie immer, wenn ich meine Eltern in Blankenese besuchte, gab es Tee und Gebäck. Außer natürlich sie luden mich zum Abendessen ein. Doch das war – in den letzten Jahren – immer seltener der Fall. Wir drei saßen im Wintergarten und genossen schweigend den grandiosen Blick hinunter auf die Elbe. Hier im Haus in der Breckwoldtstraße wurde ich geboren und wie immer hüpfte mein Herz, als ich es vor etwa dreißig Minuten betreten hatte. Es war eine Reise in die Vergangenheit, in die Jugend. Meine Eltern hatten, seit meinem Auszug vor mehr als zwanzig Jahren, im Haus fast nichts verändert. Vielleicht hatten sie den Rauputz rund um den riesigen Kamin streichen lassen. Oder die Palisanderstufen der Wendeltreppe im Flur neu gebeizt. Ich vermutete, dass sämtliches Mobiliar im Haus noch das alte war. Sogar am Toilettendeckel glaubte ich noch Spuren meiner Jugend zu erkennen. Aber da überzog ich sicher.

„Geht es dir gut, mein Junge?" Es war stets der erste Satz meiner Mutter, wenn ich nach Hause kam. Und mein Vater

antwortete dann regelmäßig: „Aber Lilo, der Junge ist erwachsen."

Auch heute waren die beiden Sätze sozusagen das Intro meines Besuches –, bevor es zu den Vorwürfen weiterging. Ich blieb zunächst ruhig und gab ihnen erst keinerlei Anlass dazu. Dafür erfreute ich mich umso mehr am Anblick des Sonderlandeplatzes Finkenwerder, von dem aus seit Jahren die Airbus-Werke ihre Test-, aber auch Materialflüge durchführten. Schon als Kind beneideten mich meine Mitschüler über diese Lage und oft baten sie darum, mich besuchen zu dürfen. Angeblich, um mir bei den Hausaufgaben helfen zu wollen. Dann saßen sie staunend in unserem Garten – bei kaltem Tee und Schokoladenkeksen – und schauten auf den Verkehr drüben beim Werksflugplatz der Hamburger Flugzeugbau.

„Na, wie läuft der neue Job?"

Vater hatte mich aus den Gedanken gerissen. Wieder fiel mir auf, dass er nie meine Berufsbezeichnung, Privatdetektiv, nannte. Er war noch nicht drüber weg, dass sein einziger Spross auf dem Weg zum beruflichen Erfolg so abgestürzt war. Es machte mir keinen Spaß, seine Frage zu beantworten, aber es musste wohl sein. So war meine Erziehung als Einzelkind abgelaufen.

„Gut, Vater! Es läuft gut. Ich habe einige Jobs. Kann also nicht klagen!"

„Und verdienst du damit auch Geld oder muss noch immer dein Erspartes daran glauben?"

„Nein, nein. Der Rubel rollt." Dem zweifelnden Blick meines Vaters nach glaubte er meiner Aussage keineswegs.

Unten auf der Elbe fuhr ein Containerschiff am alten Leuchtturm Unterfeuer vorbei. Zusammen mit dem Leuchtturm Oberfeuer im nahe gelegenen Baurs Park bildeten die beiden einst die Richtfeuerlinie Blankenese für elbaufwärts fahrende Schiffe. Seit Jahren sollten die Türme schon abgerissen werden, fiel mir plötzlich ein. Wie so vieles würde man Platz schaffen für etwas Sinnvolleres. Aber wer wollte immer etwas, was Sinn ergab? Und das zugunsten des Verlusts von Nostalgie und Erinnerung?

Wie viele andere verliebte Paare hatte auch ich damals dort mit Mia Liebesschwüre in den Hamburger Nachthimmel gemurmelt. Der Blankeneser Leuchtturm war stets der Treffpunkt vieler Elbstrandbesucher. Mia und ich besiegelten damals dort unsere Liebe, erinnerte ich mich. Noch immer musste am Absperrgitter des Leuchtturms ein kleines Schloss mit unseren Initialen und dem Datum angebracht sein. Wenn sie den Turm abrissen, was würde aus dem Schloss werden?

„Möchtest du noch Tee?" Es war Mutter, die fragte. Ich hatte bisher noch nicht an der Porzellantasse genippt, und mir war klar, sie versuchte meine Aufmerksamkeit zurückzuholen. In einem Zug trank ich die Tasse leer und stellte sie wieder ab.

„Gern doch, Mutter!"

Meine Eltern waren alt geworden. Nach den üblichen Gelenkoperationen sah man es inzwischen auch am Gang der beiden. Sie waren über 70 Jahre alt und hatten Jahrzehnte die traditionsreiche Reederei C. K. Lutteroth persönlich geleitet. Es hatte beide stark getroffen, dass ihr einziger Sohn nicht in Vaters Fußstapfen treten, sondern Polizist werden wollte. Aber danach hatten sie nie wieder darüber gesprochen.

„Papa, sagt dir eine Hamburger … ich nenne sie mal Elitegruppe … namens Löwen etwas?" Ich konnte meinem Vater im Gesicht ablesen, dass er etwas darüber wissen *musste. Ich war gespannt, ob er es mir auch verriet oder nur ablenkte. Er sprach mit mir nicht sehr oft über Geschäftliches oder gar Politisches.*

„Die Löwen? Sind das deine Brötchengeber oder ermittelst du da …?"

„Weder … noch, es gibt da einen Zusammenhang, und mir sind auch dicke, goldene Siegelringe mit Löwenköpfen aufgefallen. Also weißt du etwas darüber?"

Vater schaute auf Mutter und sie stand auf und verließ den Raum.

„Während meines Studiums des Schiffbaus, Anfang der 60er-Jahre, wollte man mich einmal für eine Organisation gewinnen. Man versuchte mir glaubhaft zu machen, es handele sich um einen Zusammenschluss von begeisterten Hamburger Jägern. Da deinem Großvater damals noch große Waldstücke und eine Jagd in der Elbmarsch gehörten, war mir sofort klar, diese Besitztümer kamen den, wie sie behaupteten, begeisterten Jägern sehr gelegen. Ich habe natürlich abgelehnt, machte mir noch nie etwas daraus, Tiere zu töten. Die Gruppe nannte sich ‚Die Hamburger Löwen'. Später hörte ich etwas von einem Geheimbund mit einem solchen Namen. In den Achtzigern gehörten wohl der 1. Bürgermeister und der Innensenator dazu. Der Innensenator verriet mir einmal stolz von diversen Treffen der oberen Hamburger Einhundert und war ganz stolz, in diesem Geheimbund Mitglied sein zu dürfen. Er trug auch einen dicken, goldenen Siegelring mit dem von dir genannten Löwenkopf."

Interessiert hatte ich zugehört. „Das heißt, es könnte sich um einen kleinen, elitären Hamburger Geheimbund handeln?"

Vater nickte. „Was ich so in Erinnerung habe, sprach er damals tatsächlich von den Größen der Hamburger Politik, der Wirtschaft und … auch der Unterwelt."

„Der Unterwelt?"

„Er hat mir mal bei einem Umtrunk verraten, dass sogar eine Kiezgröße aus St. Pauli dazugehörte."

„Und es handelt sich nur um eine geringe Anzahl an Mitgliedern?"

Vater zuckte mit den Schultern. „Junge, du kannst aber auch Fragen stellen."

Sandra war, nachdem sie das Büro verlassen hatte, zunächst an die Alster gefahren. Beim Jungfernstieg hatte sie die Bahn verlassen und spazierte am Wasser entlang. Sie zog den Kragen der Lederjacke hoch. Es war ungemütlich geworden und morgen würde sie auf den Parka mit dem Teddyfell umsteigen. Was war da momentan los? Diese Geschichte, die sich um die gerade eröffnete Elbphilharmonie herumspann, war noch zu undurchsichtig, um einen roten Faden erkennen zu können. Aber genau das war es in den letzten Jahren, was sie an ihrer Tätigkeit als Kriminalbeamtin immer so spannend fand: Die Puzzleteile zusammenzusetzen, aus vielen Kleinigkeiten ein Gesamtes herzustellen. Doch jetzt stand sie vor einem Graben voller Fragen und fand dazu keine Antworten. Ihre Kollegen, Schweiss und Silwer, die sonst an ihrer Seite standen, versagten. Und wie schon während der Zeit ihrer Tätigkeit in der Polizeidirektion Oldenburg, musste sie jetzt wohl ohne Hilfe dort durch. Obwohl – zum Glück hatte sie noch Caro. Und natürlich ihre Familie.

Es war inzwischen schon Mittag und die Kommissarin spazierte zum Restaurant „Sakura Sushi" in der

Rosenstraße. Sie wollte den Frust und die Anspannung bei einigen Nagiri, Sashimi und Temaki runterschlucken.

Ich sah Sandra schon von Weitem und spürte, wie mein Herz Fahrt aufnahm. Die hübsche Oldenburgerin war verheiratet und mir war klar, diese Zuneigung, die ich fühlte, beruhte nicht auf Gegenseitigkeit. Zumindest nicht in der Intensität, wie es bei mir der Fall war. Die Kommissarin trug eine beigefarbene Hose und Stiefeletten mit Fellbesatz. Unter ihrer obligaten Lederjacke schaute ein schwarzer Pulli heraus, der irgendwie schief geschnitten war. Ich wartete, bis sie nahe genug war, und pfiff dann. Sie verstand wohl meine Anspielung nicht und ich legte noch den Satz drauf: „Toll siehst du aus, wir müssen jetzt ein Pärchen spielen!" Ich hatte den geliehenen Anzug angezogen. Darüber einen dreiviertellangen, dunklen Mantel und fühlte mich total overdressed und unwohl. Zu lange schon war ich aus dieser Mode herausgewachsen.

Herr Nagel wartete schon ungeduldig. Wir sahen ihn am Eingangsbereich der Elbphilharmonie stehen, und während wir auf ihn zuliefen, schaute er sicher dreimal vorwurfsvoll auf seine Rolex. Zumindest vermutete ich an seinem Handgelenk diese hochpreisige Uhr. Ich hatte Sandra untergehakt und flüsterte ihr zu: „Wir machen langsam. Lass ihn warten!" Sandra spielte mit. Sie grinste mich an und wir blieben kurz stehen und taten so, als unterhielten wir uns. Aus den Augenwinkeln sah ich, wie Nagel uns anstarrte und wohl nachdachte, ob das entgegenkommende Pärchen tatsächlich die von ihm erwarteten Lutteroths waren.

Endlich hatten wir den Mann erreicht. „Sie sind sicher Herr Jagel!", rief ich übermäßig laut und hielt dem frierenden Mann im Sakko die Hand hin.

„Nagel, Frau und Herr Lutteroth, Julius Nagel! Ich grüße Sie." Er täuschte bei Sandra einen Handkuss vor, gab mir die Hand, drehte sich geschickt um die eigene Achse und lief voraus zum Lift. „Ich muss mich entschuldigen, wir haben nicht lange. Der nächste Termin wartet schon und Sie sind ...", er schaute entschuldigend, „mit Verlaub, etwas später als abgesprochen."

„Upps!", rief ich und wie auf Kommando lachten Sandra und ich los. Ich war mir sicher, zusammen würden wir ein tolles Ermittlerteam abgeben, zerschlug den Gedanken aber sofort wieder. Das farbige und übergroße Display im Aufzug der Elbphilharmonie zeigte die digitale Zahl zwölf an.

„Die Elbphilharmonie wird täglich von vielen tausend Menschen betreten. Doch nur wenige Ausgewählte werden hier wohnen", begann Nagel, als wir in der 12. Etage den Aufzug verließen. Es klang wie auswendig gelernt und mir war klar, er hatte die Worte sicher schon etliche Male zum Besten gegeben.

„Insgesamt 43 Luxusappartements und ein Penthouse gibt es hier im Wohnteil des Gebäudes. Über die Preise haben Sie sich bestimmt schon informiert?" Er schaute uns an, während wir über den schallarmen und hochwertigen Flokati schritten, und Sandra und ich nickten gemeinschaftlich.

„Die Wohnungen liegen auf den Etagen elf bis sechsundzwanzig!", wies uns Nagel ein und entschuldigend fügte er hinzu: „Zum Verkauf stehen leider nur noch zwei Wohnungen in der 12. Etage!"

Offensichtlich stieg mit jeder Etage der Preis, aber auch der bessere Blick auf die HafenCity.

„Aber machen Sie sich keine Sorgen, Frau und Herr Lutteroth. Sie sind dennoch in guter Gesellschaft." Er grinste *wie ein Schuljunge und wir beide warteten auf seine Erklärung. Als er die weiße, eher unscheinbare Holztür zur Wohnung aufschloss, meinte ich: „Und das heißt?" Es sah aus, als habe Nagel auf meine Frage gelauert, denn er wies mit dem Zeigefinger auf eine Tür schräg gegenüber und erwähnte stolz: „Hier wird sich ein bekannter Hamburger Rockmusiker einquartieren!"*

Sandra spielte die Erschrockene. „Um Gottes willen, da ist sicher mit viel Lärm zu rechnen?" Nagel schüttelte den Kopf. „Keine Angst, der ist schon über siebzig. Sie kennen ihn." Neugierig sahen wir den Mann an.

„Ich darf natürlich keine Namen nennen. Aber er trägt immer Hut, hat eine Hakennase und liebt dicke Zigarren." Wir lachten und zeigten somit, dass wir im Bilde waren. Als Nagel vor uns die Wohnung betrat, pfiff er leise. Ich glaubte den Song ‚Hinterm Horizont' von Udo Lindenberg zu erkennen.

„Es gab auch Maisonettes! Doch das einzige Penthouse in der 26. Etage wurde als Erstes verkauft. Es wird extra von einer bayrischen Firma eingerichtet und umgebaut. Ob Sie es glauben oder nicht, alle Bauteile werden in Bayern gefertigt, in Kisten verpackt und zur Endmontage nach Hamburg geliefert." Verschmitzt grinste Nagel und wartete auf unsere Reaktion. Wir zeigten unsere Bewunderung darüber durch einen fragenden Gesichtsausdruck.

„Warum in Kisten?", wollte Sandra wissen. Auch auf die Frage hatte Nagel wohl gewartet, denn die Antwort schoss aus ihm heraus wie eine Rakete: „Damit die angefertigten Teile in den 2 mal 2,5 Meter großen Personenaufzug der Elbphilharmonie passen werden."

Wir staunten und ich dachte sofort über mein mäßiges Einkommen nach.

„Sie sehen, hier werden Sie sich wohlfühlen", bemerkte Nagel, während wir durch einen langen, breiten Flur liefen.

Allein der Flur, so erkannte ich, hatte schon die Größe meiner kompletten Wohnung. Schnell rechnete ich es durch: Sechs mal vier Meter mal 35.000 Euro. Das ergab eine Summe von mehr als 800.000 Euro. Eine Menge Geld für einen Wohnungsflur.

„Die Luxuswohnungen gab es in den Größen von 120 bis 400 Quadratmeter. Die Größe dieser Wohnung beträgt etwa 200 Quadratmeter. Ja, überwiegend der Mittelstand hat die Wohnungen hier gekauft, soweit kann ich es Ihnen verraten." Nagel machte eine Pause. Wohl, damit sich diese Information bei uns setzen konnte. Er rechnete uns scheinbar dem Mittelstand zu. Kurz wollte ich Einspruch erheben, ließ es dann aber. Die Zeit war eh knapp und ich wollte sie nicht damit verplempern, ihn weiter zu verarschen.

„Der jüngste Käufer war erst dreißig Jahre alt", verriet Nagel uns. Ich glaubte nicht, dass diese Angaben mein Kaufverhalten tatsächlich ansporen würde, aber es war mir auch egal. Sandra war bisher ruhig geblieben. Sicher war sie geblendet von dem Ausblick, der uns in wenigen Metern Entfernung erwartete.

„Wird die Nähe des Konzertsaals zu hören sein?", fragte Sandra.

Nagel schüttelte den Kopf. „Keine Angst, alles ist schalldicht und von höchster Güte!" Mit den Worten: „Wir verkaufen auch nur über den Blick!", trat der Immobilienmakler zur Fensterseite.

„Wer wird denn sonst noch unser Nachbar werden?" Wieder war es Sandra, die fragte. Sie trat an eines der bodentiefen Fenster und erfreute sich am Blick hinaus auf den regnerischen Donnerstagnachmittag.

Nagel zog ein Tablet aus seiner Jackentasche, schob und drückte darauf herum und machte dann Werbung: „Sollten Sie sich für dieses Luxusappartement entscheiden, wird neben Ihnen ein Staatssekretär wohnen. Alleinstehend!" Er schaute zu Sandra und ich konnte den Hintergrund seines Blickes nicht zuordnen.

„Und die restlichen Nachbarn im Flur?"

Wieder warf Nagel einen Blick in sein Tablet. „Tut mir leid, aber zu viel kann ich nicht preisgeben, Herr Lutteroth. Sicher würden Sie es auch nicht mögen, wenn ich Ihren Namen bei meinen Wohnungsbesichtigungen nenne?"

Ich nickte voller Verständnis und Sandra grinste. Plötzlich klingelte Nagels Handy. Aufgeregt legte der Mann das Tablet auf das Fenstersims und drehte sich etwas seitlich. Es war wohl sein Vorgesetzter und der oder die schienen Druck zu machen.

„Ja, natürlich. Wir sind in fünf Minuten durch. Die Herrschaften mögen sich bitte noch einen Moment gedulden."

Hektik kam bei ihm auf. Und da lag das Tablet mit den Namen und sicher auch den Adressen aller Eigentümer der Luxuswohnungen hier in der Elbphilharmonie. Fand ich dort den Schlüssel zum Tod von Evelin Lüttli-Wagner? Ich warf Sandra einen Blick zu, dann wies ich vorsichtig auf das Tablet. Sie verstand und stellte sich sofort zwischen das Fenster und Herrn Nagel. Der hatte das Telefongespräch beendet und sein Gesicht war etwas errötet. Bevor er etwas sagen konnte, kam ihm die Kommissarin zuvor. „Herr Nagel, wie ich höre, wird die Zeit knapp. Lassen Sie mich bitte noch Schlafzimmer und Bad sehen. Ganz schnell! Sie wissen, das Bad ist für uns Frauen der wichtigste Ort – nach dem Schlafzimmer."

Entspannt lachte Nagel auf und drehte sich in Richtung der geschlossenen Türen. Er spazierte los und Sandra hinterher. Ihre Hand zeigte noch hinter ihrem Rücken das „Ich drück dir den Daumen"-Zeichen.

Kaum waren die beiden aus dem Raum, versuchte ich dem Tablet Leben einzuhauchen. Das war natürlich so ein chinesisches Teil und ich kam erst mit dem Umgang nicht zurecht. Endlich erwischte ich einen seitlichen Knopf, wischte in alle Himmelsrichtungen und: Sesam öffne dich, hatte ich ein Bild. Sofort öffnete sich eine Tabelle. Ich konnte die Zeilen 1 bis 34 lesen. Damit waren wohl nicht alle Besitzer abgedeckt, aber es nutzte nichts. Ich zog blitzschnell mein Handy aus der Tasche und hoffte, dass es noch genügend Akkuleistung für ein paar Fotos hatte. Noch während ich es anschaltete, verdammte ich meine Faulheit, die schuld daran war, es stets abends an die Steckdose zu hängen. Das würde ich ändern müssen.

Auf dem Flur war schon die überlaute Stimme Sandras zu hören. Sie kamen zurück! Auch die Tür bewegte sich schon. Zum Glück war die Kommissarin die erste Person, die eintrat. Geschickt blieb Sandra im Türrahmen stehen und verhinderte so, dass Nagel weder in den Raum hineinsehen noch hineintreten konnte. Ich schoss blitzschnell zwei Fotos des beleuchteten Displays, schlug den Ledereinband des Tablets zu und warf es regelrecht auf die Fensterbank. Zum Glück blieb es heile. Mit einem weiteren Schritt hatte ich die Position verändert, ging in die Hocke und betrachtete, kurzatmig, die technischen Versorgungsöffnungen in der weißen Wand.

„Ach, Herr Nagel?"

Der Mann war nahezu gehechtet, um sein Tablet zu erreichen. Schnell und wie einen Schatz hatte er es aufgenommen und sich dann zu mir umgedreht.

„Ja, Herr Lutteroth!"

Ich hoffte, er hatte nichts bemerkt. „Diese Dosen hier, kann ich dort meinen Computer anschließen? Wissen Sie, ich muss stündlich nachschauen, wo sich meine …", ich schaute mit entschuldigendem Blick zu Sandra, „… natürlich unsere Jacht gerade befindet!"

Der Blick Nagels war etwas undurchsichtig und schwer zu deuten. Er schien über irgendetwas nachzudenken. Dann verkündete er: „Aber Herr Lutteroth, diese Wohnungen sind die digital best ausgestattetsten in ganz Hamburg!"

Draußen vor der Elbphilharmonie informierte mich Sandra über ihre Nachforschung, was den Lions Club und die Löwenringe anging. Auch ich erzählte ihr das, was mir mein Vater von den Hamburger Löwen berichtet hatte.

„Dann werden es nur die wichtigsten Hamburger Persönlichkeiten sein, die diesen Ring tragen oder gar tragen dürfen", meinte sie. Ich konnte ihr nur beipflichten.

Dr. Lüttli hatte mich auf dem Handy angerufen. Sandra und ich spazierten gerade lachend Richtung Baumwall, als mein Smartphone klingelte.

„Herr Lutteroth, man reagiert nun vonseiten der deutschen Polizei. Sie baten mich, morgen die Leiche zu identifizieren. Sind Sie später in der Nähe? Ich weiß nicht, ob ich das alleine durchstehe! Was halten Sie vom Abendessen … danach?"

Ich überlegte kurz, ob Lüttli noch hungrig sein würde, wenn er die Reste seiner Liebsten gesehen hatte, sagte dann aber zu. Ich verdrängte den schlimmen Gedanken schnell wieder – zugunsten eines üppigen Abendessens.

Sandra und ich stiegen in die U-Bahn.

„Lüttli?"

Ich nickte.

„Dieser Nagel war großartig, Caro!", erfreute sich Sandra und lachte. „Überhaupt, diese Wohnungsbesichtigung hatte etwas von einem Slapstick."

Ich bestätigte das und war froh gestimmt, dass es der Frau gut ging.

„Sandra?“

„Ja!“

„Jetzt erzähl mir doch bitte mal etwas über diese ominöse Versetzung!“

Ihr Gesichtsausdruck änderte sich schlagartig und es ärgerte mich etwas, dieses Thema angesprochen zu haben.

„Lass uns irgendwo einen Cocktail nehmen, Caro. Dann fällt es mir leichter, darüber zu sprechen.“

Ich dachte an die Tageszeit, wir hatten noch keine 16.00 Uhr. Eigentlich trank ich Alkohol erst am Abend.

„Okay, Sandra, also Cocktail!“

Traudel Kensbock erreichte ihren regulären Arbeitsplatz in Eppendorf an diesem Tag erst am frühen Nachmittag. Am Morgen hatte sie eine Leichenschau vor Studenten an der medizinischen Universität in Bremen und danach wollte sie noch persönlich mit Sandra Holz reden. Gerade als die Rechtsmedizinerin darüber nachdachte, die Kommissarin auf dem Handy zu erreichen, bemerkte sie, dass sie ihr eigenes Smartphone zu Hause hatte liegen lassen. Sie ärgerte sich sehr darüber. Sie telefonierte herum und erfuhr, dass Sandra nun im alten Shell-Haus Dienst tat und fuhr umgehend dorthin. Aber dort, beim LKA 54 angekommen, erklärte man der Rechtsmedizinerin, dass die Kollegin schon gegen Mittag das Gebäude verlassen hatte: Ziel unbekannt. Traudel machte sich sofort Sorgen. Die angeschlagene Psyche der Kommissarin war nicht zu unterschätzen und sie machte sich große Gedanken über ihre Freundin. So fuhr Dr. Kensbock zurück ins Polizeipräsidium zum Bruno-Georges-Platz. Polizeipräsident Watty war ihr gut bekannt und sie überlegte kurz, dort vorzusprechen. Dann ließ sie es. Eigentlich ging sie diese interne Geschichte der Kommissarin überhaupt nichts an. Die Rechtsmedizinerin fuhr hinauf zum LKA 41. Ihre Absicht war es, mit ihrem Freund und Lebensgefährten Alexander Schweiss zu reden und einen Kaffee zu trinken. Doch zu ihrer Verwunderung fand sie Hauptkommissar Schweiss nicht in seinem Büro vor. Stattdessen hatte es sich Kollege Bernd Silwer hinter Schweiss' Schreibtisch bequem gemacht. Der Hauptkommissar tippte hastig auf der Tastatur. Er schien völlig durcheinander zu sein, als Dr. Kensbock plötzlich vor ihm stand und mit überraschtem Blick nach Alexander Schweiss fragte. Silwer stotterte herum wie ein verliebter Oberschüler und Traudel war etwas verwundert. Was machte Silwer in dem Büro? Hatte man ihn schon als Nachfolger von Schweiss eingesetzt? Aber auch das war nicht ihre Baustelle. So machte sie auf dem Absatz kehrt, ließ den verblüfften Silwer sitzen und fuhr zurück nach Eppendorf.

Sie erreichte das Butenfeld gegen 14.15 Uhr und ihr Mitarbeiter und Stellvertreter Dr. Pellin eilte ihr aufgeregt entgegen. „Mensch Traudel, wir haben versucht, dich anzurufen. Warum gehst du nicht an dein Handy?"

Die Ärztin entschuldigte sich und erklärte, das Handy am Morgen vergessen zu haben. „Was war denn los?"

„Gegen 10 Uhr", so erklärte Pellin, „fuhr ein Fahrzeug der GBI vor und wollte die Körperteile der toten

Evelin Lüttli-Wagner abholen. Wir wussten hier nichts von einer Auslieferung und bemühten uns, dich zu erreichen. Der Fahrer des Wagens hatte ein offizielles Schreiben des Polizeipräsidiums dabei und letztendlich …!"

„Was heißt: letztendlich?"

„… wir haben ihm die Leichenteile übergeben!"

Die Kommissarin Sandra Holz und der Privatdetektiv Carsten-Oliver Lutteroth trennten sich erst am späten Nachmittag. Beide waren in eine Bar auf St. Georg eingekehrt und hatten dort zusammen einige Cocktails getrunken. Als die Kita aus Bad Oldesloe gegen 17.00 Uhr anrief und fragte, wann die Mutter endlich Lara abholen wollte, wurde Sandra augenblicklich wieder nüchtern. Irgendwie war sie der Annahme, ihre Schwiegermutter sei zu Hause, und sie ließ sich sofort mit einem Taxi nach Bad Oldesloe fahren. 79 Euro, das war heftig, und sie nahm sich vor, nie wieder so verschwenderisch mit Geld umzugehen. Kaum waren Lara und ihre Mutter zu Hause angekommen, fuhr Ehemann Luca vor. Er merkte Sandra die Nervosität nicht an und Lara Sophie konnte zum Glück nichts über die Umstände der Verspätung erzählen.

Spät in der Nacht war Sandra aufgestanden. Sie konnte nicht schlafen und plötzlich gingen ihr die Gedanken über den toten Fallschirmspringer von der Elbphilharmonie, Tariel Gaspar, nicht mehr aus dem Kopf. Hatten sie sich mit den Luxuswohnungen und der Leiche der Bauingenieurin Lüttli-Wagner verrannt und die tatsächliche Spur führte zu Gaspar? Aber irgendetwas verband sie alle. Sebo Gaspar arbeitete am Bau der Elbphilharmonie und Tariel Gaspar sprang dort hinunter. Dazwischen die tote Frau Lüttli-Wagner. Sandra nahm sich für den morgigen Tag vor, von ihrer neuen Dienststelle die Adresse Sebo Gaspars in Rumänien anrufen zu lassen. Die, die sie auf der Liste der Bauarbeiter gefunden hatten. Vielleicht konnten die Eltern oder gar seine Ehefrau ihr weiterhelfen und seinen derzeitigen Aufenthaltsort verraten. Leise kroch sie wieder zu Luca ins Bett. Er schnarchte leicht. Sie liebte ihn noch immer und konnte sich keinen anderen Ehemann vorstellen.

Die Professorin und Rechtsmedizinerin Traudel Kensbock saß stocksauer im Büro des Polizeipräsidenten und hörte Till Moritz Watty zu. Hauptkommissar Silwer saß hinter den beiden und muckste sich nicht.

„Ich versichere Ihnen, Frau Doktor, von mir kommt diese Anordnung, die Leiche abzuholen, auf keinen Fall. Warum sollte ich mich in solche Interna einmischen?“ Watty zog an seiner Zigarre, stieß den Rauch aus und schaute durch die Qualmwolke hinüber zu Hauptkommissar Silwer. Dieser nickte nur und Dr. Kensbock fand, dass sein Gesicht extreme Blässe aufwies.

„Aber diese Anordnung kommt von Ihnen. Ihre Unterschrift sitzt darunter.“

„Doktor Kensbock! Sie wissen, wie leicht sich etwas fälschen lässt. Und ein Papier mit dem Aufdruck der

Polizei, das fertigt Ihnen heute jeder 12-jährige Hauptschüler an seinem PC in zehn Minuten – inklusive Unterschrift!" Wieder blickte Watty zu Hauptkommissar Silwer. Er wartete wohl auf dessen Zustimmung. Doch noch immer blieb Silwer ruhig.

„Aber die Leichenteile wurden offiziell von der GBI abgeholt", erklärte die Rechtsmedizinerin, und man konnte an den roten Wangen erkennen, dass ihr Zorn noch längst nicht abgeklungen war.

„Dazu kann ich vielleicht etwas sagen", rief Silwer plötzlich. Traudel Kensbock drehte sich zu ihm um und schaute ihm die Augen.

„Ich habe natürlich eben mit den Verantwortlichen der GBI telefoniert. Heute Morgen wurde beim Friedhof Ohlsdorf einer ihrer Wagen gestohlen. Kollegen fanden ihn, zwei Stunden später, auf St. Pauli wieder."

Watty nickte und man konnte ihm die Erleichterung ansehen.

„Und wo ist nun die … Leiche von Frau Lüttli?"

Silwer zuckte mit den Schultern. „Tut mir leid, Frau Doktor Kensbock, laut Aussage GBI war der Leichenwagen leer."

Traudel kochte. Irgendetwas lag da im Argen. Sie wusste nicht was, aber sie würde es herausbekommen.

„Was ist mit Kommissarin Sandra Holz?" Grimmig schaute sie den Polizeipräsidenten an und der verschluckte sich fast am Rauch seiner Zigarre.

„Wie meinen?"

„Frau Holz wurde doch zum LKA 54 versetzt?"

Watty hatte sich wieder gefangen. „Ja, ja, das war eine interne Sache und zum Schutz der Kommissarin gedacht. Aber ich glaube, das ist nichts, was eine Rechtsmedizinerin etwas angeht."

Traudel Kensbock war aufgesprungen. Sie warf dem Polizeipräsidenten und auch Bernd Silwer einen bösen Blick zu. Dann verließ sie das Büro im Polizeipräsidium in Alsterdorf.

Anschließend rief die Rechtsmedizinerin vom Flur aus Sandra Holz auf ihrem Handy an. Sie erreichte sie auch sofort.

„Sandra, weißt du schon vom Verschwinden der Leiche dieser Frau Lüttli-Wagner?"

Sandra wusste nichts, es schien sie aber auch nicht groß zu beeindrucken.

„Noch nie hat mir jemand eine Leiche gestohlen!", jammerte Traudel ins Telefon, und Sandra konnte nachvollziehen, was in der Frau vorging.

„Hast du schon mit Alexander gesprochen?", fragte die Kommissarin.

„Nein!", erwiderte die Rechtsmedizinerin. „Alex hängt in Bad Oldesloe an der Dialyse."

Freitag, 20. Januar 2017

Die erste Tat Sandras an diesem Freitagmorgen war ihr Weg zum polizeilichen Übersetzungsbüro. Sie bat dort um dringende Unterstützung bei einem Telefonat mit einem rumänischen Staatsbürger. Ohne Zögern wies man ihr eine schmale, dunkelhaarige Dame zu. Die Kommissarin wollte die Frau unbedingt in ihr neues Büro schleusen, doch die Übersetzerin bestand darauf, alles von ihrem Arbeitsplatz aus zu erledigen. Eigentlich sprach auch nichts dagegen und die Kommissarin stimmte zu. Die Adresse in der Liste der Bauarbeiter lautete: *Strada General Boieresco 13, Mangalia 905500, Rumänien*. Laut Google Earth, so hatte Sandra ermittelt, handelte es sich dort um eine kleine Straße mit Einfamilienhäusern, und Mangalia war eine mittelgroße Stadt am Schwarzen Meer. Die Verbindung nach Rumänien kam äußerst schnell zustande und schon nach kaum einer Minute erklärte die Dolmetscherin, mit einer Frau Gaspar zu sprechen.

„Fragen Sie bitte, ob sie die Mutter von Tariel und Sebo Gaspar ist!“

Die Frau nickte und sprach schnell und für die Kommissarin Unverständliches ins Telefon. Nach einer Weile stoppte sie und wandte sich an Sandra: „Nein, sie sagt, sie sei die Schwester von Leonara Gaspar. Das heißt, sie ist die Tante von Sebo.“ Die Übersetzerin nahm das Gespräch mit der Person auf der anderen Seite der Leitung wieder auf. Dann erklärte sie der Kommissarin: „Sie ist auch die Patin von Sebo Gaspar und schwärmt ganz besonders von ihm."

Das wollte Sandra eigentlich nicht wissen und sie ließ fragen, wo und wann sie Leonara Gaspar erreichen könnte. Nach einem Wortschwall über eine Minute erklärte die Dolmetscherin: „Leonara Gaspar lebt mit ihrem polnischen Freund in Świnoujście. Sie betreibt dort einen Kiosk."

Wieder Infos, mit denen Sandra wenig anfangen konnte. „Und wo liegt dieses Swinouscie ...?" Die Frau lächelte. „In Deutsch heißt das Swinemünde und ist eine polnische Stadt auf der Insel Usedom."

Sandra ließ sich – erleichtert über diese Auskunft – die genaue Adresse von Frau Gaspar aufschreiben, bedankte sich und meldete sich für den Rest des Tages von der Dienststelle ab.

Sie rief Luca in der Pizzeria an. „Schatz, wie sieht es bei dir am Wochenende aus? Kannst du jemanden einteilen, der dich morgen und Sonntag vertritt?" Ihr Ehemann war für einen Moment sprachlos, bat aber um kurze Bedenkzeit. Er wollte sich in wenigen Minuten wieder bei ihr melden. Sandra freute sich, dass Luca nicht gleich abgelehnt hatte. Auch er benötigte dringend Entspannung und sie wusste auch schon wo. Nach zehn Minuten hatte sie Gewissheit, Luca hatte sich das erste Mal seit über drei Monaten für das Wochenende freigenommen. Der Italiener fragte neugierig, was sie plane, aber Sandra meinte nur: „Überraschung!"

Am Hauptbahnhof ging sie ins erstbeste Reisebüro und buchte zwei Übernachtungen im *Kaiser Spa Hotel Zur Post* im Seebad Bansin auf Usedom.

Sandra hatte mich über die Neuigkeiten, die Familie Gaspar anging, bestens informiert. Sie hatte am Morgen angerufen und war völlig außer Atem. Sandra konnte nur kurz reden, wartete auf den Rückruf ihres Mannes. Doch sie erklärte, nach Usedom fahren zu wollen und dort Frau Gaspar zu treffen.

„Hast du schon mit der Frau Kontakt aufgenommen?", wollte ich wissen. Sie verneinte. Als ich sie fragte: „Und wenn sie auf einer Kreuzfahrt ist?", erklärte die Kommissarin: „Dann verbringe ich ein schönes Wochenende mit meinen Liebsten!" Sie hatte daraufhin laut gelacht.

Wie gern wäre ich an Lucas Stelle, dachte ich, und wollte das Gespräch beenden.

„Noch einen Moment, Caro! Sie haben die Leiche von Frau Lüttli gestohlen", platzte Sandra heraus. Die Weitergabe solcher Informationen konnte sie Kopf und Kragen kosten! Ich rechnete es ihr hoch an, dass sie mich informierte. „Was? Das gibt es doch nicht! Dr. Lüttli reist heute zur Identifizierung an. Hat man ihn schon informiert?" Sandra wusste es nicht und bat mich inständig, nicht zu verraten, wo ich diese Neuigkeiten herhatte. Ich versprach es hoch und heilig.

Dr. Lüttli traf am späten Nachmittag ein. Er hatte seine Unterkunft im Centro Hotel CityGate gebucht. Mir war auch klar, warum. Er kannte bis auf mich hier niemanden und so suchte er meine Nähe. Mir war es eigentlich Jacke wie Hose. Lüttli mochte meinen White Russian und das machte ihn mir eh sympathisch.

11

Samstag, 21. Januar 2017

Das *Kaiser Spa Hotel Zur Post* im Seebad Bansin war Spitzenklasse und das Ehepaar Ferraro erreichte es nach knapp drei Stunden Autofahrt. Sandras Ehemann Luca hatte die komplette Strecke übernommen und seine Frau versprach, Lara bei Laune zu halten. Doch die Kleine verbrachte die erste Stunde damit, die Bewegungen auf der A20 zu kontrollieren, und war – während der letzten Fahrtstunde – eingeschlafen. Sie mussten die Kleine, in Bansin angekommen, sogar aufwecken. Es war knapp 13.00 Uhr und die drei verspürten schon bei ihrer Ankunft einen Riesenhunger. Sandra hatte zum Glück Vollpension mitgebucht und so warfen sie nur den Koffer und die Tasche mit den Babysachen in die Junior-Suite. Dann ging es gleich zum Buffet.

Lara Sophie war natürlich nun ausgeschlafen und unterhielt die Gäste an den Tischen im Hotel-Restaurant. Sie lief ständig hin und her und Luca beobachtete seine Tochter liebevoll.

„Das war eine gute Idee, Sandra. Wie kamst du auf Usedom? Travemünde oder Grömitz wären nicht so weit gewesen und liegen auch an der Ostsee?" Ihr Ehemann hatte es ohne vorwurfsvollen Unterton gesagt und so grinste Sandra. Sie legte ihre Hand auf seine und lächelte ihn an: „Würden wir in Grömitz oder Travemünde ausspannen und abschalten können? So nahe an Hamburg und Marie-Therese?"

Luca nickte, sprang auf und setzte seine Tochter auf den Kinderstuhl. Unter Protest blieb sie sitzen und aß ihre Fischstäbchen mit Brokkoli.

„Hast du die Wellnesslandschaft im Prospekt gesehen?“

Luca nickte.

„Lass uns den heutigen Nachmittag im Pool verbringen. Lara sollte schwimmen lernen.“

„Gut, und Sonntag?“

„Da machen wir eine ausgedehnte Radtour“, erklärte Sandra sichtlich stolz.

Ich traf mich mit Dr. Lüttli am späten Nachmittag im CUBE, der Bar einen Block neben meiner Wohnung, und wir bestellten sofort unser gemeinsames Lieblingsgetränk. Mir war wichtig, dass der Schweizer die nötige innere Ruhe hatte, bevor ich ihm die Neuigkeiten über das Verschwinden der Leiche seiner Frau erzählen wollte. Doch vorher fragte ich ihn aus: „Sicher hat die Polizei Sie schon angerufen und Ihnen Details über die Identifizierung mitgeteilt?“

Lüttli hatte abgewunken. „Seien Sie mir nicht böse, Herr Lutteroth. Auch wenn Sie selbst Deutscher sind; das, was die Hamburger Polizei hier auf die Beine stellt, ist übermäßig peinlich.“

Ich verstand ihn und hakte nicht nach. Ich lenkte ab: „Danke für die Überweisung. Das Geld ist angekommen.“

„Gut. Sie werden diese Ermittlungen so lange weiterführen, bis Sie mir mitteilen können, was man mir verschweigt. Würden Sie das tun?“

Nichts lieber als das, dachte ich, und bestätigte seinen Wunsch. „Wenn ich zurück bin, überweise ich die gleiche Summe erneut. Bei Abschluss erhalten Sie einen weiteren Bonus von 5.000 Schweizer Franken."

Glücklich über diese Aussage, bestellte ich noch zwei White Russian.

Erst kurz nach 21.00 Uhr, Ueli Lüttli lallte schon, erzählte ich ihm vom Verschwinden der Leiche seiner Ehefrau. Es lag die letzten Stunden wie ein Geschwür in meinem Magen und auch der Alkohol brachte keinerlei Linderung. Es musste also raus. Zunächst nahm er die Nachricht gelassen auf, dann fing der Schweizer an zu weinen. Erst war es mir peinlich – an den gut besetzten Tischen neben uns tuschelte man schon. Doch dann nahm ich den am Boden zerstörten Dr. Lüttli in den Arm und brachte ihn in sein Hotel. Starke Kopfschmerzen plagten mich.

Gegen 22.30 Uhr, auf dem Weg zurück vom Hotel, rief Hauptkommissar Silwer auf meinem Handy an. Verwundert über Tag und Uhrzeit nahm ich seinen Anruf entgegen. Er kam gleich zur Sache. „Woher haben Sie die Information zum Verschwinden der Leiche?", brüllte er los. Die Frage, aber auch die Lautstärke seiner Stimme kam überraschend, und während ich noch überlegte, wo und wer ich war, brüllte er erneut ins Handy: „Sie werden eine Vorladung bekommen. Dann müssen Sie sich äußern." Mit einem Fluch und etwas, was wie ‚Gnade Ihnen Gott' klang, unterbrach Silwer das Gespräch.

Ich warf zwei Kopfschmerztabletten in ein Glas und goss es mit Wasser voll. Nach einer Weile trank ich es in einem Zug leer. Ich hatte diesen Silwer nur kurz gesehen. Im Büro von Alexander Schweiss. Wie kam er dazu, mich anzurufen, und woher hatte er meine Handynummer? Das war alles extrem verworren und undurchsichtig. Ich hoffte, am Morgen nach einer kalten Dusche klarer zu sehen.

12

Sonntag, 22. Januar 2017

Luca war erstaunt, wie einfach es war, mit diesem Pedelec vorwärtszukommen. Sandra hatte die beiden Räder am Morgen bei einem der vielen Fahrradvermietungen hier in Bansin angemietet und sie hatten die Pedelecs gegen 14 Uhr abgeholt. In der Nacht hatten sie gut geschlafen und auch Lara wachte im Kinderbett erst gegen 8 Uhr am Morgen auf. Nach einem opulenten Frühstück verbrachte das Ehepaar die Stunden bis zum Mittagsschlaf ihrer Tochter erneut im Poolbereich. Mit Schwimmflügeln an ihren Armen zogen die Eltern das Kind vergnügt durch das Schwimmbecken. Danach hatte Sandra ihrem Mann von der Fahrt nach Swinemünde erzählt und skeptisch war er mit ihr zur Fahrradvermietung spaziert.

Lara Sophie saß vorne auf einem Sitz hinter dem Lenker ihres Vaters. Es war ihre erste größere Tour mit einem Fahrrad und sie schien es zu genießen. Alle drei waren durch Helme geschützt, und auch das Wetter spielte mit. Zwar blies ein kalter Wind – hier wenige Meter von der Ostsee entfernt –, aber Sandra hatte, vorausschauend, die richtige Bekleidung für die Familie eingepackt. An der Rezeption sprach man gestern Abend von einer Distanz von 17 Kilometern nach Swinemünde und Sandra fand, das lag im Bereich des Möglichen. Auch für sie war es die erste Fahrt auf einem Pedelec und trotz etwas anfänglicher Angst kam auch sie sofort gut damit zurecht. Vorbei an Heringsdorf machten sie ihren ersten Halt im Seebad Ahlbeck. Lara Sophie bekam eine Kugel Eis und Luca und Sandra genossen einen dicken Apfelkuchen mit Streuseln und dazu Milchkaffee. Nachdem Luca den Kuchen aufgegessen hatte, fragte er seine Frau: „Sandra, mal ehrlich. Du fährst doch nicht mit mir nach Bansin, mietest ein Fahrrad und lässt mich nach Polen radeln, ohne dass es einen Grund dafür gibt? Da steckt doch mehr dahinter?"

Sandra war klar, sie musste jetzt mit der Sprache raus und erklärte Luca den kurzfristigen Besuch bei Frau Gaspar. Der Italiener hörte sich die Geschichte an, und als Sandra schon auf Schelte gefasst war, erklärte er die Idee für gelungen. „Arbeit und Freizeit miteinander zu verbinden, das fällt nur dir ein! Ich hoffe, du kannst die Reisekosten bei der Mordkommission in Rechnung stellen?" Schlagartig fiel Sandra ein, dass sie Luca noch immer ihre Versetzung verheimlicht hatte. Aber das musste noch etwas warten, sonst war es zu viel des Guten.

Am Sonntagmorgen erreichte mich ein Anruf aus dem Centro Hotel CityGate. Es war kurz nach zehn und ich war schon aufgestanden.

„Hallo, sind Sie Herr … Lutteroth", stotterte eine aufgebrachte männliche Person. Ich bestätigte das und erwartete eine Info von Dr. Lüttli. Die kam auch, aber anders, als ich erwartet hatte. „Doktor Lüttli wurde heute Morgen von einem Wagen hier in der Brennerstraße … überfahren." Der Mann legte eine Pause ein, die mir Zeit gab, die Sache zu verinnerlichen. Lüttli hatte also einen Autounfall. Dieses

beschissene Hamburg und sein Verkehr! Gut, dass ich keinen Wagen mein Eigen nannte. So konnte ich auch niemand verletzen.

„Doktor Lüttli wurde dabei getötet.“

Diese Aussage rammte mir einen Pfahl in den Magen und ich setzte mich auf den Stuhl, der neben mir im Zimmer stand.

„Was? Tot?“

„Ja, Polizeibeamte waren schon vor Ort und haben alles aufgenommen. Wir fanden Ihre Visitenkarte in seinem Zimmer und ich dachte, es wäre gut, Sie zu informieren.“

Noch immer war ich durcheinander. Die Nachricht vom Tode des Schweizer Arztes hatte mich regelrecht umgehauen. „Hat man den Autofahrer?“, fragte ich, nachdem mein Gehirn wieder vernünftig arbeitete.

„Das Ganze ist etwas sonderbar. Zeugen sprachen von einem großen, roten Pick-up ohne lesbares Nummernschild, der Doktor Lüttli beim Überqueren der Straße angefahren hatte. Mehr kann ich nicht sagen. Vielleicht unterhalten Sie sich mal mit der Polizei?“

Ich bedankte mich und wollte auflegen.

„Herr Lutteroth, hier steht noch ein Koffer von Doktor Lüttli. Wollen Sie … oder?“ Ich wunderte mich etwas, dass die Polizei ihn nicht mitgenommen hatte. Aber bei einem Verkehrsunfall mit Unfallflucht schien das wohl nicht notwendig zu sein. Ich versprach, den Koffer im Laufe des Tages abzuholen.

Frau Gaspar war ihrer Aussage nach 62 Jahre alt, Mutter von zwei erwachsenen Söhnen und einer 14-jährigen

Tochter. Der kleine Imbiss, den sie und ihr Lebensgefährte betrieben, lag unweit der Swinemünder Strandpromenade, und Familie Ferraro erreichte ihr Ziel gegen 16 Uhr am Nachmittag. Die Rumänin sprach sehr gutes Deutsch und bei einer Tasse Kaffee erzählte sie der Kommissarin auch, warum. Sie hatte 19-jährig, in ihrem Heimatort Mangalia am Schwarzen Meer, den ostdeutschen Rudolf Hofmann kennen- und lieben gelernt.

„Ich arbeitete damals als Köchin in einem Hotel und war eine gute Kraft!“ Schwanger holte Hofmann sie zu sich nach Eisenhüttenstadt, doch die beiden hatten nie geheiratet. Dort kam als erster Sohn Tariel auf die Welt. Zwei Jahre später wurde Sohn Sebo geboren, so die Frau. Nachdem Hofmann im März 1984 bei einem Autounfall getötet wurde, zog die Rumänin zurück in ihre Heimat. Dort lernte sie - zehn Jahre später - den polnischen Urlauber Piotr Trolewski kennen. Trolewski war, wie sie, Koch und wohnte im polnischen Swinemünde. Sie planten, gemeinsam einen kleinen Imbiss auf Usedom zu eröffnen, und setzten das später auch in die Tat um. Leonara Gaspar gebar 2003 noch im hohen Alter von 47 Jahren ihre Tochter Dana. Seit dieser Zeit lebte die Familie hier auf der Insel Usedom. Auf Sandras Frage nach Tariel und Sebo begann die Frau zu weinen. Den Tod des Base Jumpers hatte die Mutter noch nicht überwunden. Hinzu kam, dass sich ihr jüngster Sohn, Sebo, seit Wochen nicht mehr bei ihr gemeldet hatte.

„Wissen Sie, Frau Holz“, erklärte die Frau unter Tränen, „meine Söhne waren Reisende - ich konnte und wollte sie nicht aufhalten. Tariel war ein Draufgänger. Schon als Kind in der DDR stand er auf dem nahe liegenden Flugfeld und schaute den Fallschirmspringern zu.“ Sie griff nach einem Taschentuch und Sandra verzichtete zunächst auf eine weitere Frage. Luca, so hatte sie gesehen, war mit Lara Sophie im nicht weit entfernten Strandbad verschwunden, und Sandra war ihm dankbar dafür.

„In Mangalia machte Tariel als jüngstes Mitglied im Verein seinen ersten Fallschirmsprung. Und seither hat es ihn nicht mehr losgelassen. Er stellte Rekorde im In- und Ausland auf und irgendwann war auch meine Angst um sein Leben abgeklungen. Er war hundertmal in der Zeitung, auch im Fernsehen. Im rumänischen, aber auch in Talkshows anderer Länder. Was er da machte, also von hohen Häusern springen, das verstand ich nicht ganz. Trotzdem war ich sehr stolz auf Tariel." Sie verstummte. Sandra ließ der Frau Zeit. Nach einer Weile fragte sie: „Ist Tariel je für eine Wohltätigkeitsorganisation gesprungen - anders gefragt: war er ein Aktivist?"

Der Gesichtsausdruck von Frau Gaspar zeigte, dass sie die Frage Sandras nicht genau verstanden hatte.

Sandra formulierte es präziser: „War Tariel Mitglied bei *Greenpeace* oder setzte er sich für Menschenrechte, Artenschutz oder ähnliches ein?"

Jetzt klärten sich die Gesichtszüge ihres Gegenübers und die Frau schüttelte den Kopf. „Nein, Frau Holz, Tariel sprang stets auf eigenes Risiko und auf eigene Kosten! Ja, und jetzt ist er tot! Hamburg wurde zu seinem Grab."

„Tariel wurde in Hamburg beigesetzt?" Die Kommissarin war etwas perplex über die Aussage.

Leonara Gaspar nickte. „Man hat es verlangt. Also, die deutschen Behörden. Aber Ohlsdorf ist ein schöner Friedhof!"

Sandra nickte, noch immer kreisten ihre Gedanken um Tariel Gaspars letzte Ruhestätte. „Und was ist mit

Sebo?“ Die Frage musste sein, auch wenn es die Rumänin schmerzte.

„Sebo war der Handwerker. Er konnte alles reparieren. Er baute schon mit elf Jahren einen kleinen Stall für unsere Hasen. Aus alten Ziegeln und Beton. Er lernte von der Pike auf, studierte an der technischen Universität in Bukarest. Sebo wollte arbeiten, mit den Händen. Und sie brauchten ihn, überall in Europa. Er schickte Postkarten aus vielen Hotels und Städten. Er war sehr glücklich, aber allein.“

„Allein heißt, er hatte keine Partnerin?“

Die Frau nickte. „Ja, aber auch Tariel nicht. Mir fehlen die Enkel!“ Sie wies mit der Hand hinter die Kommissarin und lächelte. Dort waren gerade Lara und Luca aufgetaucht.

„Noch fünf Minuten!“, rief Sandra ihrem Ehemann zu und Vater und Tochter verschwanden wieder.

„Frau Holz, lebt mein Sohn Sebo noch?“

Verbindlich konnte die Kommissarin auf diese Frage keine Antwort geben. „Tut mir leid, ich weiß es nicht.“

„Ich spüre, dass er tot ist. Und wenn es so ist, kann ich es nicht ändern. Aber ich möchte wissen, wo er begraben ist. Können Sie für mich herausfinden, was mit Sebo geschehen ist?“

Die Kommissarin versprach es. Langsam kam sie unter Zeitdruck. Sie mussten mit den Rädern die siebzehn Kilometer lange Strecke noch vor der Dunkelheit zurückfahren und draußen dämmerte es schon.

„Frau Gaspar, hat Sebo von einer Frau Lüttli gesprochen?“

„Evelin? Ja, die mochte er. Sie war auch in der ehemaligen DDR – in der Lutherstadt Eisleben – geboren und sie war seine Chefin, oder wie sagt man?“

Sandra nickte. „Was verband ihn mit der Frau?"

„Ich glaube, die Freude am Arbeiten. Er erzählte mir bei einem seiner seltenen Besuche davon, dass es keine bessere Bauingenieurin als Evelin gab. Er meinte, man rief sie nur, wenn es brannte."

„War er schon lange in Hamburg beim Bau der Elbphilharmonie beschäftigt?"

Die Frau überlegte. „Nein, bis Anfang des Jahres arbeitete er in Paris. An *Les Halles*, so hat er sie immer genannt. Evelin hat ihn dann nach Hamburg geholt."

„Wo sind sich die beiden begegnet?"

„Das kann ich Ihnen nicht sagen, Frau Holz. Aber er kannte Evelin schon länger."

„Haben Sie die Frau je kennengelernt?"

„Nein, leider nicht!"

„Fällt Ihnen sonst noch etwas ein, es wäre wichtig."

Leonara Gaspar überlegte. „Er hat mir beim letzten Treffen erzählt, die Verantwortlichen hätten fast drei Jahre auf der neuen Baustelle geschlafen. Und Evelin hätte sie sozusagen … aus dem Schlaf geholt."

Sandra bedankte sich und stand auf. Luca lehnte schon am Fahrrad und Lara saß in ihrem Körbchen und machte einen müden Eindruck. „Eine letzte Frage, Frau Gaspar."

„Ja?"

„Warum haben Sie nie die Namen Ihrer Ehemänner angenommen?"

„Sie haben recht, meine Männer hätten es auch gerne gesehen. Aber die Gaspars sterben aus und ich wollte diesen ehrwürdigen rumänischen Namen erhalten."

Sandra nahm die Frau fest in die Arme und einen Moment ließ sie ihren Tränen freien Lauf. Die Kommissarin fühlte mit ihr und auch in ihren Augen schimmerten Tränen.

„Danke für alles!", stammelte die Rumänin.

„Ich werde Sebo finden!", versprach Sandra. Sie spürte den Blick der Frau noch im Rücken, als die beiden Fahrräder schon einige hundert Meter entfernt - Richtung Deutschland - unterwegs waren.

Die Sonntagnacht war finster und kalt. Es begann sich Frost zu bilden und auf den Frontscheiben der großen dunklen Limousinen - auf dem Parkplatz der entlegenen Jagdhütte - war die Änderung des Aggregatzustandes schon deutlich zu sehen. Stille zog sich durch den Sachsenwald, nur das leise Geräusch einer Standheizung verriet menschliche Aktivitäten. Die riesige Jagdhütte war völlig abgedunkelt und vor der großen Eichentür, durch die man dieses prachtvolle Holzgebäude betrat, hatten zwei dunkel gekleidete Personen Posten bezogen.

Drinnen war der sogenannte Löwenraum rauchgeschwängert. Zigarrenqualm hing in der Luft, wie Girlanden an Fasching, und die Schwaden bewegten sich nur wenig. Ringsum waren Trophäen getöteter Tiere an der Wand befestigt. Durch den Qualm sah es aus, als lebten die Tiere und seien auf dem Sprung nach unten. Der Raum war bis auf einen Feuerschein nicht beleuchtet.

Mehr als ein Dutzend Männer saß um das Feuer, das in dem offenen Kamin brannte. Neben großen alten Ohrensesseln aus Leder standen kleine Tische. Darauf befanden sich riesige Cognacschwenker.

Endlich wurde das Schweigen unterbrochen. Einer der Männer war aufgestanden und hatte sein Glas erhoben. Er hielt es weit vor sich und rief: „Auf die Löwen!“ Sofort sprangen alle im Raum Anwesenden auf. Es folgte das lautstarke Aufnehmen von Gläsern und wie geübt riefen die anderen: „Auf die Löwen. Einer für alle, alle für einen!“ Alle setzten sich wieder und sofort kehrte erneut Stille ein.

„Ich finde“, erklärte eine dunkle Stimme nach einer weiteren Weile des Schweigens, „der *Jenssen Arcana* mit 98 Jahren Lagerzeit hat diese Nuss- und Zedernholz-Unternoten.“

Man hörte von den anderen Personen wieder Trink- und Schlürfgeräusche.

Eine ungewöhnlich helle Stimme erwiderte: „Mir ist der *Courvoisier L'Esprit Decanter Cognac* lieber. Mit seinen rauchigen, süßlichen Zimt-Noten.“

Plötzlich hörte man Geräusche, als ob sich eine Person von seinem Sessel erhob. Eine kräftige Gestalt lief vor dem Feuer hin und her und die anderen bewegten ihre Köpfe synchron mit seinen Schritten.

„Sie haben sich am Donnerstag eine Wohnung in der Elbphilharmonie angeschaut …“

Entrüstetes Grummeln war die Folge. „Was?“, rief einer, „das gibt es doch nicht!“ Die anderen raunten sich Unverständliches zu.

„… und … sie waren bei Gaspars Mutter!“

Wieder lautes Stimmengewirr.

„Es ist, wie es ist. Sie wissen zu viel!“

„Was schlägst du vor?“, fragte die Person mit der hellen Stimme nach einer kurzen Zeit erneuter Stille.

„Unsere Abschreckversuche haben nichts ausgerichtet – sie müssen weg!“

Wieder ging ein Raunen durch den Raum. Das leise Klirren von Gläsern war zu hören.

„Aber dieses Mal vielleicht etwas unauffälliger wie bei den Lüttlis!“ Der Sprecher kicherte, aber niemand schloss sich seinem Lachen an. So schwieg er wieder.

Nach einer Weile nahm der Mann wieder Platz.

„Welchen Grund sollte es geben, unbescholtene Bürger zu töten?“, fragte eine Person, die bisher geschwiegen hatte. Die Stimme - mit leicht bayrischem Akzent - klang überaus ängstlich.

Das Verhältnis von zustimmendem und ablehnendem Raunen war in etwa gleich.

„Der Grund ist unser gemeinsames Ziel, Hamburg an die Weltspitze zu bringen. Die Elbphilharmonie ist, da sind wir uns doch alle einig, die Fahrkarte dorthin!“

Nun erfüllte schwacher Applaus den Raum.

„Wenn sie ... also wenn sie es uns nicht ... vermasseln.“ Die Stimme eines weiteren Mannes war kräftig, aber zögerlich.

„Wir müssen uns entscheiden - sie oder unser gemeinsames Ziel.“

„Da gibt es nichts zu entscheiden. Du hast recht, die beiden müssen weg.“

„Und das schleunigst. Sie haben ihre Nasen lange genug zu tief in unsere hoheitliche Sache gesteckt!“

Wieder leiser Applaus.

Eine Person war aufgestanden, hielt den Cognacschwenker in die Mitte und rief laut: „Auf die Löwen. Einer für alle ...!“

Sofort kam die Antwort der anderen im Raum.

„... alle für einen!“

Montag, 23. Januar 2017

Ich wollte Sandra erneut zum Frühstück ins Gnosa einladen, doch sie erklärte bei einem Telefonat, erst gegen Mittag von ihrer Reise aus Usedom zurück zu sein. Mein Wochenende war sehr einsam, fand ich. Nach der Mitteilung über den tragischen Unfalltod Lüttlis war ich noch gestern Abend zum Hotel gelaufen und man hatte mir tatsächlich Lüttlis braunen Schweinslederkoffer ausgehändigt. Er war leicht und verschlossen und ich legte ihn auf den Garderobenschrank im Flur. Die weiteren Stunden lief ich unruhig in der Wohnung hin und her, schaute fern oder las. Aber ich schaffte es nicht, mich abzulenken. Immer wieder sah ich Dr. Lüttli, wie er unter einem Auto lag, und Sandra mit ihrer Familie, die am Strand herumtollte, während ich hier vereinsamte. Es musste wieder eine Beziehung her, nahm ich mir vor. Lange hatte ich mich dagegen gewehrt. Mia war noch immer allgegenwärtig und vor allem: Unersetzlich. Aber jetzt hatte ich meine Meinung überdacht. Vielleicht sogar geändert.

Am gestrigen Sonntag hatte ich mir auch die Fotos ausgedruckt, die ich vom Tablet des Immobilienmaklers gemacht hatte. Irgendwie verwunderte es mich nicht, dass dort Namen standen, die ich mir eigentlich hätte denken können. Eine Frau Corinna Watty war die glückliche Besitzerin eines 160-Quadratmeter-Luxusappartements im 19. Stock der Elbphilharmonie. Dr. Simone Essig ebenfalls, sie würde einen Stock über den Wattys residieren. Und sogar mit zehn Quadratmetern mehr Raumfläche. Und Dr. Fuchs, er hatte sich noch nicht mal die Mühe gemacht, die Wohnung auf den Namen seiner Frau zu kaufen oder sie sich unter anderem Namen schenken zu lassen, thronte oben im 25., direkt neben dem 1. Bürgermeister der Stadt Hamburg. Mein Herzschlag blieb ruhig, es ließ mich tatsächlich kalt. Ich wollte keine der Wohnungen geschenkt haben. Überhaupt wunderte es mich, dass man sich – zum Erreichen eines solchen Status – auf krumme Geschäfte einließ. Ein Zitat meines Vaters fiel mir ein: Wer der Meinung ist, dass man für Geld alles haben kann, gerät leicht in den Verdacht, dass er für Geld alles zu tun bereit ist. Genau jetzt, in diesem Augenblick, verstand ich, was er damit sagen wollte. Bei den restlichen Eigentümern des Blattes war ich ziemlich sicher, dass sie Geld ehrlich verdient hatten. Mit Udo Lindenberg hatte Nagel nicht gelogen. Auch der Abgeordnete tauchte auf. Dazu ein junger Tennisstar, ein durch Internetunternehmen reich gewordenes Schwulenehepaar, ein Fußballspieler von Borussia Dortmund, bei dem ich mich fragte, warum er nicht in Dortmund blieb. Und noch eine Menge unbekannter Personen. Ich hatte keine Lust, nach den fremden Namen auf der Liste zu googeln. Das würde mich am Ende noch wütender machen. Ich würde Sandra bei einem weiteren Treffen einige Neuigkeiten berichten können.

Ich setzte mich nun an den Computer und nahm mir die Listen der Bauarbeiter vor. Was mich am meisten interessierte, war dieser Code oder die Kennziffer, die hinter jeder Person stand. B14, was bedeutete B14? Ich nahm einen Textmarker und markierte die Personen, hinter denen diese Kennziffer stand. Es waren fünf: Vier Männer und eine Frau. Einer davon war Sebo Gaspar. Bei der weiblichen Person handelte *es sich um Evelin Lüttli-Wagner. Die Männer stammten wohl ausschließlich aus Rumänien. Ich vermutete es anhand der Namen und daran, dass hinter den Anschriften der Männer die Buchstaben RU standen. Mein gesunder Menschenverstand sagte mir, dass diese fünf Personen gemeinsam an einer Sache gearbeitet haben mussten. Ja, genauso musste es sein. Ich verglich die anderen Kennziffern. Da war zum Beispiel A33. Ich fand Hunderte von Personen, die unter diese Rubrik fielen. Also musste ich nur noch in Erfahrung bringen, wo die Mannschaft um Frau Lüttli und Sebo Gaspar gearbeitet hatte. Grübelnd ließ ich einen doppelten Espresso in die Tasse. Sprach Lüttli damals nicht vom Bau einer Rolltreppe in der Elbphilharmonie und von monatelangen Verzögerungen? Jetzt fiel es mir wieder ein. An den genauen Sachverhalt konnte ich mich nicht mehr erinnern. Schade, dass Dr. Lüttli nicht mehr unter uns weilte. Ein großartiger Mensch und irgendwie vermisste ich ihn.*

Als meine Sekretärin erschien, gab ich ihr einen Auftrag. „Sonja, hast du noch diese rumänische Bekannte?" Sonja erschrak förmlich, als ich sie fragte, antwortete aber dann: „Du meinst Roxanna!"

„Mag sein. Spricht sie rumänisch?"

Sonja grinste. Den Gesichtsausdruck kannte ich. Darauf folgte immer eine Belehrung, eine Standpauke oder so etwas. Doch ich hoffte, sie verkniff es sich. Sicher wollte sie die Woche nicht damit beginnen, mich zu verärgern.

„Natürlich spricht sie rumänisch. Sie ist in Rumänien geboren, hat dort 18 Jahre verbracht und lebt erst seit zehn Jahren mit ihrer Familie hier in Hamburg."

Die Vorwürfe saßen, aber den Schuh zog ich mir nicht an. „Frag Roxanna mal, ob sie sich etwas Geld verdienen möchte."

Sonja hörte plötzlich aufmerksam zu. Ich legte ihr die Liste mit den gemarkerten Personen hin. „Sie möchte nach-

einander bei diesen Personen anrufen und nach ihnen fragen. Wenn sie die Person erreicht hat, soll sie sich erkundigen, in welchem Bauabschnitt der Elbphilharmonie sie gearbeitet hat."

Sonja nahm einen Block, einen Stift und schrieb. Ich machte eine Pause und trank den schon kalten Espresso.

„Gut, also anrufen, fragen, ob die Person dort existiert, und wenn ja, woran sie arbeitete."

„Genau, wenn irgendetwas auffällig ist, soll sie nachhaken, unbedingt. Mir wäre es lieb, wenn sie dir jeden Satz übersetzt und du ihn aufschreibst oder mit dem digitalen Notizbuch aufnimmst."

„Wird gemacht, Chef. Ich werde sie gleich anrufen. Sicher hat sie heute Abend Zeit und erledigt den Job. Und was springt raus für sie?"

„Hundert Euro!", erklärte ich aus einer Art Geberlaune heraus.

Luca und Sandra hatten, nach ihrer Rückkehr aus Bansin, Lara in die Kita gebracht und waren dann zusammen nach Hamburg gefahren. Ihr Mann hatte sie beim Bruno-Georges-Platz abgesetzt und wieder fiel Sandra ein, dass er immer noch nichts von ihrer Versetzung wusste.

Anschließend hatte die Kommissarin eine geschlagene Stunde damit verbracht, sich in Cyberkriminalität einzuarbeiten. Ein Thema, das ihr nicht lag. Alles war viel zu trocken und ohne größeren menschlichen Bezug. Zwar hätte sie es vorgezogen, mit Caro zu frühstücken, aber sie verdiente ihre Brötchen immer noch als Kommissarin der Hamburger Kriminalpolizei. Ein Kollege klopfte plötzlich vorsichtig an ihre Bürotür und trat dann grinsend ein. Er war sicher keine 25 Jahre alt und erklärte, der Dienststellenleiter habe ihn gebeten, die neue Kollegin einzuweisen. Die Kommissarin fand den jungen Mann sehr einfühlsam und auch überaus symphatisch. Doch so langsam glaubte Sandra, dass man allen hier etwas von einem angeblichen Burn-out oder einer anderen Krankheit erzählt haben musste. Auf jeden Fall vermied man es, sie aufzuregen oder gar zu überanstrengen.

„Hier ein Beispiel aus dem Kreis Pinneberg, Frau Holz!" Der Kollege öffnete eine Maske auf dem Computer. Sandra bot ihm das Du an und war selbst von sich überrascht. Der gut erzogene, junge Kollege nahm begeistert an. „Super, also du! Ich bin Laurien!"

„Also, Sandra. Hier einige Infos: Die Cyberkriminellen suchen sich bestimmte Firmen aus. Meistens kleinere Betriebe, da erwarten sie nicht so viel Gegenwehr. Sie schreiben den Geschäftsführer oder die Personalmitarbeiter per Mail persönlich an. Die Namen und Mailadressen finden sie natürlich auf den Webseiten der Firmen. Sie versenden Bewerbungsunterlagen. Aber statt diesen lädt der betreffende Empfänger eine Schadsoftware herunter. Öffnet der Mitarbeiter also den Anhang, findet er weder Lebenslauf noch Zeugnisse oder andere Bewerbungsunterlagen. Stattdessen installiert sich durch den Klick die Schadsoftware auf dem Computer, die sofort mit der Verschlüsselung aller Daten auf dem Rechner beginnt. Zusätzlich wird ein Erpresserschreiben mit dem Virus heruntergeladen. In diesem Schreiben fordern die Internet-Betrüger mehrere Hundert Euro für die Entschlüsselung. Gezahlt werden soll das Lösegeld in der elektronischen Währung, den sogenannten *Bitcoins*. Das Ganze geht anonym vonstatten." Laurien hatte ein Erpresserschreiben auf dem Display geöffnet und die Kommissarin las es.

„Die Täter selbst heben das Geld nicht ab", fuhr der junge Kriminalbeamte fort. „Sogenannte Finanzagenten werden angeworben, die ihre Konten zur Verfügung stellen und dafür eine gewisse Summe kassieren. Sie überweisen das Geld dann per Western Union weiter an die Täter."

Die Ausführungen des jungen Kollegen fand Sandra sehr spannend, und sie war gerade dabei, ihre Meinung, was diese Generation und ihre Lust und den Computer anging, aber auch über die Dienststelle, etwas zu ändern.

„Sandra, die Spur des Geldes führt oft ins Ausland. Die Finanzagenten kennen die wahren Täter nicht. Im Falle der sechs betroffenen Firmen in Pinneberg ging keine auf die kriminelle Forderung ein. Die Betroffenen haben sich bei uns gemeldet und unsere Experten haben die Computer gereinigt, und wir haben die Daten gesammelt."

„Habt ihr denn eine Spur der Kriminellen?"

Laurien schüttelte den Kopf. „Es ist äußerst schwierig, einen der Verantwortlichen zu fassen. Aber wir erkennen, umso mehr wir dagegenwirken, desto weniger springen auf dieses einnahmeträchtige Pferd auf."

Gegen 16.00 Uhr traf sich Sandra dann doch mit Caro. Sie hatte seinem Drängen letztendlich nachgegeben. Gemeinsam saßen sie im McDonald's am Hauptbahnhof und versuchten – gegen den Lärm im Restaurant –, eine Unterhaltung aufzubauen.

„Warum gerade dieser Treffpunkt?", schrie Caro.

Sandra schaute sich um. „Irgendwie ist mir die laute Atmosphäre lieber als ein lauschiges Plätzchen. Ich bin mir nicht sicher, ob alles mit rechten Dingen zugeht. Erst die tote Frau Lüttli, die dann später verschwindet. Der tote Base Jumper, sein verschwundener Bruder, ja, Sebo ist tatsächlich Tariels Bruder. Und letztendlich der Unfall Lüttlis. Ich habe etwas Angst." Den Vergewaltigungsversuch verschwieg die Kommissarin.

Lutteroth verstand Sandra und wollte schützend seinen Arm um sie legen, ließ es aber dann. Ihn interessierte brennend der Ausflug der Kommissarin nach Swinemünde.

„Also, Frau Gaspar ist die Mutter von Tariel, dem älteren, und Sebo, dem jüngeren Sohn. Sie hat keine Ahnung, warum Tariel vom Dach gesprungen ist. Ein Aktivist war er definitiv nicht. Somit hat Essig gelogen."

Caro nickte. „Dachte ich mir schon!"

„Sebo Gaspar war auch mit Evelin Lüttli-Wagner sehr gut bekannt!" Sandra machte eine Pause und genoss das Staunen ihres Gegenübers. „Ja, er muss die Ingenieurin sehr bewundert haben. Frau Lüttli scheint aber auch eine tolle Spezialistin gewesen zu sein. Sebo Gaspar selbst war wohl auch ein äußerst versierter Arbeiter."

Sandra machte erneut eine kleine Pause, denn der Lärm um sie herum hatte zugenommen. Als es nach einer Weile ruhiger geworden war, fuhr sie fort: „Frau Gaspar glaubt, dass es Sebo nicht gut geht. Um nicht zu sagen, glaubt sie, dass er tot ist. Sie hat schon Wochen nichts mehr von ihm gehört. Und sie erklärte, das sei nicht typisch für ihren Sohn. So weit zu meinem Ausflug."

„Das hat sich doch gelohnt. Habt ihr auch Spaß und schönes Wetter gehabt, und wie hat dein Mann diese Überrumpelung hingenommen?"

„Eigentlich gut. Ja, wir haben den Wellnessbereich des Hotels genossen, sind Fahrrad gefahren. Wir haben uns erholt - Bansin ist ein schönes, kleines Ostseebad. Und noch nicht so überlaufen, wie es mir scheint. Was hast du …?" Wieder lief eine Gruppe lärmender Reisender am Tisch vorbei. „Was hast du erreicht?"

„Wie wir schon angenommen hatten, sind alle unsere speziellen Freunde mit einem schönen Appartement versorgt. Watty, Essig, Fuchs, sogar Bauleiter Steffensen bezieht demnächst ein kleines Appartement in der Elbphilharmonie." Das Wort *klein* hatte Lutteroth betont auffällig gesagt. Sandra lachte. Caro informierte die Kommissarin auch darüber, was er zu den Namen auf der Liste der Bauarbeiter herausbekommen hatte.

„Eine rumänische Bekannte wird heute Abend Kontakt mit den Familien der drei rumänischen Bauarbeiter aufnehmen. Alle haben die gleiche Kennziffer wie Sebo Gaspar und Evelin Lüttli-Wagner. Mal schauen, was die Frau herausbekommt."

„Das klingt toll, Caro. Trotzdem habe ich etwas Angst. Ich glaube, die Sache wird zu groß für uns."

„Aber wen willst du noch mit ins Boot nehmen? Schweiss?"

Sandra schüttelte den Kopf. „Nein, Alexander ist mit seinen Gedanken schon im Ruhestand. Außerdem ist er angeschlagen. Vielleicht Bernd Silwer. Ich kenne ihn als freundlichen, kompetenten Kollegen. Was meinst du?"

„Das musst du entscheiden. Wenn du glaubst, es hilft, erkläre Silwer den Stand unserer Ermittlungen. Wenn der Polizeipräsident dahintersteckt, dazu der 1. Bürgermeister, bleiben am Ende tatsächlich nur noch die echten Freunde."

Ich war gerade dabei, einen Salat mit Hähnchenstreifen zu verspeisen, als mein Handy klingelte. Ich schaute auf die Wanduhr im Gnosa: 16.43 Uhr! Ich bemühte mich, den Bissen im Mund schnell hinunterzuschlucken. Sicher handelte es sich bei dem Anrufer um Sandra und ich wollte ihn gleich entgegennehmen. Doch der Bissen war zu groß und ich verschluckte mich. Ein Hustenanfall war die Folge. Ein junger Mann vom Nachbartisch sprang auf und eilte mir freundlich zu Hilfe. Er klopfte auf meinen Rücken und es half. Als der Bissen durch die Speiseröhre endlich dort landete, wo er hin sollte, bedankte ich mich und schaute auf das Display. Es war Sonja, die angerufen hatte, nicht die Kommissarin. Irgendwie beruhigte mich das. Ich trank meinen Kaffee hinterher und rief zurück.

„Caro, warum gehst du nicht an dein Handy?", begann ihr obligater Vorwurf.

Ich hustete etwas in das Mikrofon und sie meinte, ohne Bedauern in der Stimme: „Was ist los, ein Erstickungsanfall?"

Meine Stimmbänder waren noch nicht ganz da, so überließ ich es ihr, die genauen Umstände zu erklären.

„Was gibt's so Dringendes?", brachte ich – eher flüsternd – heraus.

„Da sitzt ein Typ in deinem Büro. Er möchte dich engagieren."

Das fehlte mir noch. Mir war gerade nicht nach einem weiteren Auftrag. Der Fall Lüttli war für mich – trotz seines Todes – noch nicht abgeschlossen. Und ich sah es als Ehrensache an, ihn zu Ende zu bringen. Das erklärte ich meiner Mitarbeiterin. Sie bat mich, einen Moment zu warten. Ich hörte, wie Sonja den Hörer hinlegte – im Hintergrund vernahm ich laute Stimmen. Dann war sie zurück.

„Ich habe versucht, es dem seltsamen Typen zu erklären, Caro! Aber er lässt sich nicht abwimmeln. Er sprach von kurzer Überwachungstätigkeit am heutigen Abend und von schnell verdienten 2.000 Euro."

Diese Summe, in Verbindung mit wenig Arbeitsaufwand, machte die Sache doch attraktiv. Und sie würde mich ablenken von dem versauten Tagesbeginn.

„Ich komme rüber, halt den Mann fest!"

Als Caro sich verabschiedet hatte, verließ Sandra den Hauptbahnhof. Sie entfernte sich vom Gebäude, bis sie mehr Ruhe hatte, und rief Bernd Silwer an. Der Hauptkommissar war bereit, ihr zuzuhören, und sie erzählte ihm von den bisherigen Ermittlungen. Silwer schwieg und unterbrach die Kollegin nicht. Nachdem die Kommissarin ihre Ausführungen beendet hatte, bat Silwer die Kollegin, heute Abend zu Hause auf ihn zu warten. Er versprach, gegen 21 Uhr in Sehmsdorf zu sein, und wollte mit Sandra alles Weitere besprechen. Irgendwie fiel ihr ein Stein vom Herzen. Trotzdem verspürte sie leichte Bauchschmerzen.

Zu Hause in Sehmsdorf angekommen, hatten die Schmerzen nachgelassen. Sandra spazierte zur Kita, um

Lara Sophie abzuholen. Manchmal, wenn sie persönlich kam, um die Kleine in Empfang zu nehmen, hatte sie das Gefühl, ihre Tochter enttäuscht vorzufinden. Ob die Kleine ihre Großmutter vorzog? Aber was machte Marie-Therese anders als sie, die leibliche Mutter? Sicher war sie als Kriminalbeamtin oft mit den Gedanken woanders. Vor allem, wenn die Kleine sie forderte. Sandra hatte die Kita am Sehmsdorfer Weg erreicht, als ihr Handy klingelte. Caro war dran. „Sandra, du wirst es nicht glauben. Aber das Gespräch mit der rumänischen Familie bringt uns enorm weiter." Die Kommissarin war neugierig und wollte mehr darüber hören. Doch Caro winkte ab. „Nein, bitte nicht am Telefon. Wer weiß, ...?" Sandra verstand seinen Einwand. „Aber ich habe mit Silwer um 21 Uhr einen Termin hier bei mir!"

„Kannst du den nicht absagen? Oder auf später legen?"

Sandra überlegte. Luca würde erst gegen Mitternacht zu Hause sein. Marie-Therese hatte gerade heute, wo sie dringend gebraucht wurde, wegen eines plötzlichen Schwindelgefühls abgesagt.

„Gut, Caro! Ich werde Lucy, meine Nachbarin, fragen, ob sie, nachdem ich Lara ins Bett gebracht habe, den Babysitter spielt. Den Termin mit Bernd Silwer versuche ich auf 22 Uhr zu legen. Wenn das alles klappt, und ich sage wenn, könnte ich ...", Sandra schaute auf die Uhr, „... gegen 20 Uhr bei dir sein. Aber nur auf ein Stündchen!"

„Super, das passt, ich habe noch einen lukrativen Observierungsauftrag heute Nacht. Also, bis nachher!"

Der Mann sah aus wie ein Zuhälter und sicher war er das auch. Er trug teure Cowboystiefel, Goldringe an jedem Finger und hatte viel Pomade im Haar. Er war mir sofort unsympathisch, aber ich arbeitete ja nicht nach Sympathie, redete ich mir ein, und gab ihm die ausgestreckte Hand.

„Lutteroth, Privatdetektiv!"

„Ja, ich bin Kalle Blomquist, hallo!"

Irgendwie kam mir der Name bekannt vor. Ich musste von diesem Blomquist irgendwo gehört oder gelesen haben. Aber das tat jetzt nichts zur Sache. „Meine Sekretärin sprach von der Observierung einer Person. Heute Abend?"

Der Mann nickte. „Stellen Sie sich vor, ich lebe in Scheidung, und meine Frau betrügt mich mit meinem Rechtsanwalt."

„Das kommt vor!", meinte ich und sah, dass der Spruch bei Blomquist nicht ankam.

„Ich habe eine größere Summe im Lotto gewonnen. Und wenn die Alte und der Schmierenanwalt davon Wind bekommen …?"

„Ja, was ist dann?"

„Dann werden die beiden versuchen, an mein Geld zu kommen."

„Um wie viel handelt es sich? Fünf- oder sechsstellig?" Ich wollte die Summe nicht genau erfragen.

Ich sah, wie der Mann an seine Finger griff, als wolle er zählen. Plötzlich sprang er auf: „Egal, auf jeden Fall viel!"

Am Hals fiel mir bei dem Typen eine runde Tätowierung auf. Da ich selbst vor einiger Zeit mit dem Gedanken gespielt hatte, mich tätowieren zu lassen, war ich mir absolut sicher, dass an dieser Stelle das Stechen arge Schmerzen bereitete. Aber jedem das Seine. Es musste sich um eine Art Sonnenrad handeln. Es gefiel mir nicht, mir schwebte ein anderes Symbol vor, vielleicht ein Tribal auf dem Arm? Aber wenn überhaupt, der Hals ging gar nicht.

„Also übernimmst du den Fall!“

Ich hatte definitiv keine Lust, und gerade als ich es ihm sagen wollte, zog er ein Bündel Scheine aus der Hosentasche und warf sie auf den Schreibtisch. Sicher waren es 1.000 Euro oder mehr.

„Es sind 2.000 Euro“, erklärte er. „Wenn du dir die verdienen willst, mach ein paar gute Fotos der beiden in ihrem Liebesnest, und du und ich, wir sind glücklich.“ Er zählte das Geld durch und steckte ein Bündel davon zurück in seine Hosentasche.

„Die Hälfte gleich, die andere Hälfte, nachdem ich die Fotos habe!“

Ich sagte zu und ließ mir noch die Stelle in einem kleinen Ort namens Kollow, in der Nähe von Geesthacht, erklären. Da, wo sich die in Scheidung befindliche Ehefrau und der Anwalt gegen 23.00 Uhr in einer kleinen Hütte treffen wollten.

Auf meine Frage, warum so spät, erklärte Blomquist: „Anwälte halt, die müssen bis spät in die Nacht arbeiten!“

Der Plan von Lucy Spielmann war es, ihren Studiengang auf der Musikhochschule in Lübeck mit dem *Bachelor of Arts* abzuschließen. Musik war ihr Leben und das Klavierspiel liebte sie über alles. Die 19-jährige Sehmsdorferin hatte gerade erneut nach Lara geschaut und diese noch immer fest schlafend vorgefunden. Lucy fühlte sich ganz besonders wohl im Hause der Ferraros. Natürlich fehlte ihr das Klavier, doch Lärm konnte sie am Abend eh nicht machen. Dafür wurde sie gut für das Babysitting entlohnt und Sandra und Luca zählten inzwischen sogar zu ihren Freunden.

Sandra hatte sie kurzfristig gebeten, die Rolle als Babysitter zu übernehmen, und versprochen, gegen 22 Uhr wieder zurück zu sein.

Lucy hatte es sich auf dem Stressless Sessel bequem gemacht und Fernseher sowie DVD-Player eingeschaltet. Die ersten Teile der Krimiserie *True Detektivs* hatte sie schon angeschaut und fand sie außerordentlich spannend. Sandra hatte der jungen Frau am Abend eine Auswahl an Knabberzeugs auf den Tisch gestellt, nur das passende Getränk war ihr ausgegangen. Lucy stoppte die laufende DVD, sprang auf und spazierte leise in die Küche. Draußen vor dem Haus brannte schwach eine Laterne und so verzichtete sie darauf, die Deckenleuchte in der Küche einzuschalten. Der Kühlschrank der Ferraros war wie immer gut und mit Leckereien gefüllt und manchmal wünschte sich Lucy sogar, Italienerin zu sein. Sie entnahm dem Kühlschrank eine Fassbrause und war gerade im Begriff zurückzulaufen.

Plötzlich waren draußen Motorengeräusche zu hören. Die junge Frau bemühte sich, das Verursacherfahrzeug zu identifizieren. Schon als Kind hatten ihr zwei Jahre jüngerer Bruder und sie – in den langweiligen Wintermonaten – dieses Spiel gespielt: Wer am Motorgeräusch den Besitzer des vorfahrenden oder haltenden Wagens erkannte, bekam einen Punkt. Der mit den meisten Tagespunkten hatte das Spiel für sich entschieden. In der kleinen, überschaubaren Straße Hofkamp bedeutete das eigentlich keine Schwierigkeit.

Lucy hielt den Atem an und horchte nach draußen. Dieses Motorengeräusch empfand sie als extrem laut. Es musste sich um einen Transporter oder um einen großen Pick-up handeln. Um diese Zeit? Ganz vorne in der Straße fuhr jemand einen VW-Bus, aber dabei handelte es sich nicht um einen Dieselmotor, da war sich Lucy ziemlich sicher. Sie schaute auf die Digitaluhr am Backofen. Es war kurz vor 21.00 Uhr. Sandra würde sicher, wie versprochen, bald nach Hause kommen, aber Luca nicht vor Mitternacht hier auftauchen. Den italienischen Sportflitzer des Mannes glaubte die junge Frau schon zu hören, wenn er in Bad Oldesloe auf die Sehmsdorfer Straße abbog. Sie lachte über ihre schrägen Gedanken. Lucy horchte noch einmal kurz, dann lief sie zum Wohnzimmer zurück. Das Motorengeräusch hatte sich reduziert und verschwand jetzt etwas nach rechts.

Das Haus der Ferraros war das letzte Gebäude im Hofkamp und am Ende mündete die Straße in einen unbefestigten landwirtschaftlichen Weg, der Richtung Bad Oldesloe führte. Schon oft war Lucy dort entlanggelaufen, hin und wieder mit Lara Sophie im Kinderwagen. Das Motorengeräusch war noch leiser geworden und plötzlich gänzlich verklungen. Doch irgendetwas beunruhigte Lucy. Sie fühlte sich gerade äußerst unwohl. Ob es an dem Knabberzeugs lag, das sie schon fast aufgegessen hatte? Sie öffnete den Hebelverschluss der Flasche und nahm schnell einen Schluck. Sicher war die Ursache der Übelkeit nur die Folge der Krimiserie, die sie so aufrieb. Sie nahm noch einen zweiten Schluck. Plötzlich stutzte Lucy. War da nicht doch noch das Motorengeräusch, jetzt leiser und weiter entfernt? Die 19-Jährige ärgerte sich permanent über die Nachlässigkeit der Menschen, die ihre Motoren im Stand laufen ließen. Lucy stellte sich auf die Zehenspitzen und schaute aus dem Küchenfenster. Jedoch fand sie keinerlei Anhaltspunkte, was den unbekannten Wagen betraf. Sie entschloss sich, nach draußen zu laufen und genauer zu horchen. Erst stellte sie die Flasche ab. Von der Neugierde getrieben, öffnete sie dann vorsichtig die Eingangstür und horchte in die Dunkelheit. Kühler Wind wehte in das gut beheizte Gebäude. Natürlich war da ein Motorengeräusch und ein ziemlich lautes dazu. Lucy vermutete, dass der Wagen oben bei der Holzbank stand. „Sicher ein Liebespaar, das keine Wohnung hat!“, beruhigte sie sich. Wenn sie noch lange hier rumbummelte, verpasste sie noch das Ende des Films, und ein weiterer Einsatz bei Familie Ferraro war bisher nicht geplant. Gerade als sie im Begriff war, die Tür zu schließen, hörte sie Stimmen. Ihr lief ein kalter Schauer über den Rücken. Jetzt war es aber gut! Sie nahm sich vor, den Rest der verbleibenden Zeit doch besser Talkshows anzuschauen. Die Stimmen flüsterten und die Verursacher mussten seitlich bei den Hecken stehen. Dort befand sich ein unbefestigter Platz, den die Anwohner illegal zum Ablegen von Rasen- und Heckenschnitt nutzten. Lucy drückte die Tür vorsichtig etwas weiter auf. Dann streckte die junge Frau den Kopf heraus und lauschte in die Dunkelheit. In nächster Entfernung unterhielten sich … zwei Männer? Es musste sich um Männer handeln, die Stimmen klangen dunkel. Lucy strengte sich an, um den Inhalt des Gesprächs verstehen zu können. Worte wie „Piit, hol den Kanister“ und „Feuer“, aber auch „Polizisten-Sau“ glaubte sie zu verstehen. Ihr Gehirn arbeitete fieberhaft. Was war da draußen los? Ihr war klar, dass Sandra als Kommissarin bei der Mordkommission stets einer Gefährdung ausgesetzt war. Wenn das draußen …? Nein, bloß keine Gangster oder gar Terroristen in dieser gefährlichen Zeit. Und schon gar nicht hier, im beschaulichen Sehmsdorf! Lucy drückte die Tür zu und rannte in das Kinderzimmer. „Lieber Gott, ich bitte dich, lass mich alles richtig machen!", flüsterte die 19-Jährige. Dann hob sie die schlafende Lara Sophie aus ihrem Bettchen und lief mit dem Kind auf dem Arm ins Wohnzimmer. Mit zittriger Hand öffnete sie den Hebel der Terrassentür. Lara Sophie hatte die Augen geöffnet und schaute sie stumm und verschlafen an. Lucy hörte kurz nach draußen - alles schien ruhig bis auf das Geräusch des noch immer laufenden Motors. Für einen Moment fiel Lucy ein, dass sie keine Schuhe anhatte, doch sie ignorierte es. Sie zog die Tür leise nach innen. Sie knarrte etwas und das brachte der jungen Frau einen Adrenalinschub ein. Schritte - wenige Meter von ihr entfernt - erschreckten sie zusätzlich. Dann nahm sie sich ein Herz und rannte barfuß über den gefrorenen Rasen hinüber auf das Nachbargrundstück. Hinter sich hörte Lucy das Bersten von Glasscheiben, und noch bevor sie beim Nachbarn angekommen war, stieg ihr der beißende Geruch von Angesengtem in die Nase.

Sandra erreichte die Nachricht vom Brand ihres Hauses auf dem Rückweg von Caros Wohnung. Die rumänische Anruferin, der Lutteroth den Auftrag gegeben hatte, bei den Familien nachzufragen, hatte einiges herausbekommen. Die drei rumänischen Bauarbeiter waren, ebenso wie Sebo Gaspar, seit November 2016 verschwunden. Die Ehefrau eines Mannes sprach zwar davon, so die Übersetzerin, dass auf ihren Ehemann keinen Verlass sei und dass er vielleicht mit einer anderen ausgebüchst sei. Doch nach Auswertung der Gespräche wurde deutlich, die Arbeiter mit dem gleichen Index waren fast am selben Tag verschwunden oder als vermisst gemeldet worden. Diese Information, da war sich Sandra sicher, hätte Caro ihr auch zu Hause am Telefon mitteilen können. Aber wie es aussah, wollte der Mann mit der Kommissarin zusammen sein, und das ärgerte Sandra. Sie hatte es ihm auch - eben bei ihrem Treffen - deutlich gemacht.

Es war Alexander Schweiss, der sie plötzlich auf ihrem Diensthandy anrief.

„Sandra, wo bist du?"

Als die Kommissarin ihm erklärte, sie fahre gerade auf der A1, Richtung Bad Oldesloe, bat Schweiss sie, rechts auf den Standstreifen zu fahren. Seine Stimme klang ängstlich und überdreht. Diesen Tonfall kannte Sandra von Alexander Schweiss nicht.

„Ich schicke dir sofort die Kollegen. Lass den Wagen stehen, mach die Warnblinkanlage an - und du verlässt den Wagen nicht, klar?"

„Alex, was ist geschehen?"

„Sandra ... jemand ... jemand hat euer Haus in Sehmsdorf ... angezündet! Aber mach dir bitte keine Gedanken, niemandem ist etwas geschehen!"

„Was sagst du da!" Die Kommissarin bremste ihren Wagen so überraschend ab, dass ein dunkler Mercedes hinter ihr nur knapp ausweichen konnte. Er hupte, fuhr vorbei und sie entschuldigte sich innerlich bei dem Fahrer. Sie stoppte den Wagen auf dem Standstreifen und tat, wie ihr geheißen.

„Du verarschst mich doch?" Sandra wunderte sich selbst über ihre Ausdrucksweise. Aber sie hatte sich gerade nicht mehr unter Kontrolle. Ihre Hände schwitzten, das Herz schlug wild, und sie sah vor sich das Bettchen von Lara Sophie, wie es brannte, und die Kleine vor Angst nach ihrer Mutter schrie.

„Sandra, ich sage es noch einmal: Dank der beherzten Tat deines Babysitters sind alle wohlauf. Den Brand selbst hat die Feuerwehr unter Kontrolle. Ich habe Luca ebenfalls informiert, er ist unterwegs nach Sehmsdorf. Du bleibst dort stehen, bis dich die Kollegen mit einem Streifenwagen abholen."

„Und der Alfa?", keuchte Sandra

„Auch darum kümmern sich die Kollegen."

Die Treppe führte sicher in einen alten Kellerraum. Hunderte Zigarettenkippen seitlich des Geländers, aber auch eine leer Bierdose sprachen Bände. Auffällig war, dass der Türgriff der alten abgewetzten Kellertür wie neu im Baumarkt erworben aussah. In der Hopfenstraße, keine zehn Meter vom bekannten Beat-Club, führten die sieben Stufen dort hinab. Wie so oft, lehnte dieses alte Fahrrad nicht abgeschlossen an der Hauswand, und Bernd Silwer fragte sich, ob es das einzige Fahrrad Hamburgs sei, das niemals gestohlen wurde. Schon öfter war er in den letzten Wochen hier gewesen und jeder seiner Besuche war für ihn so voller Hoffnung. Und endete dann meist in einem Fiasko. Hatte man ihm, dem Kriminalbeamten, nicht beigebracht, was das Ende einer Sucht bedeutet? Natürlich, und jedes Mal, wenn er die sieben Stufen nach unten lief, kam ihm dies in den Sinn. Er lehnte sich an diesem Abend gegen die Hauswand, genau neben das Fahrrad, und zündete sich eine Zigarette an. Morgen würde Ehefrau Lora alles erfahren. Die Bank hatte sein Haus gepfändet und diskret, wie man bei seiner Hausbank stets war, hatte man ihn über diese Maßnahme vorab informiert. Wenn er die 70.000 Euro heute nicht gewann, war alles vorbei: Haus, Familie, Zukunft. Vielleicht sogar sein Beruf. Und das trotz aller erdenklichen Beziehungen. Es gab keine Verwandten und Freunde mehr, die er noch hätte anpumpen können. Alle - auch die Kollegen auf der Dienststelle - gingen ihm mittlerweile aus dem Weg. Außer sie benötigten dringend ihre monetäre Leihgabe zurück. Wie tief kann man sinken, stellte er fest, und zog erneut an der Zigarette. Er hatte jegliche Kollegialität abgelegt, war zum stumpfen Pokerspieler geworden. Es musste ein Ende nehmen. Aber wie? Nach seinem Burn-out vor zwei Jahren hatte er sich geschworen, nie wieder die Spielkarten anzurühren. Es hatte nur einige Tage gedauert, und erst spielte er Online-Poker, später wieder *Texas Hold'em Cash*. Erst hatte Silwer überlegt, sich das Leben zu nehmen. Aber dafür war er zu feige. Aber um seine Familie in die Armut zu stürzen, da war er stark genug. Er spuckte vor sich aus und ein Obdachloser, der wenige Meter neben ihm vorbeilief, schimpfte laut.

Silwer schnipste die Zigarettenkippe weg und stieg die Stufen der Kellertreppe hinab. Wer wohl heute an der Pokerrunde teilnahm? Es gab hier unten im Keller nur einen Tisch, also würden es maximal zehn Personen sein. Mit etwas Glück war der Pokertisch voll und sie ließen ihn nicht rein. Noch nicht hinein! Er würde dann, wie so unzählige Male, draußen warten, bis ein Platz frei geworden war. Doch auch andere Spieler lungerten hier in der Hopfenstraße herum. Warteten auf ihren Einsatz. Sie glichen unschlüssigen Freiern auf der Suche nach einem Abenteuer, doch er kannte sie alle.

Silwer klopfte zaghaft gegen die Holztür. Sofort öffnete sie sich. Nur einen Spalt. Der Hauptkommissar schaute einem Schwarzen in die Augen. Der grinste nur: „Bullen haben keinen Zutritt!"

„Arsch!", flüsterte Silwer und schob sich durch den inzwischen geöffneten Türspalt ins Innere. Sofort biss ihm der Qualm in die Augen. Er war selbst Raucher, aber die Luft, die hier stets herrschte, war aus solch hoch konzentriertem Zigarren- und Zigarettenrauch, dass auch ihm manches Mal schwindelig geworden war. Er nahm noch von draußen einen Zug gesunder Atemluft, bevor der kräftige Schwarze die Holztür hinter ihm schloss.

Jetzt gab es kein Zurück mehr. Er hatte heute den alten Chronografen seines Vaters ins Leihhaus gebracht. Sicher war er mehr als 6.000 Euro wert und ein Erbstück des Verstorbenen. Lange hatte Silwer mit sich gerungen. Doch wie so häufig, gab es keine Alternative. Der Pfandleiher auf der Reeperbahn gab ihm 2.500 Euro Cash. Ein Witz, die Uhr würde bei Sammlern sicher das Dreifache bringen. Aber er wollte es heute Abend ein letztes Mal versuchen. Bevor morgen ...!

Der Schwarze schob ihn weiter in den Keller hinein und Silwer hob abwehrend die Hände. „Wenn du nicht willst? Andere warten schon draußen!" Er nickte resigniert und betrat den Spielsaal. Bis auf einen Stuhl waren alle anderen neun am Tisch besetzt. Die ausschließlich männlichen Spieler am Tisch beachteten ihn nicht. Auch nicht, als sich Silwer neben sie setzte. Einer murmelte etwas, was wie „schön, dich zu sehen" klang, aber Silwer reagierte nicht. Er drückte dem Dealer die fünf Fünfhunderteuroscheine in die Hand und erhielt sofort die Chips dafür. Das Spiel plätscherte einfach weiter; wie Wasser, das den Fluss hinunterläuft, dachte Silwer. Er atmete tief ein und gleich war ihm klar, dass es ein Fehler war. Hustenreiz stellte sich bei ihm ein und er bemühte sich, seinen Anfall zu unterdrücken.

Der Dealer meinte plötzlich: „Bist du so weit?“, und Silwer nickte. Der Dealer nahm zwei Karten vom Stapel und warf sie ihm hin - die Hole Cards. Silwer tat es den anderen neun Männern nach und warf den ersten Chip in die Tischmitte. Für einen Moment war der Raum erfüllt von Plastikgeräuschen. So, als wenn seine Kinder früher mit ihren Legos spielten. Jetzt begann sein Niedergang - oder sein Aufstieg. Es war jedes Mal das Gleiche. Die Frage nach dem *Was* und dem *Wie weit*. Er hob die erste Karte kurz an: Eine Dame. Kein schlechter Start. Eine Zehn oder niedriger hätten vielleicht den Verlust der ersten 100 Euro bedeutet. Und der weiteren auch. Illegales Pokern empfand er als die entgangene Jugend. Damit erinnerte sich Silwer an die langen Jahre im Internat. Auch bei der zweiten Karte handelte es sich um eine Dame, die Herzdame. Ob das etwas bedeutete? Er bemühte sich, seinen gelangweilten Blick beizubehalten. Ihm war bewusst, die Mitspieler versuchten aus Mimik und Gestik die Situation der Spieler in Erfahrung zu bringen. Aber nicht mit ihm. Zwei Damen waren die drittbeste Startkarte und er freute sich innerlich und anonym über seinen Erfolg. Wieder gab es diese Legogeräusche und auch er legte nach. Der Dealer warf die Community Cards. Erst ein Karoass, dann eine Kreuzneun und als letztes … eine Pikdame. Schweiß lief Silwer den Rücken hinunter. Er bemühte sich, ruhig zu bleiben, sich die innere Freude nicht anmerken zu lassen. Noch sah alles gut für ihn aus. Aber wenn ein anderer Spieler zwei Asse besaß, war der schon wieder der Gewinner. Zum

Glück war kein König bei den Community Cards. Silwer warf den nächsten Hunderteuro-Chip. Wenn jetzt bloß keiner durchdrehte.

„Erhöhe auf 500!“ Der Satz kam von Kai, dem Luden. Silwer hatte ihn früher bei der Sitte fast wöchentlich festgenommen. Inzwischen hatte Kai ihm verziehen und die beiden Männer trafen sich sogar hin und wieder zum Bier. Wo nahm Kai bloß das ganze Geld her? Steckte er immer noch drin, in der Prostitution? Jemand hatte einen großen Chip geworfen. Silwer sah sofort, dass es sich um Tim handelte. Der versteckte sich hinter dem Qualm seiner ewigen Zigarre. Auch zwei weitere Männer, unter ihnen ein ihm Unbekannter, waren mitgegangen. Silwer zögerte noch. Das war kein Nachteil, wusste er. Manche Profispieler bemühten sich mit ihrem Zögern, eine schlechte Spielerhand zu suggerieren. Es gab welche, die fielen darauf rein. Wenn das jetzt in die Hose ging, war ein Drittel der Uhr schon beim Teufel. Ohne Hektik steckte sich Silwer eine Zigarette an. Er inhalierte und musste husten. Der Blick der anderen hing ungeduldig an seinen Händen. Er schaute noch einmal ohne Regung in seine Karten und warf dann den großen Chip.

„Na endlich“, flüsterte sein Nachbar.

Der Dealer sammelte die Karten der Aussteiger ein und warf sie neben sich. Dann deckte er eine Herzneun auf. Wem brachte das etwas? Silwer war ratlos. Bei allen Mathematikkenntnissen: diese Community Cards verschafften dem Profispieler wenig Überblick über den Spielverlauf. Auch die anderen Spieler zögerten. Silwer sah, dass Tim nervös mit einem Fünftausender-Chip spielte. Dem Kommissar war klar, Tim hatte heute sicher wieder mehr als 10.000 Euro Cash dabei. Ihm schien es auch nichts auszumachen, diese horrende Summe in einer Nacht zu verlieren. Trotzdem konnte er am nächsten Morgen als Polizeipräsident seinen Dienst verrichten, dazu ohne schlechtes Gewissen. Silwer hatte Watty heute Nachmittag auf der Dienststelle aufgesucht. Ihn um weiteres Geld gebeten. Geld gegen Ergebenheit, hatte er erklärt, und Watty hatte laut gelacht. Dann hatte er ihn gefragt, ob Silwer eine Geldmaschine bei ihm vermutete. Der hohe Beamte hatte daraufhin den Kopf geschüttelt und Bernd Silwer einfach hinausgeschmissen. Wie lange spielte er schon den Lakaien dieses Mannes?

Noch zwei Spieler außer ihm waren dabei. Die anderen schauten gelangweilt zu. Silwer kannte das, sie warteten auf ihr nächstes Glück. Ihnen war die Freude abhandengekommen, dem Gewinner sein kleines Glück zu gönnen. Auch er bestätigte die Erhöhung und warf den Chip. Er klebte förmlich an den Händen, der Tausender. So, als wollte er sagen, die Uhr deines Vaters … wie lange hat der Alte dafür gespart … und du? Mit dem Gewinn könnte er sie später wieder auslösen. Aber Silwer glaubte irgendwie selbst nicht daran.

Der Fremde erhöhte sofort auf weitere 500 Euro, er wollte es wissen. Kai stieg aus, der andere blieb dabei und bestätigte. Silwers Herz raste. Ihm war klar, die nächste Karte würde über den Abend, die Nacht und vielleicht auch über die Zukunft entscheiden. Sie waren noch zu dritt im Spiel, ein Zustand, den Silwer schon aus Hunderten von anderen Spielsituationen kannte. Jetzt schön cool bleiben und den Pot souverän nach Hause holen.

Der Dealer warf die letzte Karte, die sogenannte „Turn“. Es war ein Kreuzkönig. Wenn einer der beiden anderen ein Königspärchen hatte, war er am

Arsch. Natürlich war es auch bei den Assen vorbei. Warum sollte also jemand mit Zehnern weitergehen und so viel riskieren? Mit Bluffen war da nichts – zumindest zum jetzigen Zeitpunkt nicht mehr. Nach einer Straße oder einem Flash sah es für Silwer nicht aus. Ein weiterer Spieler gab auf und er blieb mit dem Fremden allein in dieser Runde.

„Erhöhe um weitere 1.000!“, flüsterte dieser kaum hörbar. Aber Silwer hatte die vier Worte deutlich vernommen. Er hatte so ein Gespür entwickelt, für das, was kam, und was gesagt werden würde. Bernd Silwers Herz schlug bis zum Hals und er dachte an alle, die er liebte. Vielleicht brachte ihm das Glück. Dann warf er seine letzten beiden Fünfhunderter auf die Mitte des Tischs und erklärte: „Will sehen!“

Der Fremde grinste lässig und warf ein Königspaar vor Silwer auf den Spieltisch.

Wieder rächte es sich, dass ich selbst kein eigenes Fahrzeug hatte. Stets war ich auf andere angewiesen. Meinen Führerschein hatte ich immer noch nicht wieder. Das würde sich auch nicht ändern, solange ich mich nicht darum kümmerte. Aber stets fehlte mir irgendwie die Zeit dazu. Ich nahm mir vor, diese Angelegenheit in den nächsten Tagen in Angriff zu nehmen. Mietwagen, Car2go, Fahrzeuge, die einem hier in Hamburg zur Verfügung standen, gab es genügend, doch ein gültiger Führerschein war Voraussetzung.

Ich rief bei myDriver an. Auf der Homepage bot man komfortablen Fahrdienst für verschiedene Gelegenheiten an. Das schloss doch sicher auch die Observierung für einen Privatdetektiv ein? Ich buchte einen Fahrer für heute Abend um 22.00 Uhr und dazu den kleinsten Wagen. Einen BMW 2er. Mit einem Mercedes Benz der S-Klasse in den Wald zum Fotografieren zu fahren, empfand ich doch als stark übertrieben. Der Preis für die drei gebuchten Stunden lag – laut Vertrag – bei knapp 200 Euro. Vielleicht konnte ich die Spesen morgen noch auf den Auftraggeber abwälzen.

Der Wagen parkte pünktlich vor dem Tor der Einfahrt. Schnell lud ich den Koffer mit Kamera und Nachtsichtgerät auf den Rücksitz, bevor sich irgendjemand über das Parkverhalten des Fahrers aufregte.

„Sieber!", stellte sich der Fahrer vor. Er hatte die sechzig gut überschritten, trug eine Mütze wie in den US-amerikanischen Filmen und versuchte, seriös auszusehen. Doch es gelang ihm nicht. Ich reichte ihm die Hand, sagte meinen Namen und kam mir doch irgendwie besonders vor.

„Sie möchten nach Geesthacht?", fragte er, als wir die Lange Reihe hinunterfuhren. Die Frage klang irgendwie spöttisch und mir war klar, der Typ hätte mich liebend gerne nach München oder Zürich gebracht. Solche Kleckerfahrten lagen ihm wohl nicht. Immer wieder musterte er mich. Freundlich und zuvorkommend fand ich den Mann nicht. Auf ihrer Webseite hatte man von qualifizierten, freundlichen Fahrern gesprochen. Bisher war ich nicht überzeugt von dieser Aussage.

„Also, wo genau soll es hingehen?"

„Kollow, fahren Sie nach Kollow." Der Mann nahm seine Mütze und warf sie nach hinten auf den leeren Rücksitz. „Um Gottes willen, das liegt ja in der Pampa. Da wollen Sie hin? Hätte es da nicht auch eine Taxe getan?"

„Sicher, aber als Privatdetektiv habe ich einen Überwachungseinsatz zu leisten! Und dort mit einer Taxe aufzutauchen …?"

Noch bevor ich den Satz beendet hatte, warf mich der Bremsvorgang des BMW nach vorn und schleuderte mich schmerzhaft in den Sicherheitsgurt.

„Bist du noch ganz bei Trost, Mann? Ich soll dich fahren, während du fremde Menschen ausspionierst?"

Ich überprüfte meine Körperfunktionen. Alles schien in Ordnung.

„Das kommt gar nicht infrage. Ich bin Fahrer und fahre. Von A nach B! Mehr nicht."

Der Typ war außer sich und es dauerte einen Moment, bis er sich beruhigte. Eine in der Nähe zu hörende Polizeisirene ließ ihn den Motor starten und zumindest weiterfahren.

„Keine Angst, Herr Sieber. Wir fahren dorthin, Sie lassen mich raus und nach wenigen Minuten bin ich wieder da und wir fahren gesund zurück." Ich bemerkte, wie der Typ zögerte. Es gab also noch eine Chance. Bei etwas mehr Zeit hätte ich Sonja angerufen und sie gebeten, mich zu fahren. Das hatte sie schon einige Male erledigt und sich die Überstunden aufgeschrieben. Aber es war inzwischen schon 22.30 Uhr und wir standen noch immer in Hamburg. Wenn der Liebhaber dieser Frau nicht ein ausdauernder Hengst war, kam ich eh zu spät. Ich zog meine Geldbörse heraus und legte Fahrer Sieber einen Hunderteuroschein aufs Lenkrad. Er stutzte kurz, gab Gas und meinte: „Wo genau soll die Observierung stattfinden?"

Bei Kollow musste es sich um einen Ort im Herzogtum Lauenburg handeln. Ich vermutete es anhand der zahlreich auftretenden Autokennzeichen RZ. Wir erreichten den Ort nach knapp 40 Minuten Fahrtzeit. Sieber hatte alles gege-

ben; die 100 Euro und meine Info, er sei jetzt Hilfsdetektiv, mussten ihn angespornt haben. Mein Auftraggeber hatte erklärt, ich soll in Kollow den Fasanenweg bis zum Ende fahren. Dort links abbiegen in den Weg Fasanenhaus und nach etwa 700 Metern rechts in einen Feldweg bis zu dem Treffpunkt des Paares – einer Hütte – laufen.

Der Ort war eigentlich schon zu Ende, als wir dort hineinfuhren, glaubte ich. Vielleicht tat ich ihm auch Unrecht. Aber als Hamburger sah ich die Dimensionen inzwischen etwas anders.

Der Fasanenweg bog nach einigen Hundert Metern von der Königstraße nach links ab, und während Sieber die Straße erreichte, überlegte ich, wie man in einem solch kleinen Nest wie Kollow eine Königstraße sein Eigen nennen konnte. Mir fiel die Königstraße in Stuttgart ein. Das war das Pendant zur Mönckebergstraße hier in Hamburg. Aber eine Straße dieses Namens hier in Kollow?

Nieselregen hatte eingesetzt und der Frostwächter des BMW zeigte null Grad an. Ich befürchtete, dass Sieber noch vor dem Ziel aufgab. Doch er hatte Blut geleckt und folgte zügig der Straße. Seitlich erkannte ich ein beleuchtetes Schild: „Restaurant Tennisheim – geöffnet!“ Ich konnte dahinter im Dunklen die Umrisse eines Gebäudes mit erleuchteten Fenstern ausmachen. „Fahren Sie jetzt etwas langsamer“, mahnte ich Sieber, und sofort ging er vom Gas. Der Fasanenweg hatte die Breite des BMW und ich wollte nicht noch vor Erledigung der Aufgabe im Graben landen.

„Könnten Sie auf das Standlicht umschalten?“ Auch das tat Sieber ohne Rückfrage und ich nahm mir vor, ihm bei der Rückfahrt nochmals 50 Euro Trinkgeld auszuhändigen. Links und rechts erkannte ich Ackerland. Im leichten Schein des Mondes konnte ich die Furchen und den gefrorenen Boden sehen. In den letzten Tagen war es stark abgekühlt. Ich mochte das wechselhafte Wetter und die unterschiedli-

chen Jahreszeiten in Deutschland. Den Herbst und den Winter ebenso wie den Sommer und den Frühling. Doch Glatteis und Schnee in diesen Tagen auf den Straßen brachten Probleme. Und nicht nur uns, die wir gerade das Dorf Kollow verließen.

Links ging ein Weg ab. Sieber bremste und schaute zu mir rüber. Ich zuckte mit den Schultern. Das Navi zeigte noch einen Kilometer, also bat ich Sieber weiterzufahren. Langsam rollten wir auf das Ende des Fasanenwegs zu. Jetzt bestand nur noch die Möglichkeit, nach rechts oder nach links zu fahren. Hatte der Auftraggeber nicht links gesagt? Ich hoffte, mich richtig daran zu erinnern. Links, etwas im Wald verborgen, glaubte ich ein Licht zu erkennen. Dort musste sich die Hütte mit den Liebenden befinden. Sieber bog auf meine Anweisung hin ab. Die letzten Meter befuhren wir eine Allee, links und rechts mit riesigen Bäumen bestückt. Es sah furchterregend aus, wie zwischen den einzelnen Baumgipfeln immer wieder kleine Flecke Mondlicht durchschimmerten. Kurz überkam mich ein Schauer. Hatte ich alles im Griff? Was wäre, wenn dieser Rechtsanwalt aggressiv auf meine Fotos reagieren würde, gar eine Waffe besaß? Ich schüttelte diese Angstzustände mit einer Kopfbewegung von mir und bat den Fahrer, den Wagen rechts in einem kleinen Feldweg abzustellen. Sieber tat, wie ihm geheißen.

Der Mann schaltete den Motor aus und ich öffnete die Wagentür. Sofort zog die kalte Landluft in den Wagen und ich nahm meinen schwarzen Parka vom Rücksitz. Auch den Koffer mit den Kameras legte ich neben den BMW. Das Nachtsichtgerät würde ich wohl nicht brauchen, der Mond ließ ein bequemes Arbeiten zu. Ich zog den Parka über, entnahm dem Koffer eine Canon-Spiegelreflexkamera samt Objektiv und setzte abschließend noch den hochwertigen Blitz darauf. Es war Mias Kamera, die ich in Händen hielt, und es überkam mich trotz des Parka-Felles wieder ein Frösteln.

Sieber flüsterte leise: „Was soll ich tun?"

„Warten!", erklärte ich.

„Wie lange?"

Der Typ nervte vielleicht. „Bis ich zurück bin!"

„Aber … wenn du nicht zurückkommst?"

Ich hielt den Daumen hoch und verschwand in der Dunkelheit.

Das kleine Licht, das ich vorher in der Ferne ausgemacht hatte, lag seitwärts und ich verließ den Feldweg in diese Richtung. Was mein Schuhwerk anging, hatte ich natürlich voll danebengelegen und die dünnen Sneakers noch an. Schon nach wenigen Metern zog mir die Kälte von unten in den Körper. Zum Glück hatte das Nieseln aufgehört. Trotzdem schob ich die Kapuze über den Kopf. Früher, als Angehöriger des MEKs Hamburg, waren solche Einsätze das Salz in der Suppe eines jeden Kriminalbeamten. Bewaffnet bis zu den Zähnen, begleitet von Kameraden und mit Funk verbunden, war Furcht ein nie aufgetauchter Feind. Doch heute, nur mit der Kamera und alleine, kam ich mir doch etwas verloren vor. Nasskalte Zweige schlugen mir ins Gesicht und ich blieb für einen Moment stehen. Ich horchte in alle Richtungen. Waren dort nicht Stimmen? Aber sie schienen hinter mir zu sein. Also glaubte ich mich zu irren. Auch hörte ich ein starkes Dieselaggregat arbeiten. Aber *das dazugehörige Fahrzeug musste einige Hundert Meter entfernt parken. Hatte das Paar es nicht bis zur Hütte ausgehalten und gleich im Wagen die Hosen runtergelassen? Diese Idee wärmte mich etwas auf und brachte mich dazu auf andere Gedanken. Das Fahrzeuggeräusch war näher gekommen. Hinter mir? Ein Schauer lief über meinen Rücken und ich war absolut nicht mehr sicher, das Richtige zu tun. Ich nahm mir vor, die Observierung abzubrechen, auf das Geld zu verzichten. Ich hatte gerade genug zu tun und Ärger konnte ich eh nicht brauchen, fand ich. Während ich darüber nachdachte, gab es hinter mir einen lauten Knall. Eher war es eine kleine Detonation. Vor Schreck ließ ich die Kamera fallen. Ich drehte mich nach hinten, um vielleicht etwas zu erkennen. Durch die Büsche nahm ich Feuer wahr. Da brannte etwas in der Nähe des abgestellten Wagens. Ich hob panisch die Kamera auf, zwängte sie in die Parkatasche und rannte zurück.*

Der 2er-BMW stand lichterloh in Flammen. Es sah aus wie bei einer der Demos, die ich einmal in Hamburg erlebt hatte. Ich war erst völlig durcheinander und versuchte, die Ursache des Feuers zu erkennen. Die Panik in mir vergrößerte sich. Ich schaute mich um, doch niemand war in der Nähe. Ich wollte Hilfe rufen, ließ es aber dann. Wo war der Fahrer? Ich hoffte, Sieber hatte den Wagen verlassen, lag irgendwo verletzt, aber lebendig auf dem kalten Waldboden. Ein Blick umher brachte mich nicht weiter. Ich lief in sicherem Abstand um den Wagen herum und probierte – bei der ansteigenden Hitze –, in das Wageninnere zu schauen. War das nicht der Kopf des Fahrers dort am Seitenfenster? Ich er-

schrak fürchterlich. Aber nein, das konnte doch nicht sein, schrie ich innerlich. Ich musste etwas tun, bemühte mich, einen kühlen Kopf zu behalten. Noch brannte der Wagen nicht völlig. Doch bald könnte sich der Benzin- oder Dieseltank entzünden. Und dann kam es zu einer Explosion. Ich probierte, die Fahrertür zu öffnen, und verbrannte mich sofort am heißen Blech. Mit einem Satz sprang ich zurück. Dann ein erneuter Versuch. Die Wärme war äußerst unangenehm. Ich schlug mit dem Ellenbogen auf das Glas des BMW-Fensters. Auch das brachte keinen Erfolg. Außer dass mein Ellenbogen schmerzte. Die Hitze stieg noch immer und mein Parka hatte schon leicht Feuer gefangen. Ich ließ ihn nach unten gleiten und ärgerte mich. Der Parka war noch aus meiner Zeit als Student und hatte bisher stets treue Dienste geleistet. Ich packte Mias Kamera. Wenn das nichts half? Mit all meiner Kraft schlug ich das Kameragehäuse gegen das Glas. Ein lauter Knall und ein berstendes Geräusch erschreckten mich noch einmal.

Dass sich mein Pulsschlag wieder auf ein normales Niveau eingependelt hatte, war der Verdienst einer Krankenschwester, die mir vor wenigen Minuten eine intravenöse Spritze verpasst hatte. Und einem Kollower Bürger war der Umstand zu verdanken, dass Fahrer Sieber und ich mit Verbrennungen ins Johanniter-Krankenhaus in Geesthacht eingeliefert wurden. Dieser Mann hatte das Kollower Tennisheim nach einem Umtrunk verlassen und sah den Feuerschein am Wald. Trotz einer meterlangen Alkoholfahne ließ er sich die Fahrt nicht ausreden, um stattdessen – wie von mir angeregt – einen Krankenwagen zu rufen. Er bestand *geradezu darauf, mich und den schwer verletzten Sieber sofort nach Geesthacht ins Krankenhaus zu fahren.*

„Sie sind Herr Lutteroth?"

Ein Arzt in Begleitung eines Uniformierten trat auf mich zu. Es war auch der Polizist, der die Fragen stellte. Ich erhob mich von der Bank, auf der ich saß, und fühlte, wie mir schwindelig wurde. Doch das Unwohlsein ging schnell vorbei.

„Was ist passiert?"

Ich drückte dem Beamten meinen Ausweis als Privatdetektiv in die Hand und erklärte: „Ich hatte einen Observierungsauftrag und wir fuhren zu dieser vom Auftraggeber genannten Stelle. Ja, und während ich im Wald unterwegs war, um meinen Auftrag zu erledigen, hat sich sein Wagen entzündet und es gab diesen schlimmen Brand."

Der Polizist gab mir den Ausweis zurück. „Also, von einer Entzündung kann man nicht sprechen. Irgendwer hat unter dem Wagen einen kleinen Sprengsatz befestigt und gezündet. So wie es aussieht, hat der Fahrer großes Glück gehabt. Dieser Sprengsatz scheint nicht richtig umgesetzt zu haben. Oder sehr gering dimensioniert gewesen zu sein. Aber Genaueres muss die Spurensicherung noch klären. Sie werden mir Ihren Auftraggeber nennen und die näheren Umstände erklären müssen, Herr Lutteroth. Aber kennen wir uns nicht? Waren Sie nicht … in Hamburg bei der Kripo?"

Ich nickte etwas verschämt und lenkte ab: „Wie geht es Herrn Sieber?"

Der neben dem Polizisten stehende Arzt bewegte seine anliegenden Arme etwas nach oben und erklärte: „Der Verletzte hat schwere Verbrennungen an Unterschenkeln und Füßen. Aber nichts Lebensgefährliches. Auch hat er eine leichte Rauchvergiftung. Wir haben ihn in ein künstliches Koma gelegt und werden ihn dort ein paar Tage belassen. Aber das wird schon wieder!"

Beruhigt über diese Aussage, bedankte ich mich.

„Hat jemand mal nach Ihren Händen geschaut?", fragte der diensthabende Arzt.

Ich zeigte den Verband, den die Schwester mir vor wenigen Minuten angelegt hatte, und versuchte ein Grinsen.

„Kann man mich bitte nach Hamburg bringen?", bat ich.

Ich hörte von dem Brand in Sehmsdorf erst in der Nacht auf dem Heimweg im Polizeiauto. Die beiden Beamten, die mich nach Hause fuhren, sprachen davon, dass zwei Personen nur knapp dem Tod entronnen seien. Und dass eine Kriminalbeamtin dort wohnte. Mir war sofort klar, dass es sich um das Haus von Luca und Sandra handeln musste. Ein Schlag traf mich in die Brust und ich hatte Angst vor einem Infarkt. Nachdem sie mich bei der Langen Reihe herausgelassen und ich die Wohnung betreten hatte, ging ich auf meine Terrasse und atmete die kühle Nachtluft ein. Sofort fühlte ich mich besser. Eine Nachbarin stand um die Ecke und rauchte. Sie rief freundlich etwas zu mir rüber, aber irgendwie fehlte mir die Kraft, den Gruß zu entgegnen. Hatte ich Schuld an dem Anschlag auf Sandras Haus? Ich war es, der sie abends noch zu mir gelockt hatte. Ich, ein verliebter Trottel ohne irgendwelche reellen Chancen. Ich hatte das gewusst und trotzdem … Sandra würde mich hassen, und ich hatte es verdient. Ich versuchte, die Kommissarin auf dem Handy zu erreichen. Es war besetzt und sicherlich hatte sie gerade andere Probleme als zu telefonieren und Statements abzugeben. Ich musste etwas essen, mir wurde schon schlecht und so zog ich mich an. Das Gnosa war schon geschlossen, aber irgendwo am Bahnhof würde es auch um Mitternacht noch *einen Döner geben. Während ich die Lange Reihe hochlief, überlegte ich: Erst der Anschlag auf Sandra und in der gleichen Nacht der auf mich bzw. auf den Fahrer; und sicher war ich als das Opfer geplant. Ich hatte Glück, dass ich es nicht war, der im künstlichen Koma lag, sondern Sieber.*

Hier ging es nicht um kleinere Summen. Dafür mordete niemand. Der Anschlag auf eine Kommissarin der Mordkommission und einen Hamburger Privatdetektiv hatte andere Hintergründe. Bis jetzt war der Auftraggeber namens Kalle Blomquist nicht mehr aufgetaucht. Das würde er auch nicht mehr. Ich hatte nach dem Mann gegoogelt und fand nur einen Kinderroman von Astrid Lindgren. Bei Kalle Blomquist – in ihrem Buch – handelte es sich um einen kindlichen Meisterdetektiv. Natürlich, der Name des Tätowierten war falsch und der Typ wollte mich verarschen und töten. Ich wusste gerade nicht, was ich ihm mehr übel nahm. Nicht weit von mir roch es lecker nach Döner.

Alexander Schweiss hatte die letzte Stunde in der zentralen Notaufnahme der Universitätsklinik Eppendorf verbracht. Man hatte die Kommissarin völlig aufgelöst im Fahrzeug vorgefunden und sofort ins Krankenhaus gefahren. Nach ihrer Einlieferung hatte man Sandra gleich ruhiggestellt und zunächst wollte Schweiss wieder nach Hause fahren. Doch ein Telefongespräch mit Traudel Kensbock ließ ihn seinen Entschluss ändern. Er bat um einen Ruheplatz und tatsächlich klappte das auch. Eine Schwester wies ihm ein leeres Krankenzimmer mit einem Bett zu. In voller Montur legte er sich darauf und überlegte. Sandra wusste noch nichts vom Anschlag auf den Privatdetektiv Carsten-Oliver Lutteroth. Die gemeinsame Arbeit der beiden war Schweiss nicht geheim geblieben. Auch das musste er Sandra noch schonend beibringen. Seine Nachforschungen, was das Abschleppen vom Fahrzeug der Kollegin anging, hatten ihn bisher nicht weitergebracht. Der Abschleppdienst selbst sprach vom Anruf aus einer Polizeidienststelle und jammerte darüber, nun nicht für seinen Arbeitseinsatz entlohnt zu werden. Über die genaue Person, die angerufen hatte, konnte man dort nichts sagen. Schweiss fand nur eine Polizeistreife, die dem Abschleppdienst geholfen hatte. Und das, so beteuerten die Kollegen, in Unwissenheit, dass es sich hier um den Wagen einer Kommissarin der Kriminalpolizei gehandelt hatte.

Der Hauptkommissar hatte vielleicht eine Stunde geruht, als er plötzlich durch einen Handyanruf geweckt wurde. Es waren die Kollegen aus Bad Oldesloe, die ihn über den Sachstand in Sehmsdorf unterrichten wollten. Sie erklärten, dass der Brandanschlag auf das Einfamilienhaus der Familie Ferraro-Holz gegen 21 Uhr stattfand und dass die Täter Molotowcocktails durch die Scheiben des Hauses geworfen hatten. Sie mussten über einen landwirtschaftlichen Weg entkommen sein, so der Kollege. Bei dem zur Tat benutzten Fahrzeug musste es sich um einen großmotorigen Transporter, einen Van oder gar einen Pick-up gehandelt haben. Die Wagenfarbe konnte nicht ermittelt werden. Die Spurensicherung erklärte aber, saubere Reifenspuren auf dem Gelände sichergestellt zu haben. Trotz des schnellen Eingreifens der Freiwilligen Feuerwehr der Stadt Bad Oldesloe war das Einfamilienhaus am Ende des Hofkamps bis auf die Grundmauern abgebrannt. Die Nachbarhäuser konnte man mittels Dauerberieselung zum Glück retten. Verletzte gab es keine. Dank einer beherzten Aktion, so erklärte der Kollege abschließend, konnten der weibliche Babysitter und die kleine Tochter der Kommissarin rechtzeitig in ein Nachbarhaus flüchten. Beide blieben zum Glück unverletzt. Alexander Schweiss stellte sich gerade vor, was gewesen wäre, wenn Familie Ferraro sich schlafend im Haus befunden hätte. Nein, er schob den Gedanken sofort beiseite. Sandra war inzwischen informiert, dass es dem Kind und auch dem Babysitter gut ging, und hatte dann weitergeschlafen. Ihr Schwächeanfall war zum Glück nur von kurzer Dauer. Trotzdem hatte Schweiss darauf bestanden, sie zur Überwachung über Nacht hierzubehalten.

„Herr Kommissar?" Eine Schwester war neben ihm aufgetaucht und meinte: „Frau Holz möchte Sie nun gerne sehen!"

„Typisch Sandra!", begann Schweiss das Gespräch. Als er das Krankenzimmer betrat, saß die Kollegin schon wieder aufrecht auf dem Bett und hatte ihr Handy vor sich auf dem weißen Laken. Ein durchsichtiger Schlauch führte von ihrem Arm zu einem Ständer, an dem eine Flasche hing. Für den nierenkranken Schweiss nichts Außergewöhnliches.

„Du weißt doch, im Krankenhaus sind Handys verboten!" Schweiss bewegte die rechte Hand mit ausgestrecktem Zeigefinger hin und her.

„Nein, ehrlich, das sind Ammenmärchen, Alexander. Genau wie das Telefonieren in Flugzeugen. Hast du schon einmal davon gehört, dass davon eine Maschine abgestürzt ist?" Schweiss war sich nicht sicher, ob das die richtige Konversation war, und lenkte ab.

„Du weißt, dass in Sehmsdorf alles klar ist?"

Sandra schossen Tränen in die Augen und sie rieb sie sofort mit einer Ecke des weißen Bettlakens ab. „Das hätte ganz schön ins Auge gehen können. Luca wird mich hassen!"

„Nein, übertreib nicht. Da kannst doch du nichts dafür! Luca hat schon kurz vorbeigeschaut. Er ist sofort von der Pizzeria hierhergefahren. Aber da es dir gut ging und du noch schliefst, fand er es besser, nach Lara Sophie zu sehen. Ein vernünftiger Mann und er versteht alles, Sandra. Und er liebt dich!" Schweiss hatte einen Stuhl an das Bett geschoben

„Mensch, Alex, wäre ich nur in Oldenburg geblieben. Was ist hier in Hamburg nur los?"

Schweiss legte seine Hand auf den Unterarm der Frau und drückte ihn sanft. „Du bist eine tolle Mutter und eine unglaublich erfahrene Kollegin. Ohne deine Mitarbeit hätten wir in Hamburg schon ein paarmal verkackt!" Sandras Blick sprach Bände, und Schweiss war sich klar, es war vielmehr wegen des schlimmen Wortes. „Ja, ja Sandra, bald bin ich in Pension. Dann werde ich bei der Volkshochschule einen Knigger-Kurs für stilvolles Leben absolvieren."

„Der Typ hieß Knigge!"

Schweiss blickte ungläubig in das grinsende Gesicht der Kollegin.

„Ja, tatsächlich! Knigger hat wohl eher etwas mit den Knickerbockers zu tun!"

Jetzt verstand Schweiss überhaupt nichts mehr.

„Aber warum möchtest du dein Benehmen erst nach Eintritt der Pension verbessern, Alex? Am besten, du meldest dich schon morgen an!" Beide lachten entspannt. „Weißt du, Alex, dass da ein großes Ding läuft?" Schweiss wusste es nicht und zuckte mit den Schultern. Er wartete auf die Erklärung Sandras. Die Kommissarin zog den Infusionsständer etwas näher und schwang dann ihre Beine in Richtung des Kollegen. Schweiss' fiel auf, dass sie eine übergroße Schlafanzughose anhatte und konnte sich ein Lachen nicht verkneifen.

„Jetzt bitte für eine Minute ernst bleiben, Herr Hauptkommissar!" Als Schweiss' Gesichtsausdruck Aufnahmebereitschaft signalisierte, begann die Kommissarin: „Fakt ist, dass sich Tariel Gaspar - am Tag der Elbphilharmonie-Eröffnung - mit seinem Fallschirm vom Dach gestürzt hat. Im Schirm stand das Wort *Mörder*. Er war einige Tag zuvor bei Doktor Essig - Chefredakteur der HAPo - vorstellig geworden. Das muss doch einen Grund gehabt haben? Wir wissen weiterhin, dass sein Bruder Sebo Gaspar seit einigen Wochen vermisst wird. Dazu noch drei weitere rumänische Bauarbeiter, die, ebenso wie die tot in der Elbe aufgefundene Bauingenieurin Evelin Lüttli-Wagner, am Bau der Elbphilharmonie gearbeitet haben. Die vier Vermissten und die Bauingenieurin hatten die gleiche Kennziffer. Sie arbeiteten wohl an einer riesigen Rolltreppe im Gebäude, der sogenannten TUBE. Die Bauingenieurin sei, so der angesehene Psychiater Doktor Udo Fuchs hier aus diesem Krankenhaus, aus eigenem Antrieb in den Tod gegangen. Ihr Ehemann, Doktor Lüttli, erzählte uns etwas völlig anderes. So hatte Evelin Lüttli-Wagner keinerlei Depressionen und Ängste. Sie sei eine arbeitsfreudige und lebenslustige Frau gewesen. Caro Lutteroth und ich haben außerdem herausgefunden, dass sowohl der Polizeipräsident als auch Fuchs, Essig von der HAPo und sogar der Bauleiter der Elbphilharmonie, Doktor Steffensen, eine Luxuswohnung in der Elbphilharmonie gekauft haben. Wobei ich das Wort ‚gekauft' in Anführungszeichen setzen möchte ..." Als Schweiss einen leichten Hustenanfall bekam, unterbrach die Kommissarin kurz ihre Ausführung. Schweiss signalisierte nun mit einer Handbewegung der Kollegin, sie möge weitererzählen.

„Inzwischen bin ich knapp einer Vergewaltigung entgangen ...", Sandra machte eine Pause und schaute Schweiss an. Als der nickte, wusste die Kommissarin, Traudel hatte ihn vom Überfall auf dem Gelände der Autoverwahranstalt unterrichtet. Umso besser.

„... unser Haus wurde angezündet. Caro wurde in der Wohnung der Bauingenieurin überfallen. Lüttli wurde von einem Pick-up überfahren und tödlich verletzt. Alex, was muss noch geschehen, dass du dich einbringst?"

Sandra hatte sich erschöpft zurückgelehnt, und Schweiss fand diesen Moment äußerst ungünstig, um über den Brandanschlag auf Lutteroth vor wenigen Stunden zu berichten. Aber es musste sein und sie würde es aushalten.

„Auf Lutteroth wurde heute Nacht ebenfalls ein Brandanschlag verübt."

Die Kommissarin war hochgeschnellt, aber bevor sie etwas fragen konnte, erklärte Schweiss: „Bis auf kleine Verbrennungen ist er aber in Ordnung." Den verletzten Fahrer, der mit schwersten Bein- und Fußverbrennungen im Geesthachter Krankenhaus lag, verschwieg er diskret.

Sandra griff nach einem Glas Wasser und Schweiss sah, wie ihre Hände zitterten. Sie hatte mit ihren Vorwürfen völlig recht. Er war die letzten Wochen ausschließlich mit sich, seiner Krankheit und seiner Pensionierung beschäftigt. Sogar Tochter und Enkel hatten sich über seine Zurückhaltung beschwert.

„Geht es wieder, Sandra?"

Sie nickte.

„Gut, wer steckt dahinter, und was sind deine Vermutungen?"

Sandra nahm noch einen Schluck Wasser, stellte das Glas vorsichtig zurück und sagte bestimmt: „Wenn du mich so fragst, der Polizeipräsident selbst und sein Handlanger, Bernd Silwer."

Schweiss war etwas erschrocken. „Das sind harte Anschuldigungen. Ich kenne Watty schon aus der Zeit, als er noch Leiter der Hamburger Davidwache war, und Silwer hat sich - nach seinem Burn-out - wieder gut in der Dienststelle integriert, er ...!"

Sandra unterbrach ihn. „Watty hat auf der Reeperbahn Dienst getan?"

„Sicher, das muss so gute 12 bis 15 Jahre her sein. Warum?"

„Da könnten die Typen mit dem roten Pick-up herkommen. Wahrscheinlich kennt Watty sie noch von früher und sie sind ihm etwas schuldig."

„Findest du nicht, dass du etwas überziehst?"

„Alex, es geht um mehr als um Gewinn und Reichtum. Watty, aber auch Fuchs sprachen von ‚unserer Stadt' und davon, dass sie sich Hamburg nicht von uns kaputtmachen lassen würden."

„Du meinst ... überzogener Patriotismus?"

Sandra nickte und murmelte: „Hat bisher schlimmere Typen hervorgebracht als solche, die nach Geld trachten!"

„Gut, also, was schlägst du vor?"

„Kannst du den Bauleiter Steffensen mal in die Mangel nehmen? Ich glaube, der redet noch eher als die anderen."

Schweiss bestätigte das. Sandra schob plötzlich ihre Beine aus dem Bett. Sie zog sich vorsichtig die Kanüle aus dem Arm und drückte das Pflaster fest darauf. Schweiss traute seinen Augen nicht. War die Kollegin dabei, aufzustehen? Tatsächlich, Sandra schlich zu einem Schrank und war im Begriff, ihre Kleider herauszuholen. Der Hauptkommissar war völlig perplex. „Was soll das, Sandra?"

„Ich muss arbeiten", war sie der Ansicht, „und nach meiner Familie schauen!" Sofort wurde ihr die Reihenfolge der beiden Sätze bewusst. Erst die Arbeit - dann die Familie. War es so?

Schweiss schüttelte den Kopf und fügte hinzu: „Sandra, es gibt noch etwas ... Positives zu berichten!"

Die Kommissarin blickte zu ihm, während sie in ihre Hose schlüpfte.

„Du hast sicher von dem Unfall am Donnerstag in der U-Bahnstation Osterstraße gehört? Die beiden Toten."

Sandra nickte und war dabei, einen Stiefel anzuziehen.

„Die Hintergründe darüber sind noch nicht genau ermittelt. Aber Fakt ist, dass zwei junge Männer den Tod der Bahnreisenden verursacht haben."

Sandra hatte sich aufgerichtet und hörte nun - neugierig geworden - zu.

„Wir haben die Männer über die Videoüberwachung identifiziert und noch in derselben Nacht auf St. Pauli verhaften können. Ja, und einer der beiden 20-Jährigen trug eine ... gelb-grüne Daunenjacke. Ich möchte gerne ...!" Schweiss stockte, als er sah, dass sich die Kollegin an die Wand gelehnt hatte. „Alles gut?" Als sie nickte, erklärte der Hauptkommissar: „Ich benötige deine Erlaubnis, einen DNA-Abgleich mit den Kampfspuren in deinem Privatwagen durchzuführen. Habe ich die?"

Sandra streifte sich den zweiten Stiefel über und nickte, diesmal mit verbissenem Gesicht.

„Gut, und ab morgen befindest du dich wieder unter meinen Fittichen. Breit ist vorzeitig zurück. Hat wohl nur Mist in Den Haag gebaut!“ Schweiss grinste, man merkte, er wollte Sandra ablenken. „Und um eines möchte ich dich ganz besonders bitten …!“

Erneut blickte Sandra neugierig, während sie ihre Lederjacke überwarf.

„… ab sofort läufst du nur noch mit Dienstwaffe umher … und das ist eine dienstliche Anweisung!“

14

Dienstag, 24. Januar 2017

Gisela Carlsen hielt an diesem Morgen den VW Passat vor der Hausnummer 69 in der Lederstraße des Hamburger Stadtteils Stellingen an. Das in den Sechzigern erbaute Einfamilienhaus wirkte etwas deplatziert hier, und wie jedes Mal wunderte sich Frau Carlsen darüber, wie das Gebäude an das Ende der sonst mit Firmensitzen flankierten Lederstraße geraten konnte. Doch ihr sollte es egal sein. Sie stellte den Motor ab und schaute in den Rückspiegel: Ihr Sohn Ruben hatte wie immer auf dem Mittelsitz der Rückbank Platz genommen und sie konnte sehen, wie die Augen des 20-Jährigen leuchteten. Diese Änderungen bei dem jungen Mann verursachten bei der Mutter unterschiedliche Regungen. Zum einen Freude darüber, dass der Autist sein Leben lebte wie andere Jungs in dem Alter auch. Aber auch Zweifel, ob die regelmäßigen Fahrten zur Lola, der Prostituierten, gut für Ruben waren. Es war die Idee der Therapeutin aus der Tagesstätte. Ihr war aufgefallen, dass Ruben im Umgang mit weiblichen Behinderten ruppig geworden war. Er riss sie an den Haaren und schubste sie ohne jeglichen Grund.

„Das liegt an den sexuellen Kämpfen, die er austrägt", erklärte die Therapeutin beim Gespräch mit der Mutter. „Einerseits ist er noch wie ein 12-Jähriger, doch andererseits ein ausgewachsener Mann." Frau Semmelrocke hatte ihr Lola empfohlen, und nach einem Treffen zu viert hatte Gisela Carlsen zugestimmt.

Beim ersten Treffen ihres Sohnes mit der Prostituierten Lola war Frau Carlsen draußen im Auto sitzen geblieben. Es schien ihr, als wäre es gestern gewesen. Dabei hatte Ruben heute seine dreizehnte Sitzung – die Mutter führte Tagebuch darüber. Aber die seltsame Therapie hatte tatsächlich angeschlagen. Ruben war ruhiger geworden und das bestätigten ihr auch die Pflegerinnen und Pfleger der Tagesstätte Gaußstraße in Ottensen. Die alleinerziehende Rechtsanwältin Carlsen war froh, das Problem so einfach aus der Welt geschafft zu haben. Wie gerne hätte sie mit ihrem Sohn darüber gesprochen, aber Ruben redete nicht. Dafür malte er gerne und in den Augen der Mutter ausgezeichnet. Er musste nicht perfekt sein. Er war halt ihr einziges Kind. Die Laute hinter ihr brachten sie zurück in die Gegenwart. Ruben wollte aus dem Wagen, doch die aktivierte Kindersicherung ließ es nicht zu. Gisela Carlsen lachte laut. Welch eine Ironie! Eine Kindersicherung, die verhinderte, dass ihr Sohn den Wagen verließ, und eine Prostituierte, die ihn in wenigen Minuten stimulierte und …! Unter lautem Lachen stieg sie aus und öffnete ihrem Sohn die hintere Tür.

Die Kommissarin Sandra Holz hatte die Nacht auf der Couch in der Böckmannstraße 14 beim Hamburger Steindamm verbracht. Auch Lara Sophie und Luca schliefen hier, als sie nachts eintraf. Sie hatte ihren Mann vom Eintreffen telefonisch in Kenntnis gesetzt und er hatte sie erwartet. Luca hatte sie in den Arm genommen und fest gedrückt. Dann war er – ohne ein

Wort zu sagen – in sein Bett gegangen. Sandra hatte der schlafenden Tochter noch über ihr Haar gestreichelt. Sie selbst war noch nicht müde. Viele Gedanken quälten sie, bevor sie sich spät in der Nacht auf der Ledercouch schlafen legte.

Am Morgen saß die komplette Familie Ferraro am großen Eichentisch in Marie-Thereses Wohnung und alle schwiegen. Trotzdem war keine Ruhe in der Küche. Eine kindische Stimme brabbelte vor sich hin und gleichzeitig blickten Sandra und ihr Ehemann Luca auf die kleine Lara Sophie, die auf dem Stuhl am Ende des Tisches saß und sich an einem Cake-Pop vergnügte. Es war schon nach zehn Uhr und Luca hatte Lara heute, aus gutem Grund, von der Kita abgemeldet. Sandra hatte Tränen in den Augen und wartete geduldig auf die Vorwürfe.

Sie hatte die ganze Nacht kaum ein Auge zugemacht, war erst am Morgen eingeschlafen. Es wäre schön gewesen, in Lucas Arm zu liegen und gemeinsam die Sache zu verarbeiten. Aber so war ihr Ehemann nicht. Schwiegermutter Ferraro strich dem kauenden Kind über den Kopf und ihr bisher düsterer Blick erhellte sich leicht.

„Du hast uns alle in große Gefahr gebracht, Sandra!", erregte sich Marie-Therese plötzlich.

Die Kommissarin wischte sich die Tränen ab und war sich bewusst, dass die Schwiegermutter recht hatte.

„Mamas Haus ist bis auf die Grundmauern abgebrannt." Sandra fehlte noch der Satz: *Ein Glück, dass Vater das nicht mehr …,* als Marie-Therese schon begann: „Was ein Glück, dass dein Vater, Luca, das nicht mehr erleben musste …!" Tränen liefen der alten Frau nun die Wangen hinunter und ihr Sohn war aufgesprungen, um sie zu trösten.

„Glaubt ihr, mir macht das Spaß?" Sandra war ebenfalls aufgestanden. Sie hatte genug. Sie drückte dem Kind einen Kuss auf die Wange und lief auf den Flur. Luca rief noch: „Sandra, warte!" Aber der Knall, den die zugeschlagene Haustür verursachte, machte klar, seine Ehefrau hatte die Wohnung am Steindamm schon verlassen.

Sandra Holz fuhr ins Polizeipräsidium, bat darum, ihr die Waffe auszuhändigen und dazu genügend Munition. Anschließend fühlte sie sich sicherer. Sie orderte einen Polizeiwagen und ließ sich nach Sehmsdorf fahren.

Es war klirrend kalt draußen und aus dem Polizeiwagen heraus betrachtete sie unter Tränen das ausgebrannte Haus. Dann stieg Sandra aus und näherte sich ihrem ehemaligen Wohnhaus. Die Feuerwehr hatte die vom Brand und Wasser zerstörten Möbel seitlich zu einem Haufen gestapelt und sofort fiel Sandra das Bettchen ihrer Tochter auf. Angesengtes Holz und mittendrin die blütenweiße Bettdecke mit den bunten Zwergen. Sie bemühte sich, nicht laut zu weinen, und wandte sich schnell ab.

„Da hat der liebe Gott es gut mit allen gemeint, Frau Holz!" Einer der Brandwachen war an Sandra herangetreten und der junge Feuerwehrmann nickte der Kommissarin freundlich zu. Er rieb sich dabei seine frierenden Hände. Sandra grüßte dankbar zurück und lief zum Bungalow von Familie Spielmann. Dort nahm die Kommissarin Lucy in die Arme. „Danke, Lucy, ohne dich ...!“ Die beiden Frauen hatten einen Moment so verbracht, dann hatte sich die Kommissarin wieder zurück nach Hamburg fahren lassen.

Beim Hauptbahnhof verließ sie den Polizeiwagen und bedankte sich bei den Kollegen. Sie lief Richtung Lange Reihe, wollte unbedingt mit Caro das weitere Vorgehen besprechen.

Lola hatte Ruben in ihr Arbeitszimmer geführt. Der Raum war abgedunkelt, doch man konnte das große Wasserbett und die vielen bunten Kissen darauf erkennen. Links und rechts des Bettes waren an der roten Tapete kleine Stehlämpchen montiert. Sie brannten und warfen ein schummriges Licht in den Raum. Auf einer Kommode gegenüber des Bettes saßen etliche Plüschtiere und schauten mit totem Blick in den Raum. Es roch nach einer Duftkerze, doch nicht sehr intensiv.

„Musst du noch auf die Toilette, Ruben?“, fragte Lola, und ohne seine Antwort abzuwarten, zog sie den jungen Mann durch die Tür in das Nebenzimmer. Das weiß geflieste Bad war nur für die Kunden der Prostituierten und so befand sich dort auch nur das Notwendigste. Sie wusste, dass Ruben sein Geschäft alleine und ohne Hilfe verrichten konnte, trotzdem wartete Lola noch einen Moment, bis der junge Mann auf der Toilette Platz genommen hatte. Dann spazierte sie zurück und zog ihren Hosenanzug aus. Sie vergewisserte sich, dass auf dem Nachttisch alles Wichtige lag. Es klingelte an der Haustür. Überrascht zuckte die

Frau zusammen. „Wer konnte das sein?“ Diese Stunde war verplant und ihre Kunden wussten, ohne Anmeldung ging bei der roten Lola nichts. Sie wartete einen Moment in der Hoffnung, dass sich ein Vertreter oder Zeitungsbote hierhin verlaufen hatte und gleich wieder abzog. Doch erneut klingelte es. Lola verließ den Raum und bog im Flur nach rechts ab. In ihrem Wohnzimmer schaute sie durch die Gardine auf die Straße. „Mist!“, entfuhr es ihr laut und ihr bisheriges, gutes Gefühl für diese frühe Tageszeit war augenblicklich verflogen. Draußen vor dem Haus stand ein riesiger roter Pick-up und ihr war klar, sein Besitzer, Piit Laurentzen, würde so lange klingeln, bis sie endlich aufschloss. Wenn nicht, würde der Mann sicher die Tür eintreten. Laurentzen war in Lolas Alter und hatte sie eine Weile als Zuhälter betreut. Doch seit sich die Prostituierte selbstständig gemacht hatte und von der Reeperbahn verschwunden war, kam Piit regelmäßig und holte sich - natürlich kostenfrei - seine Tantiemen in körperlicher Währung ab. Der gewaltbereite Mann war einige Zeit verschwunden gewesen und Lola hatte gehofft, er würde nie wiederkommen. Die Frau hatte schon darüber nachgedacht, ihre St. Pauli-Kontakte spielen zu lassen und Laurentzen ein für alle Mal eine Lehre verabreichen zu lassen. Jetzt nahm sie sich vor, dies demnächst in Angriff zu nehmen. An der Tür klingelte es im Stakkato.

Alexander Schweiss hatte diese Woche den Dienst als Bereitschaftsleiter übernommen. Die letzte Nacht war ruhig geblieben und nachdem er – gemeinsam mit der Kollegin – das UKE verlassen hatte, war er in seine eigene Wohnung gefahren. Zwar war mit Traudel abgesprochen, dass er in Othmarschen übernachtete, aber irgendwie brauchte er gerade etwas Ruhe.

Am Morgen hatte er gleich mehrere Telefonate geführt. Er musste einige Beziehungen abklappern, bevor man ihm den augenblicklichen Aufenthaltsort von Bauleiter Steffensen mitteilte. Steffensen schottete sich gut ab, es gab keine Handynummer, aber Schweiss wusste inzwischen, der Mann arbeitete verantwortlich an der Überdachung der A7 mit. Schweiss stieg in seinen Wagen und fuhr Richtung Schnelsen. Ihm war bewusst, dass das Parken dort sehr schwierig werden würde. So nahm sich der Hauptkommissar vor, seinen privaten Mercedes in einer Seitenstraße abzustellen und den restlichen Weg zur Baustelle zu Fuß zurückzulegen.

Die Prostituierte Lola war schnell zu Ruben zurückgelaufen. Der junge Mann grinste sie an, während er sich die Hose hochzog. „Bleib sitzen, Ruben! Bewege dich nicht von der Stelle und keinen Laut, okay?“ Die Frau zog die Badezimmertür bis auf einen Spalt zu, schaltete das Radio ein und drehte die Lautstärke etwas höher. Dann rannte sie zur Tür und öffnete diese.

„Bist du bescheuert, mich hier warten zu lassen?“ Piit trat mit seinem Stiefel gegen die Tür und diese schlug mit einem lauten Knall gegen die Flurwand.

„Entschuldige Piit, du hattest heute keinen Termin, oder …?"

Der kräftige Mann packte Lola am Kinn und drückte sie gegen den dort angebrachten Heizkörper. Mit der freien Hand fasste er ihr fest in die roten Locken: „Was war das für eine Frage, du Fotze?" Sie spürte, wie das harte Metall der Heizung in ihrem Rücken schmerzte, und langsam ging der Frau die Luft aus.

„Entschuldige, Piit, du benötigst natürlich keinen Termin!", wimmerte sie.

Der Griff am Kinn wurde gelockert. Doch die Schmerzen im Rücken blieben.

„Hast du jemanden in deinem verfickten Bett?" Endlich hatte Laurentzen die Frau etwas losgelassen. Er machte Anstalten, in das Arbeitszimmer zu laufen. Hitze stieg in Lola auf. Ruben! Mist, der sitzt auf der Toilette. Wenn Piit den Autisten findet …!, überlegte sie. Lola hielt den Mann an der Lederjacke fest und presste sich - als dieser sich wütend umdrehte - fest an ihn. Sie griff sofort an seine Hose und flüsterte ihm ins Ohr: „Sorry, Schatz, ich habe mich noch schnell für dich gewaschen. Lass es uns gleich hier machen, ich kann es nicht erwarten …!" Dem Gesichtsausdruck nach hatte der Mann sich etwas beruhigt. Er schüttelte Lolas Hand ab und öffnete die Tür ihres Arbeitszimmers. Mit skeptischem Blick schaute er sich im Zimmer um. Dann hatte Piit mit einer Bewegung die Lederjacke ausgezogen und sie in eine Ecke geworfen. Nun zog er geübt die hohen Lederstiefel aus und auch die Jeans. Beides ließ er an Ort und Stelle liegen und warf sich - nur noch mit Shirt und Unterhose bekleidet - auf das Bett. „Was soll die Musik?", fragte er genervt.

„Warte, Süßer, ich drehe sie etwas leiser!"

Ich hatte, wider Erwarten, diese Nacht gut geschlafen. Sicher dank der starken Schmerztabletten, die ich vorher eingeworfen hatte. Ich fand, heute war es ratsamer, zu Hause zu bleiben. Ich rief Sonja an und gab ihr frei. Natürlich fragte sie gleich nach einer Anrechnung der Stunden auf ihre Vergütung und ich stimmte zu.

Der Anschlag auf mein Leben war etwas sehr Einschneidendes. Nicht, dass es das erste Mal war, dass mir jemand nach meinem Leben trachtete. Nein, aber so hilflos und verwundbar wie bei dieser Aktion fühlte ich mich noch nie. Ich hatte den Beruf des Privatdetektivs gewählt, weil ich ihn für weniger gefährlich hielt. Nun schien das Gegenteil der Fall zu sein. Vielleicht musste ich über eine weitere Fortsetzung des Berufes noch einmal dringend nachdenken. Oder lag es nur an dem seltsamen Fall? An Herrn und Frau Lüttli, die inzwischen beide verstorben waren. Mir fiel plötzlich Lüttlis Koffer ein. Er lag noch immer oben auf meinem Flurschrank. Er gehörte mir nicht, sollte ich ihn also bei der Polizei abgeben? Aber die waren es doch, die ihn nicht haben wollten. Oder lag es nur daran, dass irgendetwas vertuscht werden sollte? Die Schmerzen kehrten zurück und kurz dachte ich über eine weitere Tablette nach. Ließ es dann aber.

Der braune Schweinslederkoffer war noch immer verschlossen. Ich hob ihn vom Schrank herab und überlegte, wie ich ihn ohne Beschädigung öffnen könnte. Sicher war er sehr wertvoll, und nur weil er nicht meinem Geschmack entsprach, musste ich ihn ja nicht gleich zerstören. Ich holte aus meinem Werkzeugkoffer einen mittelgroßen Schraubendreher. Sanft hebelte ich am Verschluss und schon ließ sich die *linke Seite öffnen. Der Koffer mochte teuer sein, aber seine Verschlüsse waren eher minderwertig. Auf der rechten Seite lief es nicht anders. Ich legte den Koffer auf den Esszimmertisch und ließ mir einen doppelten Espresso einlaufen. Dann setzte ich mich auf den Stuhl, dem Koffer gegenüber. Was würde mich erwarten? Meine Fantasie kam einfach nicht in Gang und ich klappte den Lederdeckel mit einem Schubser um. Gut gefüllt war der Koffer nicht. Sauber verpackt lagen darin: Ein weißes Hemd, eine schwarze Hose und ein schwarzer Binder, den Dr. Lüttli zusammengerollt dazwischengeklemmt hatte. Er schien schon mit der Beerdigung seiner Frau gerechnet zu haben. Darunter lag noch ein kleines Buch: „Anton Dörfler, Herz im Spiegel – Heiter besinnliche Verse." Nichts, mit dem ich etwas anfangen konnte. Dann schon eher die Kriminalromane seiner Ehefrau. Ihre Geschmäcker waren sehr unterschiedlich, fand ich. Oben, in einem Fach, steckte ein blütenweißes Kuvert. Interessiert nahm ich es heraus. Der Inhalt bestand aus Banknoten. Ich entnahm sie dem Kuvert und zählte sie: 50 Geldscheine zu je 100 Schweizer Franken. Ob das Geld mein Erfolgshonorar sein sollte? Sicher wollte Lüttli mir die Summe noch vor seiner Abreise übergeben. Ich nahm mir vor, es mir zu verdienen. Den Koffer packte ich wieder auf den Schrank.*

„Du weißt, wie sehr ich diese Großkotzigen hasse!", erklärte der Zuhälter Piit Laurentzen.

Lola konnte gerade nur grunzen, zu sehr war sie damit beschäftigt, dem Mann Befriedigung zu verschaffen.

„Doch irgendwie steh ich kurz davor, selbst so einer zu werden.“ Er lachte laut und Lola kam gerade das Frühstück hoch. Die Frau hatte neugierig den Kopf angehoben, doch er drückte ihn wieder nach unten.

„Dieses Mal werde ich die ganz große Knete machen, Schatzi! Nicht nur Geld für einen schicken Sportwagen. Nein, es wird auch eine Luxuswohnung dabei herausspringen. Eine mit Blick auf den Hafen. Von ganz, ganz oben!“ Piit lehnte sich zurück und genoss die Arbeit der Prostituierten.

„Wir kennen uns ja schon lange, ich habe Vertrauen zu dir, Lola. Wenn sogar der Polizeipräsident von meiner Arbeit überzeugt ist, dann kann doch nichts schiefgehen, oder? Stell dir mal vor, die haben in der Elbphilharmonie …“

Es war schon gewaltig, was Hamburg sich wieder vorgenommen hatte: Den Ausbau der A7 auf acht Spuren und dazu 550 Meter dieser Autobahn zu überdachen. Nach der Elbphilharmonie jetzt das nächste Euro-Grab? Oder nur die nächste Herausforderung? Erst als Schweiss seinen Dienstausweis zeigte, erklärte sich ein hilfsbereiter Raupenfahrer bereit, ihn mit seinem Großgerät bis zu einer Ansammlung von Containern zu fahren. „Hier sollten Sie Herrn Steffensen finden!“, meinte der Fahrer und zeigte auf den oberen der drei übereinanderstehenden Container. Sie waren mit einer Treppe verbunden und Schweiss mühte sich keuchend die Metallstufen hinauf. Die Sicht von hier auf die A7 war gut und der Verkehr floss zäh durch die Dauerbaustelle.

Gerade als der Hauptkommissar an die Tür klopfen wollte, wurde sie von innen aufgerissen, und Schweiss gegenüber stand eine junge Frau mit gelbem Sicherheitshelm.

„Na holla", rief sie schlagfertig, „hier geht's nicht zum Aldi, mein Herr!"

Schweiss war etwas außer Atem und ließ einen Kommentar bleiben. Er hielt ihr seinen Ausweis wenige Zentimeter vor ihre blauen Augen und fragte: „Wo finde ich Steffensen?" Etwas erschrocken wies die Frau hinter sich. Mit einem letzten, gereizten Blick auf Schweiss sprang sie sportlich die Stufen hinab.

Steffensen saß hinter einem Schreibtisch und telefonierte lautstark. Als Schweiss den Container betreten hatte, schaute der Mann mürrisch zu dem Eindringling. Dann winkte er mit dem Arm, Schweiss solle verschwinden, und bewegte den Drehstuhl demonstrativ um 180 Grad.

Schweiss blieb stehen und hörte dem Gespräch eine Weile zu. Steffensen musste gebürtiger Bayer sein, der Dialekt verriet es dem Hauptkommissar. Nach knapp zwei Minuten hatte der Kriminalbeamte genug. Er riss Steffensen das Handy aus der Hand, warf es auf den Schreibtisch und brüllte den völlig überraschten Mann an: „So langsam habe ich die Faxen dicke, Herr Steffensen." Schweiss warf seinen Dienstausweis neben das Handy. „Ich komme von der Mordkommission, und wir sollten dringend reden!" Der Hauptkommissar warf sich regelrecht auf den zweiten Stuhl im Raum gegenüber des Bauleiters.

Steffensens Gesichtsfarbe war zu polarweiß gewechselt und noch immer war der Mann sprachlos.

Schweiss wartete einen Moment. Dann fragte er: „Was ist da passiert in der Elbphilharmonie?"

Steffensens Lebensgeister schienen zurückzukehren. Seine eben noch glanzlosen Augen wanderten flink zum Ausweis, dann zu Schweiss. „Ach, Polizei!" Er wollte gleich wieder auf cool machen, war dem Hauptkommissar klar.

„Hören Sie, Steffensen. Ich weiß, dass der Tod Ihrer Kollegin, Frau Lüttli-Wagner, ebenso auf Ihre Kappe geht wie der der vier vermissten Rumänen von der Elbphilharmonie!" Schweiss zog alle Register und es war ihm egal, wenn er sich die letzten Tage noch eine Dienstaufsichtsbeschwerde zuzog.

Die Gesichtsfarbe des Bauleiters war noch eine Stufe heller geworden als eben und er stotterte Unverständliches. Dann war Steffensen aufgestanden und Schweiss sah, dass er am ganzen Körper zitterte. Der Bauleiter griff nach einem Plastikbecher und füllte aus einem Behälter etwas Wasser hinein. In einem Zug hatte Steffensen den Becher leer getrunken und warf ihn - mit gut gezieltem Wurf - in einen Papierkorb beim Eingang des Containers. Dann wandte er sich an den Hauptkommissar.

„Sie liegen falsch mit Ihrer Behauptung, ich sei schuld am Tode von Evelin. Auch den Tod der vier Männer habe ich nicht verschuldet. Es war ein bedauerlicher Unfall."

Schweiss frohlockte innerlich. Endlich würde alles ans Tageslicht kommen.

„Wir bekamen diese verdammten beiden Rolltreppen nicht in die Röhre. Erst waren es die Dehnungsfugen in der Röhre, auf die wir unbedingt verzichten sollten - der Kampf, das umzusetzen, hat uns Monate gekostet. Dann dieses Monstrum an Genialität und Schwachsinn. Der Hersteller hatte die knapp 30 Tonnen schweren Rollentreppen zwar millimetergenau gearbeitet. Aber trotz einer eigens hergestellten Zugmaschine kamen wir nicht voran. Es wollte und wollte nicht klappen. Insgesamt zweiunddreißig Monate stockte die Arbeit. Trotz Hunderter Planungsänderungen, Besprechungen und Terminverschiebungen. Ja, den Verantwortlichen rauchten die Köpfe. Als dann die Eröffnung der Elbphilharmonie immer näher rückte und es wörtlich genommen, *immer noch kein Licht im Tunnel gab*, zog man Evelin aus Dubai ab. Frau Lüttli-Wagner war eine tolle Ingenieurin und dazu eine famose Kollegin. Sie verstand es, ihr kleines Team zu motivieren und anzuspornen. Die schnell durchgeführten Vorarbeiten ließen auf einen baldigen Abschluss hoffen. Aber die TUBE war so eng und die Rolltreppen so passgenau."

Steffensen hielt sich die Hände vor sein Gesicht und Schweiss glaubte, der Mann weinte. Seine Augen waren gerötet und die Gesichtszüge angespannt, als Steffensen seine Hände wieder wegnahm.

„TUBE?", fragte Schweiss.

„Ja, TUBE. Also englisch für: Röhre."

Schweiss' Blick schien Verständnislosigkeit auszudrücken und der Mann hatte es wahrgenommen.

„So haben wir die beiden Rolltreppen benannt. Es ist eben eine Röhre - eine Tube -, in die sie hineinfahren." Steffensen ließ sich hinter den Schreibtisch in seinen Stuhl fallen. Er atmete schwer.

„Wissen Sie, Herr ...?"
„Hauptkommissar!"
„... Herr Hauptkommissar, wir waren - wie gesagt - ein tolles Team. Alle kannten sich schon von anderen Arbeiten an der Elbphilharmonie. Sebo Gaspar, der Vorarbeiter, leistete Großartiges und auch die anderen drei Rumänen seines Teams. Ich wollte nicht, dass es so weit kommt!" Er stockte. Schweiss hatte Angst, jeden Augenblick könnte ein Kollege von Steffensen auftauchen und dieser überlegte sich seine Aussage vielleicht noch einmal. Aber noch blieb es - bis auf den monotonen Verkehr wenige Meter neben ihnen - ruhig.

„Sie sollten nicht sterben!" Steffensens Stimme bebte und einige Tränen bildeten sich um seine Augen. „Es war ein bedauerlicher Unfall. Wir begannen die Arbeiten spät in der Nacht - als die Baustelle komplett leer war. Wir brauchten dazu die notwendige Ruhe. Ich selbst bediente die Seilmaschine, hatte eigens dafür einen Ausbildungstag im Werk absolviert. Evelin gab mir die entsprechenden Anweisungen. Die drei Männer standen seitlich, um die schwebende Treppe noch millimeterweise zu korrigieren. Sie hatten die Anweisung - sobald die Rolltreppe entsprechend eingepasst war -, unter der hängenden Tube durch den Gefahrenbereich zu verlassen. Sebo stand unten am Ende. Wir sechs waren mit Funk verbunden. Alles passte: der Tag, die Mannschaft ... doch plötzlich riss das Seil."

Steffensen unterbrach seine Ausführung. Er stand auf, zog einen Becher, füllte ihn und nahm erneut einen Schluck Wasser. Dann lehnte er sich stöhnend an die Wand des Containers. „Ja, die Treppe fiel in die vorbereitete Lücke. Welch ein Hohn, danach saß sie passgenau. Aber die Männer ... ich hörte die Rumänen noch sekundenlang schreien. Dann konnten wir die drei nicht mehr erreichen. Sie waren ... tot. Sebo lag eingequetscht in einer Nische. Er schrie vor Schmerz in sein Mikrofon. Noch heute höre ich nachts diese eindringlichen Schreie. ‚Meine Beine ...', jammerte er. Sie mussten wohl völlig zerquetscht sein, aber ... er war bei Bewusstsein."

Wieder pausierte der Bauleiter kurz.

„Evelin und ich schauten uns an, einer erwartete vom anderen den ultimativen Lösungsvorschlag. Wir versuchten gemeinsam, Sebo zu beruhigen. Evelin selbst blieb zunächst total gelassen. Sie sprach von einem großen Feuerwehrkran und davon, Sebo sofort bergen zu lassen. Wir hörten den Rumänen keuchen. ‚Er wird bald keine Luft mehr bekommen', brüllte ich laut durch die Röhre. Dann brach Evelin in sich zusammen. Sie setzte sich auf das kalte Metall der Rolltreppe und zitterte. Ich beruhigte sie und dann ... sprach sie sehr persönliche Worte mit Sebo. Ich glaube, Sebo war später nicht mehr ansprechbar. Er schrie nur noch. Sein Keuchen, Herr Kommissar, das war das Schlimmste. Es kam mir vor, als wenn man mir persönlich die Atemluft abgedreht hätte. Sein Todeskampf hat sicher fünf lange Minuten gedauert. Die ganze Zeit habe ich Evelin im Arm gehalten. Sie hat geweint und geschrien und zu ihrem Freund gesprochen ... und plötzlich war absolutes Schweigen."

Auch Schweiss hatte das Geständnis stark mitgenommen. Steffensen saß ihm gegenüber, weinte bitterlich, und er schien es tatsächlich nicht zu spielen.

„Heißt das, die Männer wurden von der schweren Rolltreppe erdrückt?"

Der Bauleiter nickte und zog ein Taschentuch aus der Hose. Er putzte sich lautstark die Nase.

„Aber warum ging man mit dem Unfall nicht an die Öffentlichkeit? Vor einigen Jahren starb schon einmal ein Arbeiter beim Bau der Elbphilharmonie!"

Steffensen nickte. „Ja, er fiel von einem Gerüst. Unglücklich, aber so etwas passiert! 1.000 Personen arbeiteten dort zeitweise."

„Genau das meine ich. Warum vertuschten alle diesen Vorfall, Steffensen? Sicher hätten es die Hamburger verstanden, wenn man ihnen reinen Wein einschenkte!"

Steffensen wartete einen Moment. Schweiss war sich sicher, Steffensen rang gerade um Fassung, bevor er weiterreden würde. Endlich flüsterte der Mann: „Die Toten konnten bisher nicht geborgen werden. Sie … sie liegen noch immer … neben der Rolltreppe!"

Frau Carlsen war heute schon etwas früher da und parkte seitlich des Hauses. Es war mit Lola abgesprochen, dass diese Sohn Ruben nach Abschluss der Therapiestunde zur Tür brachte und zum Wagen begleitete. Doch noch tat sich nichts. Die Juristin schaltete das Radio ein und schloss ihre Augenlider. Nach jedem Treffen ihres Sohnes hier in der Lederstraße fragte sich die Frau, ob es nicht zu spät sei, einen netten Mann kennenzulernen. Einen, der Ruben achtete und mit dem sie selbst ihr Leben und später den Lebensabend verbringen konnte. Aber der Alltag als Anwältin und ihre Partnerschaft in der kleinen Hamburger Kanzlei ließen nicht viel Freizeit zu. Die meiste davon verschlang Ruben. Auch jetzt dachte sie wieder darüber nach und plötzlich stellten sich Hitzewallungen bei ihr ein. „Diese dämlichen Wechseljahre, wann wird das endlich vorbei sein?", rief sie laut und öffnete ihre Augen. Sie schaute auf die Anzeige im Armaturenbrett: 10.07 Uhr! Schon öfters hatte die Stunde länger gedauert. Lola hatte nach dem Sex noch mit Ruben gemalt. Er liebte das Zeichnen und traute sich inzwischen sogar an Acrylfarben heran.

„Wir waren etwas früher fertig und haben einfach die Zeit vergessen!", entschuldigte sich Lola stets.

Doch Frau Carlsen hatte gleich noch einen dringenden Termin und sprang aus dem Auto. Etwas überrascht stieg sie die fünf Stufen zur Haustür hinauf, denn sie fand die Tür sperrangelweit offen vor. Das löste sofort Panik in Frau Carlsen aus. Sie versuchte, ihre Atmung zu kontrollieren und das einschießende Adrenalin besser zu verwalten. Als es gelang, rief sie in den Flur: „Lola!"

Keine Antwort.

„Lola, sind Sie hier?"

Noch immer tat sich im Inneren des Hauses nichts. Die Rechtsanwältin rechnete mit dem Schlimmsten. Auf dem Flurboden stand Wasser. Als ob eine Badewanne übergelaufen war, doch vergeblich horchte sie diesbezüglich nach Geräuschen. Frau Carlsen rannte geradeaus in Richtung des Schlafzimmers. Wasser schwappte in ihre Schuhe und das Geräusch, durch Wasserpfützen zu laufen, drang an ihr Ohr.

„Um Himmels willen, was ist hier geschehen? Bitte, lieber Gott, lass es Ruben gut gehen!"

Sie riss die angelehnte Zimmertür auf. Im Raum war es dunkel. Es roch feucht und nach einem Gemisch von Parfum und aufdringlichem Schweiß. Übelkeit stellte sich bei der Frau ein. Sie suchte vergebens neben der Tür nach einem Lichtschalter. Dann machte sie zwei Schritte durch den Raum und riss die Vorhänge auf. Sofort flutete Licht den Raum. Die Frau erschrak fürchterlich und schrie laut auf. Das ganze Zimmer stand einen Zentimeter unter Wasser. Das Wasserbett selbst lag wie eine große, leere Luftmatratze in dem feuchten Nass. Eine bunte Tagesdecke hing - blutverschmiert - darüber. Eine der Leuchten an der Wand war abgerissen und baumelte noch an einem offenen Kabel über dem zerstörten Wasserbett. Hier musste etwas Schlimmes geschehen sein. Aber wo war Lola, und vor allem, wo war Ruben? Die Rechtsanwältin kam ins Straucheln, stützte sich an der Wand ab. War da nicht ein Röcheln oder Wimmern? Sie holte tief Luft, stieß sich von der Wand ab und ging Richtung Nebenraum. Es musste sich um das Bad handeln. Nie zuvor war sie dort, aber weiße Kacheln schimmerten durch den Spalt der Tür. Entschlossen, ihren Ängsten zu trotzen, riss sie die Tür auf. Sohn Ruben saß angekleidet auf der Toilette. Sein Gesicht war kreideweiß und er zitterte am ganzen Körper.

Schweiss hatte Sandra angerufen und in die Rechtsmedizin bestellt – beim Butenfeld war man doch etwas mehr unter sich als im Polizeipräsidium. Auch Carsten-Oliver Lutteroth hatte der Hauptkommissar – nach langer Überlegung – gebeten, an der Besprechung teilzunehmen. Auf den Kollegen Silwer wollte er – nach Sandras Anschuldigungen – zunächst verzichten.

Nach der erschreckenden Aussage Steffensens war selbst der Bauingenieur noch einige Minuten, vermutlich im Schock, schweigend sitzen geblieben. Dann hatte er dem Kriminalbeamten von übergroßem Druck von oben erzählt.

„Man hat Evelin und mich - vonseiten des Bauträgers, aber auch der Stadtverantwortlichen - sofort zur Seite genommen. Man hat uns aufgefordert, absolutes Stillschweigen über den Unfall zu bewahren, hat uns erklärt, dass bei einer Veröffentlichung die Arbeit von fast zehn Jahren in wenigen Minuten zerstört sei. Sogar von einer Million Konventionalstrafe pro täglicher Verzögerung der Fertigstellung wurde gesprochen. Und auch, dass die Elbphilharmonie, sollte bekannt werden, dass dort neben der Rolltreppe noch tote Menschen liegen, für immer gebrandmarkt sei."

Steffensen hatte Schweiss weiterhin erklärt, nach einer Weile sei ihm klar geworden, dass sie eh keine Chancen hatten und sie sich besser in ihr Schicksal ergeben sollten. Das hatte er wohl auch der Bauingenieurin geraten. Beiden - Steffensen und Frau Lüttli-Wagner - wurde eine Luxuswohnung in der Elbphilharmonie angeboten. „Sozusagen als Schweigegeld und zu äußerst günstigen Konditionen", so der Bauleiter. Auf die Frage Schweiss' nach Evelin Lüttli-Wagners Einstellung hatte Steffensen erklärt: „Die war tough! Sie wollte nicht schweigen, hatte kein Interesse an einer Luxuswohnung. Nachdem man alles totschwieg, ging Evelin zu Doktor Essig von der Hamburger Abendpost. Da kam sie gerade an den Richtigen, auch er gehörte zu uns Löwen."

„Löwen?", hatte Schweiss ihn unterbrochen.

„Ja, so nennt sich der Hamburger Geheimbund – die Löwen!“, und Steffensen hatte stolz auf einen dicken Goldring gezeigt, den er an der Hand trug.

Schweiss musste wohl etwas fragend geschaut haben, denn Steffensen hatte sofort erklärt: „Wir sind eine geheime Organisation, die sich dem Wohle Hamburgs verschrieben hat. Wir operieren im Verborgenen, lenken die Geschicke hier in Hamburg, bestimmen die Agenda des Senats. Wir sind überall die Drahtzieher … und wollen nichts anderes als Hamburg dienen. Bedingungslos bis zum Tode … und das seit mehr als einem Jahrhundert.“

Der Hauptkommissar hatte, trotz der außergewöhnlichen Umstände, grinsen müssen. Es schien ihm, als leiere der Mann die Statuten dieses seltsamen Geheimbundes wie auswendig gelernt herunter. „Also eine Art Hamburger Mafia oder gar Scientology?“, entfuhr es dem Kriminalbeamten.

Steffensen hatte erst nicht geantwortet.

„Und daran glauben Sie? Überhaupt, seit wann gehören Sie denn zu den Hamburger Größen? Sind Sie nicht gebürtiger Bayer? Da hat man Sie sicher nur als Mittel zum Zweck benutzt!“

Steffensen hatte resigniert mit den Schultern gezuckt, und für den Hauptkommissar sah es nicht so aus, als sei der Mann von seinem Credo überzeugt.

„Aber nun weiter, Steffensen, Frau Lüttli-Wagner ging also zu Doktor Essig“, hatte Schweiss danach das begonnene Gespräch wieder aufgenommen.

„Genau, sie traf Essig und Dr. Fuchs gemeinsam an. Doktor Fuchs setzte die Frau gewaltig unter Druck. Das hat sie mir später erzählt. Fuchs erklärte Evelin auch, wie leicht sie und ihr Mann bei einem Unfall zu Schaden kommen könnten. Sprach von angeblichen

Depressionen und Selbstmordabsichten, über die der Neurologe später - glaubwürdig zu ihrer Person - berichten würde."

Danach hatte Steffensen für einen Moment geschwiegen. Schweiss glaubte, er ließe in diesem Moment seine Fehler Revue passieren.

„Ja, Herr Kommissar, Evelin und Gaspar waren sehr eng befreundet", hatte der Mann dann ausgesagt. „Ich glaube sogar, sie hatten ... aber egal, das tut hier nichts zur Sache. Evelin wollte die Sache nicht auf sich beruhen lassen. Auch nicht nach dieser Morddrohung. Sie wollte einen sauberen Cut. Ja, und plötzlich war Evelin ... verschwunden! Es tut mir so leid, ich hätte nie geglaubt, dass Fuchs seine Drohung tatsächlich ernst gemeint hatte!"

Auf Schweiss' Frage: „Wollte man die vier Leichen bergen?", hatte Steffensen mit der Antwort lange gezögert. Dann hatte er geseufzt und erklärt: „Ja, sicher - irgendwann einmal!"

Als Schweiss gegen 18.00 Uhr das Gebäude der Rechtsmedizinerin betrat, fand er die beiden Frauen schon in Prof. Dr. Kensbocks Büro vor. Lutteroth war noch nicht eingetroffen. Der Hauptkommissar setzte sich auf den leeren Stuhl an der Wand. Sandra Holz sah heute im Tageslicht noch schlechter aus als gestern Nacht im Krankenhaus, fand er.

„Fühlst du dich nicht wohl, Sandra?", fragte er die Kollegin und überlegte, ob es gut für die Kommissarin gewesen war, sich selbst zu entlassen.

Dr. Kensbock übernahm für die Kommissarin die Antwort auf diese Frage: „Sandra hat eben Blut gespendet!"

Schweiss war aufgesprungen. „Was? Seid ihr bescheuert?" Sofort war sich der Kommissar dieser harten Aussage bewusst. Er hob entschuldigend seine Hände vor den Körper und fuhr seinen Zorn etwas nach unten. „Als ob es Sandra nicht schon schlecht genug geht!", flüsterte Schweiss kleinlaut, doch immer noch laut genug, dass es die Frauen hören konnten.

Dr. Kensbock zuckte mit den Schultern: „Aber ihre Blutspende wird Leben retten!" Dann grinsten sich die beiden Frauen an und Schweiss verstand die Welt nicht mehr.

Lutteroth kam etwas später. Auch er sah angeschlagen aus. Aber das lag nicht allein an den Verbänden an seiner Hand. Dunkle Augenringe zeugten von Stress und erinnerten Schweiss an den zurückliegenden Burn-out ihres Kollegen Silwer. Sandra wollte nach Caros Gesundheitszustand fragen, doch Schweiss ließ keine Frage zu und kam gleich zur Sache: „Ich war eben bei Bauleiter Steffensen. Er hat mir doch tatsächlich die wahre Geschichte gestanden!"

Betroffen hörten die beiden Frauen und der Privatdetektiv der langen Ausführung des Hauptkommissars zu. „Ja, die vier Männer sind wohl dauerhaft in der Elbphilharmonie begraben!", endete Schweiss. Traudel Kensbock wetterte sofort: „Das glaubst du wohl selbst nicht? Keine Mensch fährt mehr mit einer

Rolltreppe, wenn er weiß, wenige Zentimeter neben ihm liegen vier Leichen!"

Die anderen Anwesenden nickten zustimmend und auch Schweiss änderte schlagartig seine Meinung. „Dann müssen die Treppen raus ..."

„... und die Leichen geborgen und beigesetzt werden. Koste es, was es wolle!", unterbrach Traudel ihren Freund mit hochrotem Gesicht. „Die Würde des Menschen ist unantastbar ... auch noch nach seinem Tod. Das ist man den Männern und ihren Familien schuldig."

Alle schwiegen. Privatdetektiv Lutteroth hatte sich bisher noch nicht geäußert. Plötzlich fragte er: „Hast du die Aussage von Steffensen schriftlich oder auf Band, Alex?"

Schweiss schüttelte den Kopf. „Nein, aber den habe ich weichgeklopft. Für morgen früh um acht Uhr habe ich ihn in mein Büro bestellt. Dort wird Steffensens Zeugenaussage zu Protokoll genommen."

Der Privatdetektiv schaute die anwesenden Frauen fragend an, aber die zuckten nur mit den Schultern. Schweiss' Handy klingelte. Bevor er den Anruf entgegennahm, meinte er: „Ich bin die Woche MBL!"

„Hallo, Hauptkommissar Schweiss! - Was? Wo? Scheiße, ich komme!"

Als er aufgelegt hatte, erklärte er mit zitternden Händen: „Man hat einen Unfall in der Baustelle der A7-Verbreiterung gemeldet - einen Toten. Der Mann soll in eine Baugrube gestürzt sein. Es handelt sich anscheinend um den Bauleiter Steffensen."

Kalle Werniger arbeitete bei der Security. Eigentlich hieß sein Job: Objektschützer Security. Und sein Auftrag war es, in der Nacht das Industriegebiet Stellingen von der A7 bis zur Schnackenburgallee zu kontrollieren. Er hatte einen Plan und einen Schäferhund. Hund Rondo war schon älter, aber die Menschen hatten Respekt vor ihm. Manchmal glaubte Werniger, sie hatten mehr Respekt vor dem elf Jahre alten Rüden als vor ihm, dem dickbäuchigen mittelgroßen Mann. Es war trocken in dieser Januarnacht und das, so fand der Mann, war die halbe Miete. In kaum einem der Betriebe hier im Industriegebiet wurde nachts gearbeitet, doch wenn, wurde der Security-Dienst und somit Werniger davon in Kenntnis gesetzt. Kalle stellte den Transporter am Binsbarg ab und schlenderte über den dunklen Gehsteig. Die Straßenbeleuchtung hatte die Stadt schon vor längerer Zeit weitgehend reduziert. Sodass es dem 61-Jährigen auch jetzt in der Dunkelheit schwerfiel, ohne Taschenlampe ausreichend etwas erkennen zu können. Aber noch zwei Arbeitsjahre, und Werniger hatte seine anzurechnende Zeit für den Rentenanspruch voll. Dann ging es nach Mallorca. Zumindest hatten seine Frau und er sich das vorgenommen. Der Mann leuchtete auf den Chronografen an seinem Handgelenk. Eine Fortis, und jedes Mal war er erneut entzückt von dem Valjoux 7750 Uhrwerk, das in der Uhr schlug. 23.07 Uhr - alles schien friedlich und es sah nach einer der üblich ruhigen Schichten aus. Er würde jetzt eine Stunde hier herumlaufen und sich die Füße vertreten. Seit Mitte des Jahres musste er sich auch keine Gedanken mehr um die Kontrollpunkte machen. Früher wurde von ihm das Stecken eines Schlüssels verlangt, was seine Anwesenheit zu einer bestimmten Zeit an einem bestimmten Ort nachweisen sollte. Doch inzwischen war die Firma digital unterwegs und dem Mann war bewusst, jeder seiner Schritte wurde über GPS und das mitgeführte Firmenhandy aufgezeichnet und konnte im Bedarfsfall abgerufen werden. Anfänglich kam er sich extrem überwacht vor. Aber nach und nach empfand Werniger es als vorteilhaft. So musste er nicht wie früher in unwegsamem Gelände meist versteckt gelegene Kontrollpunkte anlaufen. Er haderte mit sich: sollte er Rondo von der Leine lassen? Kalle war sich eigentlich ziemlich sicher, dass der Hund niemanden biss. Aber einmal war er ihm ausgebüchst und nur durch Zufall hatte er ihn später wiedergefunden. So etwas, speziell im Hinblick auf die Überwachung seiner eigenen Position, wollte er eigentlich nicht erneut erleben müssen.

„Rondo, was meinst du, wirst du auch brav sein, wenn ich dich von der Leine lasse?"

Die Augen des Tieres leuchteten treu im Schein der Taschenlampe und das ermutigte Kalle, sein Vorhaben umzusetzen. Er löste den Haken und sofort war Rondo im Dunkeln verschwunden. Schon bereute der Mann vom Sicherheitsdienst seine Tat. Er spazierte zu einer Firma für Veranstaltungstechnik und überzeugte sich, dass dort alles in Ordnung war. Plötzlich und ohne Geräusche tauchte Rondo wieder neben ihm auf und beruhigt spazierte der Mann weiter. Der Schäferhund folgte ihm, Werniger konnte es an dessen Atemgeräusch hören. Neben dem Gebäude befand sich eine Kfz-Werkstatt, wusste der Mann. Keine, zu der er seinen Mercedes zur Reparatur oder Wartung bringen würde, aber irgendwie schien man dort überleben zu können. Auf dem Hof des Betriebes waren Unmengen an alten Fahrzeugen abgestellt und es schien Kalle, dass man dort auf eine erneute Abwrackprämie wartete. Werniger betrat den Hof und leuchtete in die vergitterten Fenster des Betriebes. Alles war in Ordnung. Rondo nahm etwas Fahrt auf und verschwand auf dem Areal.

„Hier kommst du nicht weit", rief Werniger ihm nach und setzte seinen Wachauftrag fort. Plötzlich war das Bellen seines Hundes zu hören und erschrocken blieb der Mann stehen. Was war da los?, fragte er sich. Wie er Rondo kannte, bellte der nur, wenn ihm etwas nicht passte. Neugierig lief Kalle in Richtung des Gebells. Es dauerte an. Doch plötzlich schwieg Rondo. Werniger hielt den Atem an, horchte in die Stille der Nacht. Da war nur ein andauerndes dumpfes Grollen. Es gab keine Zweifel, dass es sich um das Fahrzeugaufkommen handeln musste, das gerade im Schritttempo die Baustellen der Autobahn A7 passierte. Er filterte den Ton aus und es blieb … nur Stille. Doch dann hörte er ein Kratzen. Erst leiser, dann lauter, dann ein Poltern, dazu das Hecheln eines Hundes. Werniger zog sein Diensthandy hinaus und drückte die Kommunikationstaste. Sofort war eine weibliche Stimme zu hören: „Siebzehn, ich höre?" Man war auf Zack und das war es auch, was ihm an diesem Job besonders gut gefiel.

„Bin hier am Binsbarg bei *1-2-3 Kraftfahrzeuge*. Mein Hund hat etwas entdeckt. Melde mich gleich wieder, Ende!"

Ihm war es lieber, die Kollegin wusste, dass irgendetwas nicht in Ordnung war.

„Alles klar!", verabschiedete sich die Dame und Werniger überlegte, um wen es sich bei der Sprecherin gehandelt haben könnte, kannte er doch inzwischen die meisten Angestellten der Firma.

Nachdem das Kratzen für einen kurzen Moment aufgehört hatte, war es nun wieder zu hören. Und dieses Mal extrem lauter und nur wenige Meter von seinem derzeitigen Standort entfernt. Werniger bewegte mit zittrigen Händen seine Lampe hin und her. Er riss sich zusammen. Dort vorne befanden sich nur Schrottfahrzeuge. Hin und wieder hatte er hier gestanden und eine geraucht. Seine Atemfrequenz war plötzlich angestiegen und er fühlte sich gerade äußerst unwohl. Er besaß nur diesen Schlagstock, ansonsten keine Waffe. Aber warum auch, beruhigte er sich selbst, bisher habe ich nie eine echte Waffe vermisst. Der Mann wischte sich – trotz der Temperatur nahe des Gefrierpunktes – den Schweiß von der Stirn. Wo war Rondo? Plötzlich erfasste der Lichtstrahl den Körper des Tieres. Der Schäferhund stand neben einem alten ausrangierten Lkw und zerrte knurrend an irgendetwas. Was, das konnte Werniger nicht erkennen. Sicher ein totes Tier, vermutete er. Das ausrangierte Fahrzeug daneben war Werniger bekannt. Auf der Ladefläche des rostigen Teils hatte der ehemalige Besitzer einst seinen Hausrat hinterlassen. Das musste schon Jahre her sein, doch niemand kümmerte sich darum. Aber was konnte Rondo dort Interessantes gefunden haben? Um einen Menschen konnte es sich nicht handeln. Der würde sich lautstark beschwert haben, wenn er dem Hund begegnet wäre. Oder zumindest die Flucht ergreifen. Ja, das liebte Rondo: Hinterherlaufen und Stöckchen holen. Werniger kam zum eigentlichen Gedanken zurück. Er machte einige Schritte auf den Hund zu. Da lag doch ein … ein Koffer. Er könnte von blauer Farbe sein, zumindest sah es für ihn im Lichtschein der Taschenlampe so aus. Hatte Rondo selbst den Koffer vom Lkw gerissen? Auf jeden Fall war der Hund dabei, das verwitterte Kunstleder des Koffers zu zerbeißen und er schien sich ganz besonders für den Inhalt zu interessieren. Kalle pfiff Rondo zurück, doch der reagierte nicht. Wie besessen biss das Tier auf den Koffer ein. Dazu nahm er seine Pfoten zu Hilfe. Der Mann lief zu seinem Hund und versuchte ihn etwas beiseitezuschieben. Doch Rondo dachte nicht daran. Knurrend, mit austretendem Speichel vor der Schnauze zerrte er weiter an dem Kunstlederbezug. Werniger hatte nun genug, er stieß dem Hund mit der Faust fest in die Seite. Das verstand das Tier. „Rondo, aus, Platz!", brüllte Werniger noch einmal laut, und endlich legte sich der Hund winselnd an die Seite seines Herrchens. Kalle leuchtete auf Rondo. Der hatte ein Büschel roter Haare in der Schnauze und aus dem aufgerissenen Kofferdeckel blickte dem Objektschützer das entstellte Gesicht einer toten Person entgegen.

15

Mittwoch, 25. Januar 2017

Hauptkommissar Schweiss hatte einen Großteil der letzten Nacht auf dem Gelände der Baustelle in Hamburg-Schnelsen verbracht. Als man ihn – als diensthabenden Mordbereitschaftsleiter – über den Unfalltoten informiert hatte, war er sofort losgefahren. Es handelte sich bei dem Toten tatsächlich um Hauke Steffensen. Man hatte seine Leiche in der Dämmerung in einer Baugrube aufgefunden. Zeugen – was den Unfallhergang betraf – fanden die Beamten keine. Tausende von Autofahrern waren während des Zeitpunkts dort vorbeigefahren. Leider kamen sie als Zeugen nicht infrage. Gegen Mitternacht war Schweiss wieder in seine Wohnung in Wellingsbüttel zurückgekehrt. Er war völlig übermüdet, aber auch total durcheinander. Vor wenigen Stunden hatte er noch mit Steffensen gesprochen, jetzt war dieser bereits tot. Und das, ohne sein Geständnis zu Protokoll gegeben zu haben. An einen Unfall glaubte Schweiss nicht, ebenso wie die anderen Kollegen am Unfallort. Morgen würde man weiterschauen.

Nach zwei Stunden Schlaf riss man den Bereitschaftsleiter erneut aus dem Bett und verwies ihn auf einen draußen wartenden Streifenwagen. Eine weibliche Leiche in einem Koffer, hieß es, und der Kriminalbeamte nahm den Anruf gähnend zur Kenntnis. Ihm wurde deutlich, heute war ein beschissener Tag und er hätte sich besser eine andere Dienstwoche aussuchen sollen.

Mit Blaulicht wurde der Hauptkommissar der Mordkommission an diesen Tatort, wenige Kilometer vom letzten, in den Hamburger Stadtteil Stellingen gefahren. Schweiss hatte von der Fahrt wenig mitbekommen. Er war sofort nach der Abfahrt eingeschlafen.

Langweilig wurde es ihm im hell beleuchteten Hof zwischen alten, abgestellten Schrottfahrzeugen nicht. Hatte ihn doch dort ein dicklicher Security-Mensch samt Hund so lange unterhalten, bis Schweiss leicht genervt beide hinter die Absperrung schicken musste. Mit eingezogenem Schwanz waren sie davon stolziert und irgendwie hatte Schweiss Mitleid mit Hund und Herrchen. Weitere Zeugen und Hinweise - was die tote Frau im Koffer anging - gab es bisher nicht. Schweiss hatte seine Freundin, die Rechtsmedizinerin Traudel Kensbock, am Fundort der Leiche erwartet, aber es erschien ihr Vertreter Dr. Pellin. Der Hauptkommissar kannte den 40-Jährigen flüchtig und fand ihn kompetent, aber Traudel wäre ihm lieber gewesen. Es war etwas ruhiger geworden in ihrer Beziehung, fand Schweiss. Sicher lag es an ihrem gemeinsamen Aufenthalt im Herbst letzten Jahres auf Kuba. Er war sich bewusst, sich dort nicht unbedingt von seiner besten Seite gezeigt zu haben. Aber das war auch nicht sein Plan. Entweder sie nahm ihn so, wie er war, oder sie ließ es bleiben. An Traudel lag es also absolut nicht. Eine toughe Frau, selbstbewusst, zärtlich und einfühlsam. Er war der Grund des Anstoßes und darüber war sich der 59-Jährige im Klaren.

Die rothaarige Frau, die man aus dem Koffer gezogen hatte, konnte zunächst nicht identifiziert werden. Der Täter hatte ihr etliche Knochen gebrochen und die Obduktion musste ergeben, ob vor oder nach ihrem

Tod. Timo Schäfer und sein Spusi-Trupp arbeiteten schnell und da es anscheinend keinerlei Zeugen gab, war Schweiss gegen 2.30 Uhr in der Früh wieder zu Hause.

Im Morgengrauen, keine sechs Stunden später, stand Hauptkommissar Alexander Schweiss wenige Hundert Meter vom Fundort der Leiche entfernt in der Lederstraße. Die Identifizierung der tot aufgefundenen Frau war dann doch relativ schnell gegangen. Ein Kollege der Sitte hatte Lola Andresen auf einem Foto erkannt und etwa gleichzeitig mit der Spurensicherung war der Hauptkommissar am Morgen beim Wohnort der Toten angekommen. Unterwegs informierte man ihn darüber, dass schon gestern eine Rechtsanwältin namens Gisela Carlsen den Kollegen telefonisch einen Vorfall in der Lederstraße gemeldet hatte. Doch da keine Gefahr im Verzug war, hatte man sich vonseiten der Polizei wohl entschlossen, erst am nächsten Tag Beamte dort hinzuschicken. Schweiss ärgerte das extrem. Aber bei der angespannten Terrorlage in Hamburg, sowie im gesamten Bundesgebiet, wunderte ihn diese Nachlässigkeit nicht wirklich. Über Kleinigkeiten und Vermutungen sahen die Kollegen momentan hinweg. Das konnte schnell zu Ärger führen, darüber war sich Schweiss auch im Klaren. Sicher kam hinzu, dass es sich bei Lola Andresen um eine stadtbekannte Prostituierte gehandelt hatte.

„Jetzt bin ich schon das dritte Mal innerhalb vierundzwanzig Stunden hier!“, erklärte Schweiss unter einem Gähnen dem uniformierten Kollegen, der neben ihm stand und ebenfalls in Richtung des Einfamilienhauses starrte. Dieser wandte seinen Kopf und schaute den Hauptkommissar etwas seltsam an. Schweiss verstand den Gesichtsausdruck erst nicht. Doch dann war er sich bewusst, was er eben von sich gegeben hatte, und lachte: „Nein, nicht was du denkst! Ich war nicht als Kunde bei dieser Lola. Ich hatte heute Morgen schon einen getöteten Bauingenieur an der A7 abzuwickeln und war beim Fund der Leiche von Lola Andresen - wenige Stunden zuvor - auch dabei." Plötzlich wunderte sich Schweiss über sich selbst. Wieso rechtfertigte er sich überhaupt? Der Kollege grinste erleichtert. Schweiss kam in den Sinn, ob der Uniformierte sich in seiner Fantasie Schweiss und Lola beim Liebesspiel vorgestellt hatte? Sein krächzendes Lachen ließ den Beamten zusammenzucken. „Ich setze mich in den Streifenwagen. Gib mir Bescheid, wenn ich rein darf." Schweiss hatte noch nicht die Augen geschlossen, als man schon nach ihm rief. Leicht verärgert spazierte er die wenigen Meter zum Einfamilienhaus.

Der Eingangsbereich, aber auch das Schlafzimmer der toten Lola sahen aus wie nach einem Hochwassereinbruch, und kurz hatte der Kommissar überlegt, in welcher Entfernung die Elbe von der Lederstraße entfernt verlief. Blutige Bettwäsche, ausgerissene rote Haarbüschel, Timo Schäfer von der Spusi hielt ihm diverse großformatige Plastiktüten entgegen. „Sie muss hier getötet worden sein, Alex. Erst dann brachten der oder die Täter ihre Leiche zum Kfz-Betrieb."

„Du bist dir sicher?"

Schäfer nickte. „Doktor Pellin, der Rechtsmediziner, hat mich eben angerufen und mir das bestätigt." Er deutete Schweiss' erstaunten Blick richtig und meinte: „Dich hat er telefonisch leider nicht erreicht." Der Hauptkommissar zog sein Handy aus der Jackentasche. Tatsächlich, er hatte es auf der Fahrt hierher leise geschaltet und vergessen, es zurückzustellen. Seis drum!

„Habt ihr Hinweise zum Täter?", fragte Schweiss.

„Fingerabdrücke gibt es zuhauf, natürlich auch ausreichend DNA-Material. Kein Wunder, bei dem Beruf der Dame ...!" Der Kollege zeigte auf einen pinkfarbenen Mülleimer, der offen neben dem ehemaligen Bett stand und überquoll von Papierhandtüchern und verknoteten Kondomen. Etwas angeekelt schob Schweiss beide Hände vor sich. „Danke, das genügt. Bitte keine Details!"

Schäfer lachte. „Die Hautpartikel unter den Fingernägeln Lolas werden uns noch heute den Täter bringen, keine Sorge."

„Habt ihr einen Kalender gefunden oder ein Notizbuch? Wo trägt die Frau die Termine ihrer Freier ein?" Schweiss wurde ungeduldig. Schäfer musste das spüren, denn gehetzt und schlurfend rannte er über den Flur in das nächste Zimmer. Dabei spritzte etwas Wasser auf, das Schweiss erreichte.

„Mensch, Schäfer, pass doch auf!", rief er genervt.

Minuten später brachte Timo Schäfer einen Taschenkalender. Er war in einer Plastiktüte verpackt; und nachdem sich der Hauptkommissar Einweghandschuhe angezogen hatte, pulte er ihn heraus. Er stammte aus dem vergangenen Jahr 2016 und sah extrem mitgenommen aus. Die Frau hatte regen Verkehr, stellte Schweiss anhand der Notizen fest. Es gab keinen Tag ohne Einträge und Schweiss spürte Interesse, die letzte Steuererklärung der Prostituierten anzufordern. Den häufigen Besuch eines Mannes namens Piit Laurentzen hatte Lola stets dick umrandet und auch seitlich mit einem Totenkopf-Symbol markiert. Auch bei anderen Terminen hatte sie kleine Emoticons unterschiedlicher Stimmung gemalt. Lola musste Humor gehabt haben, schloss Hauptkommissar Schweiss aus den Aufzeichnungen.

Es gab fast keine Woche, in der Piit nicht bei Lola erschienen war. Zumindest laut den schriftlichen Eintragungen. Der Typ gab viel Geld hier aus. Oder er war ihr Zuhälter und kam zum Abkassieren. Schweiss lebte lange genug in Hamburg und glaubte sich auszukennen. Aber auch der Januar 2017 war noch in dem Kalender zu finden. Für den gestrigen 24.1.2017 fand der Kriminalbeamte mehrere Einträge. Schon morgens ab 8 Uhr stand Lola - zumindest gaben das ihre Eintragungen preis - zur Verfügung. Um 10 Uhr gestern war sie mit einem Kunden namens Ruben Carlsen verabredet. Für den Nachmittag fehlten weitere Eintragungen von Personen. Dort stand nur: „Kaffeetrinken mit den Kolleginnen."

„Habt ihr noch etwas gefunden?", fragte Schweiss die Kollegen der Spurensicherung.

„Draußen parkte ein Pick-up oder ein großer SUV. Wir haben seine Reifenspuren. Er hat beim Wegfahren genügend Gummi hinterlassen."

Während der Fahrt am Vormittag zu Familie Carlsen hatte Schweiss Kollegin Sandra telefonisch über alle Vorkommnisse informiert. Er bat sie, nichts zu überstürzen und seine Rückkehr abzuwarten. Auch solle sie besonders vorsichtig sein. Dann hatte er sich zwei Stunden auf die Rückbank des Streifenwagens gelegt und die Kollegen gebeten, ihn gegen 9 Uhr zu wecken. Sonderbar grinsend, hatten die Uniformierten der Anordnung des Hauptkommissars entsprochen.

Ruben war oben in seinem Zimmer, als Schweiss – wie gerädert – kurz nach 9 Uhr die Wohnung von Familie Carlsen betrat. Sein Rücken schmerzte und die Beine versagten ihm fast ihren Dienst. Aber er riss sich zusammen, er musste dranbleiben.

Frau Carlsen hatte auf den Anruf des Hauptkommissars reagiert, alles Berufliche verschoben und war sofort zu ihrer Wohnung nach Ottensen gefahren. Sie begann ihre Grußworte mit einer Entschuldigung, doch Schweiss hatte keine Ahnung, welchen Grund es für eine Entschuldigung gab, und winkte ab. Der Kriminalbeamte fand die Frau auf Anhieb sympathisch. Ihren Hamburger Dialekt, die gepflegte Ausdrucksweise, ihr äußeres Erscheinungsbild, alles passte. So nahm er ihre Frage nach Kaffee dankbar an. In der Anzeige der Frau, der Hauptkommissar hatte sie auf der Fahrt im Wagen durchgelesen, stand *alleinerziehend* und das machte sie für ihn noch etwas interessanter.

„Es sind noch Ferien und aus diesem Grund ist Ruben nicht in der Tagesstätte. An solchen Tagen unterstützt mich seine Pflegerin, Frau Helmig!", begann die Rechtsanwältin und zeigte auf eine kräftige Frau, die in der offenen Küche hantierte.

„Sie waren gestern in der Lederstraße und haben ein … wie soll ich es beschreiben … Chaos zur Anzeige gebracht?“ Frau Carlsen hatte die beiden Tassen auf dem Glastisch vor Schweiss abgestellt und sich gesetzt.

„Richtig, das habe ich.“

„Darf ich den Grund wissen, warum Sie sich in diesem Haus aufhielten?“

Frau Carlsen warf der Pflegerin einen kurzen Blick zu, worauf diese verschwand: „Ich werde dann mal einkaufen gehen, bis später!“ Als das leise Geräusch einer zuschlagenden Haustür verklungen war, seufzte Frau Carlsen und erzählte mit einem Augenaufschlag: „Ruben geht einmal im Monat zu Lola.“ Als ihr bewusst geworden war, was ihr Gegenüber denken könnte, fügte sie hinzu: „Die Therapeutin hat das empfohlen und ... ja, es wirkt sehr positiv auf den jungen Mann.“

Schweiss schwieg. Er musste das erst einmal verdauen. Zunächst fand er die Idee außergewöhnlich, einen Autisten - wie Frau Carlsen ihren Sohn genannt hatte - zu einer professionellen Hure zu schicken. Von solchen Therapien hatte er noch nichts gehört und wollte es nicht so recht glauben. Dann sprach die Mutter plötzlich von ihrem Sohn als jungen Mann. So als wolle sie die Sache abschwächen. Frau Carlsen schien leicht nervös zu sein. Sie war aufgestanden und brachte Gebäck. Mit zitternden Händen stellte sie die kleine Glasschüssel auf den Tisch. Alles passte vom Design her zusammen, fand der Witwer. Die Frau legte Wert auf das Besondere, freute er sich, und Frau Carlsen stieg erneut in seiner Wertschätzung.

„Ruben geht regelmäßig zu solchen ... Treffen?“ Schweiss war noch immer nicht über diese Information hinweg.

„Er geht nur zu Frau Andresen, also ... Lola. Ansonsten hat er keine Kontakte zu ...!“ Frau Carlsen schaute den Hauptkommissar wohl so hilflos an, dass er spontan aus dem Sessel stieg und über den Tisch ihren Arm packte und diesen unbeholfen tätschelte. Sie ließ es geschehen. Als plötzlich ein dumpfer Schmerz in den Rücken des 59-Jährigen fuhr, setzte er sich sofort zurück und bedauerte seine unkontrollierte Bewegung.

„Gut, also, er war gestern Morgen dort. Um 10 Uhr, so steht es im Kalender dieser … der … also, von Lola."

Frau Carlsen nickte.

„Sie waren pünktlich dort eingetroffen?"

Wieder nickte sie.

„Und als Sie Ruben abholten, was war dann?"

Frau Carlsen sank ein wenig in sich zusammen, es war, als ob sie sich extra kleinmachte. „Er saß zitternd auf der Toilette, im Raum neben … also neben ihrem Arbeitszimmer."

„Arbeitszimmer ist gut!", grinste Schweiss, war sich aber sofort bewusst, dass dieser Spruch sein, wie er hoffte, bisher erworbenes gutes Ansehen etwas schmälerte. „Also, er saß im Bad, auf der Toilette …", lenkte er ab und ergänzte, „… und wie die Rechtsmedizin festgestellt hat, starb Frau Andresen am selben Vormittag. Es könnte also sein, dass Ruben Zeuge eines …!" Schweiss hielt inne, die Gesichtsfarbe der Frau hatte sich auffällig in ein kalkiges Weiß geändert und der Hauptkommissar hob die Kaffeetasse hoch. Der darin befindliche Kaffee war schon kalt, doch Schweiss ließ es sich nicht anmerken. „Hatten die beiden vorher …?", fragte er nach einer Weile. Irgendwie waren solche Gespräche nichts für ihn und er bedauerte, nicht die Kollegin an seiner Seite zu haben. Doch diese hatte gerade andere Sorgen. Sein schlechtes Gewissen Sandra gegenüber rührte sich erneut. Plötzlich hatte Schweiss bemerkt, dass Frau Carlsen auf weitere Fragen wartete. „Hat Ruben etwas erzählt über ... also, über sein Erlebnis?"

„Ruben kann nicht reden!", erklärte Frau Carlsen und dann legte sie die Handflächen vor ihre Augen und weinte.

Sandra fuhr umgehend zur Redaktion der Hamburger Abendpost in die Paul-Dessau-Straße. Dr. Essig ließ sich verleugnen, doch Sandra blieb stur. Sie erklärte seiner Sekretärin, wenn Essig sie nicht umgehend empfangen würde, müsse der Redaktionschef mit einer Vorladung ins Polizeipräsidium rechnen. Endlich ließ man sie zu ihm.

„Na, Sie sind ja hartnäckig, Frau Holz!" Dr. Essig hielt die Visitenkarte in der Hand, die Sandra seiner Sekretärin eben ausgehändigt hatte und grinste. „Nehmen Sie Platz! Kaffee, Tee?" Sandra blieb stehen und erklärte ohne Zögern: „Sie werden morgen in der Ausgabe Ihres Durchhalteblattes veröffentlichen, dass vier tote Männer in der Elbphilharmonie, seitlich der Rolltreppe, begraben sind."

Hatte sie eine Reaktion des Mannes erwartet, sah sie sich getäuscht. Er drückte den Knopf am Telefon und bat um zwei Tassen Kaffee. Dann drehte er sich wieder Sandra zu. „Starke Behauptung, Frau Holz. Aber wenn unser Durchhalteblatt - wie Sie es etwas salopp nennen - auf jede solcher Anfragen reagiert, werden wir zukünftig nur noch Schwachsinn veröffentlichen." Es klopfte und geflissentlich übergab die Sekretärin auf einem Tablett den geforderten Kaffee. Als sie die Tür wieder geschlossen hatte, erklärte Sandra wütend: „Wenn morgen keine Details darüber in Ihrer Zeitung stehen, sollten Sie sich warm anziehen.“ Mit einem verachtenden Blick auf Dr. Essig verließ die Kommissarin das Büro.

Ruben war groß, schwarzhaarig und Schweiss war klar, dieser Junge wäre ohne seine Behinderung sicher eine noch größere Bereicherung im Leben jeder Mutter gewesen. Aber in dieser Situation musste das Leben der Rechtsanwältin viel Entbehrung abverlangen. Der Hauptkommissar wischte sich verstohlen eine Träne aus dem Augenwinkel. Die Mutter machte es sich auf der Couch neben ihrem Sohn bequem. Ruben Carlsen saß still an seinem Schreibtisch und malte. Er hatte nicht einmal aufgeschaut, als beide Personen das Jugendzimmer betreten hatten. Überall hingen Poster von Tieren und dazwischen Zeichnungen, die Schweiss sehr kindgerecht vorkamen. Das Zimmer Rubens selbst war hell, unter dem Fenster stand ein modernes Bett, und die Möbel waren gepflegt und schienen wertig. Ruben hatte sogar einen kleinen Tablet-PC, fiel Schweiss auf. Der lag seitlich auf dem Schreibtisch.

„Haben wir denn überhaupt eine Möglichkeit, etwas aus ihm …“ Schweiss berichtigte sich: „… also, ihn etwas zu fragen?“

Die Mutter streichelte dem jungen Mann über das Haar und schüttelte den Kopf. „Zeichnen ist sein Ding, ansonsten spricht er nicht.“

„Hat ihr Sohn viel gemalt, seit dem … Erlebnis gestern?", versuchte Schweiss das Gespräch zu beginnen. Die Mutter suchte nach einer Antwort und der Kriminalbeamte nutzte die Wartezeit, um trotz der langsam aufkommenden Müdigkeit nachzudenken: Die DNA, die man unter den Fingernägeln der toten Lola sichergestellt hatte, gehörte mit absoluter Sicherheit einem Hamburger namens Piit Laurentzen. Die Kollegen der Spurensicherung hatten ihm dies auf seinem Weg zu Frau Carlsen telefonisch mitgeteilt. Laurentzen war bei der Polizei aktenkundig, aber bisher eher als Schläger und Zuhälter aufgefallen und mehrfach verurteilt. Aber was trieb den Mann dazu, Lola Andresen zu töten? Es war klar, dass er die Prostituierte gut gekannt hatte. Gab es vielleicht einen Streit? Meistens handelte es sich dabei um Geldforderungen. Oder informierte er Lola über etwas, was sie zur Mitwisserin gemacht hatte? Sicher musste die junge Frau aus einem dieser Gründe sterben. Laurentzen – so die Kollegen eben am Telefon – habe ein Faible für Tattoos. Sein Körper sei voll davon und ein großes, buntes Sonnenrad ziere seinen Hals.

In seinem Kopf, fand Schweiss, lief es ähnlich wie in einem Bienenstock. Es summte und brummte darin und irgendwie fehlte der Ausgang, um den Druck loszuwerden. Er tat sich schwer, einen klaren Gedanken zu fassen. Trotzdem musste er weiterkommen. Und vielleicht lag die Lösung vor ihm auf dem Schreibtisch?

„Ich glaube, er hat nicht mehr gemalt als sonst auch!" Dieser Satz der Rechtsanwältin brachte Alex Schweiss zurück ins Hier und Jetzt.

„Darf ich Ihnen noch einen Kaffee bringen, Herr Hauptkommissar, oder etwas anderes?"

Erst war Schweiss in Versuchung, Ja zu sagen, doch er schüttelte den Kopf, die Zeit drängte. Obwohl er sich eine Verlängerung des Tête-à-Tête mit der netten und adretten Frau Carlsen schon hätte gut vorstellen können. „Kann ich sehen, was Ruben gemalt hat?", fragte er.

Frau Carlsen schaute fragend zu ihrem Sohn und griff dann nach einer Mappe, auf der dick ein Batman-Zeichen prangte. „Er liebt dieses Symbol."

Schweiss nahm die Mappe an sich, setzte sich neben Frau Carlsen auf die Couch und blätterte die Mappe durch. „Das wurde alles gestern beziehungsweise heute Morgen von ihm gezeichnet?"

Die Rechtsanwältin bestätigte das durch ein Kopfnicken. Ruben war tatsächlich fleißig. Sicher zwanzig Zeichnungen im DIN-A4-Format befanden sich in der Mappe und Schweiss wollte dem Autisten einen gewissen künstlerischen Anspruch nicht absprechen. Er blätterte die Zeichnungen durch, doch ihm fiel zunächst nichts Außergewöhnliches auf. Seine große Freude mussten Tiere sein, denn die Zeichnungen zeigten überwiegend Vierbeiner.

„Würden Sie mich mit Ruben einige Minuten alleine lassen, Frau Carlsen?"

Die Mutter zeigte zunächst wenig Verständnis über den Wunsch, verließ aber nach kurzer Überlegung schulterzuckend das Jugendzimmer.

Ruben schaute eher verängstigt auf den Mann neben sich. Schweiss nahm zwei Bogen Papier sowie eine Handvoll Malstifte vom Schreibtisch und rutschte von der Couch auf den weichen Teppich. „Ruben, wollen wir zusammen malen?", fragte er den jungen Mann. Ruben schien seine Frage erst nicht verstehen zu wollen. Schweiss fühlte sich gerade wie beim Malen mit seinem Enkel Jonathan. Er nahm die Plastikunterlage und legte ein Blatt Papier darauf. Dann begann er, mit einem roten Stift großflächig auf das Blatt ein Bett zu zeichnen. Ruben hatte den Bürostuhl langsam in die Richtung des Mannes gedreht und schaute nun neugierig auf das sich füllende Papier.

„Du hast die ganze Zeit auf der Toilette verbracht?" Der Hauptkommissar versuchte sich zeichnerisch an einer Kloschüssel und war ganz entzückt darüber, wie gut es ihm gelang. Er malte noch eine Tür und auf das Bett zwei schlafende Personen.

„Lola, La-la-la-la Lola", brummte Schweiss das alte Kings-Lied aus seiner Jugend und zeigte auf eine der beiden gezeichneten Gestalten. Erst glaubte er, der junge Mann habe ihn nicht verstanden, doch dann ging ein Aufbäumen durch Rubens Körper und er rutschte von seinem Stuhl. Er setzte sich Schweiss gegenüber auf den Teppich und nahm das leere Blatt Papier sowie einen Stift. Dann begann Ruben zu zeichnen. Wie besessen drückte und schob er den Stift auf dem Papier hin und her, und der Kriminalbeamte hatte schon Angst, ihn zu sehr mit den Geschehnissen zu belasten. Aber Frau Carlsen war nicht im Raum und so ließ der Kommissar es geschehen.

Nach wenigen Minuten stand Ruben auf, drehte sich um und ergriff sein Tablet. Schweiss kam es vor, als ob Ruben die ganze Angelegenheit fortan nicht mehr interessierte. Schweiss schaute auf das Blatt Papier vor sich. Der von ihm gezeichnete Mann neben Lola hatte nun einen großen gezackten Kreis um den Kopf. Er sah aus wie der Mondmann, den Alexander Schweiss seinem Enkel in dessen Kindheitstagen oft gemalt hatte. Um das Bett hatte Ruben etwas gemalt, was Schweiss als Zahnpasta-Tuben identifizierte. Ihm fehlte gerade der Durchblick, aber Schweiss steckte das Blatt ein und verließ Rubens Zimmer.

Für heute war es genug. Der Hauptkommissar rief einen Polizeiwagen und ließ sich nach Wellingsbüttel fahren. Das war sonst nicht üblich, aber Schweiss merkte, wie seine Körperkräfte nachließen. Die nächste Dialyse musste bald sein, das war ihm klar. Die Zeichnungen des Jungen gingen ihm durch den Kopf. Als der Polizeiwagen verkehrstechnisch an einer Ampel halten musste, hielt er dem Fahrer die Zeichnung hin. „Was meinst du?"

„Hat das dein Enkel gemalt?", glaubte der erst an einen Scherz. Doch das Gesicht des Kriminalbeamten ließ den Mann eines Besseren belehren. Er schaute erneut auf die Zeichnung, während die Ampel schon wieder von Grün auf Gelb schaltete. „Sieht aus wie ein Sonnenrad und dazu … viele Tuben!"

16

Donnerstag, 26. Januar 2017

Am nächsten Tag berichtete die Hamburger Abendpost über das aktuelle Geschehen in der Hansestadt Hamburg. Sie schrieben auch einige Zeilen über den Todessturz des Bauleiters. Es klang fast wie ein Nachruf und Sandra schien es, dass Dr. Essig Steffensen gemocht haben musste. Dennoch, über die toten Bauarbeiter in der sogenannten TUBE fand Sandra in der Presse nichts. Sie kochte innerlich. Marie-Therese hatte sich inzwischen mit dem andauernden Aufenthalt von Schwiegertochter und Enkelin arrangiert. Sicher freute sie sich darüber, Lara Sophie den ganzen Tag für sich zu haben.

Hauptkommissar Schweiss hatte sich heute nur telefonisch kurz bei seiner Kollegin gemeldet. Er hatte erklärt, eine landesweite Fahndung nach einem Hamburger namens Piit Laurentzen herausgegeben zu haben. Das Sonnenrad am Hals, aber auch die Worte TUBE – die Autist Ruben zeichnerisch darstellte – hatten Schweiss' Vermutung bestätigt, dass Lolas Ex-Zuhälter der Frau Details über die Leichen hinter der Rolltreppe erzählt haben musste. Irgendwie war er sich wohl später nicht sicher, ob sie dichthalten würde, und hatte sie umgebracht. Der Hauptkommissar warnte Sandra eindringlich, öffentlich in Hamburg herumzulaufen, und bat sie, auf einen roten Pick-up zu achten, in dem der vermeintliche Mörder sich eventuell noch frei bewegen könnte.

Ich hatte Sandra seit der Besprechung in der Rechtsmedizin nicht mehr wiedergesehen. Ohne vorher Bescheid zu geben, stand sie plötzlich an meiner Wohnungstür. „Du musst mir helfen, Caro!", meinte sie und ich kochte uns einen Kaffee. Sie bat mich, diese rumänische Freundin herzuholen, und erzählte mir ein wildes Durcheinander über den Besuch bei Dr. Essig, ihren aktuellen familiären Problemen und dem, was sie vom Polizeipräsidenten und all den anderen Hamburger Personen in hohen Positionen hielt. Und sie machte den Vorschlag, die rumänischen Medien über die Situation zu verständigen. Ich sah ihre Waffe, sie hatte sie im Eingangsbereich abgelegt, und mir war klar, wie sehr wir beide noch immer gefährdet waren. Diese Bande würde nie aufgeben. Ich war allein auf der Welt und nur meine alten Eltern würden sich grämen. Aber diese junge Mutter vor mir, die Ehefrau und aufstrebende Kriminalbeamtin, sie würde eine riesige Lücke hinterlassen, auch in meinem Herzen.

Roxanna war unglaublich schnell wieder zurück. Vielleicht lag es auch an den 100 Euro, die ich ihr versprochen hatte. Sie bekam den Auftrag, sofort die größten rumänischen Zeitschriften und Sender anzurufen und ihnen über den Tod ihrer Landsleute während der Arbeiten an der Elbphilharmonie zu erzählen. Auch dass die Hamburger Politiker diesen Vorfall nach aller Möglichkeit verschweigen wollten. Und dass die vier Rumänen sonst nie geborgen und eine vernünftige Bestattung erhalten würden. Ich selbst fand die Idee nicht erfolgversprechend, hatte aber keinen besseren Gegenvorschlag. Über drei Stunden telefonierte Roxanna und ich durfte gar nicht an meine Telefonkosten denken. Am

Ende war nicht abzusehen, ob es etwas gebracht hatte. Gemäß Sandras Wunsch wurden den Medien bei den Gesprächen sofort die Anschriften der verstorbenen Rumänen übermittelt und so konnten alle Journalisten und Redakteure den Wahrheitsgehalt selbst ermitteln.

Schon im Abendjournal, zwei Stunden später, sprach der NDR von Ungereimtheiten beim Bau der Elbphilharmonie. Ich saß – wieder alleine – mit einem Bier vor dem Fernsehgerät und drehte sofort den Ton lauter. Der Sprecher erklärte, sich auf rumänische Journalisten zu berufen. Diese, so der Moderator, sprachen davon, dass es wohl in den letzten Wochen vor Eröffnung Tote gegeben hatte, die noch immer im Gebäude der Elbphilharmonie lagen, und von einem Verbrechen an der Menschlichkeit. Kurz darauf ging eine weitere Meldung über den Ticker: Der 1. Bürgermeister der Stadt Hamburg hatte die Vermutungen in einer schnell anberaumten Pressekonferenz bestätigt. Carlos von Voss erklärte, das sei eine äußerst schlimme Sache, sprach von einer Verfehlung Einzelner und der Einleitung sofortiger Ermittlungen. Er erklärte stolz, dass er den Polizeipräsidenten Till Moritz Watty mit sofortiger Wirkung von seinem Dienst suspendiert habe.

17

Freitag, 27. Januar 2017

Die BILD-Zeitung und alle Hamburger Tageblätter hatten das Thema der Toten in der Rolltreppe heute auf der Titelseite. BILD fragte seine Leser heute Morgen sogar: „Was verschweigt uns Hamburg? Elbphilharmonie – Todesgrab für die Erbauer?"

Sandra schmiss die Zeitung hinter sich und startete den Wagen. Sie war gerade mit Lara Sophie auf dem Weg zur Kita nach Sehmsdorf, als ihr Handy klingelte. Die Kommissarin drückte den Knopf am Lenkrad des Alfa Romeos, der die Freisprecheinrichtung aktivierte. Der Wagen fuhr gerade um den Horner Kreisel und schnell beobachtete Sandra Töchterchen Lara Sophie im Rückspiegel. Sie war eingeschlafen und ihre Mutter hoffte, dass der Klingelton das Kind nicht aufwecken würde.

„Hallo?"

„Sandra, hier spricht Alexander! Hörst du mich?"

„Ja, Alexander, ich höre dich gut."

„Du kommst hier sehr leise an!"

Sandra war etwas genervt und versuchte, ein wenig lauter zu reden: „Lara schläft und ich bin auf dem Weg nach Bad Oldesloe."

„Ja, so ist es besser. Hast du schon die Zeitungen gelesen?"

Sandra bestätigte das.

„Gut gemacht, Mädchen!"

Sie fragte sich, was mit Schweiss los war, dass er sie „Mädchen" nannte.

„Du, es gibt einen weiteren Toten. Man hat Watty heute Morgen tot in einer Jagdhütte aufgefunden. Er hat sich … erhängt."

Sandra war bestürzt. Sie mochte den Mann nicht besonders, aber sein Tod ließ sie doch nicht kalt.

„Oh, das tut mir leid!"

„Er hat einen Abschiedsbrief hinterlassen. Der läuft seit einigen Minuten in Schleife durch die Medien. Die überschlagen sich mit Anschuldigungen."

„Nun ja, er war – ob tot oder lebendig – wohl nicht unschuldig an dieser Vertuschung."

„Aber er gab sich in seinem Brief die alleinige Schuld dafür."

Sandra musste einen Moment über diese Meldung nachdenken. Dann meinte sie: „Das wissen wir besser, Alex, nicht wahr?"

Der Hauptkommissar bekräftigte das. „Aber ohne Zeugen kann es sein, dass die anderen Schuldigen – nach dem Selbstmord Wattys – ohne Strafe davonkommen!"

„Das wäre ärgerlich!"

„Du hast recht, Sandra. Aber eins noch."

„Ja?"

„Die DNA-Spuren der beiden Männer. Also, der eine mit der Gelb-Grünen … du weißt … in der Fahrzeugverwahrstelle … ja, sie waren es und … sie werden sich dafür verantworten müssen."

Einige Sekunden war nur Schweigen, dann flüsterte Sandra: „Danke, Alexander!"

„Schon okay Wo fährst du gerade hin?"

„Nach Sehmsdorf in die Kita." Sandra hatte sich wieder gefasst. „Lara wird heute Morgen ein letztes Mal mit ihrer Gruppe frühstücken. Dann schließen wir das Thema Bad Oldesloe für immer ab."

„Gut, aber sei vorsichtig!" Sandra bedankte sich nochmals und beendete das Gespräch.

Hinter dem Alfa Romeo der Kommissarin hielt sich ein riesiger Pick-up auf. Rot war er nicht, eher hatte die Wagenfarbe etwas von einem verdreckten Schwarz. Doch genau konnte Sandra es nicht zuordnen. Aber diese Erkenntnis ließ ihren Blutdruck hochschnellen. Der Wagen fuhr nicht dicht auf, trotzdem kam Sandra die Sache äußerst eigenartig vor. Die Kommissarin griff nach ihrer Waffe. Sie hatte sie rechts in den Beifahrersitz geklemmt. Die Mündung nach vorne Richtung Handschuhfach. Sie hatte die Autobahn A1 erreicht und fuhr nun weiter Richtung Bad Oldesloe. Immer wieder schaute sie in den Rückspiegel. Doch plötzlich war der auffällige Wagen spurlos verschwunden. Sicher bildete sie sich das nur ein. Sie bemühte sich, ruhiger zu atmen. Wie würde es jetzt weitergehen?, fragte sie sich. Luca und sie hatten abgesprochen, das Haus in Sehmsdorf nicht wieder aufzubauen. Ihr Mann gestand ihr in der Nacht bei einem Glas Rotwein, er habe eh nie gerne darin gewohnt. Sandra teilte diese Einstellung mit ihm.

„Lass uns an die Ostsee ziehen. Das Klima ist gut und wir haben stets das Meer vor der Tür", hatte sie lachend vorgeschlagen. Trotz der zurückliegenden schlimmen Tage war die Stimmung des Paares gut.

„Und ich fahre dann täglich hundert Kilometer und mehr nach Hamburg zur Arbeit?"

Sandra hatte sich in Lucas Arm gekuschelt: „Lass uns eine kleine Osteria in Grömitz eröffnen." Luca hatte den Kopf geschüttelt und zärtlich gemeint: „Du spinnst!" So wie es aussah, würde die Familie erst einmal Lucas alte Wohnung in der Böckmannstraße beziehen und Lara dort in der Nähe einen Kindergartenplatz belegen. Sicher gab es Schlimmeres, als die Schwiegermutter im Haus zu haben und den Arbeitsplatz in erreichbarer Entfernung.

Inzwischen hatte sie Bargteheide erreicht und Lara war aufgewacht. Das Mädchen redete mit sich selbst und schaute aus dem Wagenfenster. Lange hielt sie nicht mehr durch, wusste die Mutter. Aber in zehn Minuten sollten sie dort sein. Als Sandra den Parkplatz kurz hinter Bargteheide passierte, der abends als Abstellplatz der Windradtransporter genutzt wurde, erkannte sie dort einem abgestellten Wagen. Eine Person urinierte, wenige Meter von seinem Fahrzeug entfernt, neben einem schwarzen Pick-up. Sandra schlug das Herz erneut bis zum Halse. Da war er wieder, der Wagen. Sie nahm sich vor, bei der Abfahrt Bad Oldesloe die Autobahn zu verlassen und den Wagen irgendwo versteckt abzustellen. Irgendwie musste sie jetzt Sicherheit haben.

Schon mehrere Minuten stand Sandra mit dem Kombi in einer kleinen Einfahrt, wenige hundert Meter von der Ausfahrt der A1 entfernt. Doch kein schwarzer Pick-up war bisher an ihr vorbeigefahren. Lara wurde inzwischen äußerst ungeduldig, sie freute sich auf ihre

Spielkameraden. Sandra brach die Aktion ab und fuhr weiter Richtung Sehmsdorfer Straße.

Sie parkte den Wagen auf dem großen Parkplatz vor der Kita und Lara war vor Freude kreischend sofort in das Gebäude hineingestürzt. Sandra überkamen Zweifel, ob sie mit der Abmeldung alles richtig gemacht hatten. Aber es ging auch um die Sicherheit des Kindes, und Luca als Hamburger hatte mit der Idee, in der Hansestadt leben zu wollen, sicher recht. Sandra begrüßte die Leiterin und die anwesenden Erzieherinnen der Kita und schaute noch eine Weile zu, wie Lara mit den anderen Kindern spielte. Dann entschloss sie sich, ein vielleicht letztes Mal, das Haus in Sehmsdorf aufzusuchen.

Als sie den Weg Richtung Hofkamp lief, kam ihr in weiter Entfernung ein Mann entgegen. Sofort stellten sich ihre Nackenhaare hoch. Doch als sie sah, dass der Entgegenkommende einen kleinen Hund an der Leine hielt, beruhigte sie sich. Plötzlich wurde ihr bewusst, sie hatte ihre Waffe im Wagen liegen lassen. Eigentlich war sie nicht ängstlich, aber die Schusswaffe lag auf dem Beifahrersitz. Welcher Hohn würde ihr entgegenschlagen, wenn eine besorgte Mutter aus diesem Grunde die Oldesloer Polizei rief. Und sie sich als Kriminalbeamtin bezüglich ihrer Verfehlung rechtfertigen musste.

Sandra lief schnell zurück zum Wagen. Zum Glück war niemandem die Waffe aufgefallen; die Kommissarin nahm sie und steckte sie in ihre dicke Winterjacke.

Der Mann mit Hund begegnete ihr kurz vor dem Kita-Gebäude. Er grüßte und lief weiter. Sie genoss die kalte Luft und die freie Sicht über die vereisten Felder. Am Ende des Weges erreichte sie die Bank oberhalb des Hofkamps. Sandra setzte sich für einen Moment auf das kalte Holz und atmete mehrmals tief ein und aus. Dann fasste sie allen Mut zusammen und spazierte hinunter zur Brandruine.

Zum Glück war keiner der Nachbarn im Garten zu sehen, auch die Straße selbst war leer. Aber die aktuellen, kalten Temperaturen ließen es kaum zu, dass Menschen draußen lange verweilten. Eine Abrissfirma hatte schon einen hohen Bauzaun um das niedergebrannte Haus gezogen. Man würde in den nächsten Tagen damit beginnen, die Mauern einzureißen. Es roch noch immer stark nach Verbranntem und Sandra zwängte sich durch eine Lücke im Gitter. Dann betrat sie ihr Grundstück. Luca hatte alles, was verkohlt oder zerstört war, in Containern wegschaffen lassen. Der klägliche Rest lag schon in der Garage in der Hamburger Böckmannstraße.

Sie trat auf den gefrorenen Rasen hinter der Terrasse und erinnerte sich kurz an die schönen Momente, die sie und Luca mit Töchterchen Lara Sophie hier verbracht hatten. An die Feiern und die Grillfeste. Und an die Arbeit und Zeit, die Sandra in den Umbau des Gartens investiert hatte. Gerade als sie im Begriff war, zurückzulaufen, fiel ihr etwas Braunes am Ende des Rasens auf. Sie spazierte hin und bückte sich. Es handelte sich um den kleinen Gartenhandschuh der Tochter. Lara wollte stets der Mutter helfen und Sandra hatte sie ihr im Sommer gekauft. Einer der Handschuhe lag nun hier und Sandra steckte ihn ein. Tränen liefen ihre Wangen hinunter und sie stützte sich an den von Luca selbst gebauten Grill.

„Na schau mal da, wen wir hier haben!"

Die Stimme erschreckte Sandra so sehr, dass ein Ruck durch ihren Körper ging.

„Nicht erschrecken, Frau Kommissarin!", flüsterte die Stimme und erst jetzt erkannte Sandra die dazugehörige Person. Diese stand, etwas von einem Obstbaum verdeckt, am Rande des Zaunes zum Nachbarn hin und grinste. Ein fieser Typ! Sandra war sofort klar, der gehörte nicht zum Abreißtrupp. Und vor allem, der Mann führte nichts Gutes im Schilde. Sie vermied es zunächst, ihre Waffe zu ziehen. Noch sah sie keinerlei Gefahr.

„Sie befinden sich auf meinem Grundstück. Ich denke, Sie verschwinden besser, bevor …"

Der Typ unterbrach sie und kam einen Schritt näher. „… bevor Sie die Kollegen rufen?" Er lachte höhnisch, und als er den Kopf etwas drehte, fiel der Kommissarin das runde Tattoo am Hals auf. Ihr stockte der Atem, es musste sich um Piit Laurentzen handeln. Warum war sie nicht gleich darauf gekommen. Sie versuchte, ruhig zu bleiben, doch ihr Herz klopfte überschnell, bis an ihren Hals.

Noch während die Kommissarin überlegte, hatte der Mann plötzlich eine Waffe in der Hand. Es geschah so schnell, dass Sandra es nicht wahrnahm, von wo er sie so plötzlich hergezaubert hatte. Ihre eigene Heckler & Koch P2000 steckte noch immer in ihrer Jackentasche, und sie war sich sicher, eine Handbewegung dorthin würde den Mann sofort schießen lassen.

„Ich war Montagnacht schon einmal hier. Aber irgendwie sah es anders aus. Habt ihr gegrillt und dein Italiener hat Spiritus verschüttet?" Laurentzen lachte und Sandra ärgerte sich, ihm nicht gleich eine Kugel verpasst zu haben.

„Ha, ha, wie dämlich sind Sie eigentlich, Laurentzen? Sogar solch eine einfache Aufgabe haben Sie noch versemmelt!" Sandra stutzte, war sie es wirklich, die diesen Satz gesagt hatte?

Das Gesicht des Mannes war rot angelaufen und die Kommissarin hatte Angst, er stürzte sich gleich auf sie. Aber Laurentzen schluckte den Ärger herunter. Es schien Sandra, als wolle er den Dialog genießen, um dann … sie wollte nicht weiter darüber nachdenken.

„Frech bist du … und gleich tot!", erklärte ihr Gegenüber.

„Wir haben sie schon alle geschnappt!", versuchte Sandra den Verbrecher aus der Reserve zu locken. Blitzschnell suchten ihre Gedanken nach einem Ausweg. Aber wer konnte ihr hier, am Ende der Welt und so weit von Hamburg entfernt, helfen?

„Und das glaubst du tatsächlich? Das ist wie mit der Hydra, Kommissarin. Verhaftest oder tötest du einen, wachsen zwei neue nach."

„Ihr Freund Watty hat es ja nicht geschafft!" Sandra versuchte es mit dem Angriff nach vorne.

Laurentzen senkte etwas die Waffe. Seinem Gesichtsausdruck nach zu urteilen, schloss Sandra, dass er überlegte. „Till ist … war ein alter Freund aus den Zeiten der Straßenkämpfe. Ja, ein Guter. Und dass er später der höchste Polizist Hamburgs wurde, habe ich ihm schnell verziehen. Um ihn tut es mir besonders leid."

Der Mann trauerte tatsächlich.

„Aber Till war krank, Bauchspeichel … irgendwas", erklärte Laurentzen weiter. „Er hatte eh nicht mehr sehr lange zu leben. Der Mann hatte Charakter, nahm alle Verantwortung auf sich. Obwohl …!"

„Obwohl …?" Laurentzen schien zu überlegen, ob er der Kommissarin mehr erzählen sollte. Dann entschied er sich wohl dafür, denn er meinte: „Fuchs ist die ganz große Sau! Er allein hat im Club der Löwen die Fäden gesponnen. Nannte sich Präsident ... und der Irrenarzt hat es vermasselt. Die anderen, na ja, die haben sicher das Ihre für die Stadt geleistet. Aber Fuchs, dieser geistesgestörte Irre, der wollte nur das große Geld. Wollte einen riesigen Batzen vom Gewinn der Elbphilharmonie haben. Aber diese Ingenieurin hat ihm gewaltig dazwischengefunkt."

Sandra glaubte herauszuhören, dass der ehemalige Zuhälter und Mörder Lolas, und sicher weiteren Opfern, Fuchs nicht besonders mochte.

„Und er hat Ihnen den Auftrag gegeben, Frau Lüttli zu töten?"

„Was glaubst du? Dass ich mir von solch einem Arsch Befehle geben lasse? Nie und nimmer! Nur von Till kamen die Anweisungen. Ja, und du und dieser Matula-Verschnitt Lutteroth, ihr habt das zerstört, was Till und ich für die Stadt ..."

Sandra unterbrach ihn mutig. „Der Vergewaltigungsversuch in Rothenburgsort ...?"

„... war die Idee von Fuchs. Ich habe zwei Jungs vom Nachwuchs losgeschickt. Haben sich wohl nicht bewährt? Nein, Watty mochte dich, kleine Kommissarin. Er würde es auch nicht gutheißen, dass ich dich ... jetzt umlege. Aber glaube mir, Fuchs wird nie aufgeben. Und auch wenn er tot ist, gibt es andere. Das, was du angerichtet hast, verzeihen dir die Verantwortlichen nie! Die Stadt wird aus dieser Sache mit großem Prestigeverlust herausgehen. Von der Elbphilharmonie ganz zu schweigen. Es wird sie zurückwerfen wie der missglückte Versuch mit Olympia ...!"

Sandra stellte fest, er sprach schon wie Polizeipräsident Watty. Solche Worte fand man im Sprachrepertoire eines Mannes vom Kaliber Laurentzen nicht. Sicher hatte er sie Watty abgeschaut – als sein treuer Knecht!

„Wenn ich dich jetzt nicht töte, wird es der nächste von ihm gedungene Killer tun. Glaube es mir! Der schnelle Tod ist das kleinere Übel für dich!“

Noch immer arbeitete Sandra fieberhaft an einer Lösung, dem Mann zu entkommen.

„Geld oder Zeugenschutz muss ich Ihnen nicht anbieten?“

Laurentzen lachte laut. „Zeugenschutz wäre doch was. Sieht man so oft in den Filmen der Amis.“ Er lachte wieder und hob dabei seine Pistole wieder etwas an. „Aber ich und Zeugenschutz. Nein! Ich liebe Hamburg, die Reeperbahn, meine Gang. Ich würde lieber sterben als …!“

Ein lauter Schuss brach und die Kommissarin schaute betroffen und fassungslos an sich herunter. Sie spürte zunächst keine Schmerzen. Getötet zu werden schien schmerzlos abzulaufen, glaubte sie. Ihre Gedanken gingen zu Lara Sophie. Wer würde das Kind von der Kita abholen und wie würde Luca ohne seine Ehefrau zurechtkommen? Sie fand das Leben so schön und wollte noch nicht abtreten. Wenn es jetzt zu Ende ginge, fand sie, war es etwas zu kurz. Sie blickte zurück, dachte an Sören, ihre Liebe, der bei einem Helikopterunfall in New York starb. An Johannes und an die Abtreibung, zu der er sie genötigt hatte. Ihr gemeinsames Kind – an das sie die Jahre so oft gedacht hatte –, es wäre nächstes Jahr in die Schule gegangen. Sie dachte an Setzer, der fast ihr Leben zerstört hatte. An ihre Mutter, den toten Vater … und plötzlich fiel – wenige Schritte vor ihr – Piit Laurentzen in den gefrorenen Rasen, mit dem Gesicht zuerst. Sandra war völlig von der Rolle. Ihre Waffe steckte noch in der Jacke und der Mann lag tot oder zumindest schwer verletzt vor ihr.

Dann hörte Sandra dieses unverkennbare Krächzen. Sie wusste sofort, Alexander Schweiss, ihr Chef und Freund, war erneut rechtzeitig zur Stelle.

„Wie in Kiel damals!“, brüllte er. „Kann man dich denn nicht alleine lassen, Sandra?“ Lachend durchbrach der Hauptkommissar gemeinsam mit Beamten des MEKs die Buchenhecke ihr gegenüber.

Die Kommissarin stürzte auf ihn und umarmte den Kollegen, als sei es der Vater, den sie seit Jahrzehnten vermisst hatte.

18

Sonntagmorgen, 29. Januar 2017

Das Fiepen der Geräte hier im Zimmer der interdisziplinären Intensivstation 1C im 1. Stock des Gebäudes Q10 fand Sandra noch schlimmer als den Kunststoffschlauch, der sich seit über einer Stunde in ihrem Mund befand. Er behinderte den Schluckreflex und sie betete, dass nicht noch ihre Nasenschleimhäute aufgrund der Krankenhausgerüche hier im Raum anschwellen würden.

Sandra atmete flach und überlegte, wie lange sie in dieser Position noch durchhalten würde. Langsam begann ihr Rücken zu schmerzen und sie wünschte, sich etwas aufrechter legen zu können. Auch Hungergefühle stellten sich ein. Um 23.10 Uhr hatte sich die Kommissarin in das Bett der Intensivstation gelegt und nun war es sicher schon nach ein Uhr in der Nacht. Zumindest wünschte sie sich das. Sie hatte mit Hinz und Schweiss abgemacht, bis maximal drei Uhr durchzuhalten, war sich aber bei der Aussage im Klaren, dass es noch länger dauern konnte.

Es war ihre Idee gewesen, sich hier auf die Lauer zu legen und Dr. Udo Fuchs auf frischer Tat zu ertappen. Polizeirat Breit – wieder zurück aus dem Ausland – war außer sich über den Vorschlag. Wie es schien, hatte er extreme Angst, bei „solch einer Aktion seinen Kopf hinzuhalten", wie er es formulierte. Doch es oblag Alexander Schweiss, seinem Vorgesetzten von der Notwendigkeit dieses Plans zu überreden, und er hatte es geschafft. Eigentlich gab es eh kein Zurück mehr. Alle Hamburger Tageszeitungen – außer der HAPo – und auch die Fernsehsender bis hin zu N24 berichteten am gestrigen Samstag brav über das von der Polizei verbreitete Gerücht: Vom baldigen Erwachen der wieder aufgetauchten Bauingenieurin Evelin Lüttli-Wagner. Sie ließen verlauten, dass sich die Hamburger Polizei viel davon zur Aufklärung des Falles der Toten aus der Elbphilharmonie versprach.

Die Kripo hatte durchsickern lassen, dass die verletzte Bauingenieurin Lüttli-Wagner schon konkrete Angaben zu dem Unfall in der Elbphilharmonie gemacht habe, und dass man sie, nach etwas Ruhe, weiter befragen und ein Vernehmungsprotokoll aufnehmen würde.

„Wir stehen kurz vor der Aufklärung!" Diesen Satz sprach der neue Polizeipräsident Anders, Nachfolger des toten Watty. Und Sandra und Kollege Schweiss, die gestern in der Früh in der letzten Reihe hinter den Journalisten gesessen hatten, konnten die Anspannung des Neuen bei dieser Lüge während der Pressekonferenz deutlich sehen.

Bis auf den Chefarzt und die Stationsschwester hatten die Kriminalbeamten niemanden eingeweiht. Zwei Schwestern und einen Pfleger hatte man aus den Reihen der Polizei auf dem Flur postiert und diese waren in weißen Kitteln eifrig dabei, irgendwelche pseudokliniknotwendigen Tätigkeiten zu verrichten. Zum Schutze der Kommissarin versteckte sich Hauptkommissar Hinz – Leiter eines Mobilen Einsatzkommandos – auf der Toilette ihres Zimmers. Es war Sandras Wunsch, dass Hinz sie beschützte, und er war abkömmlich und hatte auch sofort zugestimmt. Auch einige seiner MEK-Kollegen waren unweit des Flures und auch außerhalb der Klinik in Position gegangen, wusste Sandra.

Wie man den Kriminalbeamten von der Krankenhausseite aus erklärt hatte, gab es jede Nacht zur bestimmten Zeit einen Personalwechsel. Dabei wurden die Pflegekräfte nach einer kurzen Übergabe ausgetauscht. Sandra hoffte, dass der Arzt für Neurologie und Psychiatrie, Udo Fuchs, diese Zeit nutzen würde, um sich in das Zimmer der Verletzten zu schleichen.

Nun bekam die Kommissarin auch noch einen Krampf in die linke Wade. So fest sie nur konnte, drückte Sandra den Fuß gegen das Bettende und langsam ließen die Schmerzen nach. Irgendwie musste sie sich ablenken. Das dauernde Nachdenken über die Schmerzen, diese unmögliche Position, die eingeschränkte Atemtätigkeit und die Verantwortung sich, Luca und Lara Sophie gegenüber machte sie verrückt. Sandra versuchte es mit autogenem Training. *„Mein linker Arm ist ganz schwer, mein rechter Arm ist ganz schwer, mein Atem fließt ruhig und gleichmäßig …"* Das brachte sie tatsächlich etwas runter. Zumindest war sie abgelenkt. Sie wünschte sich, die geliebte Tochter im Arm zu halten, sie zu herzen und zu liebkosen. Lara Sophie die heiß begehrten Cake-Pops zu backen und ihre Freude darüber zu genießen, wenn das Kind hineinbiss. Auf dem Flur schallten plötzlich Schritte und rissen Sandra aus ihren Gedanken. Die Schritte hallten nun etwas leiser über den gefliesten Gang. In der letzten Stunde waren etliche Personen an ihrem Zimmer vorbeigelaufen. Hin und her, und Sandra hatte sich bemüht herauszufinden, ob es sich um eine Frau oder einen Mann handeln könnte. Sie musste das einfach tun, um auf andere Gedanken zu kommen.

Sandra legte vorsichtig die kalte Schusswaffe aus ihrer rechten Hand und bewegte die Finger. Es war gut, bewaffnet zu sein, obwohl der Kommissarin ein Toter in dieser Woche ausreichte. Die P2000 war gespannt und entsichert und zeigte zum Fenster nach rechts. Die Toilette mit Hinz befand sich genau vor ihr. Sandra hatte um ein kleineres Kaliber gebeten, doch das war in der Eile nicht zu realisieren. Polizeirat Breit, der sich inzwischen etwas beruhigt hatte, meinte beim Abschied: „Sie werden doch nicht auf der Intensivstation rumballern, Frau Holz?“

Die Schritte auf dem Flur waren kaum zu hören und die Kommissarin musste schon den kostbaren Atem anhalten, um ihnen noch für eine Sekunde zu folgen. Dann war Stille. Doch plötzlich kamen die Schritte zurück. Sandra war der Auffassung, die Person bliebe vor ihrer Tür und dem Milchglasfenster stehen, unschlüssig, einzutreten. Sie fragte sich, wer alles die Befugnis hatte, die Intensivstation zu betreten? Es handelte sich um einen Sperrbereich und man kam nur mit einer Chipkarte hinein, wusste sie. Also musste es sich bei der Person auch um jemanden mit einer solchen Befugnis handeln! Die Person vor der Tür erschien Sandra noch immer unschlüssig. Ob Fuchs draußen stand? Die Kommissarin hoffte es inständig und ihre Herzfrequenz stieg bei dem Gedanken drastisch an. Sie wünschte es nicht nur, weil es für die endgültige Aufklärung des Falles notwendig war. Nein, auch ihr Überlebensinstinkt war daran interessiert, schnell wieder aus dieser misslichen Lage herauszukommen. Die Tür des Krankenzimmers öffnete sich. Überaus leise. Sie konnte es genau hören. Man hatte der Kommissarin zur optimalen Verkleidung noch die Augen mit Pflaster verklebt. Natürlich konnte sie die Lider öffnen, aber wenn sie das zu früh tat, würde der Täter vielleicht unter irgendeiner fadenscheinigen Begründung verschwinden. Es hieß also: Wenn, dann nur auf frischer Tat.

Die Person, die den Raum betreten hatte, musste nun genau vor dem Bettende stehen. Sandra war sich sicher, deren Atem hören zu können. Er klang unruhig, leicht rasselnd, als sei die Person erkältet, und sie rieb dabei nervös ihre Finger aneinander. Sekunden vergingen und Sandra hatte vor lauter Hören das Atmen vergessen. Speichel rann plötzlich ihre Kehle hinab und sie hatte Angst vor einem Erstickungs- oder zumindest einem Hustenanfall. Sie atmete weiter flach durch die Nase, bemüht, den Speichel seitlich des Schlauchs in ihren Mund, Richtung Speiseröhre, zu schaffen. Ihr Kreislauf schob gerade eine extra Runde und nur mit äußerster Disziplin schaffte Sandra es, nicht das nervige Plastik auszuspucken. Dann waren da wieder die Schritte. Nur zwei, oder vielleicht drei. Das rasselnde Atmen war plötzlich ganz nah neben ihr. Keinen halben Meter, glaubte sie. Eher weniger.

War es jetzt Zeit, die Augenlider zu öffnen, die Waffe aufzurichten? Sie hörte Geklapper an dem Infusionsständer rechts neben sich. Man hatte den Schlauch vom Infusionsbeutel zu ihr zwar verlegt, aber aus gutem Grund auf einen Venenzugang verzichtet. Stand da neben ihr nur eine Schwester, die bei der Verletzten einen Kontrollgang durchführte? Eine Schwester, die nicht informiert war und ahnungslos ihren Job verrichtete? Was war mit Hinz? Der war doch hoffentlich nicht eingeschlafen? Unsicherheit machte sich in Sandra breit. Dazu Angst, einen Fehler zu machen. In dieser Woche war einiges geschehen. Und so viele Leben hatte sie nicht. Vorsichtig öffnete sie ein Augenlid. Etwas verschwommen und schemenhaft konnte sie neben sich eine Gestalt ausmachen. Langsam wurde ihr Blick klarer und sie glaubte einen glatzköpfigen Mann zu sehen. Der trug einen weißen Arztkittel und Sandra vermutete, dass er sich gleich am Schlauch des Beutels zu schaffen machte. In seiner Hand befand sich etwas, was wie eine Spritze aussah. Der Mann schien nicht zu bemerken, dass die angebliche Patientin ihn mit einem Auge beobachtete. Vorsichtig und erfahren begann er mit der Durchführung seiner Arbeit. Dr. Fuchs war der Kommissarin schon mehrfach begegnet und sie war sich absolut sicher, dass dieser Mann nun neben ihr stand. Das Herzrasen ging zurück, ihr Kreislauf fuhr etwas herunter. Sandra öffnete vorsichtig das zweite Augenlid. Plötzlich brüllte der Mann neben ihr laut: „Oh Gott!“, und sprang erschreckt zurück. Die Kommissarin riss die rechte Hand hoch. Das dünne Laken, das ihren Körper bedeckt hatte, glitt zur Seite und ihre Pistole zeigte mit der Mündung auf den Mann neben sich. Der musste sich in einer Art Schockstarre befinden, denn er bewegte sich nicht. Im selben Moment hatte Hauptkommissar Hinz, ohne Lärm zu verursachen, sein bisheriges Versteck verlassen und tauchte aus dem Nichts hinter Dr. Fuchs auf. Er hielt ihm eine Pistole an den Hinterkopf. Sandra riss sich schnell den lästigen Schlauch aus dem Mund und die Pflaster von den Lidern. Die Kommissarin setzte sich aufrecht, immer noch die Waffe in Position. Dann nahm sie zweimal tief Luft. Mit einem schelmischen Grinsen im Gesicht erklärte sie: „Das war es, Fuchs, ich verhafte Sie wegen Anstiftung zum mehrfachen Mord, zum Mordversuch …“ Die Kommissarin sprach langsam und ihr selbst war bewusst, dass sie diese Situation gerade voll und ganz genoss. „… Sie haben das Recht zu schweigen. Sie haben das Recht auf einen Anwalt. Wenn Sie sich keinen Anwalt leisten können, kann Ihnen einer gestellt werden. Alles, was Sie ab jetzt sagen, kann gegen Sie verwendet werden …“ Hauptkommissar Hinz hielt den Daumen der freien Hand hoch und grinste.

Montag, 30. Januar 2017

Hauptkommissar Schweiss saß gesättigt im Streifenwagen und war unterwegs nach Wilhelmsburg. Er war beruhigt, dass er es noch geschafft hatte, sein Frühstück – ein Croissant und drei Spiegeleier – zu beenden. Wann würde er heute wieder feste Nahrung zu sich nehmen können?

Seit dem Unfall auf der Köhlbrandbrücke im vorletzten Jahr war Schweiss nicht mehr im südlichen Hamburger Stadtteil unterwegs gewesen. Dem Kriminalbeamten fiel ein, dass er damals, als Traudel und er mit defekten Bremsen in seiner alten B-Klasse dem Tod ins Auge geblickt hatten, sich selbst versprochen hatte, mit seinem Enkel einmal über diese Hamburger Brücke zu fahren. Das Versprechen hatte er nie eingelöst und sein schlechtes Gewissen meldete sich nun. Auch sein Techtelmechtel mit der Rechtsmedizinerin hatte er nie in die richtige Bahn gelenkt. Er wusste, dass Traudel darauf wartete. Aber seit dem gemeinsamen Urlaub war sich Schweiss nicht mehr sicher gewesen, erneut mit einer Frau dauerhaft zusammenleben zu wollen.

Der Wagen hatte die A255 verlassen und fuhr über die B75 weiter. Der junge Kollege neben ihm schwieg schon die ganze Fahrt über. Das gefiel dem Hauptkommissar und er war sich sicher, dass der Beamte den Job als Fahrer verstanden hatte. Schweiss nahm sich vor, dessen Namen zu merken und ihn gegebenenfalls öfters als seine Begleitung einzusetzen.

War diese Fahrt so etwas wie die Antwort auf alle seine Fragen? Vor knapp dreißig Minuten, gegen 8.30 Uhr, hatte man den Kriminalbeamten darüber informiert, dass Sandras Wagen in Wilhelmsburg aufgefunden worden war. Sie schien in einen Unfall verwickelt zu sein, und man habe dort zwar Blut, aber keine Kommissarin vorgefunden. Weitere Informationen gab es nicht. Die Spurensicherung und die diensthabenden Kollegen seien dorthin unterwegs, hieß es. Das, was die Kollegin in den letzten Tagen geleistet hatte, war äußerst professionell, fand Schweiss. Sandra war stets über sich hinausgewachsen und tat alles, um Unheil von den Bewohnern der Hansestadt abzuhalten. Auch wenn sie sich und das Leben ihrer Liebsten dabei gefährdete. Schauer liefen über den Rücken des 59-Jährigen und Schweiss spürte die Gänsehaut auf seinen Armen. Sicher würde es sich als kleiner Verkehrsunfall herausstellen und Sandra schon mit dem Taxi unterwegs zurück sein, beruhigte er sich. Der Polizeiwagen hielt an einer roten Ampel. Der Uniformierte neben ihm schaute fragend zum älteren Kollegen und Schweiss zuckte nichtssagend mit den Schultern. Die Ampel sprang auf Grün und sie setzten ihre Fahrt fort.

Doch was war mit dem Blut? Kollegen, die den Unfallort zuerst erreichten, hatten von einer großen Menge gesprochen. Aber Blut war dicker als Wasser, da konnte man einen Spritzer aus der Nase schon mal als eine große Menge definieren. Schweiss lachte krächzend und der Fahrer warf einen überraschten und fragenden Blick zu ihm hinüber. Ehemann Luca hatte sicher die Nase voll vom Job seiner Frau, spekulierte Schweiss. Er selbst würde morgen mit seinem Vorgesetzten, Polizeirat Breit, sprechen und ihn bitten, Sandra einen längeren Urlaub zu verordnen. Die junge Frau hatte genug zu tun, ihr Leben wieder in den Griff zu bekommen. Ja, genau das musste er durchsetzen.

Gerade befuhren sie die Wilhelmsburger Reichsstraße und bogen in die Mengestraße ab. Es war kurz vor 9 Uhr an diesem Wochenbeginn und Schweiss fragte sich, was Sandra hier so früh wollte? Dazu in ihrem Privatwagen? Sandra hatte gestern Morgen nichts über eine Ermittlung in dieser Gegend erwähnt. Ob es einen privaten Grund gab? Dr. Fuchs hatte, nachdem man ihn - in der mitgeführten Spritze eine zum Tode führende Substanz - festgenommen hatte, noch in der Nacht gestanden, der Drahtzieher der Vertuschung gewesen zu sein. Er erklärte, der schwerkranke Watty hätte, als Patriot und Hanseat, alles auf sich genommen, um seine Jagdfreunde von den Löwen aus der Schusslinie zu halten. Auf den Geheimbund angesprochen, war der Ärmste zusammengebrochen. Kollegen hatte dem Hauptkommissar erzählt, dass man das Verhör abbrechen und ärztliche Unterstützung anfordern musste. Schweiss kam das besonders abartig vor: Der Arzt benötigte einen Arzt. Aber wichtig war: Dieser bedauerliche Unfall in der Elbphilharmonie mit der menschenverachtenden Tatverschleierung war aufgedeckt. Die Hamburger Abendpost hatte eine Sonderausgabe gedruckt und Schweiss hatte sie schon durchgeblättert und anschließend auf den Rücksitz des Streifenwagens geworfen. Dort schrieb man, dass auch Ruhm und Ansehen weit unterhalb der Menschlichkeit angesiedelt seien. Aber auch hier würden wieder die Absatzzahlen des Blattes im Vordergrund stehen und die Erde würde sich drehen. Vom Euro zum britischen Pfund und vom Dollar zum Yen.

Schweiss' Kollege Bernd Silwer hatte man auch verhaftet. Silwer war wohl anderen Kollegen bei der Aufdeckung eines illegalen Pokerrings aufgefallen und sie hatten die entsprechenden Haftbefehle ausgestellt. Dazu kam seine enge Verbindung zum verstorbenen Polizeipräsidenten Watty. Diese, zusammen mit einer Hausdurchsuchung bei den Wattys in Blankenese und aufgetauchten Papieren mit Aussagen Wattys über Silwer, schienen dem Kollegen das Genick gebrochen zu haben. Schweiss versuchte sich selbst einzureden, den Hauptkommissar gemocht zu haben. Aber er schaffte es nicht.

Ja, wieder kam Sandras Eingebung zur rechten Zeit, und Schweiss wollte eigentlich die letzten Monate vor seiner Pensionierung nicht ohne die toughe Kollegin durchstehen. Aber es nutzte nichts, er hatte sich vorgenommen, Sandra langfristig beurlauben zu lassen.

Das Navi im Display des Wagens zeigte *In der Wollkämmerei* an. In dieser Straße – so die Info der Kollegen – war der Unfall geschehen und Schweiss schob sich etwas aus dem Sitz des Fahrzeugs hoch. Er blickte durch die Frontscheibe.

„Da vorne ist die Absperrung!" Es waren die ersten Worte des Fahrers seit ihrer Abfahrt in Alsterdorf und sie klangen fremd. Jetzt konnte auch Schweiss in wenigen Hundert Metern Entfernung die Blaulichter der abgestellten Polizeifahrzeuge erkennen. Der Fahrer reduzierte die Geschwindigkeit. Als sie näher gekommen waren, sah Schweiss rechts einen Ambulanzwagen. Man hatte den Kastenwagen quer zur

Fahrbahn abgestellt und er versperrte nun die weitere Sicht. Schweiss glaubte fest daran, dass Sandra schon gefunden worden war, und er sah sie im Geiste gesund und mit einem Pflaster versorgt. Doch gut fühlte sich Schweiss bei dem Gedanken nicht.

„Hauptkommissar Schweiss – die Mordkommission by himself!" Der uniformierte Kollege begrüßte Schweiss und dieser konnte mit dem Satz wenig anfangen. Laut Schulterklappen handelte es sich um einen Oberkommissar des Kriminaldauerdienstes, und von solch einem Studierten erwartete er doch etwas mehr Respekt. Schweiss schluckte die eigentlich fällige Antwort hinunter und schüttelte kraftlos die kleine Hand seines unbekannten Gegenübers, der sich als Gunnar Schuldt vorstellte.

„Erzählen Sie, aber in kurzen Sätzen!"

Der Oberkommissar zuckte etwas unsicher zurück. Das *Sie* war ihm wohl suspekt! Dann fing er sich und während beide Männer zusammen die abgesperrte Straße entlangliefen, berichtete er: „Der Alfa Romeo-Kombi von Kollegin Holz wurde heute gegen 8.17 Uhr von einem Bauarbeiter, der zur Arbeit fuhr, entdeckt. Der Mann sah das Blut auf dem Fahrersitz und hatte sofort den Notruf alarmiert."

Bei den Worten *Blut auf dem Fahrersitz* fühlte Schweiss einen kleinen Schwächeanfall und er hielt sich schnell am Arm des Kollegen fest.

„Ist ... Ihnen ... nicht gut, soll ich den Arzt holen? Er ist ..." Der Mann zeigte nach vorne.

„Nein, alles ist in Ordnung!“ Schweiss fühlte, wie sein Kreislauf sich wieder stabilisierte, und ließ den Arm Schuldts los. Dieser wandte seinen Blick nicht vom Hauptkommissar und so spazierten sie langsam zu der Fahrzeugansammlung. Ganz vorne konnte Schweiss nun Sandras Alfa Romeo sehen. Auf der Straße vor ihnen, auf dem Asphalt, war deutlich eine lange Bremsspur zu sehen und Schweiss ging davon aus, dass es Sandra selbst gewesen sein musste.

„Ihr Wagen hat eine Bremsspur von knapp 20 Metern verursacht. Frau Holz hat wohl versucht, den Alfa Romeo zum Stehen zu bekommen. Es deutet alles auf Fremdeinwirkung hin. Sie wurde von der Straße abgedrängt - zur Seite.“

Na, das war doch mal eine brauchbare Erkenntnis, fand Schweiss. Auch wenn diese erneut seinen Kreislauf leicht zum Absacken brachte. Inzwischen hatten sie die Absperrung passiert und Schweiss winkte einigen bekannten Kollegen der Spurensicherung, aber auch dem Notarzt-Team freundlich zu. Oberkommissar Schuldt machte eine Handbewegung und wie es aussah, folgte ihnen fortan einer der Rettungssanitäter. Erst wollte Schweiss etwas klarstellen, ließ es aber dann. Vielleicht war der Kollege doch nicht so übel, wie er anfänglich geglaubt hatte.

Sie erreichten Sandras Wagen. Dieser stand schräg und zum größten Teil auf dem unbefestigten Streifen zwischen Fahrbahn und Fahrradweg. Sofort bemerkte der Hauptkommissar den verbeulten Kotflügel vorne links. Auch das eingeschlagene Fenster registrierte er unter ansteigender Herzfrequenz. Hier handelte es sich nicht um einen gewöhnlichen Verkehrsunfall, da war er sich schon jetzt absolut sicher. Einen Schritt weiter und sie standen unmittelbar vor dem Alfa Romeo-Kombi. Die Fahrertür war angelehnt und Schweiss erkannte Blutspuren am Blech der Tür. Auch auf der Erde vor dem Wagen befand sich eine Unmenge Blut. Als habe man ein totes Tier über die Erde gezogen, war Schweiss' erster Gedanke. Die Schleifspur endete wenige Meter vor ihnen auf der Straße. Dort sah es auch nach Gummiabrieb aus. Schuldt hatte die Blicke des erfahrenen Kollegen richtig gedeutet.

„Wir gehen davon aus, dass man die Fahrzeugführerin ...", Schweiss fiel auf, dass er den Namen Sandras vermied, „von der Straße abgedrängt hat. Die Fahrerin konnte sicher die Tür innen noch verriegeln. Dann wurde das fahrerseitige Fenster eingeschlagen. Die Täter müssen anschließend die Tür geöffnet und die Frau verletzt und später aus dem Wagen gezogen haben. Dort hinten ...", Schuldt wies auf die Reifenspuren der Fahrbahn, „dort hat man sie ... eingeladen und die Unbekannten sind später mit durchdrehenden Reifen davongebraust."

Schweiss hatte sich umgeschaut. Auf der gegenüberliegenden Straßenseite waren hinter einem Drahtzaun große Mengen an Schiffscontainern übereinandergeschichtet. Überhaupt war hier wenig Verkehr. Es musste sich um ein kleines Gewerbegebiet handeln. Es sah eher menschenleer aus, also würde man hier wohl kaum Zeugen finden. Außer demjenigen, der Sandras Wagen aufgefunden hatte.

„Hat der Bauarbeiter irgendetwas Brauchbares berichten können?"

Der Kollege schüttelte den Kopf. „Nein, der Zeuge fand den Wagen und hat angerufen. Mehr war nicht."

„Vielleicht ist die Kommissarin weggerannt und versteckt sich hier irgendwo?" Schweiss wusste, seine Idee basierte mehr auf Hoffnung als auf Fakten. Und entsprechend war auch der Gesichtsausdruck des Kollegen. Der schüttelte den Kopf und blickte eher resigniert. Schweiss machte einen Schritt zum Fahrzeug. Der Hauptkommissar hatte sich einen Einweghandschuh übergezogen und zog die Tür am Außenspiegel ganz auf. Das Bild, das sich ihm im Innenraum bot, glaubte er nie wieder vergessen zu können. Die Blutmenge, die sich vom Lenkrad bis zu den Pedalen ausbreitete, musste den gesamten Blutkreislauf eines Erwachsenen abdecken. Schweiss fühlte Schwäche und dass sein Magen auf das Äußerste rebellierte. Der Rettungssanitäter, den er erst jetzt hinter sich wahrnahm, hatte ihn schon abgestützt und sofort zur Seite geleitet. Plötzlich erbrach Hauptkommissar Schweiss das schmackhafte Croissant und auch die drei Spiegeleier.

Freitag, 24. Februar 2017

„Es ist noch nicht das Ende!"

Der ICE 4 *Angela Merkel* stand an diesem Freitagmorgen majestätisch im Hamburger Hauptbahnhof. Wie eine weiße Schlange schmiegte er sich nah an das Gleis 14 und bildete einen interessanten Kontrast zum dort verbauten Beton. Auf der Anzeigetafel wurde die Abfahrt nach Basel für 8.24 Uhr angekündigt, doch es gab eine Verzögerung. Traudel Kensbock und Alexander Schweiss standen am Bahnsteig seitlich der Zugeingangstür, neben ihnen Luca Matteo Ferraro. Die drei blickten schweigend auf die kleine Lara Sophie, die trotz der frühen morgendlichen Stunde auf einem Aluminiumkoffer sitzend, fröhlich hin- und herschaukelte.

„Wer hätte gedacht, dass …"

Schweiss hatte schon das zweite Mal diesen Satz begonnen und es schien ihm, als interessierten sich die anderen eher nicht für seine Gedanken. Eine sonore Stimme bat über den Lautsprecher die Reisenden des ICE um ein wenig Geduld und teilte mit, dass die Störung am Zug in etwa zehn Minuten behoben und dieser dann zur Fahrt nach Basel bereit sei.

Tagelang hatten die Hamburger Polizeibeamten nach der vermissten Kommissarin gesucht. Aber weder die Frau selbst noch deren Leiche waren aufgetaucht. Aufgrund der nicht abreißenden Internet-Drohungen und der aufgefundenen Blutmenge war man letztendlich zu dem Schluss gekommen, dass Sandra

Holz tot sein musste. Diese traurige Meldung setzte der Innensenator persönlich ab und die Hamburger Abendpost malte auf die Titelseite einen Trauerflor. Chefredakteur Dr. Essig persönlich - den man noch immer nicht rechtlich belangen konnte - schrieb vom *Tod einer heldenhaften Kriminalbeamtin.*

Gerade war das kleine Mädchen dabei, sein Gleichgewicht zu verlieren, doch Papa Luca hatte aufgepasst und Lara Sophie an den Schultern festgehalten. Sie kreischte dabei vor Freude. Schweiss war sich bewusst, dass der dauerhafte Verlust der Mutter das Kleinkind erst viel später einholen würde. Luca hatte schon früh angekündigt, das Restaurant *La Famiglia* zu verpachten und dem Angebot des Onkels zur Übernahme des italienischen Restaurants im Badeort Giulianova zu folgen. Schweiss verstand ihn. Er hätte auch gerne etwas geändert, damals, als seine Frau starb. Doch seiner Tochter und dem Beruf konnte er nicht so einfach entfliehen, wie es Sandras Witwer jetzt in der Lage war. Aber er verstand Luca und freute sich auch darüber, dass der Italiener seinen Kopf nicht hängen ließ. Schweiss tat die Situation, in der die Familie Ferraro geraten war, unendlich leid und irgendwie fühlte er sich daran mitschuldig. Doch Traudel hatte ihn in einem Gespräch beruhigt, ihm sogar gegen seine Schuldgefühle und Depressionen etwas gespritzt. Es hatte geholfen und die weiterhin freundliche Art Lucas im Umgang mit dem Hauptkommissar hatte diesem gezeigt, dass er mit seinen Vermutungen falsch lag. Lucas Mutter, Marie-Therese, war schon vor dem Sohn und der Enkelin abgereist, wusste Schweiss. Und nun wollten die beiden nachkommen. Sie würden am Abend Lugano in der Schweiz erreichen, weiter über Chiasso nach Piacenza/Italien fahren, um dort den InterCityNight Richtung Lecce zu erreichen. Geplante Ankunft im Badeort Giulianova würde morgen Früh um 5.27 Uhr sein. Der Umzug mit dem wenigen, was der Brand in Sehmsdorf übrig gelassen hatte, war gleichzeitig mit der Familie in einem Transporter unterwegs.

„Danke für alles!", flüsterte Luca.

Der Italiener schob sich erst zu Traudel und nahm sie in die Arme. Mit geschlossenen Augen drückten sich die beiden lange und Schweiss freute sich darüber. Doch was ihm plötzlich fehlte, waren Tränen. Für sein Empfinden flossen zu wenig Tränen. Er war sich bewusst, dass auch von ihm kein Tränenausbruch zu erwarten war, und etwas flapsig reagierte er auf Lucas Umarmung.

„Ich weiß es zu schätzen, was ihr beide für Sandra und mich getan habt!"

Wieder war es nur Luca, der sprach. Traudel nickte und bückte sich. Sie umarmte die überraschte Lara Sophie und hob die Kleine hoch. Diese reagierte etwas zurückhaltend und schaute eher ängstlich zu ihrem Vater. Ärger stieg in Schweiss auf. Ärger darüber, was sich die Freundin da traute. Wieso hob sie das Kind hoch? Er war derjenige, den die Kleine kannte, und demonstrativ streckte er seine Arme nach dem Kind aus. Doch Lara Sophie hatte plötzlich jegliches Interesse an Umarmungen verloren. Das wurmte Schweiss noch mehr und brachte seine Gedanken zu der Frage, wie es mit Traudel und ihm weitergehen sollte. Sicher hatte das Paar das eine oder andere Wochenende zusammen verbracht und er hatte Traudel inzwischen sogar Tochter Liliane und Enkel Jonathan vorgestellt. Seine Tochter hatte sich bisher weder positiv noch negativ zur Freundin des Vaters geäußert. Aber davon würde er es eh nicht abhängig machen. Am 31. August dieses Jahres würde man ihn nach über 40 Dienstjahren in den Ruhestand versetzen. Dann war immer noch genügend Zeit zu planen. Er fand, sie sollten in dieser Hinsicht nichts überstürzen.

Luca hatte seine Tochter wieder von Traudel übernommen und die Tür zur 1. Klasse des ICE geöffnet. Schweiss schnappte sich den Koffer und schob ihn durch die offene Tür in den Zug hinein. Dann stellte er sich neben Traudel. Sofort legte die Frau ihren Arm um seine Schultern und lehnte sich an ihn. Lara Sophie plapperte vor sich hin und Luca stellte das Mädchen auf dem Boden ab. In dem Moment rannte die Kleine in Richtung des Zugabteils. Mit Achselzucken und einem Kopfnicken spazierte der Italiener hinter ihr her. Kurz vor der Automatiktür drehte er sich noch mal um und winkte. Traudel und Alexander hatten den Oberkörper in den Zug gesteckt und schauten dem verschwindenden Luca-Matteo nach. Die beiden winkten zurück. Eine Lautsprecherdurchsage verkündete das sofortige Schließen der Türen und die Abfahrt des Zuges.

Langsam und still glitt der blütenweiße ICE an dem Paar vorbei und war nach wenigen Sekunden aus deren Blickfeld verschwunden. „Ich konnte die beiden nicht mehr sehen …“, bemerkte Traudel Kensbock und in ihrer Stimme schwang Trauer mit, „… die abgedunkelten Fenster!“

Schweiss nickte zustimmend.

„Traudel?“

Die Freundin blickte Schweiss fragend an.

„Ja?“

„Irgendetwas habe ich bei diesem Abschied vermisst!“

Dr. Kensbock war einen Schritt zurückgewichen und musterte ihren Freund aufmerksam. „Und was genau hast du vermisst?“

Schweiss zuckte mit den Schultern. „Dieser Mann hat seine Frau verloren, doch es sah irgendwie nicht danach aus. Eher …“

Noch immer schaute Traudel voller Skepsis, dann wechselte ihr Blick und sie grinste. Sie griff nach der Hand ihres Freundes und hielt sie fest.

„… eher wie ein Neubeginn!“ Die Blicke Traudels nervten und Schweiss zog die Frau am Revers ihres Mantels vorsichtig zu sich.

„Ja, Schatz, ich bin ein alter Hauptkommissar, der an allem etwas auszusetzen hat. Dazu kommt noch der Altersstarrsinn.“ Schweiss wandte den Kopf ab, er empfand Traudels schelmischen Blick unangemessen. Zu fröhlich für die augenblickliche Situation.

„Am Ende wird alles gut, Alexander!“

Schweiss verstand nicht. „Und das heißt?“

„Das heißt, wenn es nicht gut wird, ist es noch nicht das Ende.“

„Sagt wer?“

„Sagt Oscar Wilde!“

Traudel warf lachend ihre Haare zurück, spazierte los und zog den Mann an der Hand mit sich. Diese unerwartete Bewegung ließ Schweiss fast stolpern. Voller Unverständnis und mit einem Kopfschütteln folgte er ihr und gemeinsam liefen sie die Treppenstufen zur Wandelhalle des Hamburger Hauptbahnhofes hinauf.

Epilog

Samstag, 23. September 2017

Die Menschenmassen waren gewaltig. Dank meiner Beziehungen hatte ich früh einen Tisch in der ‚Kehr Wieder Spitze' ergattert und hielt ihn seit gefühlten zwei Stunden frei. Ganz Hamburg musste heute hierher gepilgert sein, um von den vier beim Bau der Elbphilharmonie verunfallten Bauarbeitern Abschied nehmen zu wollen. Inzwischen waren acht Monate vergangen seit der Aufdeckung des Falles durch Sandra und meine Wenigkeit. Es hatte fast zwei Monate gedauert, die Leichen zu bergen, und weitere fünf, um neue Rolltreppen zu fertigen und diese in der Elbphilharmonie einzubauen. In dieser Zeit mussten die Gäste das Gebäude über den Eingang zum Parkhaus betreten und da ich es inzwischen mehrfach mitgemacht hatte, wusste ich, es war eine sehr zeitintensive Angelegenheit. Die Leichen der Männer hatte man nach Rumänien überführt. Auch Tariel Gaspar war auf Wunsch der Mutter umgebettet worden und lag nun – zusammen mit seinem Bruder – in einem Grab in Mangalia. Die Leichenteile von Frau Lüttli waren nicht mehr aufgetaucht. So wurde Dr. Lüttli alleine in seiner Geburtsstadt Bern beigesetzt.

Ja, und ich selbst kam, nach einigen Wochen in einem Versteck auf Ibiza, im März des Jahres mit einer neuen Freundin zurück, einer Spanierin. Sie sprach nicht meine Sprache, aber sonst stimmte fast alles. Die Frau war sofort bei mir eingezogen und Mitarbeiterin Sonja hatte einen Riesenaufstand gemacht. Erst als ich mehr aus Spaß von Heirat und Schwangerschaft sprach, gab meine Sekretärin auf. Mir war klar, das war keine Sache von Dauer. Aber Raquel

– so hieß die feurige Spanierin – lenkte mich ab und ich sie wohl auch. Dazu lernte sie Deutsch und ich fand, das konnte man immer brauchen. Mein Job als Privatdetektiv lief seit den Januartagen allerbestens. Es war wohl hip, den Privatdetektiv zu buchen, der sozusagen die Elbphilharmonie zur Strecke gebracht hatte. So suchte ich mir in den letzten Wochen und Monaten die ungefährlichsten und lukrativsten Aufträge aus und hatte meinen Spaß dabei. Sandra fehlte mir sehr, und auch ein halbes Jahr später hatte die Polizei ihre Leiche noch nicht aufgefunden. Ich dachte mir meinen Teil, und egal wie es sich verhielt, es war einen Tick einsamer ohne diese tolle Frau.

Ab der U-Bahn-Station Baumwall war heute alles total überfüllt. Es kam mir auf den Wegen und Treppen der Landungsbrücken, aber auch Richtung Elbphilharmonie vor, als veranstalte man hier an der Elbe einen riesigen Flohmarkt. Ich hatte schon Angst, Alexander Schweiss in dem Gedränge zu übersehen. Schweiss hatte mich angerufen und wollte mich unbedingt sprechen. Der ehemalige Hauptkommissar befand sich inzwischen im Ruhestand und ich erwartete von dem rüstigen Pensionär nicht, dass er mir seine Dienste in meiner Detektei anbot. Aber irgendetwas musste es sein. Er hatte sich zwischenzeitlich nie wieder bei mir gemeldet. Wie ein Strich in der Landschaft sah er aus, fand ich, als Schweiss auf mich zulief. Wo war der korpulente Mann mit Bauch geblieben? Der Ex-Kollege hatte wohl stark abgenommen. Ob es mit seinen Nierenproblemen zusammenhing? Ich hoffte, keine schlechten Nachrichten über Krankheiten hören zu müssen. Da hatte ich wenig Lust zu.

Schweiss winkte und schob sich fluchend durch die Menge. Endlich hatte er den kleinen Tisch direkt an der Ecke des Restaurants erreicht.

„Die spinnen alle! Das sollte doch eine pietätvolle Feier für die Verstorbenen werden. Wer hat etwas von einem Volksfest gesagt?" Schweiss setzte sich, ohne meine ausgestreckte Hand zu erwidern, und ich tat es ihm nach. Ich schaute auf meine Armbanduhr: 14.43 Uhr. Pünktlich um 15.00 Uhr sollte die Ansprache des 1. Bürgermeisters beginnen, dann viel Musik, sicher Trauermärsche. Der rumänische Staatschef war persönlich angereist, um seinen Landsleuten die letzte Ehre zu erweisen. Auch er würde, übersetzt von einem Dolmetscher, etwas zum Besten geben. Dann ein Kinderchor – so stand es im tausendfach verteilten Programmheft – und erst danach würde Künstler Christo das schwarze Tuch über die Elbphilharmonie legen lassen.

„Du hast recht, Alexander. Vielleicht sollten sie erst einmal die 12.000 Mängel am Bau abstellen, bevor sie so ein Tamtam veranstalten!"

„12.000! So viele?"

Ich nickte. „Ja, wer weiß, ob das Gebäude nicht irgendwann einmal in die Elbe kippt?", übertrieb ich.

Schweiss schaute etwas skeptisch und ich grinste.

„Sag, Caro, wie bist du denn hier an diesen einzigartigen Platz gekommen?", fragte Schweiss, während er zwei asiatisch aussehende junge Damen vor sich zur Seite schob. Ich zuckte mit den Schultern: „Gewusst, wie!"

„Mir doch egal, Hauptsache, wir sitzen gut!", lachte der ehemalige Kriminalbeamte.

„Fehlt dir Sandra auch so?"

Mit dieser Frage hatte Schweiss nicht gerechnet. Sein Kopf schoss zu mir rüber und seine Augen blitzten. „Das ist es nicht, warum ich dich hergebeten habe!"

Mir war klar, er wollte nicht über seine eklatanten Versäumnisse von damals sprechen. Ich musste das – wohl oder übel – respektieren.

„Also gut, ich …" Ohrenbetäubender Lärm ließ mich unterbrechen. Man spielte die Hamburger Hymne, doch irgendjemand von der Technik hatte die PA zu laut eingestellt. Vielleicht wollte man aber auch extra solch einen Lärm? Wir schwiegen die Minuten, während die Musik spielte, und ich fing an nachzudenken: Schnell hatte die Stadt Hamburg – nach Aufdeckung der Ereignisse – einen Plan. Ich war mir schon vor seiner Ankündigung sicher, dass sie einen hatten. Und ich war mir auch sicher, dass der Plan heißen würde: noch mehr Gäste, Hotelbesucher und noch mehr Fahrzeuge in der Stadt. Zumindest für den „Hamburger Tag der Trauer", wie man den 23. September 2017 vonseiten der Politik nannte. Den Schachzug, Christo davon zu überzeugen, die Elbphilharmonie zu verhängen, dazu mit einem schwarzen Leichentuch, musste eine ganz ausgeklügelte Sache gewesen sein. Ich wäre sicher nicht darauf gekommen. Und das alles im Rahmen der Menschlichkeit und Nächstenliebe. Carlos von Voss hatte seine Hausaufgaben bestens gemacht. Auch ihm konnte man, trotz Ermittlungsausschuss, nichts nachweisen. Ich fand, es war auch gut so. Er hatte ja sein Luxusappartement schon. Sein Amtsnachfolger hätte es sich erst noch ergaunern müssen.

Die Musik brach ab. Schweiss schüttelte sich wie nach einem Regenschauer. „Grauenhaft …!"

„… und laut!", ergänzte ich. Wir lachten.

„Wie geht es dir, Caro?"

„Super!", antwortete ich, „danke der Nachfrage."

Die Rede des 1. Bürgermeisters begann. Ich konnte die Bühne mit den Politikern von meiner Position aus nicht sehen. Eher ging es mir um die Verhüllung des Gebäudes und da hatte ich mit den besten Platz.

„Hamburg ist verzweifelt …", begann Carlos von Voss und ich glaubte tatsächlich echte Verzweiflung und Trauer in seiner Stimme zu hören, „… wir haben auf Stein gebaut … aber Menschen verloren. Man sieht die Sonne langsam untergehen und erschrickt doch, wenn es plötzlich dunkel ist."

War das Zitat nicht von Franz Kafka? Da griff der 1. Bürgermeister ja wieder voll in die Trickkiste. Irgendwie konnte ich es mir nicht mehr anhören. Auch wurde die Menge – hinter und neben uns – immer unberechenbarer. Eben hatte ein älterer Typ unseren Tisch samt allen Getränken zur Seite geschoben, um Platz zum Fotografieren zu bekommen.

„Wollen wir nicht zu den Landungsbrücken laufen?", fragte ich den pensionierten Kriminalbeamten an meiner Seite. Schweiss grinste und war sofort aufgesprungen.

„Can we have your seat?"

Schon rissen sich die Touristen um den Tisch und die beiden Cocktailsessel wie die Wölfe um die Beute. Ich drückte einer überforderten Bedienung des Restaurants einen Zwanzigeuroschein in die Hand und schnell verschwanden wir in der Menge.

Auf den Treppen Richtung Landungsbrücken drehte ich mich noch einmal um. Oben auf dem Dach der Elbphilharmonie sah man kleine Menschen, die irgendwelche Vorbereitungen trafen. Dort, auf 110 Meter, stand am 11. Januar dieses Jahres auch Tariel Gaspar und wollte mit seinem Sprung auf die Versäumnisse der Verantwortlichen zur Aufdeckung der traurigen Angelegenheit hinweisen. Evelin Lüttli-Wagner musste ihm über das Geschehen in der TUBE berichtet haben. Aber genau ließ sich das nicht mehr recherchieren. Jetzt lief dort oben der 82-jährige Bulgare Christo herum und gab letzte Anweisungen.

„Lass uns eine Hafenrundfahrt machen!", schlug Schweiss vor.

„Meinst du, die sind nicht alle ausgebucht?" Ich zeigte auf die Hunderte von Kleinbooten und Barkassen, die vor der Elbphilharmonie hin- und herfuhren.

„Heute hat man – zum ersten Mal in der Geschichte Hamburgs – die Musicals abgesagt!", erklärte Schweiss und ich verstand nicht. „Schau dort unten, die Hafenfähre nach Finkenwerder legt gleich ab. Da haben wir sicher etwas Ruhe. Das liegt außerhalb der Sicht auf die Elbphilharmonie samt Feierlichkeiten."

Ich stimmte zu und wir kauften je ein Ticket. Dann stiegen wir auf das fast menschenleere Boot mit dem Namen Övelgönne.

„Lass uns drinnen sitzen!" Wieder war es Alexander Schweiss, der das vorschlug, und wieder akzeptierte ich seinen Vorschlag.

Wir bestellten jeder ein alkoholfreies Weizen und warteten still, bis es der männliche Steward gebracht hatte. Schweiss übernahm die Rechnung und wir stießen an.

„Auf die alten Zeiten!"

Ich sprach es nach: „Auf die alten Zeiten! Aber was gibt es so Dringendes, Alexander, dass du mich einlädst?" Ich grinste und war trotzdem aufgeregt vor Neugierde.

Schweiss räusperte sich und schaute aus dem Fenster auf die Elbe. „Ich bin schon fast einen Monat im Ruhestand und *es kommt mir vor, als habe man mir Arme und Beine amputiert."*

Ich verstand nicht.

„Ja, man fiebert der Pension entgegen. Aber wenn sie dann an die Tür klopft, möchte man sie nicht hineinlassen."

„Das heißt, du freust dich nicht über deine Zurruhesetzung?"

Schweiss schüttelte den Kopf. „Du weißt, dass Traudel jetzt die Rechtsmedizin in Leipzig leitet?"

Ich wusste es nicht und schüttelte den Kopf.

„Ja, es war abzusehen. Ich war zu stur, zu eigenbrötlerisch. Mit einem Wort, ich habe sie nicht verdient. So hat sie es vorgezogen, aus meinem Dunstkreis zu verschwinden."

„Hamburg ist groß, da kann man sich doch aus dem Weg gehen?", versuchte ich mich als Vermittler.

„Sie wollte zurück zu ihrer Familie."

Wir schwiegen einen Moment, während das Boot ein Manöver auf der Elbe fuhr.

„Ich habe mich erneut bei der Kripo beworben!", platzte Schweiss plötzlich damit heraus.

„Was, du möchtest wieder ermitteln?" Ich war etwas unsicher, ob es nicht ein Spaß des alten Haudegens war. Aber der Blick Schweiss' war klar und ohne Grinsen.

„Nein, tatsächlich. Eigentlich war es sogar die Idee des neuen Polizeipräsidenten. Er hat mich darauf angesprochen."

„Ist die Personaldecke bei der Polizei derzeit so dünn geworden?"

Schweiss nickte. „Schau dir mal die anderen Bundesländer an. Überall werden mehr Einsatzkräfte gefordert und eingestellt. Aber bis die so weit sind …! Dazu kommt der G20-Gipfel hier in Hamburg und einiges mehr."

„Also muss der Eierkopf auch mitwachsen?"

Schweiss grinste. „Genau. Man plant, mich für zwei Jahre zu reaktivieren. Bis 30. September 2019. Ich soll auf meine alten Tage den Posten von Breit übernehmen. Allerdings nur kommissarisch."

„Breit, der ist doch Polizeirat? Hast du denn die entsprechende Ausbildung?"

„Na ja, mehr als zum 1. Hauptkommissar wird es nicht reichen, aber der Neue hat im Polizeipräsidium einiges umstrukturiert und so stellte man mich ein."

„Dann gratuliere ich. Dein Nierenleiden ist besser geworden?"

„Noch einmal im Monat an die Dialyse und hin und wieder Tests. Die Lebensumstellung hat sich ausgewirkt." Schweiss zeigte stolz an sich herunter.

„Und was habe ich mit dieser Sache zu tun?"

„Ich möchte, dass du zurückkommst, Caro!"

Ich hatte kurz Atemnot und dazu kam ein plötzlich auftretender Schluckauf. Schweiss schien sich köstlich darüber zu amüsieren.

„Was meinst du mit: zurückkommen!", rief ich zwischen zweimal Hicksen.

„So, wie ich es gesagt habe. Du wirst als Hauptkommissar wieder eingestellt. Die Pensionsansprüche werden reaktiviert. Alles wird auf null gefahren. Ich meine deine Strafsache."

Der Schluckauf hatte sich gelegt. Meine Nervosität nicht. Was bot mir Schweiss da an? Den Wiedereinstieg als Kriminalbeamter? Durfte er das überhaupt oder lehnte er sich mit seiner Anfrage nur etwas zu weit aus dem Fenster?

„Deine Papiere sind fertig, der Innensenator hat alles unterschrieben. Es liegt nur noch an dir, Hauptkommissar Lutteroth."

Ich rief den Kellner und bestellte mir einen Aquavit. Schweiss lehnte ab, er wollte keinen. Aber er verstand sicher, dass ich jetzt etwas gegen meine Nervosität tun musste.

Gerade war meine Detektei gut angelaufen und nun die Rückkehr zu meiner geliebten Hamburger Kriminalpolizei? Ich konnte es noch nicht richtig glauben. Aber ablehnen, nein, ablehnen, das wollte ich nicht.

„Sollte es sich nicht um die versteckte Kamera handeln, Alex!", ich zeigte mit der Hand im leeren Fahrgastraum umher, „dann nehme ich an. Wo muss ich unterschreiben?"

Wir lachten und warteten, bis die Fähre ihre Rückfahrt antrat.

Plötzlich fiel mir Lüttlis Koffer ein. Er lag noch immer auf dem Schrank meiner Wohnung. Samt Hemd, Hose und schwarzer Krawatte. Nur das Kuvert mit den 5.000 Schweizer Franken fehlte. Hatte ich mir das Geld eigentlich verdient? Ich zweifelte daran. Eigentlich war es Sandra, der die Erfolgsprämie zugestanden hätte. Doch für sie war es jetzt leider zu spät. Ich überlegte kurz, dann nahm ich mir vor, das Geld dem Weißen Ring, dem Verein zur Unterstützung von Kriminalitätsopfern und zur Verhütung von Straftaten, zu spenden. Ich lachte bei dem Gedanken. Mitarbeiterin Sonja würde mich lynchen, wenn sie das in Erfahrung brächte. Aber ich musste es ihr ja nicht sagen. Was machte ich nun mit Sonja? Auf sie würde ich zukünftig verzichten müssen. Aber sicher würde sie einen anderen Arbeitgeber finden, den sie quälen konnte. Auch Sieber, der Fahrer, der in Kollow verletzt wurde, fiel mir plötzlich ein. Ich hatte bisher nur einmal mit ihm telefoniert und seinen Gesundheitsstatus abgefragt. Zum Glück ging es ihm besser, aber besucht hatte ich ihn nie. Das nahm ich mir – bei schlechtem Gewissen – für die Zukunft vor.

„Alex, du hast doch sicher die ganze Akte von damals gelesen?", fragte ich den ehemaligen Kriminalbeamten.

Schweiss schaute erst etwas skeptisch, dann nickte er.

„Was ist herausgekommen?"

Schweiss schien zu überlegen, ob es etwas gab, was er nicht ausplaudern durfte. Dann begann er: „Von Voss konnte sich rausreden. Er war zwar auch Mitglied bei diesen seltsamen ‚Löwen', hatte aber angeblich nichts mit der Geschichte zu tun. Auch Doktor Essig konnten sie nichts nachweisen. Die beiden haben ihre Fäden im Dunkeln gesponnen und dabei ist es dann geblieben."

„Habt ihr mehr über diese geheimnisvollen Löwen herausbekommen?"

Schweiss winkte ab: „Dieser angebliche Geheimbund scheint mir eher ein Hirngespinst einiger reicher Hamburger zu sein, denen zu viel Geld und Langeweile extrem zugesetzt haben. Ich glaube, mit dem Tod Wattys und der Inhaftierung von Fuchs hat sich das Löwengebrüll dauerhaft erledigt. Ja, und Doktor Fuchs hat letztendlich gestanden, für den Tod Evelin Lüttli-Wagners verantwortlich zu sein. Er wird verurteilt werden. Ob man ihm aber den Mordversuch an Sandra beweisen kann, ist noch unklar …"

Ich unterbrach Schweiss. „Wie, unklar? Ihr habt ihn doch auf frischer Tat ertappt?"

„Das ist wahr, aber die Verantwortlichen im UKE haben wohl plötzlich kalte Füße bekommen und sich hinter ihren Mitarbeiter gestellt. Da war wohl Angst um den guten Ruf im Spiel. Ja, sie haben über ihre Anwälte erklären lassen, dass Fuchs in dieser Nacht Dienst hatte und gestresst und überarbeitet mit einer Spritze auf dem falschen Flur aufgetaucht sei."

Ich schüttelte den Kopf. „Und das nimmt man dem ab?"

Schweiss zuckte mit den Schultern. „Mal schauen, die Verhandlung ist wohl im Herbst. Ja, Steffensen ist tot, wie du weißt, auch Watty. Und im handschriftlichen Abschiedsbrief des ehemaligen Polizeipräsidenten nimmt dieser alle Verantwortung – betreffend der Angelegenheit – auf sich. Laut seiner Ehefrau war er an Bauchspeicheldrüsenkrebs erkrankt und seine Lebenszeit, so die Ärzte, auf Ende dieses Jahres festgeschrieben."

„Dann hat er sich irgendwie vorab selbst erlöst!"

Wieder nickte Schweiss.

„Weiß man, wer Gaspars Fallschirm präpariert hat?"

Dieses Mal schüttelte Schweiss den Kopf.

Die Övelgönne legte hart an den Landungsbrücken an und wir stiegen aus dem Boot. Bei der Abfahrt war ich noch Privatdetektiv und jetzt, wenn alles klappte, wieder eingestellt bei der Kriminalpolizei. Lautes Aufschreien riss mich aus meinen Gedanken. Hunderte von Menschen um uns herum hatten die Köpfe gereckt. Sie wiesen mit ihren Händen in Richtung HafenCity und mir war auch klar, warum: Christo hatte – mit einem Sirenensignal – seine künstlerische Aktion freigegeben und langsam glitt das riesige, schwarze Leichentuch über die Zinnen der Elbphilharmonie.

Bestandteile:
1 Teil Kaluha
1 Teil Wodka
3 Teile Milch

1. Zur Zubereitung eines White Russian gibt es viele Varianten. Freunde von mir bevorzugen ihn z. B. mit Sahnehaube, andere schwören darauf, geschlagene Sahne darunterzuheben. Ob ohne Sahne, auf Eis, mit viel Wodka, jeder soll ihn trinken, wie er ihn mag. Es gibt haufenweise Rezepte. Ich selbst liebe eine Zubereitung ohne großen Aufwand. Meine Maßangaben bestehen der Einfachheit halber aus Teilen ... weil ich das auch in beschwipstem Zustand gut hinbekomme ;-)
2. Zuerst gebe ich einen ordentlichen Schuss Kaluha (ein Kaffeelikör) in ein Glas. So hoch wie der Kaluha im Glas ist, halte ich nun den Finger an den Glasrand, um mir so zu merken, wie viel denn schon drin ist. Dann gieße ich ebenso viel Wodka dazu - im Zweifel lieber etwas mehr ;-) Ich kaufe meistens *Belvedere Vodka*. Der ist zwar etwas teurer, aber „man gönnt sich ja sonst nichts“!
3. Dann schütte ich gekühlte Milch darauf, bis der Cocktail eine helle, beige-ähnliche Farbe hat. Ich mag keine Eiswürfel. Milch und Vodka kommen aus dem Kühlschrank und sind eh kalt.

Ja, und dann genieße ich meinen White Russian.
Prost, Euer Caro

Sehr verehrte Leserinnen, sehr verehrte Leser,

fünf Jahre und fünf Bücher sind es her, dass ich die Idee zu der Regionalkrimireihe mit Sandra Holz und ihren Kollegen von der Mordkommission hatte. Erst Oldenburg, später war Hamburg das Arbeitsumfeld der jungen Kommissarin aus Niedersachsen. Nach mehreren tausend verkauften Büchern, aber auch nach über sechzig Lesungen später wird es heute Zeit, ein paar persönliche Worte loszuwerden. So möchte ich dieses kleine Jubiläum nutzen, um den Lesern, den Fans sowie allen Unterstützern recht herzlich „Danke" zu sagen.

Ein Buch schreibt man selten für sich, eher für Menschen, die das Lesen zu fesseln und abzulenken vermag. Sollte ich Sie mit meinen Kriminalromanen einige Stunden aus der täglichen Umlaufbahn geholt haben, war es genau das, was ich bezwecken wollte. Mein Schreiben gilt weniger dem Streben nach Erfolg und Gewinn, sondern mehr, um Ihnen, meinen Leserinnen und Lesern, damit eine Freude zu bereiten.

Das Schreiben selbst und damit der Rückzug des Autors bedeuten natürlich eine gewisse Vereinsamung gegenüber den eigenen Liebsten. Mein geschätzter Autor-Kollege Sebastian Fitzek schrieb einmal, leicht übertrieben, davon, nach Beendigung eines seiner Thriller aus dem Keller des Hauses gestiegen zu sein und seine Kinder schon wieder um Jahre älter vorgefunden zu haben.

Zum Glück haben wir in unserem Haus keinen Keller und ich befinde mich beim Schreiben auch sehr nahe bei meiner Ehefrau. Trotzdem meine ich, kann man bei mir nicht von einem „normalen" Ehemann sprechen. So glänze ich durch wiederholtes Fernbleiben aufgrund zeitintensiver Recherchen. Auch ist dann meine eigentliche Anwesenheit häufig noch mit geistiger Abwesenheit verbunden. So bin ich sehr oft „im Buch unterwegs", ignoriere Fragen meiner Frau und wenn doch, beantworte ich sie später oder oft falsch. Irgendwie glaube ich, ist es für Ingrid, als wenn sie auf das Gaspedal ihres Wagens tritt, aber das Nachbarfahrzeug beschleunigt. Ja, und leichte Gemütsschwankungen beim Schreiben (ich halte es da wie Sandra Holz ;-)) sind sicher - hin und wieder - auch für meine „Umwelt" belastend.

Mir bleibt also nur, mich dafür zu bedanken, dass es meine liebe Ehefrau trotzdem noch immer bei mir aushält. Und das, am 12.01.2017, also am zweiten Tage der Eröffnung der Elbphilharmonie, auf den Tag genau seit 40 (vierzig) Jahren.

Auch unseren beiden Kindern Suzanne und Jan gebührt mein Dank. Sie wurden des Öfteren, wie meine Frau natürlich auch, als Probeleser „missbraucht"!

Natürlich gab es über die Jahre zahlreiche Personen, Vereine und Firmen, die mich bei meiner Recherche, aber auch beim Verkauf der Bücher unterstützt haben. Ob die *Verkehrs- und Wasser GmbH Oldenburg*, die mehrere Buslesungen in Oldenburg mit mir durchführten, der Vorstand des Oldenburger Sportvereins *Blau-Weiß Bümmerstede*, auf dem fiktiv „Unter Flutlicht" entstand, oder aber der *FC St. Pauli*, der mir für meine Recherche äußerst unkompliziert die Tore zum Millerntor-Stadion öffnete. Auch *Reinald Achilles*, Pressereferent bei Upsolut Event GmbH, *Familie Holger Sodemann*, stellvertretend für alle hilfsbereiten Schausteller auf dem Hamburger DOM, den Mitarbeitern der *Hamburger Behörde für Wirtschaft, Verkehr und Innovation* (Volksfeste, Sonderveranstaltung und bezirkliche Märkte), *Sandra Latussek* und dem Vorstand der Hamburger-Unterwelten e.V., *Frau Mück*, meiner Lektorin (sie sorgt dafür, dass aus meinem Saarländisch perfektes Deutsch wird ;-)). Ihnen allen gebührt mein Dank.

Hauptkommissar *Detlef Spielmann*, der – immer wenn ich ihn brauche – die nötigen Antworten zur Kriminalpolizei parat hat und meinem Feuerwerker-Kameraden *Detlef „Anton" Hansen*, dessen Ideen nun leider nicht gedruckt werden ;-). Vielen Dank für eure Unterstützung.

Den Mitarbeiterinnen und Mitarbeitern im Niemeyer-Verlag: Geschäftsführer *Herr Holzendorff, Frau Pacholeck, Frau Frankowitz, Frau Fischer und Carsten Riethmüller* (Mr. COVERdale) danke ich für ihre unermüdliche Ausdauer mit dem Autor und Carsten zusätzlich für seine unaufhörliche Kreativität.

Auch *Professor Dr. Püschel*, Leiter der Hamburger Rechtsmedizin, möchte ich Danke sagen: Er hat mir im Frühjahr dieses Jahres zwei Stunden seiner kostbaren Zeit geopfert und mich bei einer interessanten Führung durch die Rechtsmedizin zu einem Kapitel in diesem Buch inspiriert.

Ich könnte so weitermachen und die vielen hilfsbereiten und freundlichen Buchhändlerinnen und Buchhändler, die Verantwortlichen der Vereine und die zahlreichen Restaurantbesitzer aufzählen, die mich für Krimilesungen und Krimidinner gebucht haben und mit denen ich gemeinsam so viel Freude hatte. Meinen Dank also an Sie alle für diese unvergesslichen Stunden.

Es gibt noch zwei Personen, die mir eine einzigartige Besichtigung der Elbphilharmonie, u. a. mit einem Blick vom Dach des Gebäudes, ermöglicht haben: *Maximilian Hackl* und *Hans Holger Wilhelm*. Dabei konnte ich erahnen, wie sich Tariel Gaspar vor seinem Fallschirmsprung gefühlt haben muss. Einen ganz besonderen Dank euch beiden dafür.

Abschließend, liebe Leserinnen und Leser, noch eine Bitte: Was mir (zu meinem Glück) noch fehlt, sind Ihre Beurteilungen, Kritiken und Einschätzungen zu meinen Büchern. Also Ihren Eindruck darüber, ob ich mit der Themenwahl richtig gelegen habe und ob mein Büchlein Ihr Gefallen erregt hat. Ich möchte Sie heute ganz herzlich bitten, doch Rezensionen/Bewertungen zu meinem Kriminalromanen abzugeben – das funktioniert natürlich auch rückwirkend ;-).

Lieben Dank Ihnen allen dafür, dass ich das machen darf, was ich am meisten liebe: Das Schreiben.

Klaus E. Spieldenner
Bad Oldesloe, im November 2016

Besuchen Sie auch gerne meine Webseite www.spieldenner.de oder meinen Facebook-Account: www.facebook.com/klaus.spieldenner.autor

Filme mit den Recherchefotos zu allen fünf Kriminalromanen finden sie auf youtube.com

Im Verlag CW Niemeyer bereits erschienen …

Die Oldenburger Kommissarin Sandra Holz steht vor einem entsetzlichen Fund: Drei mumifizierte Mädchenleichen im Oldenburger Fliegerhorst! Hängt das Verschwinden einer weiteren Jugendlichen mit den sadistischen Morden zusammen? Ein Wettrennen gegen die Zeit beginnt. Die Bewohner Oldenburgs halten den Atem an! Schlimmste Kindheitserinnerungen kochen in Sandra Holz hoch und lassen den Fall zu einer emotionalen Herausforderung werden.

Klaus E. Spieldenner. Und Stille wie des Todes Schweigen
352 Seiten. Paperback. ISBN 978-3-8271-9425-1
E-Book 978-3-8271-9661-3 (Pdf)
978-3-8271-9861-7 (Epub)

Im Verlag CW Niemeyer bereits erschienen …

Ein St. Pauli-Spieler verschwindet spurlos nach seinem ersten Hamburger Marathon. Weitere Läufer werden als vermisst gemeldet. Zufall? Eine heiße Spur führt Kommissarin Sandra Holz auf ein luxuriöses Kreuzfahrtschiff. Was geht dort tatsächlich vor? Und welche Rolle spielen die beiden Asiaten im schwarzen Transporter? Die Kommissarin tappt im Dunkeln – und dann wird der Fall persönlich.

Klaus E. Spieldenner. Start Ziel Tod
352 Seiten. Paperback. ISBN 978-3-8271-9427-5
E-Book 978-3-8271-9657-6 (Pdf)
978-3-8271-9857-0 (Epub)

Im Verlag CW Niemeyer bereits erschienen ...

Im Verlag CW Niemeyer bereits erschienen ...

In einem Rheingauer Weinberg wird ein Toter gefunden. In einem Mainzer Krankenhaus stirbt überraschend eine Frau. Normaler Lebensschwund? Nicht unbedingt. Gibt es hier einen Zusammenhang – einen mörderischen? Hauptkommissarin Julia Wunder und ihr deutsch-griechischer Assistent Vlassopolous Spyridakis ermitteln in Wiesbaden, Mainz und im Rheingau.
Es geht um Ärzte, Apotheker, Krankenhäuser und unser Gesundheitssystem. Ein brisantes und daueraktuelles Thema, das für Spannung und Entsetzen sorgt. Und dabei undurchsichtige, halbseidene und kriminelle Charaktere ins Licht zieht.

Lothar Schöne. Tod im Rheingau
368 Seiten. Paperback. ISBN 978-3-8271-9445-9
E-Book 978-3-8271-9597-5 (Pdf)
978-3-8271-9797-9 (Epub)